HEYNE

Das Buch

Viktor knurrte: »Wir sind doch nicht von der Mafia. Demnächst willst du noch irgendwelche Waffen verscharren.«

Mafia. Klang gut. So gefährlich. Ich hatte eine Idee: »Die Mops-Mafia!«

»Hä?«

»Wir sind die Mops-Mafia«, kläffte ich begeistert.

»Nichts gegen deine Liebe fürs Verbrechen, aber die Mafia ist ein Geheimbund …«, erklärte Viktor, der alle Folgen von *Der Pate* gesehen hatte. Mehrfach. Ich hatte es ehrlich gesagt nur am Rande verfolgt. Ich kann nicht nachvollziehen, warum man sich einen Film noch einmal anschaut, wenn man doch genau weiß, was passiert.

»Ja! Genau!«, unterbrach ich ihn. »Das sind wir auch. Wir lösen heimlich den Fall Fritz Hartmann.«

»Ich war noch nicht fertig. Die Mafia ist ein Geheimbund, der seine Ziele mit Gewalt und Erpressung durchsetzt.«

Ich dachte kurz nach. »Na ja, dann … beweisen wir eben, dass es auch eine nette Mafia geben kann. Was meinst du?«

Die Autoren

Fritzi Sommers erste große Liebe hieß Tommy. Er war 30 Zentimeter groß, hatte schwarzes Fell und war ein Mischling. Ihren Wunsch, später einmal Tiermedizin zu studieren, begrub sie, als sie mit sieben Jahren sah, was ein Tierarzt alles machen muss. Nach weiteren Berufswünschen, die zwischen Pilotin und Heilpädagogin pendelten, entschied sie sich, zum Fernsehen zu gehen. Mit ihrem Mann, ihrem Sohn, ihrem Hund und einem Haufen Goldfischen lebt die 41jährige in Norddeutschland.

Fritzi Sommer
Zum wilden Eck

Ein Mops-Krimi

WILHELM HEYNE VERLAG
MÜNCHEN

MIX
Papier aus verantwortungsvollen Quellen
FSC® C014496

Verlagsgruppe Random House FSC® N001967
Das für dieses Buch verwendete
FSC®-zertifizierte Papier *Holmen Book Cream*
liefert Holmen Paper, Hallstavik, Schweden.

Originalausgabe 06/2015

Redaktion: Steffi Korda
Printed in Germany 2015
Umschlaggestaltung: Zero Werbeagentur, München
Umschlagabbildung: ©FinePic®, München
Satz: Buch-Werkstatt GmbH, Bad Aibling
Druck und Bindung: GGP Media GmbH, Pößneck
ISBN: 978-3-453-41851-6

www.heyne.de

Für meine Lieblingsmänner

J. J. und E. E.

»Ein Leben ohne Mops ist möglich –
aber sinnlos.«

(Loriot)

»Eine Mordermittlung ohne Mops ist möglich –
aber aussichtslos!«

(Henri)

1

Conny saß in ihrer Hollywoodschaukel und stierte in den Himmel. Wir folgten ihrem Blick und sahen ebenfalls hoch. Da war nur nichts! Nichts, das ihre Haltung hätte erklären können. Abgesehen von den dunklen Wolken, die in Windeseile vorbeizogen. Aber nicht nur das machte uns stutzig. Unsere Wohnwagen-Nachbarin und vermutlich die einzige normale Person auf diesem Campingplatz hatte immer noch ihr geblümtes Kleid und die cremefarbene Strickjacke mit den goldenen Knöpfen an. Die Sachen, die sie gestern Abend auf der Grillparty getragen hatte – und es war ja inzwischen alles andere als warm. Von der Ostsee wehte eine merklich kühle Brise zum Campingplatz rüber. Apropos nicht warm: Conny war eiskalt. Ich hatte sie mit meiner Nase angestupst. Sie war kalt und irgendwie hart. Außerdem stand ihr roter Mund merkwürdig offen. Im Mundwinkel hing Spucke. Das passte gar nicht zu ihr.

Ich sah erst Viktor rechts neben mir an, dann Wilma, die links neben mir saß. Wir waren uns einig. Für all das konnte es nur eine Erklärung geben: Conny war tot.

Bevor ich Ihnen gleich erzähle, wie es zu diesem ganzen Schlamassel kam, sollte ich mich vielleicht erst einmal vorstellen: Mein Name ist Henri. Eigentlich heiße ich Heinrich. Das ist Josephine, unserer Rudelführerin, aber etwas zu kompliziert und auch etwas zu doof, wie sie immer erklärt. Deshalb ruft sie mich einfach Henri. Oder auch Heini, wenn sie genervt ist. Das wiederum finde ich doof. Auf Heini höre ich sofort, denn ich finde diesen Namen so fürchterlich, dass ich lieber auf der Stelle angelaufen komme, als mich noch ein einziges weiteres Mal so nennen zu lassen! Andererseits nenne ich Josephine ja auch nur Josi. Wie all ihre Freunde. Das passt viel besser zu ihr als so ein langes Josephine. Josi ist nämlich eine echte Frohnatur. Neben vielen anderen Dingen ist Lachen ihre Lieblingsbeschäftigung. Sie ist einfach eine tolle Rudelführerin! Außer mir gehören jedenfalls noch Viktor und Wilhelmine, meist Wilma genannt, zur Familie. Wilma ist breit wie hoch und genau wie Viktor ein Mops. Ich bin kein Mops. Jedenfalls kein reinrassiger. Das möchte ich an dieser Stelle erwähnt haben. Ich bin das Resultat einer leidenschaftlich kurzen, aber heftigen Begegnung eines Mopses mit einer Dänischen Hofhündin. Bis vor Kurzem hatte ich keinen blassen Schimmer davon. Ich war bis zu dieser dummen Sache auf dem Campingplatz davon ausgegangen – ich mag es gar nicht laut sagen – aber ich war davon ausgegangen, auch ein Mops zu sein. Ein 1A reinrassiger Mops. Als ich dann erfuhr, dass alles ganz anders ist, war das ein ganz schöner Schock.

Früher gehörte auch noch Bernd zu unserem Rudel. Womit wir schon beim Thema wären. Denn mit Bernds Skiurlaub fing die ganze Katstrophe an. Genau genommen mit Josis Anruf in dem Hotel, in dem Bernd seit Jahren übernachtet, wenn er in den Skiurlaub fährt. Sie wollte sich eigentlich nur kurz erkundigen, wie es ihm da unten in den Bergen so geht, aber was sie stattdessen erfuhr … wie soll ich sagen, löste sozusagen eine Lawine aus. Nicht da unten in den Bergen, sondern hier oben bei uns.

Dabei hatte der Tag so schön angefangen. Die Maisonne schien durch die deckenhohen Fenster, die sich über die gesamte Front unserer frisch bezogenen Wohnung – Entschuldigung, ich meine natürlich unseres Lofts – in der Hamburger Hafencity zogen und weckte uns alle drei im gleichen Moment auf. Wilma, die fette Nudel, die schon wieder ihre Vorderpfote quer über meinen Kopf gelegt hatte, Viktor und mich. Wir teilen uns nämlich ein großes XXL-Hundebett. Im Hintergrund hörte ich eines der schönsten Geräusche meines Hundelebens: das Öffnen der Futterdose. Eigentlich hörte ich schon ein Geräusch davor, nämlich das Wühlen in der Schublade, wenn Josi den Öffner sucht. Ich liiiiebe dieses Geräusch! Und ich liebe es, davon geweckt zu werden. Was ich weniger liebe, ist meine verfressene Mitbewohnerin, die natürlich wieder als Erste am Futternapf stand, bevor ich überhaupt das zweite Auge geöffnet hatte. Aber da sie nicht nur fett, sondern auch etwas dumm ist, begreift sie bis heute nicht, dass sie sowieso nicht mehr bekommt, auch wenn sie die Erste ist. *Tja, Pech gehabt,* dachte ich, während ich mich streckte, ausgiebig gähnte und dann langsam Richtung Küche trottete. Ich war sozusagen hundemüde. Nicht ohne Grund. Wir hatten am Abend zuvor drei Folgen *Sherlock Holmes* am Stück gesehen. Die anderen waren mal wieder nach der ersten Folge eingeschlafen. Im Gegensatz zu mir: Ich würde im Leben nicht während eines Krimis einschlafen! Denn ich bin der geborene Ermittler, müssen Sie wissen. Ganz unter uns: Meine Trefferquote liegt bei 100%. Meine Bestzeit unter fünf Minuten. Zumindest beim *Tatort.* Da kann mir keiner was vormachen. Bei *Sherlock Holmes* ist das etwas anderes. Die Fälle sind schon kniffliger. Na ja. Wäre es nach mir gegangen, ich wäre schon längst bei der Kripo. Als Spürhund, versteht sich. Was gibt es Schöneres als einen ordentlichen Mord? Also, okay, für die Toten ist das natürlich weniger schön. Aber von diesen negativen Begleiterscheinungen abgesehen ist es meine größte Leidenschaft, Kriminalfälle zu lösen. Gut, mit Leberwurst bekommt man mich auch schnell rum. Aber die steht an zweiter Stelle. Ich schwöre.

»Da seid ihr ja, meine Süßen. Kommt, Frühstück ist fertig!«, flötete unsere Rudelchefin fröhlich, kniete sich zu uns runter, warf ihre langen rotblonden Haare nach hinten und knuddelte uns, als hätten wir uns die letzten zwanzig Jahre nicht gesehen. Dabei waren es gerade mal zehn Stunden gewesen. Unser morgendliches Ritual. *Wie ähnlich sie uns morgens immer sieht,* dachte ich, während ich sie betrachtete und ihre Streicheleinheiten genoss. Wir hatten zwar keine langen Haare, aber Josi hatte ein mindestens genauso verknittertes Gesicht wie ich. Bei ihr legten sich die meisten Falten im Laufe des Tages wie von Geisterhand. Bei mir waren sie ein Markenzeichen. Beziehungsweise bei uns.

Dann stand sie wieder auf, nahm sich ihren Latte macchiato und ging in ihrem bodenlangen, cremefarbenen Seiden-Morgenmantel ins Wohnzimmer. Oder besser: Sie betrat den Teil des Lofts, den sie seltsamerweise Wohnzimmer nannte. Wohnzimmer, Küche, Esszimmer waren alle eins.

Eine einzige große Halle. Lediglich für das Schlafzimmer sowie das Gäste-WC und das große Bad mit der freistehenden Badewanne und dem Blick auf den Hafen hatte der Architekt eine Tür eingeplant. Dem Himmel sei Dank! Nichts gegen den Blick auf den Hafen, aber der Blick auf Bernd, der stundenlang auf dem Klo verschwand, um dort angeblich Sudoko-Rätsel zu lösen … vielen Dank! Wobei sich das dann auch schnell erledigt hatte.

»Guten Morgen. Ich würde gerne Herrn Hartmann sprechen. Er hat die Junior-Suite. Würden Sie mich bitte verbinden? Ich habe die Durchwahl verlegt«, hörte ich Josi sagen, während ich den Rest aus der Schüssel leckte. Geflügelpastete. Ein Traum! »Ja, danke. Ich warte«, sagte Josi ganz entspannt und lächelte uns an. Daran erinnere ich mich noch. Denn es waren ihre letzten Worte, bevor sie – lassen Sie es mich so sagen – zur Furie wurde, die weder sich selbst noch irgendetwas anderes unter Kontrolle hatte. Dabei war das doch neben ihrer Frohnatur ihr Markenzeichen. Kontrolle. Kontrolle und Ordnung. Egal, ob es sich um die Brötchenkrümel auf dem langen Esszimmertisch handelte, die sie mit dem Handstaubsauger entfernte (obwohl zweimal die Woche Mercedes, der spanische Putzteufel, kam), oder die Schuhe im begehbaren Kleiderschrank. Die standen auf den Millimeter genau in gleichem Abstand nebeneinander und waren nach Farben sortiert. Als Christa, Josis Mutter, das erste Mal nach unserem Umzug zu Besuch kam, meinte sie: »Hier sieht es ja aus wie in einem Einrichtungs-Katalog! Also, von mir hast du das nicht.« Mir war es egal. Der einzige Moment, in dem es anfing zu nerven, war der, wenn Josi an meinem

Halsband rumdrehte, weil es verrutscht war. Dann konnte ich Bernd verstehen, dem sie auch jeden Morgen, bevor er aus der Wohnung ging, an der Krawatte rumzerrte. Bernd war davon ähnlich genervt wie ich. Er sagte nur irgendwann nichts mehr. Es hatte ja auch keinen Sinn. Josi hatte mal zu Sarah gesagt, dass sie die äußere Ordnung brauche wie Luft zum Atmen. Oder so in der Art.

Jedenfalls fing sie eine Sekunde später an zu lachen. Nein, zu prusten. Das wiederum ging schleichend in ein hysterisches Schreien über. Bis sie kurz einmal tief Luft holte und »Bitte, was?!« in den Hörer rief, dabei befand der sich doch direkt an ihrem Mund. Ich wollte mich gerade über so viel Rücksichtslosigkeit am frühen Samstagmorgen beschweren, als Josi erneut anfing, so merkwürdig glucksend zu lachen. Nicht irgendwie. Sondern wie ein wieherndes Pferd. »ICH bin Frau Hartmann!!!«, brüllte sie in den Hörer, dann schleuderte sie das Telefon einmal quer durch Wohnzimmer, Esszimmer und Küche. Kurz vor dem Mülleimer fiel es auf den Boden. Wilma jaulte auf und rannte für ihre Verhältnisse überraschend schnell zu unserem XXL-Bett, Viktor zuckte zusammen und sah aus, als würden ihm seine Froschaugen gleich in den Futternapf fallen, und ich war einem Herzinfarkt nah.

Zeitgleich nahm Josis unheilvolle Wandlung ihren Lauf. Sie, sonst immer die Ruhe in Person, die nach Blumenwiesen roch und Klassik liebte. Sie, die Wert auf Höflichkeit und gute Umgangsformen legte, die es liebte, zur – wie sie immer sagte – Upper Class zu gehören, die studiert hatte und stolz auf das war, was sie sich aufgebaut hatte. Sie, die aussah, als wäre sie gerade einem Modemagazin entsprungen. Sie, Josephine Hartmann, unsere Rudelführerin, schrie jetzt: »Dieses ARSCHLOCH! Dieses verdammte, kleine ARSCHLOCH!« Dann sah sie zu mir runter.

»Hallo?! Was war das denn für eine Ansage?«, wunderte ich mich zutiefst gekränkt. Sie war zwar einmal im Monat etwas zickig. Aber so?! Ich legte den Kopf schief und sah sie mit in Falten gelegter Stirn fragend an. Okay, meine Stirn liegt immer in Falten, aber in diesem Fall gab ich mir große Mühe, noch ein paar Extrafalten zu produzieren.

»Du doch nicht, Henri«, sagte sie kopfschüttelnd in einigermaßen normalem Ton, bevor der Anfall seinen weiteren Lauf nahm. Wann hatte ich zuletzt so etwas gesehen, fragte ich mich, während Josi wie ein Soldat ins Schlafzimmer marschierte. Stimmt! Kürzlich, im Fernsehen in dieser Serie … wie hieß die noch gleich? Da war auch so eine Frau, die brüllte und sich schließlich weinend aufs Sofa warf. Ihr Hund war daraufhin angelaufen gekommen – vermutlich weil er sich Sorgen machte und sie trösten wollte. Das wiederum verstand Wilma natürlich nicht, wie so vieles in ihrem kurzen Leben, und hatte höllisch laut angefangen »Pfoten weg von der Frau, du Schwein!« zu bellen, während sie vor dem Flachbildschirm stand. Was soll ich dazu sagen? Es handelte sich hier schließlich um einen Weimaraner und nicht um ein Schwein.

Josi warf sich jedenfalls nicht weinend aufs Sofa, sondern wie hypnotisiert vor den Kleiderschrank. Ein paar Minuten passierte gar nichts, und ich dachte schon, sie hätte sich wieder beruhigt. Dann riss sie plötzlich von einer Sekunde auf die nächste alles aus dem Schrank. Na ja, nicht ganz. Ihre Sachen ließ sie drin. Nur die von Bernd flogen in hohem

Bogen raus, bis sich neben ihr ein Klamottenberg gebildet hatte, der mindestens so hoch war wie drei Möpse – oder sagen wir mal eher fünf. Wollte sie das alles waschen oder was hatte sie vor? Mit ihrer üblichen Tollpatschigkeit hatte das hier nichts zu tun. Ihr fiel zwar sonst gerne mal was aus der Hand, aber das hier hatte etwas ganz und gar Absichtliches. Nur warum? Warum war sie so sauer, wunderte ich mich, während ich das Szenario aus einem kleinen Sicherheitsabstand besorgt beobachtete. Was hatten die vom Hotel denn bloß zu ihr gesagt?

»Herr Hartmann ist nicht da, aber Frau Hartmann können wir Ihnen gerne geben!«, wiederholte Josi eine halbe Stunde später das, was man ihr am Telefon gesagt hatte. Der Tobsuchtsanfall war vorbei. Dafür schluchzte sie jetzt ununterbrochen, während sie neben Sarah auf dem Sofa saß. Sarah war Josis beste Freundin und als solche umgehend herbeigeeilt. Sie fuhr einen todschicken neuen Mini und war in Rekordzeit aus Eppendorf zu uns in die Hafencity gerast, wie sie erklärte, nachdem die Fahrstuhltür sich geöffnet hatte. Ich glaubte ihr sofort, so wie sie schnaufte. Dabei war sie eigentlich gut durchtrainiert. Sport war ihre große Leidenschaft. Neben Yoga und Boxen ging sie laufen und neuerdings auch zum Zumba. Das ist irgend so eine Sache, wo man zu Musik mit dem Po hin und her wackelt. Bei ihrem letzten Besuch hatte sie uns das mal vorgemacht. Josi wäre fast vor Lachen vom Sofa gerutscht. Aber mit dem Lachen war jetzt Schluss.

Der Fahrstuhl, das muss ich noch kurz erklären, führt bei uns direkt in die Wohnung. Es gab zwar auch eine ganz normale Wohnungstür, die in ein ganz normales Treppenhaus führte, aber die benutzen wir nie. Meine Mitbewohner waren schließlich Möpse und keine Windhunde. Man unterscheidet zwar zwischen Sport-Möpsen und Fress-Möpsen – zu Letzteren gehört wie gesagt die dicke Wilma –, aber das heißt noch lange nicht, dass wir, Mops hin oder her, mehrmals täglich in den siebten Stock laufen möchten. Da waren wir uns alle Gott sei Dank sofort einig, als wir vor einem knappen Jahr hier einzogen. Nur Bernd musste, warum auch immer, die Treppe nehmen. Testosteron, hatte Josi dann immer kopfschüttelnd gesagt. Wo wir auch schon beim Problem wären.

»Vielleicht ist das ja nur ein Missverständnis, Süße«, versuchte Sarah sie zu beruhigen und fuhr sich mit der Hand über ihren Pony, der so akkurat gerade geschnitten war, dass ich überlegte, ob der Friseur ein Lineal benutzt hatte. Ihre kurzen, dunklen Haare erinnerten ein wenig an die Frisuren von diesen kleinen Plastikfiguren. Wie heißen die noch mal? Playmobil, glaube ich. So eins hatte Viktor mal am Elbstrand gefunden.

»Das Missverständnis ist halb so alt wie ich, könnte meine Tochter sein und hat kurze braune Haare!«

Sarah hörte auf, sich nervös mit den Fingern durch den Playmobilpony zu streichen. »Oh … woher weißt du das denn?«

»Ich habe ihn gefragt«, erklärte Josi.

»Bernd!?«

»Nein, natürlich nicht!«, schluchzte sie, während Wilma, Viktor und ich nebeneinander in einer Reihe saßen, abwechselnd die Köpfe wie bei einem Tennismatch erst zu

Josi, dann zu Sarah, danach zurück zu Josi drehten und aufmerksam zuhörten.

»Der Portier hat es mir gesagt. Ich habe ihn nach dem ersten Schock noch mal angerufen, weil ich es einfach nicht fassen konnte … kann ich ja immer noch nicht.« Josi putzte sich die inzwischen rote Nase. Neben ihr türmte sich ein kleiner weißer Berg aus Papiertüchern.

»Oh«, murmelte Sarah daraufhin und nahm noch einen Schluck aus einem der beiden Proseccogläser.

»Ich mache mir Sorgen«, raunte Wilma links neben mir.

»Ich mir auch«, kam es von rechts. »Sie trinkt dieses Blubberwasser sonst nie vor achtzehn Uhr«, meinte Viktor und zog die Nase hoch. Wie ich das hasste! Dieses Geräusch. Grässlich. Schnupfen hin oder her. Viktor war doch sonst nicht so ein Banause. Im Gegenteil, er war doch eher der Grandseigneur im Rudel! Das musste das Alter sein, anders konnte ich es mir nicht erklären, dass er sich in letzter Zeit wie eine gewöhnliche Promenadenmischung benahm. Neulich ist er den halben Tag mit Essensresten im Mundwinkel herumgerannt. Viermal musste ich ihm sagen, er solle sich das bitte schön mal weglecken! Beim fünften Mal hätte ich es fast selbst gemacht, aber dann tat er es schließlich doch. *Alte Männer werden manchmal komisch,* dachte ich und beobachtete, wie sich das Proseccoglas erneut in Richtung Josis Mund bewegte.

Wo Viktor recht hatte, hatte er recht. Es war wirklich etwas früh – um genau zu sein, kurz nach zehn Uhr morgens.

»Das ist ein Notfall. Das seht ihr doch!«, murmelte ich zurück, während ich beobachtete, wie Sarah noch einmal nachschenkte. Dann stellte sie die leere Flasche auf den

Fußboden. Eigentlich bekam Josi von diesem Zeug immer ganz lustige Anwandlungen. Manchmal hatte ich aber auch den Eindruck, es machte einfach nur müde. Denn meistens verschwand sie nach dem zweiten Glas plötzlich mit Bernd im Schlafzimmer. Egal ob der Krimi im Fernsehen noch lief oder der zweite Gang des abendlichen Menüs noch im Ofen war. Ich war zwar schon oft genug in den letzten vier Jahren, die ich jetzt auf der Welt war, so müde, dass ich im Stehen hätte einschlafen können, aber wenn ein so leckeres Essen auf mich gewartet hätte – nein, dann wäre ich sicher nie im Leben ins Bett gegangen! Nun ja. Derzeit wirkte der Prosecco jedenfalls alles andere als einschläfernd. Eher betäubend. Josi starrte auf ein und denselben Punkt auf dem Fußboden, als wenn dort ein Fleck wäre. Ich folgte ihrem Blick und sah mir die Stelle etwas genauer an, beschnüffelte sie sogar intensiv, aber da war nichts. Rein gar nichts, abgesehen von dem Granitboden. Ich marschierte enttäuscht zurück und setzte mich wieder zwischen Wilma und Viktor.

Josi tat mir richtig leid. Erst war ihr Onkel Fritz vor zwei Wochen gestorben und nun das! Onkel Fritz hatten wir noch nie zu Gesicht bekommen. Also, ich zumindest nicht. Lediglich seinen Sarg, aber da war der Deckel schon zu. Sie hatte aber doch hin und wieder von ihm erzählt. Meist, wenn eine Karte von ihm gekommen war. Dann hatte sie immer »Hach, Fritz« gesagt, gelächelt, die Karte gelesen und auf die Kommode gelegt. Das war so zweimal im Jahr gewesen. Als Kind war sie regelmäßig mit ihren Eltern zu Onkel Fritz gefahren. In den Ferien. Wenn sie davon erzählte, dann leuchteten ihre Augen immer so. Ich glaube, diese ersten Jahre, das ist bei Menschen etwas ganz besonderes. Jedenfalls denken sie an diese Jahre lieber als an andere. Okay, von Urlauben schwärmen Menschen auch schon mal, aber das ist ein anderes Schwärmen. Das, was ich meine, ist, wie soll ich sagen, etwas verzaubert. Ja, genau das ist es. Verzaubert. Und trotzdem ist sie in den anderen Jahren nach dieser besonderen Zeit irgendwie nicht mehr so oft da hingefahren. Aus Zeitmangel, hatte sie mal gesagt, als ihre Mutter fragte. Aber immerhin dachte sie regelmäßig an ihn. Also an Fritz. Und sie mochte ihn. Das wusste ich. Umso geschockter war sie von der Nachricht gewesen, dass er nicht mehr lebte.

Fritz war, obwohl eigentlich topfit, einfach eines Morgens tot in seinem Campingwagen gefunden worden. Josi hatte das sehr mitgenommen. Vor allem die Beerdigung letzte Woche. Ihre Eltern hatten es leider nicht geschafft, da sie mit irgendeiner schlimmen Grippe im Bett lagen.

»Warst du eigentlich schon mit den Hunden draußen?«, fragte Sarah und sah dabei in unsere Richtung.

»Nee«, sagte Josi völlig unbeteiligt und blickte weiter wie gelähmt irgendwo ins Nichts.

»Soll ich sonst mal kurz? Die sehen irgendwie so aus, als wollten sie raus.«

Hallo?! Wie sehen denn Hunde aus, die rauswollen? Ich drehte meinen Kopf nach links zu Viktor. Er sah aus wie immer: Froschaugen, Falten, weiße Haare um den Mund und ein leicht debiler Ausdruck. Aber der Gute ist ja auch schon 11, da darf man so aussehen. Dann betrachtete ich Wilma zu meiner Rechten. Hätte sie nicht Augen im Kopf, man wüsste nicht, wo vorne und wo hinten ist. Sie sah schon immer aus wie eine Presswurst auf vier Stummelbeinen.

Eine süße Presswurst allerdings. Mit einem großen Herz. Sie war zwar alles andere als hochbegabt, aber sie war für einen da, wenn es einem mal nicht gut ging. Viktor sagte immer, sie hätte zwar keinen IQ, dafür aber umso mehr EQ. Ich gestehe, ich habe mich nie getraut zu fragen, was das ist. Dieses IQ und EQ. Schließlich wollte ich mich nicht blamieren. Aber ich finde, es klingt gut. So ein bisschen wie Barbecue. Und das ist definitiv etwas Gutes!

Aber zurück zu Sarah. *Typisch Nicht-Hund-Besitzerin,* dachte ich und sah sie an. Sarah war zwar lieb und nett, aber mehr eben auch nicht. Zumindest nicht, was das Deuten von Hundeblicken anging. *Wir machen uns SORGEN!,* kläffte ich.

»Guck. Die wollen raus«, sagte sie noch einmal und stand auf.

Na denn. *Geht es halt raus,* dachte ich und bewegte mich Richtung Fahrstuhltür. Dann zögerte ich. Josi hier alleine zu lassen, gefiel mir gar nicht. Also lief ich doch lieber noch mal zu ihr zurück und sprang auf ihren warmen Schoß.

»Ach Henri«, meinte sie nur und streichelte mir über den Rücken. Nicht wie sonst, mit kraulender Bewegung. Nein. Irgendwie lustlos und schlaff. Schrecklich. Wie … wie Geflügelpastete ohne Geflügel – oder so.

Leider musste ich feststellen, dass Josi recht hatte: Bernd war ein Arschloch. Er würdigte uns keines Blickes, als er ein paar Tage später plötzlich mit seinem Kumpel Kai in der Wohnung stand. Dabei hatten wir am allerwenigsten mit dem Ganzen – was auch immer es war – zu tun. WIR waren es doch, die am meisten unter der Situation litten!

Wir waren schließlich jetzt Scheidungs-Hunde, wenn ich Josi richtig verstanden hatte. Sie wollte Bernd nämlich auf keinen Fall zurück. Sollte er doch den Rest seines Lebens mit seiner heimlichen Zweitfrau verbringen, hatte sie am Telefon zu Sarah gesagt. Da würde er schon sehen, was er davon hatte, wenn er mit einer Studentin zusammenlebte und sein schönes Leben würde selbst finanzieren müssen. »Jawohl!«, hatten wir im Kanon unterstützend gebellt.

Uns war es inzwischen auch fast schon lieber, er würde nicht mehr wiederkommen. Denn ganz ehrlich: So ein Streit zwischen zwei Menschen ist nichts für zarte Nerven. Da lob ich mir doch eine ordentliche Rauferei mit einem anderen Hund, auch wenn dabei die Fetzen fliegen. Da weiß man wenigstens, woran man ist. Aber so ein menschlicher Streit dagegen … Da weiß man eben nicht, woran man ist.

Bernd hingegen wusste nichts von dem Empfang, der in der Wohnung auf ihn wartete. Josi hatte es tatsächlich durchgezogen und ihn weder vorher am Telefon zur Rede gestellt noch irgendwie gewarnt. So löste sich seine Erholung – sofern er sich da unten in den Bergen oder im Bett oder wo auch immer er sich rumgetrieben hatte, erholen konnte – binnen Sekunden in Luft auf. Oder sagen wir mal: in eine Art Schockstarre. Denn er, der doch sonst so redegewandt war, sagte nichts. Er starrte nur mit aufgerissenen Augen Josi an. Kurz nachdem er durch die Fahrstuhltür in die Wohnung getreten war, hatte sie ihn mit einem giftigen Lächeln gebeten, den Haustürschlüssel auf das Sideboard zu legen und samt Koffer wieder im Fahrstuhl zu verschwinden. Ganz ruhig. Als hätte sie gesagt: »Bring doch bitte mal kurz den Müll runter.« Der Müll war in diesem Fall Bernd selbst. Das realisierte er nur noch nicht.

»Ach, und lass den BMW-Schlüssel auch hier. Der Wagen gehört ja nachweislich mir. So wie alles hier.« Sie warf ihre langen Haare, die er immer so an ihr geliebt hatte, in den Nacken und strich sie mit der Hand hinter die Ohren. Josi hatte das Loft einem Typen abgekauft, der hier eigentlich mit seiner Frau einziehen wollte. Dann kam es zur Scheidung, bevor es zum Umzug kam, und nachdem Josi das für ihn geregelt hatte, fragte er sie, ob sie nicht Interesse hätte. Also, an dem Loft, meine ich. Zum Freundschaftspreis. Das weiß ich noch so genau, weil sie das abends Sarah ganz aufgeregt erzählt hatte. Sozusagen als Dankeschön, weil sie ihn vor irgendwelchen Zahlungen gerettet hatte. Also nicht mit dem Rettungsring wie beim Segeln, sondern irgendwie anders. Keine Ahnung.

»Was ist denn in dich gefahren?«, fragte Bernd sichtlich irritiert, obwohl er es ja eigentlich wissen musste.

»In MICH ist nichts gefahren. Ich sollte lieber fragen, in was DU gefahren bist. Wobei ich es eigentlich auch gar nicht genauer wissen will.« Dann drehte sie sich um und griff nach einer kleinen Packung, die auf dem großen gläsernen Esstisch lag.

Und da tat sie es: Sie nahm eine Zigarette aus einer Packung und rauchte. Josephine Hartmann, unsere Rudelchefin, rauchte! Dabei war sie es doch, die sich bis vor Kurzem noch über diesen Gestank aufgeregt hatte. Ich konnte es nicht fassen!

»Sie macht Qualm!«, erkannte meine hochbegabte Mitbewohnerin.

»Das nennt man rauchen, Wilma«, erklärte ich.

»Dann muss es ihr wirklich schlecht gehen«, meinte Viktor.

»Kann man ja auch verstehen«, sagte ich und sah vorwurfsvoll zu Bernd.

»Warum?«, fragte Wilma, und ich spürte ihren fragenden Blick von links.

»Warum?! Weil Bernd sie betrogen hat!«, sagte ich kopfschüttelnd.

»Aber es gibt doch so viele Menschen. Sie kann sich einen anderen suchen«, erwiderte Wilma.

»Das ist bei Menschen anders.« Ich holte tief Luft. »Das verstehst du nicht. Das hat was mit Liebe zu tun.«

»Aber wir lieben sie doch auch!«

»Ja, klar, aber das ist eine andere Liebe. Die Menschen unterscheiden da irgendwie zwischen … zwischen der einen und der anderen Liebe. Die lieben ihre Eltern, ihren Partner, ihre Hunde, und all diese Lieben sind jeweils ganz unterschiedlich. Und dann gibt es eben noch eine weitere ganz andere Liebe für besonders schöne Kleidung, Handys und solche Sachen. Ich habe Bernd sogar mal gehört, wie er in der Tiefgarage zum BMW gesagt hat, er würde ihn lieben, während er ganz versonnen über das Lenkrad strich … irgendwie zärtlich. Das ist eben nicht so wie bei uns.«

»Er hat zu seinem Auto gesagt, dass er es liebt?!«, fragte Wilma ungläubig. »Dann wundert mich hier gar nichts mehr.«

»Es ist nicht SEIN Auto. Hast du doch eben gehört.«

»Dann eben IHR Auto. Noch schlimmer! Nun stell dir doch mal diesen Trennungsschmerz vor. Er liebt das Auto, und jetzt muss er es hierlassen und gehen. Das klingt alles ganz schön dramatisch … und kompliziert«, meinte Wilma.

»Ist es auch«, gab ich zu und widmete mich wieder dem eigentlichen Problem.

»Du rauchst?«, fragte Bernd entsetzt.

»Ja. Stell dir vor. Sozusagen die Zigarette danach. Nach der Ehe. Aber mach dir um meine Gesundheit keine Sorgen. Lieber um deine, wenn du nicht sofort verschwindest. Bevor ich mich völlig vergesse. Und überhaupt. Zum Thema Gesundheit. Ich möchte gar nicht wissen, womit du dich womöglich angesteckt hast. So wie ich dich kenne, hast du mit hoher Wahrscheinlichkeit kein Gummi benutzt!«

»Wer braucht ein Gummi?!«, fragte Wilma, wackelte zu unserem Hundebett und kam mit ihrem Gummiknochen zurück, den sie mir vor die Füße legte. »Warum sollte er so etwas benutzt haben? Das macht doch keinen Sinn«, murmelte Wilma, und ausnahmsweise musste ich ihr wirklich recht geben.

»Warum weißt du …«, stotterte Bernd jetzt.

»Warum ich es weiß? Weil ICH nicht blöd bin.«

»Josi, ich kann … ich kann …«

»Nichts kannst du. Verschwinde einfach!«

Wilma, Viktor und ich saßen in einer Reihe nebeneinander zwischen Josi und Bernd auf dem Fliesenboden und drehten besorgt unsere Köpfe abwechselnd von links nach rechts. Links war es jetzt ruhig.

Im Gegensatz zu rechts. »Dass ausgerechnet mir so etwas passiert. Mir, der erfolgreichen Anwältin für Familienrecht mit Scheidungen von morgens bis abends! Ich könnte einen Lachanfall bekommen. Wenn es nicht so unfassbar …

so unfassbar BESCHISSEN wäre!«, brüllte sie aus voller Kehle, und wir zuckten alle zusammen. Bernd inbegriffen.

»Ich … ich … weiß auch nicht, was mit mir los war. Ich wollte einfach nur mal … ganz normalen Sex haben.«

»Ach! Und mit mir hattest du den nicht, oder was? Was war denn bei uns nicht normal?!«

Bernd sah zu uns runter.

Hallo? Was wollte er denn damit sagen? Ich sah Viktor an, dann Wilma.

Jetzt schaute auch noch Josi zu uns runter. Nun war aber gut!

»Egal was wir machen, egal wo wir sind, egal wie wir … immer sind deine Hunde dabei. Meinst du, mir macht das Spaß, wenn hinter mir drei Hunde sitzen und glotzen, während ich dich …? Ich hätte lieber drei Kinder als drei Hunde. Aber das ist ja nicht neu, und da komme ich bei dir auch nicht weiter, wie wir alle wissen.«

»Mobbing!«, meinte Viktor.

»Bitte, was?«, fragte Wilma.

»Das nennt man Mobbing. In unserer Anwesenheit. Unfassbar!«, empörte sich Viktor, während Wilma ihn weiter begriffsstutzig ansah.

»Nee, das verstehe ich. Dann muss man sich natürlich ein junges Ding suchen, das halb so alt ist wie die eigene Frau, und es – wenn ich den Portier richtig verstanden habe – regelmäßig auf Kosten der eigenen Frau im Hotel durchnehmen! Seit Jahren triffst du die während deines so genannten Ski-Urlaubes da unten. Klar. Das versteht doch jeder! Mit der kannst du jetzt gerne deine drei Kinder zeugen, wenn es dir denn so wichtig ist! Sofern sie schon volljährig ist. Aber inzwischen dürfte sie das wohl sein.« Josi holte kurz tief Luft. Dann legte sie wieder los. »Bist du eigentlich noch ganz dicht?! Du hättest ja mal sagen können, dass dich meine Hunde beim Sex stören, dass du auf kurze dunkle Haare – wenn ich den Portier richtig verstanden habe – und nicht auf langes Rotblond stehst und es auch insgesamt gern etwas jünger magst. Hat die eigentlich einen Vater-Komplex? Ach, egal. Es wäre auf alle Fälle billiger gewesen, wenn du mal was gesagt hättest. Die Scheidung wird es jedenfalls nicht. Das kann ich dir versprechen. Und jetzt Tschüss! Das hier ist deine letzte Abfahrt, und die solltest du nehmen, sonst vergesse ich mich.«

»Das hätte doch auch nichts geändert, wenn ich etwas gesagt hätte, das weißt du ganz genau. Außerdem …«, fing Bernd an.

Aber Josi unterbrach ihn. »Tschüss!« Sie ging zur Glastür, die auf die Dachterrasse führte, öffnete sie und trat hinaus. Den Rücken zu uns gewandt sah sie in Richtung Hafen.

Kurzer Prozess, schoss es mir durch den Kopf. Das war ihre Stärke, wie sie immer betonte, wenn sie mit Mandanten sprach. Irgendwann hatte ich das mal aufgeschnappt.

»Josi … lass uns noch mal reden. Wir können doch …«, versuchte Bernd es verzweifelt.

»Wir? Es gibt kein Wir mehr. Mach's gut!«, hörten wir Josi sagen. Mehr nicht.

Bernd sah wieder zu uns runter.

»Na, tolle Wurst«, sagte Wilma beleidigt. »Uns die Schuld dafür geben, dass er sein Ding nicht unter Kontrolle hat. Also echt! Das ist ja wohl das Letzte! Das Allerletzte!« Dann wackelte sie Josi hinterher auf die Dachterrasse.

Ich sah Viktor an.

»Wo sie recht hat, hat sie recht«, meinte er nur und verschwand auch.

Genau wie Bernd.

Josi war an diesem Tag jedenfalls noch nicht zurück, als Bernd etwas später ein letztes Mal in unsere Wohnung kam. Gott sei Dank. Sie wäre sicher nicht begeistert gewesen, ihn hier vorzufinden. Und damit das auch auf keinen Fall passierte, hatte sie Mercedes gebeten, ihn kurz reinzulassen und dafür zu sorgen, dass er bei Frau Winkel unten beim Bäcker den Schlüssel hinterlegt.

Bernd ging einfach an uns vorbei, als wären wir Luft, und packte lauter Zeugs zusammen. Sein Zeugs, wie schnell klar wurde. Das warf er in große Reisetaschen und Koffer und verschwand wieder. Mit den Koffern und mit seinem Kumpel Kai. Der musste ihm nämlich beim Tragen helfen. Wilma, Viktor und ich beobachteten das Ganze vom Sofa aus, auf dem wir es uns gemütlich gemacht hatten. Das Leder-Sofa hatte zwar fast den gleichen Ton wie unser Fell, aber das war noch lange kein Grund, uns zu übersehen und so zu tun, als gäbe es uns nicht. So eine Frechheit! Da waren wir uns alle drei einig. Wir waren zwar grundverschieden, aber sobald sich eine dunkle Wolke unserem klaren Hundehimmel näherte, hielten wir zusammen. Wie Dose und Öffner. Klar gab es auch mal Zoff, aber nie lange und nie richtig schlimm. Das würden wir gar nicht aushalten. Und in solchen Momenten wie diesen – die Gott sei Dank sehr selten waren – waren wir absolut einer Meinung.

»Das war doch jetzt wirklich eine Unverschämtheit«, meinte Viktor.

»Allerdings!«, bestätigte Wilma.

»Wer hat ihm denn in den letzten drei Jahren jeden Samstag die Zeitung ans Bett getragen? Und wer hatte ihm seine Pantoffeln zum Sofa geschleppt? ICH!«, schimpfte ich. »Und was bekomme ich dafür? NICHTS! Nicht mal einen Blick. Pah!«

»Wo will er hin? Was ist denn mit ihm?«, fragte Wilma und sah dabei zu, wie die Fahrstuhltür sich schloss.

»Was soll mit dem sein? Er ist nicht ganz dicht«, erklärte ich.

»Aber warum verreist er schon wieder? Er war doch gerade erst im Skiurlaub. Wo geht es denn jetzt hin?«

»Ins Studentenwohnheim«, meinte Viktor und räkelte sich auf dem Sofa. Ach Viktor, das mochte ich so an ihm. Er konnte so bissig sein, unser Seniorchef. Also, natürlich nicht wortwörtlich, da würde sein Kiefer nicht mitspielen, aber im übertragenen Sinn. Viktor hatte Humor und Witz. Ich sah ihn an und fragte mich, ob er so hämisch grinste, weil er an junge Studentinnen dachte oder weil Bernd sich heute Abend vermutlich von Knäckebrot ernähren würde und nicht von einem üppigen Drei-Gänge-Menü.

Die Abwesenheit von Liebe ist im Grunde unerträglich. Vor allem, wenn man ein Hund ist und das ganze Elend mit ansehen muss. Geht's dem Menschen schlecht, geht's dem Hund auch schlecht. So einfach ist das. Wenn der Hund dann auch noch ein Mops ist, ist die Lage überdies dramatischer. Denn der Mops als solcher ist harmoniebedürftig und merkt sofort, wenn mit seiner Rudelführerin etwas nicht stimmt. Dann benimmt er sich auch gerne, als wäre er eine Wärmflasche auf vier Beinen und legt sich bei jeder Gelegenheit ungefragt irgendwo drauf – aufs Bein, den Bauch oder wo auch immer er eine Chance wittert. So viel zum Mops. So geht der Mops damit um. Wie die Menschen das allerdings handhaben, ist mir nach wie vor ein Rätsel. Ich kann nur sagen: Ich verstehe sie nicht.

Solange wir in der Wohnung waren, weinte Josi sich die Augen aus dem Kopf und verbrauchte in einer halben Stunde mehr Taschentücher, als in den Mülleimer passten. Doch kaum waren wir vor der Tür, verwandelte sie sich in einen anderen Menschen! »Ja, alles bestens. Danke. Nein, kein Problem, ich genieße die neu gewonnene Freiheit. Klar. Erst einmal war es ein Schock, aber die Dinge haben ja immer zwei Seiten. Und mit etwas Abstand betrachtet ist es doch wirklich das Beste, was mir passieren konnte. Ja, danke, Ihnen auch. Bis bald! Tschüss«, flötete sie, sobald wir Freunde oder Bekannte trafen. Selbst beim Bäcker sagte sie, als sie den Schlüssel abholte: »Er hat sich neu orientiert.« Hallo? Was hieß denn hier neu orientiert? Er hatte seine Sachen gepackt und war gegangen. Und das, ohne uns noch ein einziges Mal zu streicheln. DAS war die ganze Wahrheit!

»Die Dinge haben zwei Seiten?«, fragte ich noch beim ersten Mal erstaunt. »Wenn hier etwas zwei Seiten hat, dann sie. Was ist denn nur mit ihr los? Eben hat sie noch so laut geschluchzt, dass ich dachte, ich schließe mich lieber im Bad ein!«

»Vielleicht liegt es an der Luft«, meinte Wilma, als diese komische Wandlung das erste Mal stattfand.

»Was?«

»Na, dass es ihr wieder etwas besser geht.«

Dass es nicht an der Luft lag, war klar, als wir wieder in der Wohnung waren. Sie weinte. Also nicht Wilma, ich meine natürlich Josi.

Und so ging es Tag um Tag.

Irgendwann wunderte ich mich nicht mehr über das, was sie außerhalb unserer Wohnung anderen Menschen über ihren Zustand erzählte. Zwei Seiten hin oder her, es war ausgemachter Blödsinn. Warum auch immer.

2

»Der 17-Uhr-Termin, Schmidt mit dt gegen Schmitt mit doppel T, hat abgesagt, Frau Hartmann«, erklärte Frau Wäldchen. Sie hatte ihren runden Kopf samt frischer Dauerwelle durch die Tür in Josis Büro gesteckt – was wir nur von hinten beobachten konnten, denn wir lagen unter Frau Wäldchens Schreibtisch. Obwohl es immer, wenn sie beim Friseur gewesen war, so penetrant nach irgendetwas Schrecklichem roch. Ein bisschen wie in der chemischen Reinigung, wo Josi immer ihre Blusen hinbrachte, fand ich. Aber Frau Wäldchen behauptete, sie wäre beim Friseur gewesen. Und es sah auch so aus. Frau Wäldchens Frisur erinnerte ein bisschen an Charlize aus Paris: Die zickige Pudeldame unserer Nachbarin aus dem fünften Stock, die jedes Mal auf deren französischen Stammbaum hinwies.

Apropos Stammbaum. Frau Wäldchen war eher die stämmige Eiche als die schlanke Birke, an die man bei ihrem Namen dachte, aber eine grundgute Person. Sobald Josi nicht guckte, fütterte sie uns heimlich mit Hundekeksen. Oder mit Mandarinenstückchen. Ich liiiebe Mandarinenstückchen! Wilma leider auch und das zeigte sie dann gerne durch ihr schrilles Kläffen, was uns Heimlichnascher sofort entlarvte. Nun ja. So viel zu unserer Beziehung.

»Meine bessere Hälfte«, nannte Josi Frau Wäldchen immer aus Spaß, was ich zugegebenermaßen bis heute nicht verstanden habe. Aber man muss ja auch nicht alles verstehen. Wobei diese Bezeichnung, seit es Bernd nicht mehr gab, offenbar an Gewicht gewonnen hatte, denn Josi betonte es nun besonders. Auch wenn das Thema Gewicht ansonsten kein gutes war, jedenfalls nicht in Anwesenheit von Frau Wäldchen. Sie naschte noch lieber als wir. Und zwar nicht nur Mandarinenstückchen. Das hatte natürlich auch für uns sein Gutes.

Im Gegensatz zu dem verfrühten Feierabend, der Josi jetzt drohte.

Sie griff zum Telefon und wählte eine Nummer »Hi, Süße. Na, was machst du?« Stille. »Ach, das ist ja schön«, sagte sie ohne jegliche Spur Freude. »Ich? Ach, ich werde wohl gleich nach Hause gehen. Mal schauen …« Pause. »Nein, ach Quatsch. Du musst mich nicht mit zu einem Date nehmen. So schlimm ist es ja nun auch noch nicht. Aber wenn er nichts für dich ist, dann könntest du ihm meine Karte geben.« Jetzt lachte sie. Immerhin. »Nein, ich melde mich da ganz sicher nicht an.« Stille. »Na ja, eigentlich geht es mir ganz gut. Ehrlich. Zumindest solange ich genug zu tun habe. Das hat bisher hervorragend geklappt. In den letzten Wochen habe ich mich schön in die Arbeit gestürzt. Das war die einzige Möglichkeit, nicht nachzudenken.« Sie holte tief Luft. »Warum ausgerechnet mir so etwas passiert! Ausgerechnet mir, die ich tagtäglich die abenteuerlichsten Gründe für Scheidungen serviert bekomme. Ich müsste doch nach all den Jahren einen Blick dafür haben. Ein Gespür für das, was sonst keiner sehen will: das Betrogen-Werden. Dass also ausgerechnet ICH«, jetzt wurde sie lauter, »jetzt die Betrogene bin. Das macht mich«, sie zog die Nase hoch, »völlig fertig.« Stille. »Ja, du hast ja recht. Wird schon werden. Ja, danke. Ich melde mich wieder. Okay. Tschüss und viel Spaß! Ja, den werde ich auch haben.« Dann legte sie das Telefon zur Seite.

Viel Spaß?, dachte ich und betrachtete Josi, die nach allem Möglichen aussah, nur nicht nach viel Spaß. Sie hatte zwar inzwischen ein bisschen Futter zu sich genommen, aber von Spaß konnte hier noch lange keine Rede sein. Zumindest nicht der Spaß, den wir früher mit ihr hatten. Sie sah müde aus, erschöpft und traurig. Eine Mischung aus allem. Sie war einfach nicht mehr unsere Josi. Die, die wir kannten. Und sie roch in letzter Zeit so ... Entschuldigung ... belanglos. Früher hatte sie immer dieses Parfüm aus Rom benutzt, das Bernd ihr mal geschenkt hatte, oder das aus diesem hübschen Laden, wo es so stark durcheinanderroch, dass einem ganz schwindelig werden konnte. Aber seit Bernd weg war ... nichts. Das Einzige, was ich noch wahrnahm, war ihr Duschgel. Aber auch das hatte heute Morgen schnell nachgelassen.

Josi griff sich in den Nacken und zog das goldene Haargummi aus ihrem Zopf, woraufhin ihre rotblonden Haare über die weiße Bluse fielen. Dann steckte sie das Haar mit den Fingern hinter die Ohren, setzte sich kerzengerade hin und holte tief Luft. So als hätte sie eine starke Anstrengung hinter sich. Dabei saß sie ja auf ihrem Bürostuhl. Was meiner Meinung nach nicht wirklich anstrengend sein konnte.

»Frau Wäldchen?«, rief sie nach einem Moment.

»Ja?«

»Und warum? Also, warum wurde der Termin abgesagt? Es sollte doch alles so schnell gehen, sagte mir Frau Schmitt noch beim letzten Termin.«

»Sie ist … Sie ist schwanger, und nun wollen sie es noch mal versuchen. Jedenfalls klang es eben nicht so, als wenn sie demnächst wiederkommen würden«, erklärte Frau Wäldchen.

»Abwarten«, entgegnete Josi und klappte die aufgeschlagene Mappe vor sich auf dem Schreibtisch zu. »Ich wette, die sehen wir spätestens drei Wochen nach der Geburt wieder. Dafür habe ich einfach zu viel Erfahrung, um so etwas zu glauben. Ein Kind hat noch keine Ehe gerettet. Vor allem nicht, wenn der Mann sich zwischenzeitlich umorientiert und eine Affäre mit ihrem Bruder hat. Na ja, bleibt zumindest in der Familie.« Ihr Blick wanderte kopfschüttelnd über ihren aufgeräumten Schreibtisch.

Josi wollte keine Kinder haben. Viel zu viel Verantwortung, zu viel Arbeit, zu viel von allem, und vor allem: zu wenig Freizeit. Im Grunde waren wir ihre Kinder, wenn man so wollte. Das hatte Bernd jedenfalls immer gesagt. Dass sie uns behandele wie ihre Kinder. Vielleicht war er eifersüchtig auf uns gewesen? Ich muss erklärend ergänzen: Mir gefällt es. Ich werde gerne betüdelt, bemuttert und umsorgt. Was soll daran falsch sein?

»Tja, dann werde ich es mir wohl mit den Hunden gemütlich machen. Wo sind die überhaupt?«

Na, was war das denn für eine Frage? Wo waren wir denn, sobald unsere Pfoten über die Schwelle der Kanzlei traten, weil der Hundesitter keine Zeit hatte? Na? Bei Frau Wäldchen unterm Schreibtisch natürlich! Also wirklich. Manchmal wundert man sich doch, dachte ich und gab den anderen beiden Trantüten neben mir ein Zeichen, dass es jetzt nach Hause ging.

»Sie auch?«, fragte Frau Wäldchen über uns und hielt eine Tasse in Josis Richtung.

»Nein, danke. Ich kann eh so schlecht schlafen.«

3

Was die Abwesenheit der Liebe mit Josi machte, sahen wir täglich. Man konnte es kaum noch übersehen. Josephine hatte abgenommen. Wobei ich sagen muss, dass es bei ihr kaum noch etwas abzunehmen gab. Sie war immer schon schlank gewesen. Jetzt war sie eher dürr. Durch ihre Größe und vermutlich auch die langen hellen Haare, die ihr immer öfter über die Schultern bis zum Rücken einfach so runterhingen, fiel das noch mehr auf. Es zog das Gesamtbild in die Länge. Sie sah abgemagert aus. Wie ein Knochen, an dem noch ein paar klägliche Reste hängen. Ihre engen Stoffhosen schlabberten wie sonst nur ihre Gemütlichkeitshose, und ihre Blusen sahen aus, als wären sie drei Nummern zu groß gekauft worden. Während sie uns immer schön brav das Fressen hinstellte, ging sie selbst statt an den Kühlschrank lieber auf den Balkon und rauchte. Ihr Lachen hatten wir schon lange nicht mehr gehört. Und von ihrem fröhlichen Wesen war kaum noch etwas zu spüren.

»So kann es nicht weitergehen«, bemerkte Viktor eines Samstagvormittags. »Das ist nicht mehr schön!«

»Nein, das ist nicht schön«, meinte auch Wilma kauend.

»Es muss etwas passieren«, bekräftigte Viktor. »Wie langweilig. Früher waren wir am Samstag schick an der Alster frühstücken. Konnten uns stundenlang attraktive Hundedamen ansehen, sie beschnüffeln und alles schön gründlich markieren. Und heute? Was ist denn das für ein Leben!?«, empörte er sich. Von ihm hätte ich das gar nicht erwartet. Er tat doch sonst immer so vornehm! Aber wo er recht hatte, hatte er recht. Nach Bernds Auszug war gähnende Langeweile eingezogen. Nicht einmal den Ball warf sie uns mehr zu. Es war ein Trauerspiel. Das konnte auch dieser Typ, der neuerdings kam und mit uns spazieren ging – ob wir wollten oder nicht –, nicht ändern.

Als hätte das Schicksal Viktor erhört, klingelte es an der Tür. Wir zuckten alle drei zusammen. So schnell ging unser Wunsch in Erfüllung? Es hatte schon seit Wochen niemand mehr bei uns geklingelt. Abgesehen von Sarah.

Wilma wackelte, wie sie es immer tat, kläffend zur Fahrstuhltür. Dabei würde die sich gar nicht öffnen. Es stand schließlich jemand unten und klingelte. Aber für diese scharfsinnige Kombination reichte es bei ihr nicht aus.

»Wilma, hör auf jetzt. Ist gut«, schimpfte Josi. Sie ging zu dem Telefonhörer, der neben der weißen Fahrstuhltür hing und so einen kleinen Bildschirm hatte. Da konnte man genau sehen, wer geklingelt hatte. Ich fand das immer wieder faszinierend. Technik hatte es mir schon immer angetan.

Auf dem Bildschirm erschien jedenfalls ein schwarzweißer Mann mit Käppi, so viel konnte ich von hier unten sehen. »Einschreiben!«, rief er und wedelte mit einem Umschlag vor seinem Gesicht hin und her, als wäre es ein Fächer. Langweilig. Ich trottete zum Sofa.

»Ist es denn sooo warm draußen?«, überlegte Wilma, wie immer laut.

»Moment. Kommen Sie hoch«, sagte Josi und legte den Hörer wieder auf, sodass der Mann auf dem Bildschirm verschwand. Sie strich sich hektisch durch ihr langes Haar. Warum sie das jetzt unbedingt machen musste, verstand ich ehrlich gesagt nicht.

Eine Minute später öffnete sich die Fahrstuhltür und der Mann, der gar nicht schwarz-weiß war, sondern knallgelb, reichte ihr den Umschlag. »Hier unterschreiben bitte. Danke. Schönes Wochenende«, sagte er und verschwand Sekunden später wieder im Fahrstuhl.

Josi ging zum Esszimmertisch, öffnete den Umschlag und fing an zu lesen. »Das glaube ich jetzt nicht«, hörten wir sie plötzlich sagen. Nicht entsetzt, sondern eher erstaunt.

Ich hob meinen Kopf, der bis dato auf einem wunderbar weichen Kissen geruht hatte.

»Was glaubt sie nicht?«, fragte Wilma, die neben mir lag. Ohne Kissen. Dafür war ihr Hals einfach zu kurz.

»Wilma, woher soll ich das wissen? Hast du eine Idee?«

»Nein.«

»Ich auch nicht.«

Viktor interessierte weder der gelbe Mann noch der Umschlag oder Josis Reaktion. Er schlurfte vom Futternapf, an dem er immer noch stand, direkt in unser Hundebett, um vermutlich sein allmorgendliches Nickerchen zu machen. Ich hingegen ließ Wilma da zurück, wo sie war, und ging zu Josi. Das interessierte mich jetzt aber doch. Ich legte meine Schnauze auf ihren Schoß und hoffte auf mehr Information. In der Regel war es nämlich so, dass sie mit mir sprach. Das hatte zwar schon lange nicht mehr geklappt, aber vielleicht hatte ich ja heute Glück.

»Stell dir das mal vor, Henri!«

Ah! Ich hatte Glück!

»Das ist echt nicht zu fassen! Ich erbe den Campingplatz von Fritz.« Sie fing an zu lachen. Wenn das kein Grund zur Freude war! Sie lachte wieder! Endlich.

»Sehr geehrte Frau Hartmann, nach Eröffnung des Testaments … steht fest, dass Sie alleinige Erbin des Campingplatzes Zum wilden Eck sind«, las sie laut vor. »Wie absurd!«, ergänzte sie.

Warum absurd? Ich wusste zwar nicht ganz genau, was ein Campingplatz war, aber so absurd wie das Leben mit der traurigen Josi im Moment konnte so ein Ding doch gar nicht sein. Was immer absurd bedeutete.

»Was ist das?«, fragte Wilma mit halb geöffneten Augen, die inzwischen bräsig in unserem Bett vor sich hindöste. Verdauungsschläfchen nannte sie das immer. Aber in Wahrheit gab es bei ihr nur diesen Zustand oder den am Futternapf. Dazwischen passierte nicht viel. Immerhin, ihre Ohren hatte sie noch auf Empfang geschaltet.

»Was?«, fragte Viktor.

»Ein wildes Eck«, murmelte sie.

»Na, du bist es jedenfalls nicht«, meinte er trocken, woraufhin ich vor Lachen fast von Josis Schoß gekullert wäre.

»Jetzt sag doch mal«, meinte Wilma jetzt mit etwas Nachdruck und setzte sich auf. Das sollte schon was heißen! Sie hatte sich freiwillig bewegt. Dabei war weit und breit keine weitere Dose geöffnet worden.

»Das ist allem Anschein nach ein Campingplatz. Und bevor du gleich fragst, was das ist: Campen kommt von kampieren und bezeichnet eine bestimmte Form von Urlaub«, dozierte Viktor. »Die Menschen nächtigen in diesem Fall in Zelten – einer Art Plastikschlauch – oder wahlweise in sogenannten Campingwagen. Ein rollbarer Untersatz mit Fenstern und Tür. Wie eine kleine Wohnung auf Rädern. Man kann diese Wohnungen auch mit dem Auto hinter sich herziehen. Wenn man will.«

»Aha«, murmelte Wilma und legte sich gelangweilt wieder hin.

»Was für eine lustige Idee! Das glaube ich jetzt nicht. Was soll ICH denn mit einem Campingplatz? Wenn ich irgendetwas hasse, abgesehen von Bernd, dann ist es Campen!«, rief jetzt Josi.

Da musste ich ihr recht geben. Zumindest was Bernd betraf. Warum sie Campen hasste, war mir nicht klar, aber das sollte sich schnell ändern. Denn Josi hatte plötzlich eine Idee: »Wisst ihr was? Wir fahren da einfach mal hin. Ich muss hier sowieso dringend mal raus. Es ist ja eh Wochenende. Warum die Zeit nicht an der Ostsee totschlagen? Und wenn es uns da gefällt, suchen wir uns heute Abend einfach ein schönes Hotel und lassen es uns gut gehen.«

Doch die Realität sollte anders aussehen.

4

Die ersten zwei Stunden hatte ich auf der Rücksitzbank von Josis neuem Cabrio wunderbar vor mich hin gedöst. Ich war innerhalb von Sekunden eingeschlafen. Das passiert mir immer, sobald es irgendwie schaukelt. Doch dann riss mich etwas ruckartig aus meinen süßen Träumen. Ich machte die Augen auf und musste einen Moment überlegen, was es war, das ich da anglotzte. Ich kam langsam zu mir und begriff: Es war Wilmas nackter Bauch. Von unten. Sie hatte mich einfach als Podest benutzt, um aus dem Fenster schauen zu können und sich mit ihren Hinterpfoten rotzfrech auf mich drauf gestellt.

»Hallo? Geht's noch?«, blaffte ich sie an.

»Ja, danke. Geht super. Schau doch nur mal, wie schön es hier ist.«

»Würde ich ja gerne, aber du stehst leider gerade auf mir!«

»Oh, sorry«, entschuldigte sie sich und ließ sich zur Seite fallen.

Ich raffte mich auf und sah raus. Im Gegenzug zu Wilma brauchte ich dazu keine Hilfe, denn ich war ein Stückchen größer als sie.

Wir hatten die Autobahn verlassen und fuhren über eine

Landstraße, die rechts und links von Bäumen gesäumt war. Ringsum erstreckten sich riesige grüne Felder bis zum Horizont. Josi hatte das Fenster etwas geöffnet und jetzt roch ich sie: die Landluft. Kühe, Mist, Pferde, frisch aufgewühlte Erde, Raps! Es erinnerte mich sofort an den Ausflug, den wir letzten Sommer zu einem riesigen Gestüt gemacht hatten. Da hatten ganz schick gekleidete Leute in Anzügen, weißen Blusen und sogar schwarzen Hüten auf Pferden … nee, geritten nicht. Es war eher ein Marschieren. Geradeaus und quer und rückwärts. Die Pferde hatten dabei ein bisschen ausgesehen, als wären sie nicht echt. Wie Roboter oder so. Mit Batterie drin. Na ja. Jedenfalls hatte es da so gerochen wie jetzt hier.

Ich machte die Augen zu und schnupperte noch einmal. Ja, das Meer! Es musste schon in der Nähe sein. Ich war ganz aufgeregt. Wir fuhren durch ein paar Dörfer. Beim ersten richtig dollen Kuhmistgestank schloss Josi sofort das Fenster und sprühte mit der kleinen Flasche aus ihrer Handtasche um sich. Grässlich. Mir war Stallgeruch ehrlich gesagt deutlich lieber als dieser Möchtegern-Rosenduft.

»Das Navi spinnt«, meinte Josi irgendwann und hielt an. Wir befanden uns auf einer Straße – oder sagen wir mal lieber: einem Waldweg. Er führte durch einen Kiefernwald, um genau zu sein. Das roch ich zwar nicht, da Josi leider die Klimaanlage angemacht hatte, aber ich hatte abgesehen von meiner feinen Nase zwei prächtig funktionierende Augen. Ich liebte Kiefern! Die konnte man nicht nur prima anpinkeln, die konservierten auch perfekt andere Hundedüfte. Die Kiefer ist sozusagen die Tupperdose unter den Bäumen. Davon abgesehen erinnerten sie mich immer an

Urlaub. Egal ob in Schweden oder Südfrankreich. Der Duft der Kiefern war mir immer tipptopp in Erinnerung geblieben! Ich liebte Urlaub! Damit war ich allein, denn weder Viktor noch Wilma waren große Freunde von Veränderungen und echte Sesselpupser. Aber egal. Ich liebte Kiefern und ich liebte Urlaub. Hatte ich das schon erwähnt? Und das hier war ja fast so etwas wie Urlaub. Zumindest dachte ich das in diesem Moment. Dass es sich schließlich um knallharte Ermittlungsarbeit handeln würde, ahnte zu diesem Zeitpunkt ja noch keiner.

»Wo willst du uns denn hinführen, du dumme Tussi?!«, motzte Josi das Navi an, bekam aber keine Antwort. »Na gut. Meinetwegen. Dann fahren wir diesen Trampelpfad eben weiter«, maulte sie schließlich und fuhr im Schneckentempo weiter – was gar nicht ihre Art war. Ihre Art hätte uns nämlich eine Hirnerschütterung eingebracht, da es auf dem sandigen Waldweg Schlaglöcher gab, die größer waren als unser Hundebett. Und wir fuhren schließlich Cabrio, nicht Geländewagen.

»Zum wilden Eck. Na bitte. Da sind wir«, verkündete Josi fünf Minuten später. Wir standen vor einem großen Tor aus verwittertem Holz. Über dem Tor baumelte ein ovales Blechschild, das vermutlich irgendwann mal weiß gewesen war. Es trug die Aufschrift: *Campingplatz und Imbiss Zum wilden Eck.*

Besonders herrschaftlich sah es nicht aus. Eher ... nun ja, irgendwie ganz schön verwohnt. Wir fuhren durch das Tor und rumpelten über einen holprigen Sandweg, vorbei an vereinzelten Birken und großen Müllcontainern. Hier machten Menschen Urlaub? Irgendwie hatte ich mir das anders vorgestellt. Langsam bekam ich eine Ahnung davon, warum Josi gesagt hatte, sie würde Campen hassen. Abgesehen von Bernd.

Schließlich parkte Josi vor einem kleinen, grauen Gebäude, auf dem in großen Buchstaben »Anmeldung« stand. »Irgendwie hatte ich den Weg hierher ganz anders in Erinnerung … Egal. Nun sind wir da«, fügte sie hinzu und öffnete die Autotür. Endlich! Meine Blase war kurz davor zu platzen! Mit einem Satz sprang ich an Wilma und Viktor vorbei und markierte erst einmal eine ganze Reihe von Bäumen.

Als ich damit fertig war, sah ich mich um. Im Fenster hing ein schiefes Rollo, mehr konnte ich nicht erkennen. Die Tür war verschlossen.

»Oh mein Gott. Wie sieht's denn hier aus?«, wunderte sich Josi und setzte ihre Sonnenbrille auf. Dann schnappte sie sich ihre Handtasche vom Beifahrersitz, schloss den Wagen ab und ging schnurstracks los. Wohin auch immer.

Wir marschierten Josi auf dem Sandweg hinterher, vorbei an einem länglichen Flachdachgebäude, aus dem man Wassergeplätscher hörte. Leute in Bademänteln mit kleinen Taschen unterm Arm gingen rein, andere kamen raus. Es roch feucht, muffig und ein Stückchen weiter, am anderen Ende des Gebäudes, nach Toilette. Also, nicht wie bei uns auf der Toilette – anders. Intensiver. Ohne Möchtegernrosenduft. Wobei der hier auch nichts gebracht hätte.

Kurz hinter dem Gebäude schien wieder die Sonne und der Geruch wurde besser. Kein Wunder. Oha, was war das? Wir steuerten direkt auf eine hochattraktive, kleine Pudeldame zu. Sie hatte honigfarbenes, kurzes, gelocktes Fell und sah mich mit einem Blick an, der keinen Spielraum für Interpretationen bot. Doch bevor ich mich überhaupt vorstellen konnte, war Viktor, der alte Sack, schon an mir vorbeigezogen und hatte seine Nase ungefragt da hingesteckt, wo man sie bei attraktiven Damen nicht ungefragt hinsteckt. Zumindest nicht vorm ersten »Hallo!« Okay, so ein langes Hallo, wie die Menschen es veranstalten, hätte nicht notgetan. Wir waren schließlich Hunde. Aber ein bisschen mehr Taktgefühl wäre wirklich schön gewesen.

»Geht's noch? Habe ich ein Schild um, auf dem steht: Bitte benutzen Sie mich, um ihren Testosteron-Haushalt auszugleichen?!«, kläffte die Schöne.

»Welcher Haushalt?«, fragte Wilma, während ich mich fremdschämte. Für beide.

»Es tut mir leid, ich muss mich für meinen Kollegen entschuldigen. Er sieht nicht mehr richtig gut und hat Sie mit einer … einer … einer alten Liebe verwechselt.«

»Mit einer ALTEN Liebe?«, fragte die Pudeldame beleidigt.

»Nein, also nicht alt. Nicht so alt. Nur verflossen. Also, die Liebe, meine ich …«, stotterte ich, während Viktor mich ansah, als hätte ich hohes Fieber.

»Ich dachte, du liebst mich?«, jaulte jetzt Wilma.

Zum Glück rief Josi in dem Moment. »Viktor, Wilma … Henri! Nun kommt schon!« Ich erhaschte noch schnell ihren Duft. Nicht Josis, sondern den der Pudeldame. Ein einmaliger, wundervoller Duft. Dann liefen wir Josi hinterher.

»Ich sehe nicht mehr richtig? Seit wann sehe ich nicht mehr richtig?!«, meckerte Viktor.

»Seit heute«, konterte ich.

Wir näherten uns einem weiteren Gebäude. Vermutlich

dem letzten echten Gebäude, wenn ich das hier richtig sah. Denn um uns herum waren plötzlich nur noch Blechdosen auf Rädern. Blechdosen mit Zelten davor, ohne Zelte davor und Zelte ohne Blechdosen. Was anderes konnte ich nicht erkennen. Na ja, und eben das Gebäude, in das wir jetzt gingen. Das Wilde Eck.

»Wer ist *das* denn? Ist das dieser Fritz?«, fragte Wilma, nachdem wir in das Flachdachgebäude gelaufen waren, das anscheinend ein Restaurant sein sollte. Zumindest roch es so. Ein bisschen nach Fett, Pommes und auch Bier. Sehr viel Bier. Sogar auf dem Fußboden! Es war dunkel und staubig und sah alles andere als einladend aus. Immerhin war es hier etwas kühler als draußen. Aber es müffelte. Nicht nur nach Bier, Fett und Pommes. Da war mehr. Es roch nach altem Schuppen, angestauter Sommerwärme, morschem Holz und Plastikfußboden. Einfach ein Gemisch aus allem. Links neben dem Tresen hing ein großes Bild, auf dem der Kopf eines Mannes mit komischer Brille vor blauem Hintergrund zu sehen war. Wilma starrte zu ihm hoch.

»Honecker«, erklärte Josi, als hätte sie Wilmas Frage verstanden und musste im nächsten Moment niesen. Ich blieb erschrocken stehen. Konnte sie plötzlich unsere Sprache sprechen?

»Na, der hat seine besten Zeiten wohl schon hinter sich. Wo haben Sie den denn ausgegraben?«, meinte Josi lächelnd, zog ihre dunkelblaue Strickjacke aus, strich das helle Seidenkleid glatt und ging weiter auf ihren hochhackigen Schuhen in Richtung Tresen, hinter dem ein Mann rumhantierte. Ich lief ein Stück um den Tresen rum, um ihn besser sehen zu können, denn meine feine Nase nahm etwas wahr, das ich bisher noch nie gerochen hatte … Aber bevor ich darüber weiter nachdenken konnte, musste ich zunächst mit Erstaunen feststellen, dass es tatsächlich Menschen mit Fell gab. Also nicht richtiges Fell, aber fast. Ich hatte noch nie einen Typen mit so vielen Haaren gesehen! Auf dem Kopf, im Gesicht, auf der Brust, unter den Armen. Das konnte ich so gut erkennen, weil er ein kariertes, kurzärmeliges Hemd trug. Außerdem roch er wie gesagt nach irgendetwas, das ich wirklich nicht kannte, und das wurmte mich.

Der Mann warf seine schulterlangen, braunen Haare mit Schwung nach hinten und sah Josi unfreundlich an. Ihm hatte, ganz klar, ihre Bemerkung nicht gefallen. Wer weiß, überlegte ich, vielleicht war dieser Honecker ja sein bester Kumpel. Oder Bruder. Da würde ich auch keinen Spaß verstehen.

»Nicht nur der«, sagte der Mann und sah plötzlich zu uns runter, als wären wir es gewesen, die etwas gegen seinen Typen da an der Wand gesagt hatten. Also wirklich!

»Mein Name ist Josephine Hartmann, ich bin …«

»Die Nichte von Fritz«, unterbrach sie der behaarte Typ und stellte das Bierglas, das er in der Hand gehalten hatte, beiseite. Dann ging er um den Tresen rum, wischte seine offenbar nassen Finger an der Hose ab und streckte sie Josi entgegen. Sie schlug zögernd ein.

»Ich heiße Heinz«, sagte der Karierte.

»Sie wissen also …«

»Ja, ich weiß also. Sie sind die Erbin. Fritz hat manchmal von Ihnen erzählt. Irgendwann, das ist gar nicht so lange her, da meinte er, als wir hier abends zusammen noch einen gehoben haben, dass das hier alles eines Tages Ihnen gehören würde.« Er machte eine ausladende Geste.

»Ach, das hat er gesagt?«, fragte Josi überrascht.

»Jo. Deshalb haben wir auch schon auf Ihren Besuch gewartet. Schließlich wollen wir ja alle wissen, wie es weitergeht.«

»Ja, das wüsste ich auch gerne …«, murmelte Josi, während sie sich im Raum umsah. Ich konnte ihre Gedanken lesen: *Schnell wieder raus hier!*

»Sie haben also keine konkreten Pläne?«

»Doch, doch«, flunkerte Josi und nestelte an ihrem knielangen Kleid rum. »Ich möchte mir nur erst einmal einen Überblick verschaffen über … über die Gesamtlage, um dann genau planen zu können«, stotterte sie. Nervös drehte sie den Kopf jetzt in die andere Richtung. Wobei es da nicht besser aussah: Links und rechts standen Holztische an Holzbänken vor holzvertäfelten Wänden. Vor den Fenstern geblümte Gardinen und Plastikblumen in Plastiktöpfen – eine Beleidigung für jedes stilsichere Lebewesen wie uns Möpse. Ganz in der Ecke stand eine große Glasvitrine, in der sich irgendwelche Pokale oder so etwas befanden. So genau konnte ich das von hier nicht erkennen. An dem Tresen, hinter dem dieser Typ stand und irgendetwas machte, hing jedenfalls eine lange Kette mit kleinen bunten Kugeln. So etwas hatten wir auch mal, als die Einweihungsfeier bei uns war. Da hatte Bernd so eine Kette auf die Dachterrasse gehängt. Und als es dunkel wurde, hatte er die sogar angemacht. Das sah vielleicht lustig aus! Vielleicht hatten die hier ja auch gerade eine Einweihungsfeier.

»Im Großen und Ganzen könnte man von einem Gesamtkunstwerk sprechen«, erklärte Josi Sarah etwas später am Telefon, als wir uns auf den Weg machten, den Campingplatz zu inspizieren. Also, meine anfängliche Skepsis war wie weggeblasen! Ich war begeistert! Überall Bäume, an denen man sich wunderbar verewigen konnte – im Gegensatz zu der Hamburger Hafencity. Da konnte man lange warten, bis man mal an einem Baum vorbeikam. Und dann waren das höchstens so junge, frisch gepflanzte Dinger, die die Bezeichnung Baumstamm nicht verdienten. Wer da treffen wollte, der musste schon eine Zielscheibe dabeihaben. Hier sah das ganz anders aus. Das reine Paradies!

Mit dieser Meinung war ich allerdings alleine.

»Was die Leute daran finden, in solchen Blechdosen auf Rädern ihre schöne Freizeit zu verbringen, ist mir ein Rätsel!«, wunderte sich Josi – leider so laut, dass es eine Dame im Bademantel, die uns mit Tüte unterm Arm entgegenkam, hörte und pikiert den Kopf schüttelte. Fettnäpfchen waren übrigens Josis ganz persönliche Stärke, falls ich das noch nicht erwähnt haben sollte. Und fehlendes Taktgefühl. Wo sie auch hinkam, immer musste sie gleich jedem sagen, was sie dachte. Ob der nun wollte oder nicht. »Winzige Fenster, aus denen man kaum raussehen kann. Ich verstehe das einfach nicht«, fuhr sie mit ihrem Telefonat fort. »Klar ist das besser als Zelten und ja, ich weiß, dass sich nicht jeder ein Fünf-Sterne-Hotel leisten kann. Aber ganz ehrlich, ich würde depressiv werden, wenn ich meinen gesamten Urlaub in so einem Ding verbringen müsste. Und vor diese Mini-Fenster hängen sie dann auch noch gehäkelte Gardinen! Dann kann man doch erst recht nichts sehen. Das soll einer verstehen.

Und günstig ist das hier bestimmt auch nicht.« Sie stöckelte weiter. Campingtauglich angezogen hatte sie sich jedenfalls nicht. Sie sah eher aus, als hätte sie noch eine Verabredung auf einer Cocktailparty. Wilma und Viktor schnauften hinter ihr her, während ich die ganze Truppe leichtpfötig überholte. Ich war ja so was von neugierig, was sich hinter diesem Sandhügel befand, der sich über die gesamte Länge des Campingplatzes zog! »Düne« hatte Josi ihn genannt.

Wow! Noch mehr Sand! Und Wasser! Ich konnte mein Glück gar nicht fassen und rannte so schnell ich konnte los. Es sah wirklich aus wie auf einer dieser Postkarten, die Josi manchmal geschickt bekam und dann mit so einem schwarzen Knopf an den Kühlschrank klebte – echt. Wir waren sozusagen jetzt in der Postkarte drin. Es war wunderschön.

Das sah auch Josi ein. »Aber der Strand ist echt ein Traum, das musst du dir mal ansehen! Ich schick dir gleich ein Foto! Weißer Sand wie in der Karibik! Und diese Kiefernwälder … einfach toll!«, schwärmte sie. Im selben Moment knickte sie mit dem Fuß um und landete auf Augenhöhe – auf meiner. Dabei blickte sie so erschrocken, dass sie mich fast ein wenig an Wilma erinnerte. »Aua! Mist, verdammter!«, rief sie verärgert, das Handy immer noch in der Hand. Es konnte passieren, was wollte, aber die Kontrolle behielt sie in jeder Situation – typisch Josi.

»Ja, ich bin noch dran, ich bin nur … umgeknickt. So ein Scheiß. Die Hacke ist ab. Was? Ja, ich war mit … Ja, mit denen war ich am Strand. Ich muss mir ja nicht gleich Trekkingsandalen kaufen, nur weil ich einen Campingplatz geerbt habe.« Einen Moment blieb sie noch sitzen, während wir sie mit schiefen Köpfen fragend ansahen.

»Was, wenn sie nicht weitergehen kann? Wer macht uns dann nachher die Dose auf?«, fragte Wilma.

Doch so schlimm kam es nicht. Einen Augenblick rieb sich Josi noch den Knöchel, dann stand sie auf, um – Achtung! – barfuß weiterzugehen! Ich sah ihr irritiert hinterher. Jetzt lief sie sogar ins Wasser! So kannte ich sie gar nicht, so … unkonventionell.

»Was macht sie denn da?«, fragte Wilma.

»Wonach sieht es aus?«, erwiderte ich.

»Will sie sich die Füße waschen?«

»Wilma!«

Ich lief weiter. Der Tag war einfach zu schön, um sich über die nicht vorhandene Kombinationsfähigkeit einer Mitbewohnerin zu ärgern. Und dann passierte das nächste Wunder: Josi warf ein Stöckchen für mich! Wann hatte sie das zuletzt getan? In den letzten Wochen hatte das ausschließlich Jonas, unser neuer Hundesitter, gemacht. Gegen Bezahlung. Das muss man sich mal vorstellen! So weit war es gekommen. Na ja. Aber das war jetzt alles vergessen.

Wilma und Viktor schnauften etwas angestrengt hinter uns her und kämpften sich mit ihren kurzen Beinen durch die Sandmassen. Ich dagegen war genau wie Josi fasziniert von dieser Weite, diesem … einfach allem.

»Und weit und breit kaum Menschen«, meinte sie, während sie sich die Hand an die Stirn hielt, um vermutlich besser sehen zu können, denn die Sonne blendete wirklich stark. Vor uns glitzerte das Wasser fröhlich im Sonnenschein. »Das kann aber auch an der Uhrzeit liegen«, fügte sie hinzu.

Stimmt, hier waren wirklich kaum Menschen, im Gegensatz zu dem Strand da in … wie hieß der denn noch, wo diese komische Party gewesen war? Ach, auch egal, da war es jedenfalls so was von voll gewesen, dass mir ständig jemand auf den Pfoten rumgetrampelt war. Außerdem hatten überall weiße Liegen mit weißen kleinen Tischen rumgestanden, an denen man sein Bein nicht heben durfte, und die Leute hatten alle weiße Sachen angehabt. Alle! Das war, wenn ich es richtig verstanden hatte, das Motto der Party. Was auch immer ein Motto ist. Es war ein sehr unpraktisches Motto. Von der Tatsache, dass Bernd uns nicht erlaubt hatte, auf seinem Schoß Platz zu nehmen und uns immer wieder weggescheucht hatte, mal abgesehen. *Das* hatte geblendet! Grässlich! Die Menschen hatten natürlich alle schön ihre Sonnenbrillen auf der Nase, die das halbe Gesicht abdeckten. Aber wir? An uns hatte keiner gedacht.

Dagegen war das hier jedenfalls ein Naherholungsgebiet. Lediglich einige Hundert Meter entfernt lagen ein paar Leute im Sand, und weiter rechts ging ein Mann mit den Füßen im Wasser spazieren. Aber sonst weit und breit keiner.

»Fast ein Privatstrand«, meinte sie und nahm die Hand wieder runter. »Warum habe ich Fritz nur nicht öfter besucht?« Stille. »Stimmt. Aber man muss ja nicht campen. Man kann auch ins Hotel gehen. Ich werde gleich mal googeln, was es hier so in der Nähe gibt.« Stille. »Er war noch gar nicht so alt. Er hat einfach nicht mehr in seinem Büro gesessen, als sich neue Urlauber anmelden wollten. Da hat man sich auf die Suche gemacht, und irgendjemand hat ihn dann in seinem Wohnwagen gefunden.« Stille. »Ja, vermutlich. Einfach eingeschlafen. Aber genau weiß ich es gar nicht, muss ich zugeben.« Stille. »Okay, dann grüß mal unbekannterweise und habt noch einen schönen Tag. Ja, danke, mach ich. Tschüss, Süße!«

»Ich habe gerade eine Idee. Lasst uns mal zum Campingwagen von Onkel Fritz gehen. Mal gucken, ob ich den Weg noch finde«, sagte sie zu uns gewandt, steckte ihr Handy in die kleine schicke Tasche, die sie sich quer umgehängt hatte, schnappte sich ihre Pumps und marschierte los. Barfuß! Ich schwöre!

Es musste wirklich verdammt lange her sein, dass sie das letzte Mal hier zu Besuch war. Oder ihr fehlte einfach jegliche Orientierung. Als wir das dritte Mal im Kreis gelaufen waren, bemerkte sogar Wilma das und machte einfach eine Sitzblockade. Ich dagegen genoss es. Es roch so wunderbar nach Grillwurst und fremden Hundedamen! Ich konnte gar nicht sagen, worauf ich jetzt mehr Lust hatte.

»Es muss hier irgendwo sein, ich bin mir ganz sicher.« Josi stützte ihre Hände in die Hüfte und sah sich um. Wir standen verloren zwischen all den Blechbüchsen herum.

»Was suchen Sie denn? Kann ich vielleicht helfen?«, fragte jetzt eine Frau hinter uns. Sie musste ungefähr so alt sein wie Josi. Nur war sie wesentlich bunter. Der Begriff »Gesamtkunstwerk« fiel mir wieder ein, den Josi vorhin benutzt hatte. Das war es, woran ich später noch oft denken musste. Denn diese bunte Frau war Conny. Sie trug eine kurze Hose mit Fellmuster – Leopard oder so – und ein T-Shirt in grellem Pink. Ihre Haare waren fast so hell wie die Sonne. Und sie roch nach Wassermelone. »Na, ihr Süüüßen, kommt doch mal her. Hach, ihr seid ja niiiiedlich! Ich mag Hunde sooo gerne«, quietschte sie und ging in die Hocke. Woraufhin Wilma ihre Sitzblockade beendete.

»Ich suche den Wagen von Fritz Hartmann. Ich bin seine Nichte«, sagte Josi und ging ein paar Schritte auf die Hundefreundin zu, die wieder hochkam, um ihr die Hand zu reichen.

»Ah, Sie sind das. Wir haben uns kurz auf der Trauerfeier gesehen. Ich habe Sie eben gar nicht wiedererkannt. Aber das liegt wohl an der Kleidung. Da waren wir ja alle in Schwarz. Sie erinnern sich wahrscheinlich nicht, es war viel los und … Ich bin jedenfalls Conny, die Nachbarin von Fritz. Also … ich war die Nachbarin. Sein Wagen steht«, sie drehte sich um und zeigte mit einem ihrer langen, lila lackierten Fingernägel in die Richtung, aus der wir gekommen waren, »genau hier, neben meinem.«

»Ach, wusste ich es doch. Ich war mir ganz sicher, dass es hier sein muss. Josephine Hartmann. Hallo.«

»Mein herzliches Beileid noch mal. Das war für uns alle ein Schock. Er war so fit und gesund. Also, zumindest sah er so aus. Aber so kann man sich irren.«

»Ja, da haben Sie recht. Wissen Sie vielleicht, ob der Wagen offen ist? Ich würde gerne …«

»Kein Problem. Ich habe einen Schlüssel. Also, einen Ersatzschlüssel, den hat er mir irgendwann mal gegeben, nachdem er seinen verloren hatte, der Fritz. Ach, Mensch. Ich kann es immer noch nicht so recht glauben, dass er nicht wiederkommt. Ich … ich vermisse ihn richtig«, sagte sie, zog laut die Nase hoch und sah zu uns runter. Aber ich hatte gar nicht den Eindruck, als würde sie uns wirklich ansehen. Sie schaute eher durch uns durch. Dann blickte sie wieder zu Josi hoch. »Wollen Sie vielleicht einen Kaffee? Ich kann uns einen kochen, wenn Sie mögen«, bot Conny an und zeigte auf eine Blechkiste. Ihre Blechkiste, um genau zu sein. Sie sah völlig anders aus als die anderen. Was vor allem an der Farbe lag: Pink. Die anderen Blechkisten waren etwas unauffälliger. Beige, beige-braun oder weiß.

Und dann der Platz: So nah am Strand. Das war echt premium! Das musste man schon sagen. Ein schöner Flecken Erde, wie Josi immer zu sagen pflegte. Wobei ich bezweifelte, dass ihr diese Worte hier über die Lippen kommen würden. Vor Connys bonbonfarbener Blechkiste stand etwas, das ich noch nie gesehen hatte. Ein Sofa mit Dach, das an einer Art Blechgestell hing. Eine Schaukel? Hm. Was war es denn nun? Eigentlich ein schaukelndes Sofa.

»Also, wenn Sie wollen ... Sie können es sich ja schon mal auf meiner Hollywoodschaukel gemütlich machen«, schlug Conny vor und zeigte in Richtung des schaukelnden Sofas. Aha! Hollywoodschaukel!

»Das ist lieb, aber ... na ja, also, eigentlich wollte ich, wie gesagt, nur kurz ...«, stotterte Josi mit einem Gesichtsausdruck, den ich kannte. Sie wollte nicht unhöflich sein, war aber in Wahrheit alles andere als begeistert. Es war ihr »unentschlossener Gesichtsausdruck«, nennen wir es mal so. Kein Wunder. Das hier war ja auch das Gegenteil von den Orten, an denen sie sich sonst zum Kaffeetrinken niederließ. Oder zum Prosecco. Hier gab es weder weiße Korbstühle und Palmen, so wie in dem Café an der Alster, noch geflochtene Liegen und Kellner mit durchtrainierten Oberkörpern, über die sie sich immer mit Sarah unterhielt. Bis vor Kurzem zumindest. Sarah war nämlich seit ein paar

Jahren auf der Suche nach einem ordentlichen Oberkörper. Warum auch immer. Ich zumindest bin davon überzeugt, dass mein Oberkörper bisher noch keine Hundedame interessiert hat. Aber vielleicht irre ich mich ja auch.

»Na, was wollen wir wetten?«, fragte Viktor.

»Ein klares Nein, mit Notlüge«, meinte ich.

»Bin dabei«, stimmte Wilma mir zu.

»Dann sage ich einfach mal Ja. Sonst ist das Wetten ja sinnlos«, erklärte Viktor.

»Ja, warum eigentlich nicht? Wenn es Ihnen keine Umstände bereitet«, sagte in dem Moment Josi.

»Bitte?!«, machten Wilma und ich entsetzt.

»Ach, das freut mich. Echt! Setzen Sie sich schon mal. Ich geh nur kurz rein und mach uns den Kaffee. Fühlen Sie sich einfach wie zu Hause!« Mit diesen Worten verschwand sie in ihrer knalligen Kiste.

Wenn sich hier jemand ganz sicher nicht wie zu Hause fühlte, dann war das Josi, dachte ich. Aber immerhin setzte sie sich auf diese Hollywoodschaukel, nachdem sie das Teil gründlich inspiziert hatte und mit der Hand ein paarmal über den ausgeblichenen geblümten Stoff gefahren war. Sofort fing die Schaukel an zu quietschen. Etwas verloren strich Josi noch einmal über ihr weißes Kleid und sah sich um. Ich mich auch. Und zwar nach einem Behälter mit Wasser. Jetzt war mir doch etwas warm. Aber kein Wasser weit und breit.

Ich taperte Conny also einfach frech hinterher und zeigte ihr meine raushängende Zunge.

Sie verstand sofort! »Na, du Süßer, hast du Durst? Kein Problem. Guck mal, was die Tante für dich hat«, sagte sie, nahm einen Plastikbehälter aus einem hölzernen Hängeschrank und füllte Wasser hinein.

Richtig gemütlich war es hier! Keine Ahnung, was Josi gegen diese Wohnungen auf Rädern hatte. Das hier war nämlich eine Kuschelkiste auf Rädern: Überall Kissen und Decken und kleine Hunde aus Porzellan und Puppen und Herzen, die glitzerten und blinkten und …

»Hier hast du etwas«, unterbrach mich Conny in meinen Gedanken, ging an mir vorbei nach draußen und stellte das Wasser vor dem Wagen auf den Rasen. Neben einen bereits etwas farblosen Zwerg, der mich mit einem kleinen Spaten in seiner Plastikhand argwöhnisch ansah. Als wollte er mir gleich ein Loch buddeln. Conny war inzwischen wieder im Wagen verschwunden.

Ein paar Minuten später kam sie mit einem Plastiktablett raus, auf dem sich alles Mögliche befand – nur offenbar nichts für uns.

»Mein Magen knurrt. Und der Duft nach Grillfleisch ist die reine Folter«, beschwerte sich Wilma. Da musste ich ihr ausnahmsweise mal recht geben: Es roch wirklich verlockend!

»Vielen Dank«, hörte ich Josi sagen, während Conny ihr einschenkte und auf selbst gemachte Kekse hinwies. Wilma und Viktor versuchten es derweil mit ihrem berühmten »Wir sind ganz arme Hunde«-Blick. Aber dafür hatten die beiden da oben auf der quietschenden Hollywoodschaukel jetzt offenbar keinen Sinn, es ging schließlich um etwas Wichtigeres als Hundekekse. Es ging um Leben und Tod. Auch wenn das für Wilma aufs Gleiche rauskam.

»Bis jetzt habe ich Fritz' Tod irgendwie … na ja, ich will

nicht sagen verdrängt, aber der Alltag lenkt einen ja schon ab. Aber jetzt, wo ich hier bin, ist es schon komisch. Irgendwie kann ich es immer noch nicht richtig glauben. Wenn er gleich aus seinem Wohnwagen käme und sich zu uns setzen würde, würde es mich nicht wundern. Er war ja immer für Überraschungen gut. Ich hab ihm als Kind mal die Haare gekämmt und er hat mich einfach machen lassen, obwohl er ein Toupet trug, von dem ich nichts wusste. Das blieb dann irgendwann am Kamm hängen. Ich hab geschrien wie am Spieß.« Josi schüttelte lachend den Kopf. »Und Fritz hat sich schlapp gelacht … Ja ja, so war er.«

»Was ist ein Toupet?«, wollte Wilma wissen.

»Keine Ahnung. Aber es muss etwas Schreckliches sein, wenn Josi davon so geschrien hat«, tippte Viktor.

»Aber wenn es was Schreckliches ist, warum hatte er es denn auf dem Kopf?«

»Keine Ahnung. Ich frage mich vielmehr, warum sie es nicht erkannt hat, wenn er es auf dem Kopf hatte.«

»Vielleicht ist es durchsichtig?«, meinte Wilma.

»Etwas Durchsichtiges kann nicht im Kamm stecken bleiben«, kombinierte Viktor.

»Stimmt.«

»Wer hat meinen Onkel denn eigentlich … gefunden?«, fragte Josi jetzt, während sie unsinnigerweise in ihrem Kaffee rührte: Sie hatte gar nichts von der Dosenmilch genommen. »Ich wollte das schon auf der Trauerfeier fragen, aber irgendwie konnte mir das keiner sagen.«

»Ich«, sagte Conny und stellte ihre Tasse weg.

»Sie?«, fragte Josi ungläubig, als wäre es völlig abwegig und total irrational.

»Ja.« Conny sah dabei wieder mit ihrem seltsamen Blick durch mich hindurch. »Es war … ein Schock. Ich wollte einfach nur mal schauen, ob er vielleicht im Wagen ist. Vorne an der Anmeldung war er nicht und Heinz – dem gehört das Restaurant –, der kam an und meinte, Fritz solle mal kommen. Aber er hat halt nur geklopft, ein paarmal, dann ist er wieder gegangen. Na ja, und ich hab mir halt gedacht, ich geh einfach mal rein und guck nach. Die Tür war ja nicht abgeschlossen und …« Sie holte tief Luft. »Und da lag er dann, in seinem Bett. Aber eben mit Klamotten. Er hatte seine blaue Latzhose an und … und er lag auch so komisch da. So unbequem irgendwie. Das hat mich gleich irri…irri…«

»Irritiert«, half Josi.

»Das hätte mich auch irritiert«, überlegte ich laut.

»Ja, genau. Ich dachte aber, hm, da hat er wohl mal einen zu viel gehoben gestern Abend, der Fritz«, erklärte Conny.

»Dann ist es doch kein Wunder, dass er so komisch dalag, mit Hose! Er hatte Rückenprobleme, nachdem er irgendeinen gehoben hatte, und dann kam er nicht mehr aus seiner Latzhose raus. Wobei derjenige ihm ja auch echt hätte helfen können, wenn er ihn schon gehoben hat«, meinte Wilma jetzt.

Ich sah sie an. Hätte ich Augenbrauen gehabt, ich schwöre, ich hätte sie hochgezogen.

»Kann doch sein«, fügte Wilma hinzu.

Conny machte mit ihrer Hand eine Bewegung zum Mund, als hätte sie ein Glas in der Hand – hatte sie aber nicht. »Und dann hab ich ihn noch ein paarmal angesprochen, um ihn zu wecken. Aber als ich näher kam, da hab ich es gesehen … dass er tot war. Das sieht man … irgendwie.« Jetzt rollten ihr Tränen übers Gesicht. Schwarze Tränen. Sie nahm ein Taschentuch und schnäuzte sich. Dann wischte sie die dunklen Tränen mit dem Handrücken weg. Keine gute Idee. Nun zogen sich dunkle Striemen über ihr Gesicht. Ich erinnerte mich an einen Film, den Bernd mal geschaut hatte. Mit Indianern. So sah sie jetzt aus.

»Sie haben da …«, meinte Josi und zeigte mit ihrem Finger auf ihr eigenes Gesicht. Dabei meinte sie doch Connys Gesicht! Menschen sind manchmal komisch.

»Ach, egal«, schluchzte Conny. »Dann hab ich eben die Polizei gerufen, weil ich nicht wusste, was ich machen soll. Ihre Nummer hatte ich ja nicht, und Heinz wusste auch nicht, was wir tun sollten. Und es war schon irgendwie komisch, dass er da so lag … so tot. Das passte gar nicht zu ihm. Er hatte gar keinen kranken Eindruck gemacht die Tage davor. War wie immer. Lustig und gut drauf. Ein Notarzt hätte auch nicht mehr helfen können. Er war ja … Er war ja … schon kalt. Entschuldigung«, sagte sie und sprang auf. Die Schaukel quietschte, Josis Kaffee schwappte über, und Conny lief in den Wagen.

»O Mann«, murmelte Josi, stand auf und versuchte mit der Papierserviette den braunen Fleck in ihrem Schoß zu entfernen. Vergeblich.

»Warum weint die denn so?«, fragte Wilma.

»Weil Fritz tot ist, du Blitzmerkerin«, sagte Viktor und schloss die Augen wieder. Die quietschende Hollywoodschaukel hatte ihn aus dem Mittagsschläfchen gerissen.

Einen Augenblick später kam Conny wieder raus. Ohne Indianerbemalung. »Oh, war ich das? Das tut mir leid! Wie unangenehm! Ich hole mal eben …«, stotterte sie, nachdem sie sah, wie Josi auf dem braunen Fleck rumrubbelte. Ungelenk drehte sie wieder um und verschwand erneut im Wagen, um drei Sekunden später mit einem nassen Lappen rauszukommen.

»Schon gut«, beruhigte Josi sie, »ich habe im Auto ein paar Sachen. Ich ziehe mich gleich irgendwo um.«

»Ein paar Sachen? Das klingt gut! Dann nix wie hin da. Ich habe Hunger!«, murrte Wilma.

»Mit Sachen meint sie Kleidung. Kein Hundefutter.« Viktor schüttelte müde den Kopf.

»Mich würde das mit der Polizei interessieren. Sind die dann mit weißen Anzügen hier langgegangen und haben überall Nummern aufgestellt? So wie im *Tatort?*«, fragte ich mehr mich selbst als die anderen. *Tatort* gehörte wie gesagt zu unseren festen Ritualen. Wie Fressen und Markieren. Früher saßen wir jeden Sonntagabend alle in einer Reihe auf dem Sofa und starrten zum Fernseher: Josi, Bernd, Wilma, Viktor und dann ich. Alle nebeneinander. Und wehe, das Telefon klingelte! Das gab richtig Ärger, das kann man sich gar nicht vorstellen. Da hat Bernd sich immer total drüber aufgeregt. Mich hat das Klingeln ja nicht so gestört, vielmehr die Typen in Weiß, die am Tatort stehen und trotzdem keine Ahnung haben, wer der Mörder war! Das müssten die doch riechen! Aber der Mensch ist einfach mit einer unzureichenden Nase ausgestattet. Okay. Jedenfalls gucken wir immer noch regelmäßig, auch wenn ich inzwischen das Gefühl habe, dass ich der Einzige bin, der wirklich noch mitfiebert und zwischendurch das Atmen vergisst.

»Wieso weiße Anzüge? Haben die nicht so was Dunkles an?«, fragte Wilma. Der beste Beweis dafür, dass wirklich keiner aufpasste außer mir.

»Ja, aber nicht die von der Spurensicherung. Die tragen Schutzanzüge.«

»Warum?«

»Damit sie keine Spuren machen.«

»Aber … sie suchen doch Spuren … oder wie jetzt?«

»Klar suchen die Spuren, aber doch nicht ihre eigenen!«

»Wenn Sie mögen, können Sie sich gern bei mir im Wagen umziehen. Die Toilettenhäuschen sind etwas eng«, bot Conny an.

Josi in einem Toilettenhäuschen! Was für eine lustige Vorstellung.

»Das ist nett, dann hole ich mal eben was … bin gleich wieder da. Die Hunde brauchen eh ihr Futter.«

»Sag ich doch! Sie hat was im Wagen!«, motzte Wilma, der der Hunger offenbar schon die Laune vermieste.

»Bis gleich«, sagte Josi und marschierte los. Uns musste sie nicht lange bitten, wir standen in den Startlöchern. Auf zum Mittagsmampfen! Wobei – vielleicht hätte ich glatt drauf verzichtet. Wo es doch gerade so spannend war.

Auf dem Weg zum Auto hoffte ich dann aber doch, Josi würde wieder einfallen, wo der Parkplatz war, und wir würden nicht weitere drei Runden im Kreis laufen. Denn inzwischen knurrte auch mein Magen. Hörbar.

5

Der Sandweg führte an Campingwagen mit orange-braunen Vorzelten und kleinen Zäunen vorbei. Und an Kiefern, die mir verrieten, dass es hier viele schöne Hundedamen geben musste, abgesehen von der honigfarbenen Pudeldame. Eine Katze mit langem weißen Fell entdeckte ich auch, aber die hockte hinter einem kleinen braunen Fenster mit Spitzengardine. Über uns ging mir das Gezwitscher von unzähligen Vögeln gehörig auf den Nerv. Wenn wir jedes Mal so einen Lärm veranstalten würden, wenn wir eine Hundedame toll fanden, dann würde es aber was setzen! Aber bei Vögeln fanden die Menschen es schön. Ungerecht.

Menschen. Von denen gab es natürlich auch welche. Und was für welche! Ganz seltene Exemplare. Wirklich! Solche wie hier sah man nur ganz, ganz selten bei uns in der Hafencity. Und wenn, dann saßen sie meistens in so einem großen roten Doppeldeckerbus und guckten raus, als hätten sie noch nie andere Wesen gesehen. Vereinzelt wurden sie auch aus dem Bus gelassen. Dann rannten sie ganz hektisch hin und her, machten Fotos, rannten wieder in den Bus zurück und fuhren wieder weg. Als hätten sie Angst vor uns. Viktor hat uns mal erklärt, dass das Touristen sind. Und diese hier ähnelten denen aus den Bussen, denn sie guckten genauso komisch. Wobei ich nicht glaube, dass die hier Angst hatten. Zumindest roch ich davon nichts. Aber irgendwas war mit ihnen.

Ich kombinierte also schnell: Ein Campingplatz war ein Treffpunkt für seltsame Touristen.

Sie saßen rechts und links des Weges vor ihren Wohnwagen auf Klappstühlen oder fegten Steinplatten und den Rasen. Der war übrigens aus Plastik! Das roch ich nun aus der Nähe sofort. Ich hatte mich mit meiner wachsamen Auffassungsgabe schon gewundert, wie hier mitten auf dem Strandsand saftig grüner Rasen wachsen sollte. Das war also die Erklärung.

Alle diese Leute sahen uns komisch an. Vor allem die eine Frau im Morgenmantel mit dieser Haube auf dem Kopf. Sie hängte gerade Wäsche aus einem roten Plastikkorb auf eine Leine. Dann hielt sie inne, feuchte Wäsche in der Hand, Mund offen, und sah uns an, als wären wir Mondmännchen. Ob es an Josis braunem Fleck auf Schritthöhe ihres Kleides lag? Jedenfalls wurden wir angeglotzt. Josi grüßte rechts und links, aber es kam nichts zurück. Höchstens mal ein gemurmeltes Wort, das keiner verstand.

»Sind wir eigentlich noch in Deutschland?«, fragte Wilma. Das weiß ich noch so genau, weil es der Moment war, in dem ich endgültig anfing, an ihrem Verstand zu zweifeln.

»Wilma!«, motzte jetzt sogar Viktor. »Wie kommst du denn darauf?!«

»Na, es macht ja wohl den Anschein, als würden die unsere Sprache nicht verstehen«, entgegnete Wilma.

»Deine eher nicht, das kommt ja wohl nicht selten vor, aber Josis auf alle Fälle. Wir sind nicht im Ausland. Das ist

Deutschland. Ehemalige DDR, aber Deutschland«, erklärte Viktor, der die *Tagesschau* so sehr liebte wie ich den *Tatort*.

Endlich am Cabrio angekommen war mir schon übel vor Hunger. Von Wilma ganz abgesehen, die auf den letzten Metern meinte, sie würde gleich kollabieren, wenn es nicht sofort etwas zu fressen gäbe. Josi bekam davon aber nichts mit. Sie wühlte minutenlang im Kofferraum herum, als wäre da ein Schatz versteckt. Dabei war dieser Kofferraum so klein, dass er die Bezeichnung eigentlich gar nicht verdient hatte. Er war, sagen wir mal, so breit wie sechs Möpse und so tief wie drei. Maximal. Warum also wühlte sie so lange rum? Ach, sie suchte neue Kleidung. Na, das erklärte natürlich alles. Es gab wenige Dinge im Leben eines Menschen, die mehr Zeit in Anspruch nahmen als die Entscheidung, was er anziehen sollte. Vor allem, wenn der Mensch eine Frau war. Menschen sollten auch Fell haben. So eine Zeitvergeudung …

Nach gefühlten vier Stunden stellte sie uns endlich unseren Futternapf hin. Und was gab es? Grillwurst? Pustekuchen. Zu meinem Entsetzen: Trockenfutter. Aber inzwischen war der Hunger so groß, dass ich Josi vermutlich auch verziehen hätte, wenn sie uns rohe Karotten serviert hätte.

Zurück bei Conny legten Viktor und Wilma sich sofort unter die Hollywoodschaukel, um ihr Verdauungsschläfchen zu machen. Warum sie sich nicht ein ruhigeres Plätzchen suchten, fragte ich mich nur am Rande. Mein Interesse galt viel Bedeutenderem: Ich konnte es kaum abwarten, endlich mehr über den Tatort und die Umstände des plötzlichen Ablebens von Onkel Fritz zu erfahren. Dass es sich hier nicht um einen natürlichen Tod handelte, lag auf der Pfote.

Erstens: Fritz Hartmann war Josis Onkel und damit sicher ein »zivilisierter Mensch«, der nicht mit Latzhose schlafen ging.

Zweitens: Die Tür stand offen, als Conny ihn fand. Dieses Detail nervte mich zwar im *Tatort* jedes Mal, aber letztendlich muss man eben sagen: Mörder sind auch nur Menschen – und manchmal vergessen sie halt, die Tür hinter sich zu schließen. Und überhaupt: Warum sollen sie die Tür auch zumachen? Es gibt ja eh nix mehr zu holen. Außer Toten. Und die will im Normalfall keiner klauen.

Josi hatte ihr braunbeflecktes Kleid und die hackenlosen Schuhe gegen einen knallroten Minirock, eine kurzärmlige weiße Bluse und rote Sandalen getauscht. Nichts gegen Rot, aber in dem Camping-Ensemble sah Josi aus wie ein frisches Erdbeertörtchen mit Sahnehaube. Aber das schien nur mir aufzufallen. Conny stand ja nachweislich auf alles, was bunt war. Die beiden aßen wunderbar duftenden Schokoladenkuchen und tranken Wasser mit Eiswürfeln. Vermutlich, weil es weniger Flecken machte. Ich freute mich, dass meine Rudelführerin tatsächlich etwas aß, aber mich interessierte vor allem eins: Fritz.

Die Damen über mir mussten sich aber erst einmal über den Kuchen austauschen, beziehungsweise über das Rezept. Hallo?! Wen interessierten Rezepte, wenn es alternativ Tote gab? Also, okay, einen Toten. Und als ich gerade dachte, jetzt geht es endlich los, fingen die beiden – ich schwöre es! –, sie fingen an, über das WETTER zu reden! Ich habe noch nie verstanden, warum die Menschen sich tagein tagaus über das Wetter unterhalten. Über eine Sache, die man de facto nicht ändern kann. Warum also bitte schön darüber diskutieren? Täglich!

»Es ist schon seit Tagen so schön. Ach, eigentlich ist es hier immer schön!«, erklärte Conny gerade und sah gen Himmel, der strahlend blau war. Ich hätte mir ein Wölkchen gewünscht. Oder zwei. Es war wirklich etwas zu heiß für meine Verhältnisse. Und das ausgerechnet jetzt, wo ich einen kühlen Kopf brauchte. EEB, Ermittlung unter erschwerten Bedingungen, nennt man das. Wilma und Viktor schnauften auch schon wie zwei Dampflokomotiven.

»Ja, das stimmt. Immer, wenn ich hierherfahre, also ich meine, immer, wenn ich früher hierhergefahren bin, wurde das Wetter von Kilometer zu Kilometer besser. Je näher man der Ostsee kam. Als sei da irgendwo eine Wettergrenze, hat meine Mutter immer gesagt.«

»Hiddensee ist auch nicht weit weg, und das ist der Ort mit den meisten Sonnenstunden in ganz Deutschland. Wussten Sie das?«, fragte Conny und nahm sich noch ein Stück Kuchen.

»Wirklich? Nee, das wusste ich nicht. Vielleicht sollte ich da hinziehen. In Hamburg hat es in den letzten Wochen wieder nur geregnet. Ich liebe die Stadt ja, aber manchmal frage ich mich, wozu ich mir eigentlich ein Cabrio gekauft habe.«

»Um hierherzufahren«, sagte Conny mit vollem Mund, wobei ihr ein Stück von diesem fantastisch duftenden Schokokuchen raus und auf den Boden fiel, was Wilma sofort ausnutzte. Dabei hätte ich schwören können, sie schläft. So kann man sich irren.

»Was machen Sie denn eigentlich? Also, ich meine, wenn Sie nicht hier sind«, fragte Josi, nahm einen Schluck von ihrem Eiswürfelwasser und schlug die langen Beine übereinander.

Conny kaute und schluckte, dann sagte sie: »Ich habe ein Studio«, und wedelte mit ihrer Hand in der Luft, als wäre ihr heiß. Was sicher der Fall war. Aber ob Wedeln da etwas brachte? »Ein Nagelstudio. In Rostock. Seit einem halben Jahr. Davor war ich Filial-Leiterin in einem Sonnenstudio, aber das war mir irgendwann zu langweilig. Einfach keine Herausforderung. Verstehen Sie, was ich meine?«

»Oh ja ... das versteh ich«, meinte Josi etwas irritiert und schlug die Beine in die andere Richtung übereinander. Ich hatte eher das Gefühl, dass sie das nicht so recht verstand.

»Immer das Gleiche. Tagein, tagaus. Hauttypbestimmung, Liegen desinfizieren, Geld wechseln, alles erklären. Und dann machen die Leute doch, was sie wollen. Gehen auf den Turbo. Mit Sommersprossen und weißer Haut! Kommen dann wie ein Krebs raus und wundern sich. Nee! Das hat mir gereicht. Jetzt kann ich Farbberatung machen. Und Stylen. Das mochte ich schon immer gern. Schon als Kind hab ich immer meine Barbie gestylt. Na ja, ich habe jedenfalls so ein Wochenendseminar gemacht und dann hat man auch schnell seine Stammkundschaft zusammen. Das ging echt ratzfatz. Und Nägel wachsen immer. Das ist wie mit dem Friseur. Da gehen die Leute auch hin. Egal wie das mit der, na, sach schon ... der Wirtschaft oder dem Aufschwung ist.« Sie holte tief Luft. »Da glaubt ja eh keiner mehr dran. Jedenfalls ist mir jetzt nicht mehr so langweilig. Und es gibt so schöne Muster und Tattoos! Also zum Aufkleben, meine ich. Das wär bestimmt auch was für Sie!«

Hallo da oben, dachte ich. *Mir ist auch langweilig, und ich hätte auch gerne mal eine Herausforderung!*

»Das ist doch … schön«, meinte Josi und warf einen unauffälligen Blick auf ihre Nägel. »Was hat die Polizei denn eigentlich gesagt?«, fragte sie endlich. Ich war ihr so dankbar, dass ich vor Freude kurz kläffte.

»Oh, hat er vielleicht auch Hunger?«, fragte Conny, während sie sich eine weitere Gabel Kuchen in ihren rot angemalten Mund schob.

Nein, hat er nicht, dachte ich. Also, grundsätzlich würde ich nichts gegen ein Stück von diesem Hammer-Schokokuchen sagen, aber jetzt wollte ich wissen, was mit Fritz los war. Beziehungsweise nicht mehr los war. Meine Neugierde war nicht mehr zum Aushalten. Das grenzte schon an Folter.

»Ich dachte ja an Herzversagen oder so, aber der Notarzt, der dann doch noch kam, hat gesagt, er will sich da nicht festlegen. Es sei nicht klar, woran er nun gestorben ist. Deshalb müsse er ob…ob…obdu…«

»Obduziert werden?«

»Ja, so heißt das, glaube ich.«

»Davon wusste ich gar nichts«, sagte Josi überrascht.

»Ach. Das haben die Ihnen gar nicht gesagt?«

»Nein, aber ich bin ja auch nur seine Nichte. Vermutlich haben sie mit …«

»Gerda?«, unterbrach Conny sie.

»Ja, genau, mit Gerda gesprochen. Kennen Sie Gerda?«

»Seine Ex. Ja. Allerdings. Die kann man ja nicht übersehen beziehungsweise überhören. Gott, waren wir hier alle froh, als die endlich weg war. Unangenehme Person«, meinte sie kopfschüttelnd. Dann sah sie zu Josi. »Oh, Entschuldigung, das ist dann ja Ihre … Tante, oder? Also, bitte nicht falsch verstehen, ich wollte nicht unhöflich sein, aber …«, stotterte Conny verlegen.

»Schon gut«, meinte Josi und machte zu meiner Verwunderung ein Zeichen mit der Hand, das eigentlich »Sitz« bedeutet. Aber Conny saß doch schon! »Ich bin auch nicht ihre Busenfreundin.«

»Das ist wohl keiner.«

»Da haben Sie recht.«

Was der Busen nun mit einer guten Freundin zu tun hatte, wusste ich nicht. Warum die beiden über mir Gerda nicht mochten, schon. Ich hatte sie nur einmal kurz gehört, am Telefon, denn sie hatte so geschrien, dass man es hören musste. Egal ob man wollte oder nicht. Es ging dabei um Josi und ihre Hilfe. Also die für Fritz. Wie Josi Fritz geholfen hatte, Gerda loszuwerden, wenn ich das richtig verstanden habe. Na ja, und das fand Gerda eben nicht so gut. Oder sagen wir mal, es hätte sie fast ihre Stimmbänder gekostet, so brüllte sie Josi am Telefon an. Die versuchte ein paarmal etwas zu sagen, schaffte es aber nicht, gegen Gerda anzukommen, und legte dann irgendwann einfach auf. Als Josi sich später etwas beruhigt hatte, holte sie ein Fotoalbum raus und zeigte Bernd ein paar Bilder. Das wollte ich mir natürlich nicht entgehen lassen und sprang auf ihren Schoß, um alles besser sehen zu können. Gerda hatte auf dem einen Bild so einen gestreiften Kittel ohne Arme an und stand irgendwo in einem Garten. Auf dem Kopf hatte sie komische kleine Rollen. Überall. Das sah schon sehr merkwürdig aus. In der einen Hand hielt sie einen Spaten, in der anderen Gurken. Ganz stolz, als hätte sie einen Pokal gewonnen. Dabei waren es Gurken, da bin ich mir ganz sicher.

»Ach DA liegt der Hund begraben!«, hatte Bernd noch gesagt, während Josi ihm irgendwas von Scheidung erklärte.

Und da war Gerda für mich unten durch. Einen Hund begraben – bei dem ich nur hoffen konnte, dass er eines natürlichen Todes gestorben war –, war das eine. So, wie sie am Telefon gebrüllt hatte, traute ich ihr wirklich alles zu. Und dann dieser Spaten ... na ja. Aber dann auf seinem Grab Gurken pflanzen! Das war ja wohl das Letzte!

Ich konnte also nur allzu gut verstehen, warum Josi und Conny Gerda nicht mochten. Dafür verstanden die beiden sich augenscheinlich umso besser. Das spürte ich. Josi war richtig entspannt. Komisch.

»Wollen wir uns nicht vielleicht duzen?«

»Gern. Da fühlt man sich ja immer gleich zehn Jahre jünger, finde ich. Conny«, meinte Conny, als kenne Josi ihren Namen noch nicht, und gab ihr erneut die Hand, obwohl sie das vorhin schon getan hatte.

»Josephine«, sagte jetzt Josi. Und ich nahm mir ein für alle Mal vor, einfach aufzuhören mich zu wundern. Zumindest über die Kommunikationsmethoden der Menschen.

»Meine Tante hat wirklich einen Haufen Haare auf den Zähnen«, sagte Josi, während sie sich wieder auf die Schaukel zurücksinken ließ.

Ich überlegte, warum mir das bei Gerda gar nicht aufgefallen war. Das mit den Haaren. Aber ich hatte sie ja auch nur einmal kurz gesehen. Und dann von hier unten. Da kann einem so etwas schon mal entgehen.

»Zum Glück hat Fritz es dann ja doch noch geschafft, sich von ihr zu trennen. Ich habe ein bisschen nachgeholfen, muss ich gestehen.«

»Wie? Nachgeholfen?«

»Na ja, ich bin Juristin und begleite jeden Tag ziemlich viele Menschen bei ihren Scheidungen. Ich habe ihm ein paar Tipps gegeben. Ich konnte das nicht mehr mit ansehen, wie er sich von ihr hat unterbuttern lassen. Fritz war für mich mehr als nur ein Onkel. Wir haben uns nicht oft gesehen, das stimmt schon. Erst das Studium und dann der Job … Aber es gab da trotzdem immer eine ganz besondere Bindung zwischen uns. Ich mochte ihn einfach. Er war … Ja, er war einfach ein wertvoller Mensch. Und er hatte so einen tollen Humor!«

Conny nickte zustimmend.

Josi holte kurz tief Luft, dann fuhr sie fort: »Gerda hat sich jedenfalls eine Wohnung in Stralsund genommen, wenn mich nicht alles täuscht. Zur Trauerfeier ist sie nicht gekommen.«

»Ach, Sie … ähm, dann bist du Anwältin?«

Josi nickte zustimmend.

»Toll.«

»Das mit der Obduktion würde mich jetzt doch mal interessieren«, meinte Josi, und ich hätte gerne hinzugefügt: *Nicht nur dich!* »Vielleicht rufe ich nachher einfach mal bei der Polizei an. Mal sehen, ob die mir was sagen.«

Warum nicht gleich jetzt, kläffte ich und siehe da …

»Oder ich mache das einfach mal eben jetzt.« Gesagt, getan. Josi wühlte in ihrer grauen Lederhandtasche, die eigentlich eher ein Ledersack war, und zog ihr Handy raus. »Welche Dienststelle war denn hier? Weißt du das?«

»Ich denke, das müssten eigentlich die Jungs aus der Hafenstraße hier aus Prerow gewesen sein. Aber aufs Nummernschild hab ich da nicht geachtet.«

Hafenstraße, das klang eher nach Seemännern als nach Polizisten, dachte ich so bei mir als alter Kenner des Hamburger Hafens.

»Ach, nee«, korrigierte sich Conny, »die sind, glaube ich, aus Barth gekommen. Aber ganz sicher bin ich mir nicht. Die in den weißen Anzügen, die dann später kamen, die waren aus Stralsund. Das weiß ich noch ganz genau, weil der eine so ein Schnuckel war und wir uns kurz unterhalten haben. Der sah echt aus wie … Also auf alle Fälle waren die vom Kriminaldauerdingens-bummens und haben hier alles ganz genau angeguckt. Das ist wohl so, wenn ein Toter gefunden wird, bei dem man nicht weiß, warum er tot ist. Da war ein paar Tage der Wagen mit so einem Flatterband abgesperrt, und auf der Tür war ein Aufkleber, dass man da nicht reindarf. Aber das haben sie dann wieder abgemacht.«

»Wahnsinn!«, bellte ich. »Viktor! Wach auf! Hast du das gehört?! Die Kripo ermittelt!«

»Was?«, nuschelte Viktor völlig benommen und richtete sich auf.

»Es war eventuell Mord!«

»Und darum weckst du mich?«, murmelte er und legte sich wieder hin.

Alte Männer. Also echt! Ich schaute wieder zu Conny und Josi hoch. Die waren weitaus interessanter.

»Dann muss es ja einen Verdacht auf Fremdeinwirkung gegeben haben. Wieso weiß ich das denn nicht?«, meinte Josi kopfschüttelnd und tippte auf ihrem Handy rum.

Conny zog die Schultern hoch, nahm sich ihr Glas, in dem inzwischen keine Eiswürfel mehr schwammen, und trank es in einem Zug leer. Dann rülpste sie. »Oh, Entschuldigung«, sagte sie kleinlaut und legte sich die Hand vor den Mund, aber dafür war es ja nun auch zu spät.

Josi hatte nichts mitbekommen. Sie hielt sich den Hörer ans Ohr, stand auf und ging nervös auf und ab. »Ja, guten Tag, mein Name ist Josephine Hartmann, ich bin die Nichte von Fritz Hartmann, dem Besitzer des Campingplatzes Zum wilden Eck, der …«, brach sie mitten im Satz ab. »Ja, genau der. Ich bin hier gerade auf dem Campingplatz und höre von einer Bekannten meines Onkels, dass die Kripo ermittelt.« Josi blieb abrupt stehen. »Aha, ja … verstehe … ja … Okay, ich muss mal eben einen Zettel suchen, Moment.« Sie fing an, in ihrer Tasche zu wühlen, während Conny aufsprang und in ihre Kuschelkugel lief, um mit Zettel und Stift gleich wieder rauszukommen.

»Danke«, sagte Josi. »So, es kann losgehen … Ja, danke, dann rufe ich da mal an. Okay, Auf Wiederhören.« Sie legte das Handy auf den Plastiktisch. »Das war die Polizeidienststelle Barth. Da konnte man mir nicht weiterhelfen. Der Beamte meinte, ich müsse mich in Stralsund melden. Aber er geht nicht davon aus, dass die mir etwas sagen werden. Vermutlich muss ich hinfahren und mich ausweisen. Ich muss nachher unbedingt meine Eltern anrufen. Die wissen davon hundertprozentig auch nichts. Sonst hätte meine Mutter mich schon längst angerufen! Also so was!« Sie schüttelte den Kopf und griff erneut nach dem Handy, um darauf rumzutippen. »Ja, Hartmann, guten Tag. Ich habe Ihre Nummer von den Kollegen aus Barth. Es geht um meinen verstorbenen Onkel. Fritz Hartmann. Ich habe zu meinem Erstaunen gerade durch Zufall erfahren, dass die Todesursache gar nicht klar ist oder war …« Stille. »Seine Frau? Sie meinen Exfrau. Nein, wir haben keinen Kontakt mehr, die beiden lebten ja getrennt. Ach so, dann hatte er ihre Nummer hier im Wagen hinterlegt für den Notfall?« Pause. »Gut, dann versuche ich das mal. Danke.«

Josi hatte diesen Ausdruck im Gesicht, den ich nur allzu gut kannte: Etwas lief nicht so, wie sie es gern hätte. Josi war eine typische Rudelführerin. Wenn jemand kam und ihr die Leine aus der Hand nahm, passte ihr das ganz und gar nicht. Oder wenn jemand ihr sagte, sie dürfe die Leine nicht in die Hand nehmen. Weil nicht befugt. Oh, oh. Es rumorte in ihr, und das sah man.

Sogar Conny fiel auf, dass etwas nicht stimmte. Und die war längst nicht so geübt im Interpretieren von Josis Gesichtsausdrücken wie ich. »Alles in Ordnung?«, fragte sie verunsichert, während Josi ins Nichts starrte.

»Ja«, antwortete Josi etwas zeitversetzt. »Ich muss wohl die liebe Gerda anrufen, wenn ich etwas erfahren möchte. Als Nichte bin ich ansonsten nicht berechtigt – erst recht nicht am Telefon. Aber auch sonst nicht. Warum nun aber ausgerechnet seine Exfrau etwas erfahren hat, würde mich dann doch interessieren. Anscheinend hatte er ihre Nummer in der Geldbörse und an der Pinnwand im Wagen.«

»Du hättest doch sagen können, du bist seine Anwältin … so wie in diesen Filmen«, versuchte Conny es.

»Ach, ich rufe Gerda einfach mal an«, sagte Josi und tippte erneut auf ihrem Handy rum. Meine Güte, es wurde ja immer spannender! Allerdings nicht lange, denn dreißig Sekunden später stand fest, dass auch diese Telefonnummer nicht zum erwünschten Ziel führte: Gerda hatte einfach aufgelegt, nachdem Josi sich gemeldet hatte.

»Sackgasse«, sagte Josi lediglich und legte kopfschüttelnd ihr Handy weg.

Was Straßen mit Menschen zu tun hatten, die nicht telefonieren wollten, blieb ihr Geheimnis.

6

Eine Stunde später saßen wir immer noch vor Connys Wohnwagen. Wenn es nach mir gegangen wäre, hätten wir ruhig noch mal an den Strand gehen oder nach schönen Hundedamen Ausschau halten können. Doch Wilma und Viktor war das alles egal. Die waren zufrieden, solange sie sich nicht bewegen mussten. Bei mir war es genau andersrum. Ich hatte Hummeln im Hintern, wie Josi immer sagte, wenn ich unruhig war. Verstehe ich bis heute nicht. Denn unter uns: Ich habe keine im … Sie wissen schon. Viktor hat mal für mich nachgesehen. Aber er meinte, da ist nichts. Also nichts Sichtbares. Und es fühlt sich auch nicht so an. Also innen, meine ich. Wie sollen die da schließlich auch reinkommen?

Obwohl Conny so ganz und gar anders war als Josis Freundinnen, schienen die beiden sich gut zu verstehen. Zumindest quatschten sie ohne Unterbrechung. Mir wurde es irgendwann zu langweilig. Zumal es inzwischen auch nicht mehr um Fritz ging, sondern um den Campingplatz, die Dauercamper, darum, dass Fritz eigentlich neue Duschen einbauen wollte, und solche Sachen. Das brachte mich kein Stück weiter in meinen Ermittlungen. Dann berichtete Conny noch etwas von Häusern, die gebaut werden sollten, hier oder in der Nähe, und von Grundstücken und Eigentümern und lauter so ödem Kram, von dem ich nichts verstand. Conny erzählte lange von einem Mann, der Fritz anscheinend kurz vor seinem Tod ziemlich genervt hatte. »Und dann kam dieser Typ ständig hierher und wollte mit Fritz reden. Die ersten Male hat Fritz sich noch mit ihm auf die Terrasse beim Restaurant oben gesetzt. Aber irgendwann wurde es ihm zu blöd. Der Kerl war richtig klebrig. Wenn du weißt, was ich meine. Der hörte einfach nicht auf, Fritz vollzulabern. Obwohl der ihm klipp und klar gesagt hat, dass er nicht verkaufen will«, erklärte Conny kopfschüttelnd.

Ich stand auf und machte mich auf den Weg, die Umgebung zu inspizieren. Außerdem musste ich dringend pinkeln.

Kaum war ich auf dem Sandweg und sah mich nach einer schönen Kiefer um, hörte ich hinter mir Viktor, der offenbar aus seinem Tiefschlaf erwacht war. Er gähnte lauthals. »Warte, ich komme mit. Muss mir mal die Beine vertreten.«

»Ich auch«, murmelte Wilma und wackelte ebenfalls auf den Weg. Okay, also kollektives Kiefernanpinkeln und -markieren.

Wir hatten uns gerade ein schönes Plätzchen ausgesucht, das besonders vielversprechend roch, da hörten wir eine Männerstimme lauthals schimpfen: »Das gibt's ja nicht. Werdet ihr wohl verschwinden! Hey, Sie da, nehmen Sie Ihre Möpse hier weg – oder was auch immer das für Viecher sind!« Wer da so schrie, war ein dicker Mann in kurzer Hose und weißem Unterhemd, der wild mit den Armen in der Luft rumfuchtelte, als wollte er Mücken verjagen.

Aber er meinte wohl uns. Er war noch behaarter als der Typ in diesem muffeligen Restaurant. Dabei hätte ich bis eben schwören können: Mehr geht nicht. Ging doch! Bei dem hier musste man fast überlegen, wo vorn und wo hinten war. Beziehungsweise, von wem *er* abstammte.

Das sah auch Josi so. Sie erhob sich aus der Hollywoodschaukel und kam jetzt zu uns auf den Sandweg, während ich in Seelenruhe weiterpieselte und über seine Worte nachdachte. *Oder was auch immer das für Viecher sind.*

»Was haben Sie für ein Problem mit meinen Möpsen?«, fragte Josi und stemmte ihre Hände rechts und links in die Seiten. »Ist das Ihre Kiefer? Oder steht hier irgendwo, dass Hunde nicht gestattet sind? Ich muss zugeben, dass ich ein solches Schild bisher noch nicht entdeckt habe. Sollte ich mich irren, tut es mir leid. Dann muss ich das Schild gleich mal entfernen.«

»Wie kommen Sie auf die Idee, hier irgendwelche Schilder entfernen zu wollen?!«, motzte der Behaarte zurück.

Weiter kam er nicht, denn jetzt mischte sich seine Frau ein, die halb nackt aus dem Wagen gestolpert kam. Sie hatte für ihr hohes Alter eine sehr interessante Figur, die in einem sehr knappen roten Bikini steckte. Es war wohl der Kontrast zu ihren grauen Haaren, der mich so irritierte. Sie war schlank, hatte zwei große, pralle Zitzen und im Gegensatz zu ihrem Mann einen durchtrainierten flachen Bauch. Josi, Viktor, Wilma und ich sahen sie mit weit aufgerissenen Augen an. Für fünf lange Sekunden sagte niemand etwas. Dann, auf den zweiten Blick, erkannten wir es: Der durchtrainierte Körper samt rotem Bikini war eine Schürze mit Fotoaufdruck.

»Musst du dich wieder so aufregen, Werner. Die tun doch nichts, die …« Sie sah zu uns runter. »Die Hunde.«

»Die tun nichts? Die kacken den ganzen Weg voll! Und wer muss das nachher wieder wegmachen?!«

»Hallo? Wer kackt denn hier? Ich jedenfalls nicht«, bellte ich zurück.

»Und laut sind sie auch«, meckerte der Behaarte jetzt.

»Erstens höre ich hier gerade nur einen, der laut ist. Zweitens sehe ich niemanden kacken. Und drittens sehe ich hier wie gesagt auch kein Schild, das darauf hinweist, dass Hunde verboten sind. Auf Wiedersehen … oder lieber nicht«, sagte Josi.

Sie wollte sich gerade umdrehen, als der Behaarte noch einen nachlegte: »Wenn ich Ihre Scheißköter hier noch einmal sehe, mache ich Gulasch aus ihnen!«

»Werner!«, schrie die Halbnackte, die nicht nackt war, entsetzt.

Josi blieb stehen. »Wenn Sie meinen Hunden auch nur ein einziges Haar krümmen, werde ich Ihnen Ihren Vertrag für diesen schönen Platz hier leider mit sofortiger Wirkung kündigen müssen.«

»Was glauben Sie, wer Sie sind …«

»Ach, stimmt. Ich hatte mich gar nicht vorgestellt. Ich bin Josephine Hartmann, die neue Besitzerin des Campingplatzes. Und denken Sie dran: Ein einziges gekrümmtes Haar und Sie können gern die nächste Nacht auf der Raststätte an der A 24 verbringen. Ist ja nicht weit von hier.« Dann drehte sie sich wieder um und ging zurück zu Conny.

Viktor und ich sahen uns an.

»Holla die Waldfee«, meinte Viktor. »Das nenne ich mal Höchstform!«

»Allerdings«, gab ich ihm recht. »Ich glaube, sie hat ihre Trauerphase überwunden. Sie wird langsam wieder die Alte! Wie schön! Komm, lass uns mal 'ne Runde drehen. Ich muss mir das hier alles in Ruhe ansehen.«

»Ich bleib hier«, grunzte Wilma und wackelte wieder zurück zu den Damen.

Wer auch immer das Wort Campingplatz erfunden hat, er lag völlig falsch. Das hier war nichts anderes als ein Paradies! Ein Hundeparadies. Ich mochte diesen Ort, seit ich mit meinen Vorderpfoten aus Josis Cabrio gesprungen war, aber was wir jetzt vorfanden, übertraf wirklich alles. Es war der Hundehimmel auf Erden! Ganz am Ende des Platzes machte der Weg einen kleinen Schlenker und führte uns direkt zu einem Grillplatz. Natürlich waren die Mülleimer nicht so gebaut, dass wir hätten reinschauen können. Wir waren ja keine Deutschen Doggen. Aber das mussten wir auch nicht. Was sich da drin befand, wussten wir nämlich auch so: Knochen! Und zum Glück nicht nur dort. Direkt neben den Holzbänken, die in einer Art Kreis um Feuerstelle und Grill standen, fanden wir lauter Leckereien.

Wir hatten es uns gerade gemütlich gemacht, als wir plötzlich Stimmen hörten. *So etwas Ärgerliches,* dachte ich und gab Viktor ein Zeichen. Bevor jemand auf die Idee kam, uns hier zu vertreiben, verschwanden wir mit unseren Würstchenresten in dem hohen Gras, das die Grillstelle umgab.

»Es muss hier irgendwo sein. Ich hab jetzt alles abgesucht. Das gibt es doch gar nicht«, sagte jetzt einer von zwei Männern. Er kam mir irgendwie bekannt vor. Ja, genau, das war dieser karierte, behaarte Typ aus dem Restaurant. Da, wo der Kerl an der Wand gehangen hatte, dieser Freund von Honecker. Er schien etwas zu suchen. Also, nicht der Freund von Honecker, sondern der mit dem karierten Hemd.

»Was ist, wenn wir es nicht finden, und ein anderer findet es und …«, fragte der andere, den ich noch nie gesehen hatte. Ein dünner, blasser Typ mit kurzer Shorts und dunklem T-Shirt. Er sah ernsthaft besorgt aus. Und irgendwie roch er komisch. Nervös. So, wie unsere eine Nachbarin in Hamburg manchmal riecht, wenn ich ihr zu nahe komme.

»Jetzt hol aber mal Luft! Ruhig bleiben und suchen – nicht durchdrehen. Das bringt uns nicht weiter«, sagte der Honecker-Typ und ging mit gesenktem Kopf um die Sitzbänke rum. »Nun mach schon! Wer hat uns das hier schließlich eingebrockt?«, schimpfte er, woraufhin der Dünne jetzt auch mit gesenktem Blick den Platz absuchte. »Du hast doch eine Handy-Sperre, oder?«, wollte Honecker wissen.

»Wie? Sperre?«

»Na, sodass nicht jeder gleich an die Fotos rankommt.«

»Wie meinst du das?«

»Oh Mann, Jens. Du bist aber auch echt schwer von Begriff. Musst du einen Code eingeben, wenn du dein Handy eine Weile nicht benutzt hast? Oder kann da jeder ran und sich alles angucken?«

Jens machte »Hmmm«, blieb stehen und kratzte sich am Kopf. »Ach so meinst du das. Nee. Also, so einen Code hab ich nicht.«

Honecker holte tief Luft. Er war mehr als nur ein bisschen genervt. Ich an Jens' Stelle hätte jetzt Bauchweh. Mindestens. Denn Honecker sah aus, als würde er gleich durchdrehen. Er hatte einen irren Blick. Wie Wilma, wenn es Futter gibt. »Dann könnte sich also jeder die Bilder ansehen? Oh Mann, du bist echt ein Vollpfosten, Jens!«

Vollpfosten und Honecker suchten noch ein Weilchen weiter – vergeblich. Ich hielt die Luft an, so nah kamen sie uns. Aber dann verschwanden sie wieder. Ohne uns oder dieses Handy, das so extrem wichtig zu sein schien, entdeckt zu haben. Dabei konnte man Viktor zehn Meter gegen den Wind röcheln hören.

Wir krochen samt Würstchenresten synchron aus unserem Versteck. Wie gut, dass wir so klein sind. Alles über Knapp-bis-zum-Knie-Höhe wäre längst aufgeflogen.

»Puh, das ist ja noch mal gut gegangen«, meinte Viktor und fraß weiter. Er hatte definitiv das größere Stück zwischen den Pfoten, wie ich jetzt sah. Egal. Ich schnappte mir meins, fraß es fix auf und machte mich dann auf die Suche nach diesem mysteriösen Handy.

Während Viktor lauthals schmatzte, graste ich den ganzen Platz ab – mit der Nase nach unten.

»Hier ist doch noch ein Stück!«, rief Viktor mir hinterher.

»Nee, danke, ich suche das Handy.«

»Was willst du damit?«

Die Frage war berechtigt. Natürlich konnte ich nichts damit anfangen. Also nicht direkt. Aber irgendetwas sagte mir, dass es eventuell noch wichtig werden könnte. Das nennt man Gespür. Ein wichtiger, nicht zu unterschätzender Teil jeder kriminaltechnischen Arbeit.

»Ich habe irgendwie das Gefühl, dass es uns weiterhelfen kann.«

»Wieso weiterhelfen?«

»Na, um den Mord aufzuklären.«

»Welchen Mord?«

»Den Eventuell-Mord an Fritz!«

»Er wurde ermordet?!«

»Viktor! Das habe ich dir doch vorhin erzählt!«

»Mir?«

»Jetzt fang bitte nicht an wie Wilma. Ja, dir. Aber du wolltest lieber schlafen.« Eines hatten Viktor und Wilma gemeinsam: Sie waren verfressen und träge. Im Gegensatz zu mir.

»Oh«, machte Viktor verlegen und leckte sich mit der Zunge noch einmal ums Maul. Wahrscheinlich hoffte er, noch irgendetwas zu finden. Aber da war nichts weiter außer seinen weißen Barthaaren.

Dafür hatte ich umso mehr Glück. Direkt an der Stelle, wo eine der Sitzbänke umgekippt war, sah ich es: das Handy! Kein Wunder, dass die beiden es nicht gefunden hatten. Das schwarze Plastikding lugte nur ein kleines Stück unter der Holzbank hervor. Ich versuchte hineinzubeißen, um es rauszuziehen, aber das Stück war zu kurz.

»Komm mal rüber. Wir müssen die Bank wegziehen, sonst komm ich nicht an das Handy ran.«

Viktor war wenig begeistert. »Was willst du damit?«

»Keine Ahnung. Erst einmal mitnehmen und verstecken oder so. Wer weiß? Wenn die beiden es so dringend finden wollen, könnten wir es vielleicht auch noch gebrauchen. Oder? Auf alle Fälle scheint es irgendwie wichtig zu sein. Nun mach schon.«

Viktor kam und inspizierte die Stelle, an der das Handy lag. Dann sah er sich die Bank an. Die wog mindestens fünfmal so viel wie wir beide zusammen. Wie war das Handy wohl dort hingekommen?

»Wir sind doch nicht von der Mafia. Demnächst willst du noch irgendwelche Waffen ausbuddeln.«

Mafia. Klang gut. So gefährlich. Ich hatte eine Idee: »Die Mops-Mafia!«

»Hä?«

»Wir sind die Mops-Mafia«, kläffte ich begeistert.

»Nichts gegen deine Liebe fürs Verbrechen, aber die Mafia ist ein Geheimbund ...«, erklärte Viktor, der alle Folgen von *Der Pate* gesehen hatte. Mehrfach. Ich hatte es ehrlich gesagt nur am Rande verfolgt. Ich kann nicht nachvollziehen, warum man sich einen Film noch einmal anschaut, wenn man doch genau weiß, was passiert.

»Ja! Genau!«, unterbrach ich ihn. »Das sind wir auch. Wir lösen heimlich den Fall Fritz Hartmann.«

»Ich war noch nicht fertig. Die Mafia ist ein Geheimbund, der seine Ziele mit Gewalt und Erpressung durchsetzt.«

Ich dachte kurz nach. »Na ja, dann ... beweisen wir eben, dass es auch eine nette Mafia geben kann. Was meinst du?«

»Ich meine, dass es so oder so nicht passt.«

»Warum?«

»Na, weil du kein Mops bist. Also, kein richtiger. Von daher ...«, erklärte Viktor und sah mich an, als stimme etwas mit mir nicht.

»Ich bin kein Mops?! Was ist dir denn über die Leber gelaufen? Liegt dir die Grillwurst quer im Magen und blockiert die Blutbahnen, die zum Gehirn führen, oder was?«

»Du bist ein halber Mops, aber kein ganzer. Das weißt du doch.«

Also, ehrlich gesagt, wusste ich das nicht. Mir war das ziemlich neu. Ich sah an mir runter. Alles dran. Vorderpfoten, Hinterpfoten. Ich sah nichts, was auf einen halben Mops hindeutete.

In dieser Sekunde erinnerte ich mich an das, was der behaarte Zweibeiner vorhin gesagt hatte: »Ihre Möpse … oder was auch immer das für Viecher sind.« Oh Gott! Wer war ich? Ein Hund. Klar. Aber was für ein Hund? Bis zu dieser Sekunde hatte ich mein Dasein als Mops nicht infrage gestellt. Okay, ich hatte Flecken auf dem Fell, die die anderen beiden nicht hatten, aber es gab ja auch schwarze Möpse, nicht nur so beigefarbene wie Viktor und Wilma. Warum also keine mit Flecken? Was war denn nur los? Mein Leben – eine Illusion?

»Was hast du denn plötzlich?«, wollte Viktor wissen und sah mich mit seinen Froschaugen an.

Ich brauchte einen Spiegel. Jetzt. Hier. Sofort! »Was ich habe? Ich habe bisher gedacht, ich sei ein Mops! Das habe ich! Wie würdest du dich denn fühlen, wenn ich dir sagte, du bist … kein Hund, sondern eine Katze. Na?«

»Ich habe dir aber nicht gesagt, dass du eine Katze bist. Ich habe nur gesagt, dass du ein halber Mops bist. Kein ganzer, richtiger. Ich dachte, du weißt das längst!«

»Nein, woher? Und überhaupt. Ich glaube dir nicht. Du lügst!«

»Schau dich mal an. Du hast zum Beispiel eine Schnauze«, meinte Viktor.

Ich schielte zu meiner Nasenspitze runter. »Klar habe ich

eine Schnauze«, bellte ich zurück. Das wäre ja auch noch schöner, wenn ich jetzt auch keine Schnauze mehr hätte! Was wollte er mir denn noch nehmen?

»Siehst du bei mir eine Schnauze?« Viktor drehte seinen Kopf so, dass ich ihn von der Seite betrachten konnte. »Also eine richtige? So eine, wie du sie hast?« Dann drehte er seinen Kopf zurück.

Hm. Aber konnte die Schnauze als solche nicht genauso individuell sein wie ihr Besitzer?

»Wir, also, ich meine … Möpse haben keine richtige Schnauze. Sie haben Nasenlöcher und Falten im Gesicht. Sie sind kleiner als du und nicht so schlank. Sie sind beige oder schwarz. Sie …«

»Aber warum habt ihr denn nie etwas gesagt?«, unterbrach ich ihn. Irgendwie fühlte ich mich jetzt ganz schön zittrig.

»Soll ich dich morgens mit den Worten wecken: Guten Morgen, du halber Mops, oder was? Ich bin natürlich davon ausgegangen, dass du dich in irgendeinem Spiegel oder einer Fensterscheibe mal gesehen und den Unterschied zu Wilma und mir bemerkt hast. Außerdem bist du doch sonst nicht auf den Kopf gefallen, und dass du – von dem Äußeren mal abgesehen – auch ansonsten anders bist, das müsstest du doch inzwischen festgestellt haben.«

Mir fiel ein, was ich gerade erst gedacht hatte: Wilma und Viktor waren verfressen und träge – ich nicht. »Ja, klar, aber jeder ist doch anders und …«, setzte ich an, als Josis Ruf mich unterbrach.

»Heini, Viktor!«, schrie sie und das war kein gutes Zeichen. Heini kam nie an erster Stelle. Es kam immer an, sagen wir mal, vierter Stelle. Nach zweimal Henri und einmal Heinrich.

Bei allem Schmerz und Kummer – meine Identität musste warten. Sonst würde es Ärger geben. Aber eines war klar: So einfach würde ich das Thema nicht begraben. Mir einfach zu erzählen, ich sei nur ein halber Mops!

»Mist. Komm, schnell. Buddel mal und ich ziehe das Handy raus«, befahl ich, und Viktor fing an zu buddeln, dass mir der Sand nur so um die Nase flog. Wenn er eins konnte, dann war es buddeln. Damit hatte er sich schon manchen Feind gemacht. Dabei hat er – angeblich – gar keinen Jagdtrieb. Aber hin und wieder geht irgendwas mit ihm durch. Dann benimmt er sich wie ein Irrer und pflügt ganze Landstriche ungebeten durch.

»Stopp, das reicht«, rief ich und zog das Handy raus. »So, und nun nix wie weg!«

Fünf Minuten später lagen wir bei Conny vor dem Wagen, als wäre nichts gewesen. Wir hatten in einem geschickten Zug einen großen Bogen um Josi gemacht, waren zum Strand gerannt, dann über die Düne wieder zurück zum Campingplatz. Und niemand hatte etwas mitbekommen. Lediglich der Sand in Viktors Gesicht wies darauf hin, dass wir während unseres kleinen Ausflugs nicht nur das Beinchen gehoben hatten. Und natürlich unser Atem. Vor allem der von Viktor. Er war völlig aus der Puste. Und wir rochen nach Fleisch und Knochenresten. Aber das fiel nur Wilma auf.

Davon abgesehen konnte Josi aber auch nichts riechen, denn sie war nicht da. Noch nicht.

»Ich tippe mal, sie sucht uns noch«, sagte ich zu Viktor gewandt, der einer eingeschnappten Wilma erklärte, warum wir so gut rochen und ihr nichts mitgebracht hatten. Pah! Die sollte lieber mal mir erklären, warum sie mir nie gesagt hatte, dass ich angeblich nur ein halber Mops war.

Das Handy lag inzwischen unter Connys Wohnwagen hinter einem der vier Räder, wo es auf die Schnelle definitiv keiner finden konnte. Zumindest kein Mensch.

Conny, die in diesem Moment aus ihrem Wohnwagen kam, freute sich über ihr ganzes buntes Gesicht und begrüßte uns, als hätte sie sich Sorgen gemacht. Und anscheinend nicht nur sie.

»Da seid ihr ja!«, schimpfte Josi nämlich im gleichen Moment hinter uns. »Himmel noch mal! Wo wart ihr denn?!« Sie stand keuchend vor uns, hochrot im Gesicht, so wie manchmal nach dem Joggen. Das verhieß nichts Gutes.

Ich machte meinen berühmten Was?-Ich?-Blick, aber das zog irgendwie nicht.

»Ich war kurz davor, dem Typen da drüben die Bude einzutreten, weil er die Tür nicht öffnen wollte. Mensch!«

Viktor sah erst Josi fragend an, dann mich und schließlich Wilma.

»Weil sie dachte, der hätte Gulasch aus euch gemacht«, erklärte Wilma zu meiner Verwunderung.

Josi stapfte wütend zur Hollywoodschaukel und würdigte uns keines Blickes mehr. Viktor tappte völlig unbeeindruckt zum Wassernapf und leerte ihn in einem Zug. Kein Wunder. Das Fleisch war auch für meinen Geschmack wirklich ganz schön salzig gewesen.

Ich ging jedenfalls lieber zu Josi, um mich etwas einzuschleimen. So eine Missstimmung ist ganz und gar nichts für mich. Ich bin sozusagen harmoniesüchtig. Vor allem jetzt, wo meine ganze Welt ins Wanken geraten war, konnte ich weitere Stimmungsschwankungen echt nicht gebrauchen. Ich, der halbe Mops, brauchte jetzt nur eins: Liebe!

»Na, komm«, sagte sie und klopfte sich auf den Schoß. »Mann, ich habe mir echt Sorgen gemacht! Da geht man nur kurz nach nebenan und zack, seid ihr weg. Was habt ihr denn nur angestellt? Ich habe den ganzen Platz abgesucht«, meinte sie kopfschüttelnd, während sie mich da kraulte, wo ich es am liebsten mochte: am Nacken. Herrlich! Aber richtig genießen konnte ich es trotzdem nicht. Was hatte sie gesagt? Nach nebenan? Doch nicht etwa zu Fritz in den Wagen?! Ich sprang auf ihrem Schoß auf und sah an ihren Armen vorbei. Die Tür war zu. Tatortbegehung – und ich war nicht dabei gewesen. So ein Mist.

»Wir wollen gleich mal in den Klubraum. Etwas essen. Conny meint, es sehe zwar nicht wirklich einladend aus, sei aber sehr gut. Ein Geheimtipp sozusagen. Komm, lass uns mal schauen, was es da so gibt.«

Dann muss sie aber wirklich großen Hunger haben, dachte ich, während ich von ihrem Schoß sprang. *Wenn sie da freiwillig essen geht.* Normalerweise tragen die Kellner weiße Schürzen, wenn Josi irgendwo was isst. Was war nur mit ihr los? Oder war es vielleicht nur Taktik, und sie wollte, genau wie ich, mehr über Fritz' Tod erfahren?

7

»Bauernfrühstück, Zum wilden Eck Spezial oder Sauerfleisch nach Camperart mit Bratkartoffeln«, erklärte Honecker und knallte zwei Getränkekarten auf den Tisch. Dann drehte er sich wieder um und ging zurück zu seinem Tresen.

»Ist dir was über die Leber gelaufen, Heinz?«, rief Conny ihm vorwurfsvoll hinterher. Sie bekam keine Antwort. »Meine Güte. Was hat der denn nur?«, fragte sie sich selbst, während Josi die Karte nahm. »Eigentlich ist er echt ganz nett. Keine Ahnung, was er hat«, meinte Conny entschuldigend.

»Ich weiß schon, was er hat«, sagte ich und sah Viktor verschwörerisch an. Er nickte. Dann war dieses Handy also wirklich von großer Bedeutung, wenn er so schlechte Laune hatte, weil er es nicht fand. Fragte sich nur noch, warum.

Es gab allerdings noch eine Frage, die mir schwer im Magen lag. Wer war ich? Und vor allem: *Was* war ich?

»Viktor, ich muss das wissen. Warum bin ich kein richtiger Mops?«

»Junge, denkst du da immer noch drüber nach?«

»Was heißt denn hier immer noch? Ich habe gerade erst angefangen …« Ich war beleidigt. »Das kannst du dir vielleicht nicht vorstellen, aber es interessiert mich, wer ich bin.«

»Ein Hund.«

»Sehr witzig. Jetzt sag schon.«

»Okay, okay, schon gut. Also, ich war, zugegebenermaßen, etwas neugierig, wer da nun Neues in unser Rudel aufgenommen werden sollte. Daher habe ich ganz besonders die Ohren gespitzt, als du ganz klein warst und Josi dich zu uns brachte und immer alle fragten, was du für einer bist. Aber das tut ja inzwischen keiner mehr. Vielleicht hast du es deshalb nicht mitbekommen. Keine Ahnung. Ich dachte echt immer, du weißt es.«

»Kann ich hellsehen?«

»Nein, wohl kaum. Sonst wüsstest du, wer Fritz auf dem Kieker hatte. Wenn es kein Selbstmord war.«

»War es nicht.«

»Und woher willst du das wissen, Herr Inspektor?«

»Meine Spürnase«, erklärte ich. »Wo wir wieder beim Thema wären. Wem habe ich denn meine Nase nun zu verdanken?«

»Einer … Einer dänischen Hofhündin. Eine von Josis Mops-Freundinnen war mit ihrem Hund am Elbstrand spazieren, und da … also da kam es eben zu diesem … Zusammenstoß.«

»Zusammenstoß?!«

»Ja. Oder soll ich lieber sagen: zu diesem ungewollten und von allen Parteien ungeplanten Befruchtungsakt?«

Ungewollt. Das klang wie ungeliebt. Nicht erwünscht. Falsch. Ich jaulte auf.

»Alles in Ordnung?«, wollte Wilma wissen und rückte etwas näher an mich ran, wofür ich ihr ausnahmsweise sogar dankbar war. Manchmal wusste sie einfach, was zu tun war.

»Ich war nicht gewollt«, murmelte ich gedankenverloren. Ich stellte mir meine Mutter vor, an die ich mich überhaupt nicht erinnern konnte, meinen Vater, der … Ja, wie war der da überhaupt, also ich meine, wie war der denn überhaupt da oben … hingekommen?

»Natürlich warst du gewollt«, protestierte Wilma. »Und wie! Josi ist komplett durchgedreht, als du bei uns eingezogen bist. Du durftest sogar in ihrem Bett schlafen! Jede Nacht! Wochenlang hatte sie nur Augen für dich! Du warst aber auch echt süß!«, ergänzte sie. »Vor allem mit diesem Fleck auf dem Auge. Entzückend!«

»Ich habe einen Fleck im Gesicht?«

»Auf dem Auge. Aber das ist echt schick. Jedenfalls drehen sich ständig irgendwelche Frauen nach dir um. Ist dir das noch nie aufgefallen?«

Keine Ahnung. War mir das aufgefallen?

»Jedenfalls war dieses Frauchen von der … also von deiner Mutter natürlich erst nicht begeistert, als feststand, dass diese Begegnung einen bleibenden Eindruck bei deiner Mama hinterlassen hatte – wenn ich das jetzt mal so sagen darf«, kicherte Viktor. »Aber letztendlich hat man sich dahingehend geeinigt, dass sich das Frauchen deines Vaters auf die Suche nach Interessenten für den Nachwuchs macht und sonst notfalls auch einen nimmt.«

»Notfalls«, wiederholte ich.

»Ja. Und dieser Notfall warst du.«

»Danke. Jetzt fühl ich mich besser.«

»Als Josi von dir hörte und dann dieses Bild im Computer gesehen hat, war es, wie Wilma schon sagte, um sie geschehen. Sie war völlig neben der Spur. Glaub mir. Komplett. Ich dachte schon, bei ihr schießt gleich die Milch ein. Echt!«, meinte Viktor kopfschüttelnd. »Also, wenn hier einer von uns über alle Maße gewollt war, dann du, mein Lieber.«

»Aber diese … diese … Wie hieß die noch? Dänische Washündin?«

»Dänische Hofhündin. Kannte ich vorher auch nicht. Mich interessiert bei den Frauen auch ehrlich gesagt die Frage nicht so, wo sie herkommen …«

»Viktor!«, empörte sich Wilma.

»Und wie sieht die nun aus?«

»Also, Josi hat es ja wie gesagt damals alles lang und breit allen erzählt, die es wissen wollten, und den anderen auch, und da hab ich wie gesagt zugehört und …«

»Viktor!«, sagte dieses Mal ich.

»Die soll so ein bisschen wie ein Jack Russel aussehen, aber …«

»Daher meine Flecken«, unterbrach ich ihn.

»Ja, vermutlich, aber sie soll eben etwas größer sein und kein Terrier. Das war Josi total wichtig. Und nun Schluss mit diesen Gefühlsduseleien. Also echt.« Damit legte er sich hin und tat, als würde er schlafen. Das machte er immer so, wenn er keine Lust mehr hatte, sich zu unterhalten.

Bevor ich weiter über meine Eltern nachdenken konnte, stellte sich raus, dass Honecker zwar eventuell kein Menschenfreund, dafür aber ein Hundefreund war. Er hatte uns Hundebonbons gebracht. Als hätte er geahnt, dass ich jetzt eine Aufmunterung gebrauchen konnte. Und das war nicht das Einzige, was er hatte. Am Tresen, zu dem wir ihm freudig gefolgt waren, nachdem er uns so schön verwöhnt hatte, befand sich doch tatsächlich eine ganze Dose mit Hundeleckerli! Und das, obwohl er selbst keinen Hund hatte – nicht mehr.

»Das war Bruno«, erklärte er uns, während wir alle drei kauend in einer Reihe vor ihm saßen und zum Regal an der Wand starrten. Da stand er. Bruno. Eingerahmt und mit einer schwarzen Schleife an der Ecke versehen. Bruno war ein Schäferhund und Honeckers bester Freund gewesen. »Auf den lass ich nichts kommen! So einen Freund findet man kein zweites Mal!«, sagte Honecker und kramte tatsächlich vor Rührung ein Taschentuch aus seiner Hose.

»Was, wenn auf dem Handy Fotos von Bruno sind und er es deshalb gesucht hat?«, meinte Viktor kauend.

»Quatsch. Dann müsste er doch keine Angst haben, dass es jemand finden und die Fotos sehen könnte. Das muss irgendetwas anderes sein«, erklärte ich gerade, als die Tür aufging und Jens, der Vollpfosten vom Grillplatz, reinkam und sich direkt auf den hohen Stuhl neben uns an den Tresen setzte.

»Und?«, fragte Honecker, jetzt wieder etwas schroffer im Ton. Er mochte Menschen wohl echt nicht.

»Nichts«, sagte Jens und schüttelte den Kopf.

»Dann denk nach!«, blaffte Honecker ihn an und schlug mit dem Geschirrhandtuch auf den Tresen.

Jens stand wieder auf. »Mach ich«, murmelte er, dann schlug die Tür hinter ihm zu.

»Mann, Mann, Mann, wenn man nicht alles selber macht«, schimpfte Honecker und polierte weiter seine Gläser.

Schade, dachte ich. Ich hätte zu gerne gewusst, was es mit diesem Handy auf sich hatte.

Josi hatte es anscheinend nicht ganz so gut geschmeckt wie uns. Ihr Teller war noch randvoll, als Honecker ihn mit hochgezogenen Augenbrauen wieder wegnahm.

»Ich glaube, ich brauche jetzt einen Verteiler«, erklärte Conny und hob die Hand, woraufhin Honecker noch mal an den Tisch kam.

»Witzig«, meinte Wilma.

»Was?«, fragten Viktor und ich synchron.

»Na, die hebt die Hand, und er kommt. Das ist ja fast wie bei uns.«

»Du meinst, wenn wir einen guten Tag haben«, ergänzte Viktor amüsiert. Er war dafür bekannt, dass er gegen jede Art von Hundetraining immun war. Es war ihm einfach zu dumm, wie er mir irgendwann erklärt hatte. Josi hatte eines Tages diese lustige Idee, mit ihm und Wilma zum Hundetrainer gehen zu müssen. Das war vor meiner Zeit – Gott sei Dank. Bei Wilma war »Hopfen und Malz verloren«, wie der Trainer schon nach wenigen Minuten diagnostiziert hatte – abgesehen davon, dass ich nicht weiß, warum um Gottes willen man Hopfen und Malz besitzen geschweige denn verlieren sollte, hab ich keine Ahnung, was das mit Hundeerziehung zu tun haben soll. Bei Viktor hatte er allerdings leider nicht ganz so schnell aufgegeben. Und so musste der Arme auf einer Art Spielplatz für Hunde über wackelige Bretter laufen, sich um eine Reihe von Holzpflöcken bewegen, als wäre er eine Schlange, und durch einen Plastikschlauch laufen. Ohne Grund! Er hätte auch locker daneben langgehen können, statt durch diesen hellblauen Tunnel zu kriechen. Aber nein, der Trainer hat ihn so lange gebeten, bis Viktor es einfach gemacht hat, weil er schon ahnte, dass der Typ nie aufhören würde zu nerven. Und dann kam das Stärkste: Josi hat dem Trainer für dieses unmögliche, komplett überflüssige Verhalten auch noch Geld gegeben! Was soll man dazu sagen? Immerhin war Viktor nicht der Einzige, der es lästig fand. Josi nämlich auch. Und somit war das die erste und letzte Stunde auf dem Hundeplatz gewesen. Wobei ich ergänzen sollte, dass die absolute Frechheit ja noch kam, nämlich nach dem sogenannten Training. Da meinte dieser Typ doch tatsächlich zu Josi: »Machen Sie sich nichts draus. Es gibt halt solche und solche Hunde. Und Ihre haben bestimmt auch ganz tolle Seiten. Es muss ja nicht jeder Hund alles gleich beim ersten Mal kapieren.«

Hallo? Ich meine, ich war zwar nicht dabei, aber was ist das denn bitte für eine Ulknudel? Besitzt einen Hundeplatz, wo man prima hätte Spaß haben können, und zwingt einen dann, komplett sinnlose Sachen für Geld zu machen! Eltern gehen doch mit ihren Kindern auch nicht auf einen Spielplatz und sagen dann: So, jetzt dreimal rutschen ohne Festhalten, danach Aufschwung an der Stange und Schaukeln im Stehen mit geschlossenen Augen. Oder?

Viktor meinte damals pfotenzuckend zu mir, man müsse die Menschen einfach nehmen, wie sie sind. Schließlich würden sie uns jeden Tag die Dosen öffnen, uns streicheln und uns bespaßen. Dafür könne man über die eine oder andere Macke hinwegsehen. Sie müssten uns ja schließlich auch so nehmen, wie wir sind. Dabei hatte er einen Blick auf Wilma geworfen.

»Na gut, ein Gläschen trinke ich mit«, sagte Josi jetzt.

Bei dem einen Gläschen blieb es leider nicht. Um genau zu sein wurden es einige Gläschen. Und als langsam die Sonne unterging, hatte sie plötzlich einen Geistesblitz. »AchGottichmussjanochfahren«, stellte sie fest. In einer Art Dialekt. Irgendwie weicher und auch ein bisschen ineinander übergehend. Das muss an diesen kleinen Verteilern gelegen haben. Die verteilen die Wörter irgendwie so, dass sich alles ein bisschen gleich anhört.

»Na, daraus wird wohl nix mehr«, stellte Conny fest, die inzwischen zu meiner Freude mehr von Fritz erzählt hatte. Eigentlich die ganze Zeit. Deshalb war mir das mit Josis neuem Dialekt auch nicht so schnell aufgefallen. Weil eben Conny die ganze Zeit geredet hatte. Von ihrer guten Nachbarschaft, hier auf dem Campingplatz. Und was für ein feiner Kerl Fritz gewesen war. Wie ein bester Freund. Immer hilfsbereit und nett. Manchmal fast zu nett. Zu gut für diese Welt, hatte Conny traurig festgestellt.

»DannmussichmirhalteinTaxibestellen«, erklärte Josi und fing an, in ihrer Tasche nach dem Handy zu wühlen.

»Wohin denn? Nach Hamburg?«, fragte Conny lachend und leerte das letzte Gläschen, das vor ihr stand. Die anderen waren in der Tischmitte gruppiert. Das konnte ich von hier unten sehen, weil Josi und Conny ein Türmchen damit gebaut hatten. Was sie unglaublich lustig fanden.

Ich erkannte Josi gar nicht wieder. Sie war wie ausgewechselt. So viel wie heute hatte sie in den ganzen letzten Wochen nicht gelacht. Sie war richtig gackerig. So wie früher, wenn sie sich am Wochenende mit Sarah getroffen hatte. Alberne Hühner, hatte Bernd immer gesagt. Das hatte er aber nett gemeint.

»Neinnatürlichnicht. InsHotel«, sagte Josi.

»Welches Hotel?«

»Dasindemichheuteschlaf.«

»Na, dann viel Erfolg. Es ist mit Sicherheit alles ausgebucht. Das kannst du am Wochenende knicken. Vor allem bei so schönem Wetter!«

»EswirddochhiersowaswieeineTouriinfoodersogeben. Diekönnenmirdochbestimmtsagenwonochwasfreiist«, murmelte Josi, offenbar immer noch voller Hoffnung auf ein gemütliches 5-Sterne-Bett.

»Das kann ich dir auch sagen.«

»Ahawodenn?«

»Bei Fritz!«, sagte Conny und hob das kleine Glas, um zu überprüfen, ob nicht vielleicht doch noch ein Tropfen drin war.

»Gottbewahre!«, schoss es aus Josi heraus. »InmeinemganzenLebennicht!«

»Warum denn nicht? Also, weil er da … gelegen hat? Da musst du keine Angst haben, ich hab alles frisch bezogen. Mit meiner Bettwäsche.«

Josi sah Conny fragend an. »Frischbezogen?! Warumdasdenn? HastdumitFritz…?«

Conny zog ihre Augenbrauen hoch, dann protestierte sie lachend: »Um Gottes willen! Nein. Ich war doch nicht mit Fritz … Also echt. So schlimm ist es ja nun doch noch nicht. Also, nicht falsch verstehen, er war ja ein Süßer, aber doch nicht soooo!«

»Undwarumhastdudasdannbezogen?«

»Keine Ahnung. Nur so. Fühlte sich … irgendwie besser an.«

»Also, für mich fühlt sich das keineswegs besser an. Auch nicht mit frischer Bettwäsche«, stellte Josi nun erstaunlich klar fest und hickste. »Ups! Schluckauf. Hast du denn einen Mann? Wenn ich mal so indiskret fragen darf?«

»Na ja, also … keinen festen.«

»Aha«, sagte Josi mit dem Erzähl-mir-mehr-Blick.

Es kam aber nicht mehr.

»Und du?«

Josi machte eine wegwischende Bewegung mit der Hand, wobei sie leider das Türmchen traf. Das aus Gläsern. Die fielen mit einem lauten Klirren um. Wilma jaulte auf, und alle – wirklich alle – in dem Laden drehten sich zu uns um. Es wurde für ein paar Sekunden ganz still. Abgesehen von der Musik aus dem bunten Kasten.

»Sorry«, murmelte Josi und baute die kleinen Verteiler wieder auf.

»Du bist also auch Single?«, wollte Conny wissen.

»Ja, frischgebacken sozusagen«, erklärte Josi und sah auf ihre Hand – beziehungsweise auf den Finger, wo vor ein paar Wochen noch der schöne, goldene Ring gesteckt hatte. Der lag jetzt in der Elbe. Irgendwo.

»Dann bei mir. Das geht auch«, meinte Conny.

»Was?«, fraget Josi geistesabwesend und sah wieder von ihrer Hand auf.

»Dann kannst du bei mir schlafen«, sagte Conny und lächelte Josi an, als hätte sie gerade einen Pokal gewonnen, woraufhin Josi einen Lachanfall bekam.

»Entschuldigung!«, meinte sie nach ein paar Sekunden und wischte sich die Lachtränen aus den Augenwinkeln. »Ist nicht böse gemeint. Sorry. Ich … ich fand nur die Vorstellung so lustig. Nein, das ist lieb, aber ich googel mal … Da muss es ja was geben.«

Da gab es aber nichts, wie zehn Minuten später feststand. Zu ihrem Entsetzen und zu meiner Freude. So kam ich also doch noch an den Tatort, ohne Einbruchspuren hinterlassen zu müssen. Perfekt!

Bevor ich endlich das Innere von Fritz' Wohnwagen inspizieren konnte, machte Josi allerdings aus lauter Verzweiflung den Versuch, Auto zu fahren, wovon Conny sie mit allen ihr zur Verfügung stehenden Mitteln abzuhalten versuchte.

Und diese Mittel hießen Honecker. »Eigentlich könnte es mir ja egal sein. Aber Ihre Hunde … um die mache ich mir Sorgen. Wenn Sie meinen, Sie müssen gegen einen Baum fahren, bitte. Aber lassen Sie Ihre Hunde hier«, erklärte er mit in die Hüften gestemmten Händen und vorwurfsvollem Blick.

Wilma, Viktor und ich sahen von rechts, wo Honecker neben unserer Autotür stand, nach links, wo Josi saß, die jetzt laut schnaubte.

»Na, bitte. Dann wird das jetzt also eine Premiere.«

»Inwiefern?«, fragte Honecker, aber Josi gab nichts von ihrer Abneigung gegen diesen Ort preis. Hätte ich an ihrer Stelle auch nicht getan. Warum noch das letzte mögliche Plätzchen zum Schlafen riskieren? Abgesehen vom Cabrio, in dem wir gerade saßen.

»Schlüssel her!«, befahl Honecker, und Josi reichte ihm zu meinem Erstaunen tatsächlich ihren Schlüsselbund. Dann stieg sie hicksend aus. Unsere Josi ließ sich sagen, was sie zu tun hatte! Es war wirklich ein Wunder. Diese Verteiler hatten eine magische Wirkung.

Der Wohnwagen von Fritz war verglichen mit Connys eine echte Luxus-Kiste. Er war mindestens doppelt so lang, hatte, von einem kleinen bunten Teppich vor dem Tisch abgesehen, überall Holzfußboden – bei Conny gab's knallrote Auslegware – und machte insgesamt den Eindruck, dass es Fritz nicht wirklich schlecht gegangen war. Im Grunde hatte der Wohnwagen sogar viele Gemeinsamkeiten mit unserer Wohnung. Abgesehen von den Rädern und dem fehlenden Fahrstuhl gingen auch hier die Räume ineinander über: das Ess- und Wohnzimmer in die Küche, die direkt ins Schlafzimmer mündete. Dazwischen lag noch das zugegebenermaßen kleine Bad. Es war genau wie bei uns der einzige Raum, der mit einer Tür versehen war.

Trotzdem fühlte Josi sich nicht wie zu Hause. Kaum war Conny gegangen, nahm sie ihr Handy und rief Sarah an. »Das glaubst du in deinem ganzen Leben nicht, wo ich … hicks … sorry … bin!«

Wilma hatte es sich auf der schönen, weichen Sitzecke bequem gemacht, und Viktor inspizierte das WC.

»Ich bin nicht betrunken!«, protestierte Josi, die sich inzwischen neben Wilma auf die Eckbank gesetzt hatte und immer noch ein wenig diese komische Stimme hatte. »Das waren nur … sechs oder sieben Kurze. Echt!«

Na ja, dachte ich, *zählen kann sie also auch nicht mehr,* und ging derweil mit der Nase einen Millimeter über dem Fußboden in Richtung Schlafzimmer, das sich hinter einer braunen Schiebetür befand, die mopsbreit geöffnet war, und das im Grunde aus einem Bett bestand. Wie dumm aber auch, dass Conny die Bettwäsche abgezogen hatte. Was bitte schön sollte ich denn noch für Spuren finden, wenn erstens alles frisch bezogen worden und zweitens ein Haufen Polizisten und Bestatter und was weiß ich noch alles hier herumgetrampelt war? Ich drehte mich kurz zu Josi um, die mit ihrem Telefon beschäftigt war. Dann machte ich einen Sprung aufs Bett. Rosa, ganz glatte, glänzende Bettwäsche. Ich steckte meine Nase unter die Decke und hob sie leicht an. Lila Laken. Weit und breit keine Chance auf Spuren. Abgesehen von dem parfümierten Waschmittel, das Conny anscheinend benutzte.

»Nun rate doch mal, wo ich bin.«

»Im Wohnwagen?«, kläffte Wilma und sah dabei verwirrt zu Josi hoch.

»Nein, das Kempinski ist doch in Heiligendamm … Ja, ich bin immer noch hier. Keine Ahnung. Es war so … nett irgendwie. Conny, also die Nachbarin von Fritz, hatte mich zum Kaffee eingeladen. Eigentlich gar nicht so mein Typ. Sie hat ein Nagelstudio«, erklärte sie und fing nach ein paar Sekunden plötzlich hysterisch an zu lachen. »Nein! Doch nicht so. Für die Fingernägel. Sarah! Du wieder … Jedenfalls ist die echt total nett! Hätte ich gar nicht gedacht, aber wir hatten richtig viel Spaß. Und dann haben wir noch in diesem Klubraum gesessen. Das hättest du sehen müssen! Ich hatte das Gefühl, ich …hicks… befinde mich in einer Zeitmaschine. Oder im Museum. Alles wie zu besten DDR-Zeiten! Unfassbar. Hätte mich nicht gewundert, wenn Margot im nächsten Moment reingekommen wäre. Hicks. Ja, und dann war der Tag plötzlich um.« Stille. »Ja. Genau. Da bin ich. Kann's selbst nicht … hicks … fassen. Da kommt mal richtig Schwung in die Bude! Das wird das Abenteuer meines Lebens. Ich sag's dir!«

An diesen Satz musste ich in den folgenden Wochen oft denken. Wenn sie gewusst hätte, wie recht sie mit dieser Vermutung haben sollte!

»Doch. Ich schwööööre. Ich mach gleich ein Foto und schick es dir. Aber wehe, du twitterst das … Kommt mal ran hier. Heini! Viktor, kommt zu Mutti. Hopp!«

Heini? Mutti? Was war denn nun los? Vielleicht hatte sie wirklich zu viel von diesem Zeug in den kleinen Gläsern getrunken. Meine Mutti war jedenfalls eine Dänische Hofhündin, das hatte ich ja nun gerade erst erfahren.

Josi klopfte auf das Sitzkissen. Wir sprangen hoch. Dann mussten wir wie an Weihnachten alle zusammen in die Kamera gucken. Zum Glück dieses Mal ohne rot blinkende Haarreifen mit wackelnden Glitzerkugeln wie an Weihnachten. Nun ja. »Beweisfoto« nannte sie das, was sie jetzt gerade machte, und dafür war ich ihr ganz dankbar. Denn das brachte mich auf eine Idee! Vielleicht hatte ja Fritz irgendwo Fotos, mit denen man sich ein Bild machen konnte, mit wem er seine Tage so verbracht hatte. Das Umfeld ist entscheidend! In den meisten Fällen stammt der Mörder aus der Familie oder dem engeren Bekanntenkreis.

Aber hier standen weit und breit keine Bilderrahmen rum. Nur ein paar Bierdosen, Hefte mit schwarz-weißen Karos, die unser ehemaliger Mitbewohner auch immer auf dem Klo liegen hatte, und hinten in der Ecke am Fenster ein kleiner Topf mit einer vertrockneten Pflanze. Was konnte ich daraus schließen? Nichts. Außer vielleicht, dass Fritz keinen grünen Daumen gehabt hatte. Das sagt man so. Inzwischen dürfte der wohl auch lila-blau sein.

Während Josi sich mit ihrem Handy beschäftigte, kroch

ich fachhündisch schnüffelnd unters Bett. Vielleicht hatte ich ja doch noch etwas übersehen. Ganz schön eng war das. Kurz hatte ich das Gefühl stecken zu bleiben. Ich machte mich noch dünner. Dann hatte ich es geschafft.

Und tatsächlich! Unter dem Bett stand eine Kiste. So wie die roch, befand sich darin altes Papier. Fotos? Und dann war da noch ein anderer Geruch. Was war das bloß? Beziehungsweise wer?

»Und das Bad ist so klein«, hörte ich Josi über mir, »dass man sich, wenn man auf dem Klo sitzt, parallel die Füße in der Dusche waschen und nebenbei die Zähne putzen kann. Wie praktisch. Da brauche ich morgen früh nur die Hälfte der Zeit.« Sie lallte immer noch ein wenig. »Ja, ich weiß. Ich mach nur Spaß. Drück mir die Daumen, dass ich hier ein Auge zukriege … ja. Danke. Ich werdeberichten. Tschüss!« Sie legte das Telefon weg, machte das Licht aus, ließ sich aufs Bett fallen und murmelte etwas, was vermutlich »gute Nacht« heißen sollte. Und dann wurde sie – ohne dass überhaupt irgendwer die Zeit gehabt hatte, ihre Daumen zu drücken – ganz still. In ihren Klamotten! Mich wunderte das zwar kurz, aber etwas anderes beschäftigte mich mehr: Das Licht war aus! Jetzt war ich endlich da, wo ich schon den ganzen Tag hinwollte, und nun das. Es war dunkel. Aber wozu auch Licht? Ich schnüffelte einfach noch eine Weile rum und grübelte weiter darüber nach, wem dieser Geruch gehörte, der hier ganz offensichtlich in der Luft oder in der Kiste lag. Dann fielen auch mir die Augen zu.

8

»Oh Gott!«

Der Morgen begann mit einem lauten Krächzen direkt über mir. Ich kroch unterm Bett hervor und sprang eine Etage höher zu Josi. Sie hob den Kopf – und erinnerte mich an eine von diesen merkwürdigen Figuren, die immer auf dem Feld stehen, da hinter den Schwarzen Bergen, wo wir manchmal am Wochenende spazieren gehen. Ihr standen die Haare zu Berge, die Farbe in ihrem Gesicht war um eine Pfotenbreite zur Seite verrutscht. Außerdem roch sie fürchterlich. Der Gesamteindruck, zu dem eine völlig verschlafene Wilma gehörte, die es sich auf Josi gemütlich gemacht hatte, war tendenziell besorgniserregend, Wilma inbegriffen.

Josi streckte sich ächzend, stand schließlich auf, öffnete uns Gott sei Dank die Tür und verschwand im Bad. Übrigens deutlich länger als sonst statt in der angekündigten Hälfte der Zeit. Pustekuchen!

Während Wilma liegen blieb und auch von Viktor nur das Hinterteil auf der Sitzecke zu sehen war, marschierte ich raus. Hier war die Luft deutlich besser! Es roch wunderbar nach Holz und Hundedamen. Um diese Dinge hätte ich mich dringend mal kümmern müssen, aber der Fall »Fritz

Hartmann« saß mir im Nacken. Sobald ich ihn gelöst hatte, würde ich mich meinen anderen Hobbys widmen, das stand fest. Jedenfalls roch es außerdem noch nach irgendetwas Gebackenem, Kaffee und frischer Wäsche. Die wurde gerade gegenüber von einer älteren Dame aufgehängt. Links daneben wohnte der Behaarte mit der Nacktschürze. Von den beiden war aber noch nichts zu sehen. Der Reißverschluss ihres Vorzeltes war zu. Rechts neben der Wäschefrau stand eine recht kleine, runde Blechkiste, aus der in diesem Moment eine junge Frau im pinkfarbenen Jogginganzug kam. Zu meiner Verwunderung trug sie allerdings keine Turnschuhe, sondern Flip-Flops. Ob sie so laufen gehen wollte? Nein. Sie nahm sich eine Zigarette und zündete sie gerade an, als hinter ihr ein Mann aus dem Wageninnern kam. Er war groß, sehr muskulös und erinnerte mich an diesen Nackthund, den wir mal in der Innenstadt gesehen hatten. Also, der Typ war natürlich nicht nackt, aber er hatte keine Haare. Zumindest konnte ich keine entdecken. Weder auf dem Kopf noch auf seinem Oberkörper, der muskulös und braun gebrannt war und aussah, als hätte jemand ihm mit einem Kugelschreiber flächendeckend lustige Muster darauf gemalt. Er reckte und streckte sich kurz, dann meinte er »Na, Püppi?« und klatschte der Frau mit der Hand auf den Po. Dabei hatte die doch gar nichts gemacht! Sie hatte nur dagestanden und geraucht. Das konnte ich bezeugen!

»Hey! Macho!«, sagte die völlig gelassen, als sei sie es gewohnt, dass man ihr auf den Po haut. Sie lächelte ihn sogar an, statt ihm mal ordentlich die Meinung zu sagen. Das soll einer verstehen. Ob sie es gewesen war, die ihm diese Sachen da mit dem Kugelschreiber auf die Haut gemalt hatte?

Ich sah rüber zu Connys Wohnwagen. Conny war schon wach. Sie saß auf einem ihrer weißen Gartenstühle und machte irgendetwas mit ihren Fingern. Es sah so aus, als ob sie die Nägel bunt anmalen würde.

Ich lief zur nächstbesten Kiefer und machte meine Morgen-Toilette. Danach begrüßte ich Conny, die sich zwar auch total freute, mich zu sehen, mich aber nicht anfasste. Stattdessen hielt sie ihre gespreizten Finger wedelnd auf Kopfhöhe und tat, als hätte ich eine ansteckende Krankheit. Irgendwie wirkte sie viel fitter als Josi. Sie roch zwar genauso seltsam, aber offensichtlich war das bei ihr nicht so schädlich wie bei Josi.

»Mein Süßer! Na, das ist ja eine Überraschung. Ich hoffe, ihr habt alle gut geschlafen. Na? Hat das Frauchen ein Auge zubekommen?«

»Eins? Beide inklusive sofort einsetzendem Tiefschlaf«, bellte ich und sah zu ihren Fingern hoch, die sie immer noch nicht wieder runtergenommen hatte.

»Dir kann ich es ja sagen«, meinte sie und pustete auf ihre Nägel, als hätte sie sich verbrannt. Dann fing sie ganz vorsichtig an, mir über den Rücken zu streichen. Mit einem Finger! Hallo? Wurden Sie schon mal mit *einem* Finger massiert? Nun ja. »Fritz, also, der war mir schon sehr nah. Ich tu so fröhlich, aber das ist nur Fassade. Ich vermisse ihn echt, weißt du. Er war nicht nur mein Nachbar, hier auf dem Platz. Er war einfach immer für mich da. Egal wann. Wie ein … Ja, wie ein Vater. Verstehst du? Ich hab das Gefühl, man hat mir ein Stück meines Herzens herausgerissen.« Sie nahm jetzt auch noch den einzigen Finger, mit dem sie mich gestreichelt hatte, von meinem Rücken und wischte sich eine Träne aus dem Gesicht. Das konnte ich nicht zulassen! Ich sprang ungebeten auf ihren Schoß und leckte ihr die Tränen, die jetzt nicht mehr einzeln, sondern in Dreier- und Vierergruppen über ihre Wange liefen, weg.

Und siehe da. Sie musste lachen. »Du bist ja lieb. Ach, vielleicht sollte ich mir auch einfach so einen kleinen Hund wie dich anschaffen. Was meinst du?«

Was ich meinte? Ich meinte, dass ich gar nicht so klein war! Ich leckte ihr trotzdem über die Hand, was den erhofften Effekt mit sich brachte. Sie hörte auf zu weinen und grinste mich an. Menschen glücklich zu machen würde noch mein Hobby, wenn das hier so weiterging. Bei Conny war es jedenfalls wirklich leicht. Aber irgendwie machte sie mich auch glücklich. Sie hatte so eine Art.

»Ach, du kleiner Kerl. Vielleicht bleibt ihr ja noch ein bisschen. Das wäre doch fein. Aber ich glaube, dein Frauchen ist nicht so begeistert, oder? Ich hoffe, sie überlegt es sich nicht noch und verkauft den Platz hier. Es gibt genug Leute, die ganz wild darauf sind, das hier alles abzureißen. Und jetzt, wo Fritz … wo er nicht mehr da ist, wittern die natürlich alle ihre große Chance.« Sie seufzte und sah mich mitleidig an. Dabei ging es mir eigentlich ganz prima. Ich fragte mich nur, wer hier was und vor allem warum abreißen wollte. Und für wen das eine große Chance war, seit Fritz tot war. Denn das war schließlich ein glasklares Motiv!

»Weißt du, für mich ist das Heimat«, fuhr sie fort. »Hier fühl ich mich einfach wie zu Hause. Ich habe den Wagen von meiner Mutter übernommen, die den Platz schon seit Jahrzehnten hatte. Ich hab hier schon als Kind am Strand gespielt. Es ist der schönste Platz, den ich mir vorstellen kann.« Sie sah Richtung Strand.

Na, da frag mal Josi, dachte ich, *die sieht das ein bisschen anders.*

»Ich möchte hier nie wieder weg. Und so geht es den anderen auch. Die machen zwar einen miesepetrigen Eindruck, aber eigentlich sind die gar nicht so.«

»Ach nee? Da hatte ich aber gestern einen ganz anderen Eindruck. Die haben uns angeguckt, als hätten wir die Pest. Und was ist mit der Gulasch-Drohung?«, bellte Wilma plötzlich hinter uns.

Conny und ich drehten uns synchron zu ihr um. »Na, da kommt ja Nummer zwei. Guten Morgen!«

Ich leckte noch einmal über Connys Hand, damit sie weitererzählte. Dass Wilma aber auch ausgerechnet jetzt auftauchen musste! Ihr fehlte jegliches Gespür – das für gutes Timing inbegriffen.

»Guten Morgen«, hörte ich da auch noch Josi sagen, die in der geöffneten Tür stand, die Hand vor die Stirn hielt und blinzelte. Die Sonne schien ihr direkt ins Gesicht. Damit war mein Verhör wohl erst einmal unterbrochen.

»Sag mal … wäre es … vielleicht möglich«, stotterte Josi rum, »dass du mir mal kurz … hilfst?«

Huch. Wobei konnte Conny ihr denn helfen? Beim Haarekämmen? Beim Zähneputzen? Na, das interessierte mich jetzt aber doch. Ich sprang von Connys Schoß, die sich auch sofort erhob, und gemeinsam gingen wir zu Fritz' Wagen.

»Klar. Was brauchst du denn?«

»Ähm … also … komm doch kurz rein.«

Unter den neugierigen Blicken der Nacktschürze, die gerade ein Plastikfenster ihres Wagens polierte, des Behaarten, der so tat, als würde er Zeitung lesen, und der älteren Dame mit den großen weißen Unterhosen auf der Wäscheleine verschwanden wir im Wageninnern. Sie alle taten, als würden sie uns nicht beobachten, aber da kannten sie mich schlecht: Ich durchschaute das natürlich sofort. Püppi und ihr Macho-Malbuch waren nicht zu sehen, aber vermutlich hingen sie hinter den Gardinen im Wagen und beobachteten uns von dort aus.

Josi zeigte auf die geöffnete WC-Tür und flüsterte: »Also ich, ich … weiß nicht, wie die Spülung funktioniert.«

»Lass mich mal schauen. Kürzlich ging sie noch.«

»Kürzlich? Wieso bist du denn hier aufs Klo gegangen? Oder hast du Fritz besucht und mitbekommen, dass er gegangen ist? Oder hört man das Geräusch der Spülung von deinem Wagen aus?«, fragte ich.

»Inspektor, darf ich kurz stören? Vermuten Sie jetzt ein heimtückisches Klo-Komplott?« Viktor sah mich grinsend von der Seite an.

»Sehr witzig«, sagte ich beleidigt. »Du willst doch wohl auch wissen, wer den alten Fritz auf dem Gewissen hat, oder etwa nicht?«

»Will ich das? Ich will eigentlich gerade nur eins: Frühstück! Und zwar zackig! Ich hab Hunger.«

»Das verstehe ich allerdings auch nicht«, erklärte Conny mit dem Kopf über dem Klodeckel. »Vielleicht ist die Sicherung durch. Ich kann ja mal Backfisch fragen. Der kann uns bestimmt helfen!«

»Backfisch?«, fragte Josi und fuhr sich mit den Fingern durch die Mähne, was nicht sonderlich viel an der Ausgangssituation änderte. Immerhin hatte sie die verrutschte Bemalung inzwischen entfernt.

»Jens. Wir nennen ihn Backfisch, weil er einen Fischimbiss hatte, bevor er pleiteging. Ich finde ja, er riecht immer noch danach. Ich geh nachher rüber und frag, ob er mal gucken kann. Er hat seinen Wagen vorne, in der Nähe von der Anmeldung.«

»Na, das ist ja ein prima Kennenlernen, wenn er als Erstes in mein Klo gucken soll.«

»Ach, der ist nicht so«, erklärte Conny.

»So wie die anderen auch nicht sind?«, fragte Wilma und ging kopfschüttelnd raus.

»Weißt du was? Ich mache uns jetzt erst einmal einen Kaffee, denn ich gehe davon aus, dass du hier keinen finden wirst. Fritz hat nur Tee getrunken. Und du siehst so aus, als wenn du dringend einen Kaffee bräuchtest. Und nachher fragen wir mal Backfisch, dann müsste er auch langsam wach sein«, erklärte Conny, klopfte Josi etwas zu stark aufmunternd auf die Schulter und ging.

Josi hielt sich am Türrahmen fest. »Gute Idee«, meinte sie etwas zeitversetzt. »Aber erst brauche ich eine Kopfschmerztablette! Oder zwei!«

Eine halbe Stunde später hatte Josi ihren Kaffee getrunken und machte wieder einen einigermaßen normalen Eindruck. Wobei ich sagen muss, dass ich mir gerade gar nicht mehr sicher war, was nun normal war und was nicht. Weder in meinem Leben, nach dieser plötzlichen und völlig unerwarteten Botschaft bezüglich meiner Herkunft gestern, noch in ihrem. Sie hatte mich in den letzten achtundvierzig

Stunden häufiger überrascht als je zuvor. Immerhin war sie wieder etwas fröhlicher, und geraucht hatte sie auch nicht mehr, seit wir hier waren. Der Campingplatz hatte also so was wie eine heilende Wirkung.

»Vielen Dank für den Kaffee. Ich glaube, ich mache mich jetzt mal auf den Weg. Die Hunde brauchen ihr Futter und ich auch … Also, ich meine, ich muss auch irgendwo was frühstücken gehen.«

Connys Blick konnte ich entnehmen, dass sie angestrengt nachdachte. »Du könntest mit dem Wagen in den nächsten Ort fahren, da gibt es einen Supermarkt, der hat auch sonntags auf. Oder du holst dir hier bei Trude kleine Knackis. Die sind super!«

»Kleine Knackis?«

»Ja, das sind die besten Brötchen.«

»Und ein Café? Oder irgendwas, wo man brunchen kann?«

Conny machte wieder ein nachdenkliches Gesicht.

»Ach, weißt du was«, erklärte Josi, während sie aufstand, »ich hab eh keinen allzu großen Hunger. Das mit dieser … wie heißt die noch?«

»Trude?«

»Ja, genau, Trude. Das ist eigentlich eine gute Idee. Ich hol mir da einfach ein belegtes Brötchen und setz mich in die Sonne.«

»Ohne Belegung«, sagte Conny, und nicht nur ich sah sie fragend an.

»Also, ich meine ohne … Sie hat nur ohne … Brötchen.«

»Ah, ach so. Ja, dann eben ohne. Wo finde ich die denn?«

Conny erklärte mit Händen und Füßen, wo wir langgehen sollten, um zu Trudes kleinen Knackis zu kommen. Dabei war es eigentlich ganz einfach, wie sich herausstellte.

Nachdem wir am Auto einen Zwischenstopp eingelegt hatten und Josi uns endlich unser Frühstück serviert hatte, verließen wir den Campingplatz und marschierten weiter Richtung Dorfkern. Wilma stöhnte schon nach drei Metern, aber mir kam dieser Ausflug gerade recht. Zum einen lenkte er mich hervorragend von meinen Grübeleien ab, zum anderen sollte man sich sowieso immer einen guten Gesamteindruck verschaffen – auch das hatte mich meine Krimi-Sucht gelehrt.

Kaum waren wir den Sandweg am Kiefernwald ein Stückchen hinuntergegangen, blieb Josi plötzlich vor einem riesigen Schild stehen. Ich stoppte auch und wurde prompt von hinten angerempelt. Wilma! Wer sonst?

Ich sah hoch und entdeckte lauter glänzende Fotos von Wohnungen mit viel Glas und schönen Möbeln – so wie bei uns. In Hamburg. »Luxusappartements mit Me(e)hr-Blick«, las Josi laut vor. »Was für ein lustiges Wortspiel. Echt einfallsreich. Mit Meerblick? Wie soll das denn gehen?« Sie drehte sich auf dem Absatz um und sah auf die andere Seite. »Mit Blick auf Campingplatz müsste es wohl eher heißen. Oder wollen die hier ein Hochhaus hinsetzen?«, fragte sie kopfschüttelnd und ging weiter.

»Was machen wir jetzt eigentlich mit dem Handy? Hast du schon einen Plan?«, wollte Viktor wissen, während wir hinter Josi hertrotteten.

»Nein, bisher nicht. Aber meine Spürnase sagt mir, dass wir es vielleicht schon bald brauchen werden.«

»Du und deine Nase …«

»Ja. Immerhin habe ich eine, im Gegensatz zu dir«, sagte ich etwas schroff.

Von Trudes kleinen Knackis bekam ich hier unten nichts mit. Dafür aber von ihren großen. Ich fragte mich, wie sie es schaffte, dass sie nicht vorne überkippte. Sie konnte echt froh sein, dass sie nur ein Mensch war, kein Hund. Sonst hätte sie das Zehnfache an Gewicht da hängen. Mindestens. Jedes Mal, wenn sie sich über die geflochtenen Körbe im Glastresen beugte, dachte ich, sie fällt direkt hinein. Von unten sah es wirklich sehr bedrohlich aus. Kein Wunder, dass sie nur Brötchen »ohne Belegung« im Angebot hatte. Wie sollte die Arme auch wissen, was sie schmiert, wenn sie es kaum sehen konnte?

Ich sah mir die Leute in dem kleinen Laden an. Zwei Männer vor uns, drei Hunde und eine Frau. Josi. Die war von Trudis Anblick auch beeindruckt. Zumindest wusste sie nicht mehr, was sie wollte, als sie schließlich dran war.

»Ähm … Haben Sie auch Croissants?«

»Nein.«

»Oder … Ach, schon gut. Ich nehme zwei von den Knackis. Den kleinen.«

Trude packte zwei Brötchen in die Tüte und legte sie auf den Glastresen.

»Eins zehn macht das dann.«

»Ach, haben Sie eigentlich auch eine Tageszeitung?«

Trude holte tief Luft.

»Na ja, hätte ja sein können«, murmelte Josi und wühlte in ihrem Portemonnaie nach Kleingeld, als hinter uns die Glastür aufgedrückt wurde. Ein leichter Luftzug fuhr mir über den Rücken, und ich drehte mich um. Nicht nur ich:

Josi und Trude sahen jetzt auch zur Tür, durch die ein dunkelhaariger Mann in kurzen Shorts und Polo-Shirt kam. Braun gebrannt. Das war das Erste, was mir auffiel, als ich an seinen nackten Beinen mit den dicken Muskeln zu ihm hochsah. Und er roch nach irgendetwas, das ich kürzlich erst gerochen hatte. Was war das bloß, verdammte Katzenkacke?

»Guten Morgen«, sagte der Typ und stellte sich hinter uns an den Tresen. Josi hielt ihr Geld immer noch in der Hand und starrte ihn an. Ob sie ihn kannte? Hm, nein, dann hätte sie ja Hallo gesagt.

»Es sind immer noch eins zehn«, murrte Trude.

»Ähm, ja, natürlich. Hier«, sagte Josi und legte das Geld auf den Tresen. »Tschüss«, schob sie hinterher.

»Tschüss«, sagte der Mann und sah jetzt auch Josi an, die lächelte, uns ein Zeichen gab und dann die Glastür öffnete, durch die wir im Möpsemarsch hintereinander rausmarschierten.

»Was war denn mit ihr?«, fragte Wilma.

»Was soll mit ihr gewesen sein? Sie hat Brötchen gekauft«, sagte Viktor und lief Josi hinterher.

»Sie hat ihn so lange angesehen«, erklärte Wilma ihre Frage.

Fritz' Wagentür stand offen, worüber Wilma sich total freute, denn sie hatte mir auf dem gesamten Rückweg die Ohren vollgejammert, wie durstig sie war. Mir dagegen war sofort klar, dass es sich um einen Einbruch handeln musste. Vermutlich wollte uns jemand die letzten, bisher unentdeckten Beweismittel entwenden! Aber dazu würde es nicht kommen, denn jetzt war ich ja da. »Platz da!«, kläffte ich und sprang mit einem Satz in den Wagen, um umgehend das, was da mit dem Rücken zu mir auf dem Fußboden kniete, dingfest zu machen.

»Aua!«, schrie der Typ. Zu Recht, denn ich hatte ihm ordentlich in den Po geschnappt. Zack! Davon würde er noch lange etwas haben!

»Heini!«, schrie jetzt Josi. Hm, das klang gar nicht nach dem Lob, mit dem ich gerechnet hatte. Schließlich hatte ich einen Einbrecher gefasst!

»Oh Gott! Das ist Backfisch! Ich hätte es euch sagen sollen«, schrie jetzt Conny hysterisch. »Er wollte nur kurz die Sicherung am Spülkasten wechseln. Die war durch. Sorry. Das tut mir so leid. Er kam gerade hier vorbei, und da hab ich ihn spontan gefragt und reingelassen. War doch hoffentlich in Ordnung, oder?«

Conny sah zu Backfisch runter, der sich mit schmerzverzerrtem Gesicht den Po festhielt und nicht so aussah, als sei es für ihn in Ordnung.

»Ähm, ja, was soll ich da sagen … klar«, meinte Josi und klang dabei genau nach dem Gegenteil von dem, was sie sagte. Sie hasste es, wenn jemand ohne ihr Wissen in ihren Bereich eindrang. Privatsphäre hieß das, hatte Viktor mir mal erklärt. Auch wenn das hier eher Fritz' Privatsphäre war als Josis.

»Backfisch?«, fragte ich und sah mir das, was vor mir auf dem Boden kauerte, jetzt etwas genauer an. Backfisch war Vollpfosten! Der Dünne, der das Handy verbummelt hatte. Und der es auch so schnell nicht wiederfinden würde. Wie er da so vor mir den Riss in seiner Hose begutachtete, bekam ich fast ein schlechtes Gewissen. Nicht wegen der Attacke, sondern weil wir es gemopst hatten, das Handy. Schließlich war Honecker deshalb sauer auf ihn. Und er selbst war verzweifelt. Zumindest hatte es gestern Abend so ausgesehen. Und auch jetzt machte er nicht wirklich einen glücklichen Eindruck.

Ich ging lieber wieder raus zu den anderen. Vollpfosten roch wirklich etwas streng. Allerdings nicht nur nach Fisch. Vorher betrachtete ich den Riss in der Hose noch mal genauer. Er war nicht groß, höchstens drei Pfoten lang, aber man konnte jetzt die Farbe seiner Unterhose sehen. Rosa!

»Oh Mann«, stöhnte er aus dem Wagen heraus, während wir davorstanden und zu ihm hochsahen. Die Gesamtsituation war ihm sichtlich unangenehm.

»Hat er Ihnen sehr wehgetan?«, fragte Josi an Backfisch gerichtet, und ohne auf eine Antwort zu warten, sah sie wütend zu mir runter: »Heinrich, was fällt dir ein? Spinnst du jetzt völlig?« Dann wieder mit sehr viel freundlicherer Stimme: »Ich habe eine gute Versicherung, die wird für den Schaden aufkommen.«

In dem Moment rief jemand: »Sag ich doch! An die Leine gehören diese Viecher!«

Alle drehten sich um. Auf der anderen Seite des Sandweges stand der Behaarte und schüttelte seinen Miesepeter-Kopf.

»Ich soll meine Hunde *im* Wagen an die Leine nehmen? Haben Sie noch mehr so kreative Ideen?«, rief Josi rüber. Dann drehte sie sich wieder Backfisch zu, legte den Kopf zur Seite und versuchte einen Blick auf die gerissene Hose zu erhaschen.

Aber Backfisch, der inzwischen auf seinen zwei Beinen stand, hielt das Loch mit der Hand zu.

Viktor hatte vorher allerdings kurz einen Blick darauf werfen können. »Alle Achtung, Heinrich!«, sagte er beeindruckt. »Da kam wohl dein Hofhund-Bewacher-Gen durch, was?« Wenigstens einer, der meine Leistung zu schätzen wusste.

»Warum bist du eigentlich nicht mit reingesprungen und hast mich unterstützt? Ich dachte, wir sind ein Team«, motzte ich Viktor trotzdem an. Denn eigentlich war ich auf Josi sauer, weil sie mich für etwas beschimpfte, das nur gut gemeint war.

»Ich? Du bist ja lustig. Bei mir hätte sich sofort der Kiefer verabschiedet. Da kannst du froh sein, dass du kein reiner Mops bist. Wir können ja gar nicht fest zubeißen. Und außerdem liegt uns so etwas auch nicht. Überhaupt nicht. Das solltest du doch wissen!«

Na prima, dachte ich. Der Seitenhieb wäre nicht nötig gewesen. Ich sah zu Backfisch hoch.

»Schon gut. Halb so wild. Er hat ja nur aufgepasst«, erklärte der jetzt kleinlaut. Was für ein sympathischer Mensch! Durchblickte sofort die Situation. So begriffsstutzig konnte er also doch nicht sein.

»Also, die Sicherung hab ich gewechselt, und jetzt … jetzt geht es wieder«, erklärte er, immer noch mit einer Hand am Po. »Ich hab es schon ausprobiert.«

»Na, hoffentlich hat er sich hingesetzt«, meckerte Wilma neben mir.

»Er hat doch nicht markiert«, stöhnte Viktor. »Er hat den Spülkasten getestet!«

»Ohne vorher zu pinkeln? Das macht doch keinen Sinn.«

»Als wenn du was davon verstehst.«

»Vom Pinkeln?«

»Nein! Von Technik.«

»Ich würde Ihnen wirklich gern die Hose ersetzen. Das ist ja das Mindeste, was ich tun kann«, erklärte Josi und kramte in ihrer Tasche, dann zog sie ihr Portemonnaie raus und öffnete es.

»Nein, das ist echt nicht nötig, es war eh eine alte Hose«, sagte Backfisch verlegen.

Aber Josi ließ nicht mit sich reden. »Hier, nehmen Sie das. Für Ihre Hose und der Rest ist Schmerzensgeld, bitte!«

Schmerzensgeld? Hallo? Als hätte ich ihm das Bein abgerissen. Der hatte nicht mal eine Schramme. Nur einen kleinen Riss in dieser hässlichen, alten, braunen Stoffhose.

Sie hielt ihm einen grünen Schein hin, den er mit weit aufgerissenen Augen eine Weile ansah, bevor er ihn zögernd nahm. »Danke, also wie gesagt, es wäre nicht nötig gewesen.«

»Doch, doch, ist schon in Ordnung!«, sagte Josi und sah wieder kopfschüttelnd zu mir runter. »So kenne ich ihn gar nicht. Das hat er noch nie gemacht.«

»Wie bitte? Es war ja auch noch nie ein Einbrecher in unserem, also ich meine in Fritz' Wohnwagen!« Jetzt reichte es mir aber wirklich. Ich ging beleidigt zu Connys Parzelle rüber und legte mich unter die Hollywoodschaukel.

Vier Sekunden später saß Viktor neben mir und grinste mich an. »Ach, komm, nimm es nicht so schwer. Ich fand deinen Einsatz ganz amüsant.«

»Damit bist du offenbar alleine.«

»Und wenn schon. Lass uns ’ne Runde machen. Dann kommst du auf andere Gedanken.«

»Tolle Idee. Und nachher kriegen wir den nächsten Einlauf, weil Josi uns wieder sucht. Na, vielen Dank!«

»Und wenn schon. Nun komm. Du willst doch jetzt nicht den ganzen Tag die beleidigte Leberwurst spielen, oder? So klären wir den Fall nie. Wir sind doch die Mops-Mafia. Schon vergessen?«

Ich setzte mich aufrecht hin. Leberwurst war unsere gemeinsame Leidenschaft. Neben Krimis und Hundedamen. Die gab es immer zu besonderen Anlässen wie Weihnachten und Geburtstag. Die Leberwürste, meine ich. Aber wie er nun darauf kam, dass die beleidigt sein sollten, wusste ich nicht. Egal.

»Die Mops-Mafia?«, fragte Wilma hinter uns.

Viktor und ich sahen uns an.

»Ja. Und du bist unsere Basis. Halt hier die Stellung. Pass auf, was passiert, worüber sich die beiden unterhalten …«

»Und das soll ich mir dann alles merken?!«

Ich holte tief Luft.

»Natürlich nicht alles. Versuch dir nur das Wichtigste zu merken. Das schaffst du!«, meinte Viktor. Ich sah ihm aber an, dass er nicht wirklich von dem überzeugt war, was er da sagte.

»Und ihr?«, wollte Wilma wissen.

»Wir machen eine … Ortsbegehung«, erklärte Viktor und sah mich fragend an. »Heißt das so?«

»Ja, kann man so sagen.«

»Okay, dann bis nachher!«

Damit verabschiedeten wir uns und liefen um Connys

Wohnwagen herum in Richtung Klubraum. Der Sandweg war zu auffällig. Da hätte uns unsere Rudelführerin gleich beim Ausbüxen erwischt.

»Verdammte Katzenscheiße, hoffentlich kriegt sie das hin«, murmelte ich.

Viktor war optimistischer. »Wirst schon sehen. So tüdelig ist sie gar nicht, wie sie immer tut.«

»Na, bei allem, was mir heilig ist …« Und dazu zählte ich auch meinen Lieblingsknochen. »Hoffen wir mal, dass du recht hast.«

9

Da lobe ich mir mein Hundeleben, dachte ich, während wir über den Platz liefen. Eine bessere Tarnung als Hund zu sein, kann es im Leben eines verdeckten Ermittlers gar nicht geben. Natürlich half auch der Glaube der Menschen, wir Möpse seien dumm. Unterschätzt zu werden hat viele Vorteile.

Besondere Vorkommnisse konnten wir auch nach der zweiten Runde nicht verzeichnen, davon abgesehen, dass es überall so interessant roch, dass Viktor am liebsten ununterbrochen stehen geblieben wäre. Er nannte es »Zeitung lesen«, wenn er so rumschnüffelte, aber mir war das ehrlich gesagt egal, wie er es nannte. Wir hatten schließlich alle Pfoten voll zu tun. Nach Runde drei, die auch ergebnislos verlief, setzten wir uns vor dem Klubraum in den Schatten und taten, als würden wir uns nur ein wenig ausruhen. Vor uns an den dicken Holztischen und -bänken, die man anscheinend aus ganzen Baumstämmen gezimmert hatte, hockte ein Pärchen und trank etwas. Am Nebentisch saß eine Familie mit drei Kindern, und an dem Tisch ganz rechts, direkt neben dem Eingang zum Klubraum, saß Honecker. Er sah müde aus.

»Oh nein, sind die süüüß!«, quietschte plötzlich eines

der Kinder, ein Mädchen, sprang von der Bank und lief auf uns zu.

»Achtung! In Deckung gehen. Knutschalarm!«, meinte ich zu Viktor, der wenig beeindruckt aussah. Dabei wollte ich ja nur lustig sein …

»Du musst aber erst fragen, ob du die streicheln darfst! Du weißt ja gar nicht, ob die lieb sind«, rief die Mutter der Kleinen hinterher und sprang auch auf.

»Sehe ich aus wie ein Kampfhund?«, wollte Viktor wissen.

»Jetzt, wo du es sagst!«, meinte ich und grinste. »Furchteinflößend!«

Das kleine Mädchen blieb stehen, sah sich um und meinte: »Sind das Ihre?«

Honecker sah sie träge an und sagte nur: »Nein.« Ohne sich richtig umzudrehen.

»Na, gestern hat der aber noch mehr Interesse gezeigt. Also so was!«, beschwerte ich mich.

Dann sah das Mädchen zu dem Pärchen, das einstimmig die Köpfe schüttelte.

»Guck Mama, hier ist keiner. Vielleicht haben die ja überhaupt niemanden!« Dann sah sie wieder zu uns. »Ihr Armen! Seid ihr ganz alleine?!«, sorgte sich die Kleine.

Wir nickten synchron.

»Vielleicht sucht sie ja jemand!«

Wir schüttelten den Kopf. Synchron.

»Da seid ihr ja schon wieder, ihr kleinen Scheißer! Verpisst euch oder ihr landet in der Pfanne, und dann wird euch ganz sicher jemand suchen. Nur leider nie wieder finden, ihr Mistmöpse!«, fauchte in dem Moment Backfisch. Huch. Doch nicht sympathisch.

Das Mädchen sah ihn mit weit aufgerissenen Augen ängstlich an.

»Warum stehen die hier alle so auf Hundefleisch? Das ist ja schlimm! Ich will auf der Stelle nach Hamburg zurück!«, jaulte Viktor, der Waschlappen.

»Backfisch!«, mischte sich jetzt Honecker ein. »Geht's noch? Die tun doch nichts.«

»Die tun nichts? Der da«, er zeigte mit seinen schmutzigen Fingern auf mich, »hat mich in den Hintern gebissen!«

»Aha. Was du nicht sagst. Und wie soll der da oben drangekommen sein? Hat er sich eine Leiter geholt, oder was?«

»Genau«, bellte ich mit unschuldiger Miene, »wie soll ich da oben drankommen?«

»Ich habe gerade bei dieser Wessi-Tussi gekniet, dieser Nichte von Fritz, im Wagen über ihrer ...«

»Bitte, was? Du hast mit ihr ...?«

»Was?«

»Na ... das!«

»Was das?!«

»Oh Mann, Backfisch. Na, DAS!«, meinte Honecker und machte so eine komische Bewegung mit der Hüfte.

Woraufhin Backfisch eine abwertende Handbewegung machte. »Nein. Ich hab die doch nicht flachgelegt.«

»Backfisch!«, schimpfte jetzt Honecker. »Hier sind Kinder!«

Egal, dachte ich, *erzähl weiter!* Was auch immer er mit flachlegen gemeint hatte.

Backfisch kümmerten die anwesenden Kinder genauso wenig wie mich.

»Die war doch gar nicht da. Also, zumindest erst nicht. Die kam später. Mit ihren Viechern.«

»Und warum warst du dann in Fritz seinem Wagen?«

»Weil Conny mich gefragt hat, ob ich mal kurz den Toilettenkasten angucken kann!«

»Angucken? Er hat ihn nicht angeguckt. Er hat ihn repariert. Was redet der denn?«, sagte Viktor spitzfindig. Ich schob seine schlechte Laune auf die Hitze. Das war er einfach nicht gewohnt. Wir hatten eine Klimaanlage. In Hamburg. In unserer Wohnung, im Büro, im Auto. Im Grunde überall.

»Mama, ich möchte auch mal solche Möpse haben!«, gab die Lütte zu Protokoll.

»Die kriegst du noch früh genug«, erwiderte der Vater.

»Manfred!«, schimpfte jetzt die Mutter.

»Na, hier ist ja was los«, stellte Viktor fest.

»Echt?«, wollte die Lütte wissen, die jetzt sehr begeistert aussah. »Zwei?«

»Na, das wollen wir doch hoffen!«, sagte Backfisch und setzte sich.

»Kommt«, sagte die Mutter und stand auf. »Lasst uns mal an den Strand gehen.«

»Wann kriege ich denn nun Möpse, Mama?«, hörte ich das Mädchen noch fragen, dann zogen die fünf ab, und ich konnte mich ganz und gar auf das Gespräch zwischen Honecker und Backfisch konzentrieren.

Und das war auch gut so, denn jetzt wurde es interessant. Honecker sah sich um, dann flüsterte er: »Überleg noch mal ganz genau, welche Bilder da von Conny auf dem Handy waren. Die, die du mir gemailt hast oder noch andere?«

»Ich glaub, ich hab dir nicht alle gemailt.«

»Also gibt es noch welche?«

Backfisch nickte.

»Na, das ist ja super!« Honecker holte tief Luft. »Wobei das den Braten ja jetzt auch nicht mehr fett macht«, brummte er.

»Warum ist das denn super?«

»Das war ironisch gemeint.«

Viktor hielt seine kurze Stummelnase in die Luft. »Riechst du einen Braten?«

Ich schüttelte den Kopf.

»Warst du denn alleine im Wagen oder war Conny dabei?«

»Nö, die ist wieder zu sich rüber …«

»Und? Hast du noch irgendetwas gefunden? Papiere, Kaufverträge oder so etwas?«, wollte Honecker wissen.

»Nee. Ich hab die Toilette repariert.«

»Oh Mann, du Dussel. Du hättest die Chance doch nutzen können! Das war ein Geschenk!«

»Die Toilette?«

»Nein! Ich meine natürlich die Möglichkeit, sich gründlich im Wagen umsehen zu können! Mir lässt es einfach keine Ruhe, was nun aus dem Campingplatz wird. Dass Fritz plötzlich tot umfällt, war ja schon schlimm genug, aber dass wir nicht wissen, wie es weitergeht … und dann ist da erst das olle Polizeiabsperrband und dann Conny, die sich wie eine Alarmanlage benimmt. Als wenn das ihr Wagen wäre. Ich weiß sowieso nicht, was die an Fritz gefressen hatte. So 'ne hübsche Deern und so ein alter Knacker. Sorry«, sagte Honecker und sah gen Himmel.

»Sach nix gegen Fritz!«, meinte jetzt Backfisch. »Auf den lass ich nix kommen!«

»Ach, ich doch auch nicht. Aber verstehst du, was die von dem wollte?«

»War doch ein feiner Kerl.«

»Ja. Das bin ich auch. Aber siehst du hier irgendwo eine attraktive Blondine neben mir sitzen?«

Backfisch sah sich um. »Nö.«

»Guck. Sach ich ja.«

»Moin«, hörte ich in dem Moment einen Mann grüßen, den ich bis dahin noch gar nicht gesehen hatte. Wie auch? Der Platz war einfach zu groß, da konnte man ja schlecht an Tag zwei alle Leute mit Vor- und Nachnamen kennen. Vom Geruch ganz zu schweigen. Auch wenn mir das lieber gewesen wäre. Dann wäre ich mit der Rasterfahndung schon einen Schritt weiter. Aber so?

»Habt ihr auch schon mitbekommen, dass die …«, fing der Typ mit den kurzen Stoppelhaaren an, wurde aber sofort von Honecker unterbrochen.

»Ja, haben wir.«

»Und?«

»Was? Und?«

»Hat sie was gesagt?«

»Ja. Guten Tag«, meinte Honecker und sah in sein Bierglas, das fast leer war.

»Du weißt doch, was ich meine!«

»Nee, hat sie nicht. Ich hab sie aber auch nicht gefragt. Man muss ja nicht gleich mit … mit der Schranke ins Haus fallen«, erklärte er. »Oder wie das heißt.«

»Hast recht«, sagte der Unbekannte und setzte sich. »Machst mir einen halben?«

»Jo«, meinte Honecker, stand auf und kam kurze Zeit später mit einem Glas Bier wieder raus. Einem ganzen Glas, keinem halben.

»Was machen wir denn jetzt?«, fragte Stoppelhaar.

»Ole? Oooole!«, rief eine Frauenstimme.

Na, da sind wir wohl nicht die einzigen Hunde auf diesem Platz, die sich selbstständig gemacht haben, dachte ich noch. Aber ich lag völlig falsch.

»Oh Mann, die Alte«, stöhnte Stoppelhaar und strich sich mit der Hand über den stoppeligen Schädel.

Ole war kein Hund. Ole war ein Mann.

Wir sahen nach links, von wo eine Frau mit dunklen, kurzen Haaren in einem bunten, weiten Umhang angelaufen kam. Oder war das ein Kleid? Auf alle Fälle war sie alles andere als alt. Vielleicht ein bisschen rund, aber definitiv nicht alt. Ich muss allerdings auch sagen, dass sie etwas unangenehm roch. Das mochte an der aktuellen Temperatur liegen. Aber wenn das bei ihr öfter so war, konnte ich verstehen, warum Ole sie Alte nannte. Vielleicht, weil sie eben so alt roch.

»Ach, hier bist du. Warum sagst du denn nichts? Ich such dich überall. Ich gehe jetzt zum Strand, falls es dich interessiert.«

»Ja, viel Spaß«, meinte Ole nur und nahm einen Schluck Bier.

»Und wenn du heute Nacht wieder so schnarchst, weil du so viel getrunken hast, dann kannst du dich draußen in die Hängematte legen. Ist das klar?«

Ole nickte artig.

»Du hast es richtig gemacht«, sagte Honecker und sah der Alten hinterher, die sich schnaufend entfernte, als würde sie irgendetwas Schweres schleppen.

»Was habe ich bitte schön richtig gemacht?«, wollte Ole wissen und sah dabei nicht wirklich glücklich aus. Obwohl das ja nun nachweislich ein Lob von Honecker gewesen war, und da konnte man sich doch auch mal freuen. »Wie hat mein Großvater schon immer gesagt: Man sollte dicke Frauen heiraten. Im Winter hat man es warm. Im Sommer Schatten!«

Backfisch fing an zu lachen und schlug auf die Tischplatte.

Nur Ole sah noch genauso unglücklich aus wie vorher. »Hahaha. Sehr witzig.«

Honecker haute ihm mit seiner kräftigen Hand auf die Schulter, sodass Ole, der alles andere als kräftig gebaut war, mit dem Oberkörper ein Stück nach vorn rutschte. Ich legte den Kopf etwas schräg, betrachtete ihn und versuchte zu schätzen, wie oft er in die Alte passen würde. Vermutlich vier- oder fünfmal.

»Komm, ein bisschen Spaß muss doch drin sein. Was ist denn los? Du bist doch sonst nicht so unentspannt.«

»Ich hab das Gefühl, die hat irgendwas gemerkt. Nur noch am Rummotzen«, stöhnte Ole.

»Was hat sie gemerkt? Dass er Fritz plattgemacht hat?«, fragte Viktor mich.

»Glaube ich nicht. Warum sollte sie dann rummotzen? Dann sollte sie lieber die Polizei rufen. Es sei denn, sie hat einen triftigen Grund, ihn zu decken. Also, ich meine das andere Decken«, erklärte ich, ohne die drei Männer aus den Augen zu lassen.

»Wenn es so weitergeht, platzt mir irgendwann der Kragen«, seufzte Ole.

»Warum trennst du dich nicht von ihr? Die Nichte von

Fritz ist Scheidungsanwältin, vielleicht macht sie dir einen Freundschaftspreis«, lachte Honecker.

»Woher weißt du das denn?«, wollten jetzt Backfisch und Ole gleichzeitig wissen.

»Was glaubt ihr? Dass ich hier rumsitze und nichts tue? Ich habe sie natürlich gegoogelt, ihr Pfeifen! Sie hat eine eigene Kanzlei. Ich hab ihr das gleich angesehen, als sie hier gestern reingedackelt kam!«

»Reingedackelt? Hallo? Wir sind Möpse!«, beschwerte Viktor sich.

»Egal«, winkte ich ab. »Die haben keine Ahnung von Hunderassen. Für die ist vermutlich alles Dackel, was klein ist.«

»Bildungsfernes Milieu«, maulte Viktor.

»Was hast du ihr gleich angesehen?«, hakte Ole nach.

»Na, dass die nicht auf den Kopf gefallen ist. Nehmt euch vor der in Acht! Die ist schlauer als ihr beiden zusammen!«

»Na, das ist ja auch keine Kunst«, sagte Viktor. »Wollen wir weiter? Ich glaube, Josi flippt sonst wieder aus.«

»Gleich«, sagte ich und spitzte die Ohren.

»Ich glaub auf jeden Fall nicht, dass die bisher was mitbekommen hat. Sonst hätte sie dich schon früher in die Hängematte verbannt. Frauen, die so etwas rauskriegen, reagieren anders«, erklärte Honecker und trank den letzten Schluck aus seinem Bierglas.

»Ja, hast recht«, gab Ole zu. »Na ja, egal. Und was machen wir jetzt? Wir können doch nicht hier rumsitzen und wie kleine Kinder auf die Bescherung warten. Irgendeiner muss mal mit ihr reden.«

»Das tut ja schon einer. Beziehungsweise eine. Seit gestern – nonstop«, sagte Honecker.

Backfisch sah Honecker mit hochgezogenen Augenbrauen an. »Conny? Oh mein Gott. Das kann ja was werden. Unsere Plaudertasche.«

»Nicht unsere. Oles.« Honecker wandte sich an Ole. »Vielleicht solltest du ihr einen Besuch abstatten. Dir erzählt sie bestimmt alles. Wenn sie denn etwas weiß.«

»Nee, das kann ich nicht riskieren. Die Grillparty war heikel genug. Dass Uschi das nicht gemerkt hat, dass ich da eine halbe Stunde nicht da war, grenzt an ein Wunder!«

»Über die eine halbe Stunde würde ich mich nicht wundern. Mich wundert eher, dass sie die ganze Zeit davor nicht gerafft hat, wie es zwischen dir und Conny funkt. Das war ja ein wahres Feuerwerk der Gefühle, das ihr da abgefackelt habt.«

»Peng! Peng!«, machte Backfisch und fuchtelte mit seinen Händen in der Luft rum, während Honecker sich vor Lachen kaum noch einkriegte.

Ole wurde knallrot im Gesicht. Anscheinend fand nicht nur ich es extrem warm. »Was hast du denn für ein Gefühl bei dieser … wie heißt die noch?«, fragte er und strich sich schon wieder über seinen Stummelhaar-Kopf. Er wirkte nachweislich etwas zu nervös, wie ich fand.

»Josephine Hartmann«, bellte Viktor.

Oh.

Ole, Backfisch und Honecker drehten sich zu uns um und starrten uns an.

»Wem gehören die denn?«, wollte Ole wissen.

»Ihr«, meinte Backfisch.

»Wem?«, fragte Ole.

»Na, ihr. Josephine Hartmann. Der Nichte von Fritz!«

Ole sah uns weiter an, während die anderen beiden sich wieder ihren Gläsern zuwandten.

»Klingt bestimmt bescheuert, aber ich hab irgendwie das Gefühl, die hören uns zu«, flüsterte Ole so, als sollten wir es nicht hören.

»Klingt bescheuert«, bestätigte Backfisch.

»Klingt wirklich total bescheuert«, bestätigte auch Viktor. »Komm, die reden nur wirres Zeug. Lass uns gehen.«

10

Doch dazu kam es nicht.

Josephine stand plötzlich hinter uns. Ich dachte, mein Herz würde stehen bleiben, so sehr erschrak ich!

Normalerweise hört man das Klackern ihrer Hackenschuhe schon Minuten, bevor sie vor einem steht. Aber hier, mit flachen Sandalen im feinen Strandsand, keine Chance!

Josi war auf 180, wie sie uns erklärte. 180 ist ein Richtwert. Wie beim Tacho im Auto. Und in diesem Fall ist es das Maximum. Mehr als 180 geht nicht. Zumindest nicht bei Josi. Aber das reicht auch völlig aus.

»Sagt mal, was fällt euch ein, einfach abzuhauen? Das macht ihr doch sonst nicht. Ich hab euch schon wieder überall gesucht. Was macht ihr hier? Ich bin auf 180, nur dass ihr es wisst!« Oha, sie wiederholte sich sogar. Dann war es ganz übel.

Was sollten wir tun? Wir guckten, wie wir immer gucken, wenn es hart auf hart kommt: dumm und unschuldig. Darin sind wir Weltmeister.

»Los, Abmarsch! Wir gehen noch mal an den Strand und dann zurück nach Hause«, erklärte sie mit in die Hüfte gestemmten Händen und einer Kopfbewegung Richtung Weg.

Wir gingen mit hängenden Köpfen los. Das ist in so einem Moment enorm wichtig! Es zeigt Reue und Unterwerfung. Dann hörte sie im Normalfall sofort auf zu schimpfen (Nur mal als Tipp: Kopf hängen lassen, falls mal jemand mit Ihnen motzt. Das hilft.).

»Ähm, Frau …«, hörte ich Ole hinter mir sagen und drehte mich um. Statt weiterzureden, wedelte er allerdings nur mit dem Finger in der Luft. Menschen machen so was ja aus ganz unterschiedlichen Gründen. Diesen hier kannte ich nicht.

»Hartmann. Josephine Hartmann«, erklärte Josephine und ging ein paar Schritte auf die Männer zu. Vor dem Tisch blieb sie stehen.

Ole stand auf und gab ihr die Hand.

Dieses Gespräch durfte ich auf keinen Fall verpassen! Ich blieb – schwupps – hinter dem nächsten Baum stehen.

»Was machst du denn da?«, fragte Viktor flüsternd.

»Wonach sieht es aus? Ich höre zu«, flüsterte ich zurück.

»Na, willst du nach ihren Konditionen fragen«, meinte Honecker in dem Moment und lachte.

»Sehr witzig«, sagte Ole, der gar nicht so aussah, als wenn er es witzig gefunden hätte.

»Ole Wachmann. Guten Tag«, sagte Ole und reichte Josi die Hand.

»Hallo«, begrüßte sie ihn.

»Wir haben uns gerade über den Campingplatz unterhalten. Man macht sich ja schon so seine Gedanken, wie das hier alles weitergeht. Oder ob es überhaupt eine Zukunft gibt fürs Wilde Eck. Und da wollten wir mal fragen, ob Sie uns nicht vielleicht schon was sagen können. Ist ja für alle nicht so einfach im Moment. Für Sie natürlich auch nicht. Das verstehen wir auch. Aber wäre es nicht eventuell möglich, dass Sie uns so eine grobe Richtung geben könnten? Wo es hingeht?«

»Warum soll es denn fürs Wilde Eck keine Zukunft geben?«, fragte Josi überrascht.

Die Männer sahen sich an, dann wieder zu Josi. »Na, wegen der Neubausiedlung!«, schoss es ihnen wie im Chor aus dem Mund.

»Die Neubausiedlung … Ach, hat das was mit dem Schild da hinten zu tun? Was ist denn damit?«, fragte Josi.

Sie bekam erstaunte Gesichter mit offenen Mündern als Antwort. Klar, es war warm. Wir hechelten auch nonstop. Aber Menschen taten das bekanntlich nicht so oft. Umso bekloppter sahen die drei da oben auf der Holzbank jetzt aus.

Backfisch war der Erste, der wieder etwas sagte. Ohne dabei den Blick von Josi zu lassen. »Sie weiß gar nix vom Kaufangebot.«

»Nee«, bestätigten die anderen beiden gleichzeitig.

»Was denn für ein …? Ach, Quatsch. Diese Neubausiedlung soll *hier* gebaut werden?«, kombinierte Josi jetzt messerscharf.

»Hier?!«, echote jetzt Viktor, der auf einmal neben mir stand.

»Bist du völlig verrückt geworden, mich so zu erschrecken?!«, machte ich ihn an. »Himmel!«

»Sorry, hatte es mir doch anders überlegt. Ist ja schließlich auch unsere Ermittlung. Da muss man doch zusammenhalten«, meinte er kleinlaut und setzte sich.

»Ja, hier«, bestätigten die drei Jungs wieder synchron.

»Und wie soll das gehen? Hier ist doch ein Campingplatz«, grübelte Josi, gab sich aber auch darauf zwei Sekunden später selbst die Antwort. »Ach, deshalb … Sie denken, ich will den Platz verkaufen?«

»Haben Sie denn noch nicht?«

»Nein, warum? Und wann denn auch? Ich weiß erst seit ein paar Stunden, dass ich diesen Platz erbe. Wann soll ich in der Zeit verkauft haben? Der Termin beim Nachlassgericht beziehungsweise beim Notar war noch nicht. Ich bin also noch gar nicht rechtmäßige Besitzerin. Wie kommen Sie denn überhaupt darauf, dass der Platz verkauft werden könnte? Fritz hätte das doch nie gemacht.«

Schweigen.

»Oder doch?«, fragte sie ungläubig.

»Nein. Also, eigentlich denken wir das auch nicht, aber da war eben dieser Typ«, erklärte Honecker. Und dann erzählte er von Appartement-Häusern, die gebaut werden sollten, direkt hinterm Campingplatz, und dass der Platz geräumt werden müsse, damit die Leute einen schöneren Blick aufs Meer hatten. Dabei schüttelte er die ganze Zeit den Kopf. »Und dann kam dieser Typ ständig hierher und wollte mit Fritz reden. Die ersten Male hat Fritz sich noch mit ihm auf die Terrasse gesetzt.« Er deutete mit dem Kinn zum Nebentisch, wo eben noch die Familie gesessen hatte. »Aber irgendwann wurde es ihm zu blöd. Der Kerl war richtig klebrig. Der hörte einfach nicht auf, Fritz vollzulabern. Obwohl der ihm klipp und klar gesagt hatte, dass er nicht verkaufen will. Und irgendwann fing Fritz abends nach dem vierten Bier an, davon zu sprechen, was er alles machen könne, wenn er das Angebot doch annehmen würde. Eine Wohnung irgendwo auf den Philippinen oder eine Weltreise oder so was. Er hat nur Spaß gemacht, aber wir hatten plötzlich das Gefühl, er meint es ernst. Und waren uns nicht mehr sicher, was nun werden würde. Und dann war er auf einmal tot. Das war schon komisch. Und der Typ, dieser ... wie hieß der noch ... Ach, ich komm gleich darauf ... Na ja, jedenfalls ist der dann auch nicht mehr gekommen.«

»Das klingt wirklich merkwürdig. Haben Sie der Polizei denn von dem Mann erzählt?«

»Du?«, fragte Honecker nach links, wo Ole saß.

»Nö.«

»Du?«, fragte er Backfisch zu seiner Rechten. Der schüttelte nur den Kopf.

»Hat ja auch keiner gefragt«, murmelte Honecker, als wollte er sich entschuldigen.

»Hmm«, machte Josi und schien nachzudenken. »Gut, so schwer wird es ja nicht sein rauszufinden, wie der Typ heißt, wenn er was mit der Firma zu tun hat, die das Plakat aufgestellt hat. Da ist eine Telefonnummer dabei, wenn mich nicht alles täuscht. Ich muss sowieso noch mal mit der Polizei telefonieren. Dann kann ich sie auf diesen Mann aufmerksam machen. Sie können es zumindest ja mal überprüfen.«

»Oder wir«, meinte ich mehr zu mir selbst.

»Wie willst *du* das denn überprüfen?«, fragte Viktor. Zu Recht.

»Keine Ahnung. Vielleicht kommt dieser mysteriöse Typ doch noch mal her. Dann könnte ich seinen Geruch aufnehmen und feststellen, ob er bei Fritz im Wagen war.«

»Aha. Und dann?«

»Dann sehen wir weiter«, sagte ich und dachte im gleichen Moment: *Junge, Junge, die Sache nimmt langsam Fahrt auf!*

»Ich kann Ihnen jedenfalls versichern, dass ich … eigentlich … keine Verkaufsabsichten habe. Ich muss mir wie gesagt selbst erst mal ein Bild von der Lage machen und den Termin beim Nachlassgericht abwarten. So lange können Sie sich entspannen. Keiner wird Ihnen Ihr …«, sie drehte sich zum Klubraum um, »Wildes Eck wegnehmen.«

»Findest du, das klang überzeugend, Heini?«, wollte Viktor wissen, ohne mich anzusehen.

»Nein«, erwiderte ich und war in Gedanken so mit dem Ermittlungsfortschritt beschäftigt, dass ich sein Heini völlig überhört hatte.

»So, und ihr kommt jetzt mit. Los. Abmarsch!«, befahl Josi in unsere Richtung.

»Ups«, machte ich nur, während Viktor erklärte, wir müssten wohl doch noch mal über eine bessere Tarnung nachdenken. Egal. Ich setzte mich sofort in Bewegung. Nicht wegen Josis Aufforderung, sondern wegen der Abkühlung, nach der ich mich sehnte. Eine große Schüssel mit kaltem Wasser, längst überfällig. Die Wärme schlug mir langsam aufs Hirn. Und anscheinend nicht nur mir. Viktor erhob sich, ging noch einmal in Richtung Holzbank, hob das Bein und strullerte direkt auf Backfischs Schuh. Dann lief er weiter.

»Sag mal!«, fing Backfisch an zu schimpfen und sprang auf. »Diese kleinen Mistviecher! Der eine beißt mich, der andere pinkelt mich an!«

»Viktor!«, schimpfte jetzt Josi, die stehen geblieben war und sich umdrehte.

»Also, dass sie dich anpinkeln, darüber würde ich jetzt wirklich mal nachdenken«, meinte Honecker, der so laut loslachte, dass man es noch bei Trudes kleinen Knackis hören konnte. Mindestens.

»Was machst du denn da? Das glaube ich doch nicht! Was fällt dir ein?!«, meckerte Josi. Und zu Backfisch gewandt: »Oh Gott, wie peinlich. Das tut mir wirklich so leid, das glauben Sie gar nicht!«

»Mir nicht«, sagte Viktor völlig unbeeindruckt und ging einfach weiter.

Ich lief ihm schnurstracks hinterher, während Josi hinter uns beruhigend auf Backfisch einredete.

»Was ist mit dir los?«, wollte ich wissen.

»Das war die Rache für die Hundefleisch-Androhung«, erklärte er nur und watschelte ungerührt weiter. »Außerdem weißt du doch: Ältere Männer haben eben oft eine schwache Blase.«

Zurück bei Conny taten wir, als wäre nichts gewesen. Der Dumm-und-unschuldig-Blick zog allerdings nicht, denn dass Viktor schuldig war, dessen war Josi Zeugin gewesen. Apropos Zeugin: Wilma war es auch. Bevor wir aber erfahren durften, wovon, mussten wir uns erst Josis Standpauke Nummer drei anhören. Ich zählte bis 75, dann war sie fertig. Und wir konnten Wilma zuhören.

»Dann war Josi kurz weg. Beim Auto, glaube ich«, berichtete sie ganz aufgeregt. »Sie wollte schon mal ein paar Sachen zum Wagen bringen und mit ihren Eltern telefonieren – und ich hatte keine Lust mitzugehen. Conny hat angeboten, dass ich bei ihr bleiben kann, und fing an, mich so herrlich am Nacken zu kraulen. Da, wo man nie drankommt, und dann noch hinter den Ohren und da vorne kurz vor dem …«

»Wilma!«, motzte Viktor – womit ich gar nicht gerechnet hatte. »Der Ungeduldige« war sonst meine Rolle.

»Jedenfalls hat sie mir von Fritz erzählt und wie schön die Zeit mit ihm war und …«

»Und?!«, fragte ich jetzt.

»Nichts und.«

»Wie? Das war's, was du uns unbedingt erzählen wolltest?«

»Ja. Sie haben oft abends hier zusammengesessen, was getrunken, sich unterhalten, Karten gespielt, morgens zusammen gefrühstückt. Das war sozusagen eine …«

»Beziehung?«, fragte Viktor.

»Wie?«

»Na, Mann und Frau. Das nennt man bei den Menschen Beziehung!«, erklärte Viktor.

»Nein. Die waren anders miteinander, so wie wir. Wir leben doch auch zusammen und haben trotzdem keine …«

»Heilige Leberwurst, behüte«, murmelte Viktor.

»Das war eine …«, versuchte Wilma es noch einmal.

»WG?«, fragte Viktor.

Wilma sah ihn fragend an.

»Wohngemeinschaft. Dieser Begriff bezeichnet das Zusammenleben mehrerer unabhängiger, meist nicht verwandter Personen«, dozierte Viktor. »Seit 1960 ist diese Lebensform in Deutschland, Österreich und der Schweiz stark verbreitet. Heute gibt es zusätzlich die nicht zweckgebundene WG. Hier stehen gemeinsame Unternehmungen und die Gemeinschaft der Menschen im Vordergrund.«

Wilma und ich starrten ihn an. Keiner sagte etwas.

Es dauerte ein paar Sekunden, dann holte ich Luft. »Du guckst zu viel Fernsehen. Oder sagen wir mal, zu viel Bildungsfernsehen.«

Viktor zuckte mit der Schulter und schob abschätzig seine Unterlippe ein Stück vor. Das konnte er ganz hervorragend, da sein Unterkiefer von Natur aus etwas vorstand.

»Okay«, meinte ich, »dann hat es sich hier wohl um eine nicht zweckgebundene WG gehandelt, wenn ich das richtig sehe. Schließlich lebten sie in zwei Wohnwagen und nicht in einem. Auch wenn die«, ich drehte meinen kurzen Hals zu Fritz' Wagen um, »zugegeben sehr nah beieinander stehen.«

»Also, ich weiß nicht«, meinte Wilma und sah wie so oft leicht verwirrt aus. »Sind wir dann auch eine WG?«

»Jo«, bestätigte Viktor. »Zweckgebunden.«

»Ach so«, sagte Wilma nachdenklich.

»Aber was ist denn nun so außergewöhnlich daran, dass die beiden hier eine WG oder was auch immer hatten?«, wollte ich wissen. »Ehrlich gesagt habe ich jetzt mit anderen Ermittlungsergebnissen gerechnet. Nach der Anmoderation …«

»Na, wenn sie so viel Zeit miteinander verbracht haben, kann es doch sein, dass jemand eifersüchtig war. Jemand, der vielleicht alleine war und eigentlich auch gern mit Fritz gespielt hätte. Oder mit Conny. Und weil er es irgendwie nicht sagen konnte und immer, immer trauriger wurde, hat er Fritz dann umgebracht.«

»Wilma! Du entwickelst dich ja zu einer richtigen Miss Marple«, rief ich erstaunt.

»Leute! Keiner bringt jemanden um, weil er traurig ist. Vielleicht sich selbst, aber doch nicht andere«, warf Viktor ein.

»Warum denn nicht? Bei Menschen kann man nie wissen. Und Eifersucht ist ein Mordmotiv! Wo wir schon mal dabei sind: Ich hätte auch noch ein paar im Angebot.«

»Ein paar was?«, wollte Wilma mit diesem Blick wissen, den sie immer hat, wenn sie hofft, dass es was Süßes gibt.

»Na, Schuhe wird er wohl nicht meinen«, murmelte Viktor, wischte sich über seine grauen Bartstoppeln und leckte die Pfote anschließend ab. Ablecken war sein großes Hobby. Vor allem Pfoten. In erster Linie seine eigenen – glücklicherweise.

»Also. Hier unser Ergebnis. Erstens. Fritz wollte den Campingplatz doch verkaufen, was er zwar offiziell niemandem gesagt hat, was aber irgendjemand rausbekommen hat. Um das zu verhindern, hat ihn jemand umgebracht. Also jemand vom Platz.«

»Ui«, machte Wilma mit ängstlicher Miene und sah sich um. »Du meinst, hier läuft ein Mörder rum?«

»Sofern er nicht inzwischen abgereist ist, ja. Aber es gibt noch eine andere Möglichkeit. Mordmotiv Nummer zwei: Die Baufirma, die den Platz kaufen will, hat jemanden losgeschickt, um Fritz sozusagen aus dem Weg zu räumen.«

»Hm.« Viktor hörte tatsächlich auf, seine Pfote zu lecken.

»Du hast drei vergessen!«, protestierte Wilma. »Keiner wollte mit ihm spielen. Mit dem Mörder.«

»Stimmt. Mordmotiv Nummer drei: Eifersucht«, komplettierte ich die Liste.

»Und nun?«, wollte Wilma wissen, die auf mich einen ungewohnt aufgeweckten Eindruck machte.

»Hast du irgendwas genommen?«, fragte ich sie.

»Wie? Genommen?«

»Schon gut. Wir sollten überlegen, was wir …«, wollte ich gerade sagen, als Josi mich unterbrach, die bis dahin im Wagen von Fritz rumgewühlt hatte.

Jetzt stand sie davor und schloss die Tür ab. »So, dann lasst uns an den Strand gehen und dann ab nach Hause. Ich muss dringend in die Wanne und mich entspannen. Die Matratze war doch irgendwie nicht das Richtige für meinen Rücken. Keine Ahnung, wie Fritz das ausgehalten hat«, sagte sie, während sie einen langen Hals machte und den Kopf so komisch von einer Seite zur anderen rollte.

»Mist«, kläffte ich. Ausgerechnet jetzt. Auf dem Höhepunkt meiner Ermittlungsarbeit.

Aber es nützte nichts. Josi marschierte los. Allerdings nicht zum Strand, sondern zu Conny, die gerade in ihrem Wagen herumrumorte.

»Conny?«, fragte Josi und blieb vor der geöffneten Tür stehen.

»Ja?« hörte man es dumpf von innen, dann stand Conny auch schon in der Tür und kam raus.

»Ich wollte mich nur kurz verabschieden. Vielen Dank für alles. Den Schlüssel nehme ich einfach mal mit. Vielleicht bist du nächstes Mal ja nicht da, wenn ich vorbeischaue.

Hier ist …« Josi wühlte in ihrer Handtasche. »Meine Karte. Wenn was ist, kannst du anrufen. Und, wie gesagt, vielen Dank noch mal. Auch für die Tablette!« Sie tippte sich mit dem Finger an den Kopf.

»Klar, ist doch kein Problem. Man hilft, wo man kann. Außerdem war es ein sehr lustiger Abend. Oder?«

»Ohne Zweifel. Den werde ich so schnell nicht vergessen. Vor allem nicht die Nacht«, meinte Josi und fasste sich an den Nacken.

»Würde mich echt voll freuen, wenn du, also ich meine, wenn ihr mal wieder rumkommt«, erklärte Conny mit einer Spur Traurigkeit in der Stimme, kniete sich zu uns runter und kraulte uns der Reihe nach mit einem Finger den Rücken. Das hätte sie mal bei Josi machen sollen, denn so wie sich das gerade anfühlte, hatte sie echt Ahnung, was gut war für einen verspannten Nacken. Wie wäre es wohl, wenn sie alle zehn Finger benutzen würde?! Wahrscheinlich der Himmel auf Erden.

Kaum hatte sich die Fahrstuhltür hinter uns geschlossen, da klingelte es auch schon. Josi nahm den Hörer ab, ich sah kurz hoch und erkannte ganz knapp ein Stück von Sarah und Anni auf dem kleinen Bildschirm der Gegensprechanlage.

»Huhuuu, ein Päckchen für Frau Hartmann!«, quietschte Sarah aufgedreht und hielt eine Flasche hoch, sodass von ihrem Gesicht nichts mehr zu sehen war.

Josi lächelte, drückte auf den kleinen weißen Knopf und hängte den Hörer wieder ein. Dann sah sie auf die Uhr. »Zehn vor fünf. Na, die sind ja ausnahmsweise mal überpünktlich.« Sie ließ die Tasche auf den Boden plumpsen und verschwand im Bad. Im Wagen auf dem Weg zurück hatte sie sich mit den Mädels für abends auf unserer Dachterrasse verabredet. Leider. Nichts gegen die Dachterrasse, aber der Campingplatz wäre mir wirklich lieber gewesen. Wie sollte ich von hier aus irgendetwas herausfinden? Ich ging in unser Hundebett und legte missmutig den Kopf auf die Kante.

»Frauenabend«, murmelte Viktor und watschelte zum Futternapf. Warum auch immer. Wir waren schließlich gerade erst nach Hause gekommen, und Josi hatte bisher nur eines in die Hand genommen und das war der Hörer der Gegensprechanlage, nicht der Dosenöffner. Wilma trippelte Viktor trotzdem hinterher.

Ich sah mich um. Alles wie immer. Durch die deckenhohe Glaswand kam der letzte Rest der Sonne, die sich am frühen Abend hinter dem Hausblock schräg gegenüber verdrückte. Das Sofa stand, wo es immer stand, in diesem riesigen Raum, der Tisch ein paar Meter entfernt war leer, genauso wie der Couchtisch. Bis auf die beiden Zeitschriften. Es wirkte plötzlich alles unbewohnt und kalt. Es war, mit Verlaub, langweilig. Ja, langweilig. Zumindest im Gegensatz zu dem bunten Campingwagen von Conny und dem Wilden Eck. Von den ganzen Damendüften an den Kiefern ganz zu schweigen. *Mist!*, schoss es mir in dem Moment durch den Kopf. Ich hatte vor lauter Ermittlungsarbeit die süße Pudeldame gar nicht mehr aufgesucht. Das hätte mir mal vor ein paar Tagen einer sagen sollen, dass ich eine Pudeldame vergesse. So was!

Die Fahrstuhltür schob sich zur Seite und Sarah und

Anni stöckelten auf hohen Absätzen und in kurzen Kleidern in die Wohnung.

»Huhuuuu! Wir sind dahaa!«, rief Sarah und ging schnurstracks Richtung Küchenzeile, um den Öffner zu holen. Den Flaschenöffner.

»Warum schreit die denn so? Wir sind doch nicht blind!«, motzte Viktor, der sich samt Wilma im Schlepptau inzwischen auf den Weg zum Hundebett gemacht hatte.

»Was hat nicht sehen können mit schlechten Ohren zu tun?«, wollte Wilma wissen.

»Hä?«

»Du hast gesagt: Warum schreit die so, ich bin doch nicht blind.«

»Wir.«

»Was?«

»Wir. Ich habe wir gesagt.«

»Ja, meine ich doch.«

»Hast du aber nicht gesagt.«

»Leute!«, mischte ich mich jetzt ein. »So kann doch kein Hund nachdenken! Heilige Leberwurst noch mal. Viktor meinte, warum sie so laut ruft, wenn wir doch da sind und sie sehen. Mit allen unseren sechs sehenden Augen«, erklärte ich in der Hoffnung, die beiden würden sich beruhigen. Unterzuckerung, anders war das nicht zu erklären. Das wusste ich von Josi. Die hatte das auch regelmäßig, wenn sie lange nichts gegessen hatte.

»Verstehe ich nicht«, murmelte Wilma und legte sich beleidigt neben mich. »Aber muss ich ja auch nicht.«

»Na ihr Süßen, wie geht's euch?«, wollte Anni wissen, die sich jetzt zu uns runterbeugte und uns der Reihe nach über den Kopf streichelte, nachdem sie sich selbst die langen Haarsträhnen aus dem Gesicht hinter die Ohren gestrichen hatte.

In dem Moment kam Josi aus dem Bad und mit ihr eine durchsichtige Wolke aus Orangenduft. Eine Spur Lavendel. Und etwas, das nach Sommer roch. Ich musste sofort wieder an den Strand denken und wurde noch trauriger. Auslauf. Den ganzen Tag! Ohne Fahrstuhl, blöde Leine oder Hundesitter. Bäume, richtige Bäume, Sand, Wasser – das Paradies! Abenteuerurlaub pur. Besser als All-inklusive und dieser ganze Schnick-Schnack, auf den Josi sonst so viel Wert legte. Und dann der Fall. Fritz Hartmann. Das war das wahre Leben! Oder eben auch nicht. Also, bei Fritz.

»Und der gehört jetzt dir?!«, hörte ich hinter mir am Tresen Sarah viel zu laut fragen. Dabei stand Josi direkt vor ihr.

Anni richtete sich auf und ging zu den beiden an den Tresen.

»Ich war noch nicht beim Nachlassgericht. Das muss ich noch machen, aber die Sachlage …«, wollte Josi ausholen.

Sie wurde sofort von Sarah unterbrochen. »Jetzt vergiss doch mal für drei Minuten deine Paragrafen und die Sachlage. Ist es dein Campingplatz, oder nicht?«

»Ja, also, momentan sieht es danach aus«, bestätigte Josi.

»Prost!«, sagte Sarah und hob ihr Glas. »Auf dich!«

»Prost«, sagte auch Anni und hob ebenfalls ihr Glas.

Leicht zweifelnd betrachtete Josi ihr Glas, offenbar unsicher, ob sie schon wieder für Alkohol bereit war. »Wie heißt es so schön in der Homöopathie? Gleiches mit Gleichem bekämpfen. Also: Hoch die Tassen! Aufs Wilde Eck«, meinte sie dann, und alle fingen an zu lachen. Was daran nun so lustig war, dass man sich krümmen und die Hälfte des Proseccos verschütten musste, wusste ich zwar nicht, aber immerhin lachte Josi aus vollem Herzen. Schon seit ein paar Tagen hatte sie immer mal wieder gelacht. Aber dieses Lachen war anders. Es war wie früher – vor der Sache mit Bernd. Das hier, das war unsere Josi. Wie wir sie kannten. Fröhlich und ausgelassen.

»Aufs Wilde Eck!«, sagten jetzt noch einmal alle zusammen, nachdem sie sich von ihrem Lachanfall etwas erholt hatten, stießen mit den Gläsern an und nahmen einen Schluck.

»Kommt, wir gehen auf die Terrasse«, schlug Josi vor, und wir liefen alle hinterher. Anni, Sarah und ich. Wilma und Viktor blieben liegen. Müde oder hungrig oder beides. Sie waren nicht gesellschaftsfähig. Aber das würde sich nach dem Abendessen wieder legen. Der heiligen Dose sei Dank.

»Und was hast du jetzt vor?«, fragte Anni kauend, während sie mit der linken Hand noch einmal in das Glasschälchen griff. Nüsse oder so, irgendetwas Kleines musste darin sein. Es knackte, wenn Anni darauf biss.

»Keine Ahnung, ehrlich gesagt.« Josi nahm einen weiteren Schluck Prosecco.

»Du wirst ihn ja wohl kaum behalten«, sagte Sarah und lachte. »Oder willst du jetzt unter die Camper gehen?«

»Nein, auf keinen Fall.«

»Guck. Dann lass uns doch mal nach den Quadratmeterpreisen in … Wie heißt das Kaff noch gleich?«

»Kaff?!«, kläffte ich entsetzt. »Das Paradies hat einen Namen. Es heißt Prerow!«

»Prerow«, sagte Josi zu ihr gewandt. Und zu mir: »Ich mach gleich die Dose auf, Süßer.«

»Dann lass uns doch mal gucken, wie es um dein Prerow so steht. Ich will dir da zwar keine großen Hoffnungen machen, es ist schließlich nicht Blankenese, aber wer weiß«, sagte Sarah, stellte ihr Glas weg und holte dafür ein flaches schwarzes Ding aus ihrer Tasche. Sarah war nämlich hauptberuflich Wohnungsbesorgerin. Sie tippte ein wenig auf dem eckigen Ding rum, dann meinte sie erstaunt: »Na, dein Loft hier dürfte dann abbezahlt sein. Kann mich mal eine von euch kneifen? Schaut mal. Da ist ein Quadratmeter fast so viel wert wie auf Sylt!«

»Wie bitte?!«, platzte es aus Anni heraus. »Wahnsinn! Das ist doch super! Du verkaufst. Oder du baust dir da einfach ein schönes Ferienhaus mit Pool, und wir kommen dich immer am Wochenende besuchen! Das ist ja der Hammer!«

»Das haben schon andere vor«, sagte Josi und schenkte allen noch einmal nach.

»Was? Dich in deinem neuen Beach-House besuchen? Ui, gibt es etwas, das du uns sagen möchtest, Sweetie?«, fragte Sarah, nahm etwas aus dem Schälchen, steckte es in den Mund und – knack – zwinkerte Josi zu.

Jetzt war ich aber gespannt. Ich setzte mich gerade auf und sah Josi an. »Na, dann schieß mal los«, bellte ich. Also nicht richtig schießen, ich meine natürlich losplaudern. Aber das sagen die Menschen manchmal so. Hatte ich schon oft gehört.

»Nein, ich meine, das haben schon andere vor, da zu bauen. Es gibt eine Firma, die den Campingplatz kaufen will, um direkt dahinter neue Appartements mit Meerblick zu bauen. Und denen passt es natürlich nicht, dass direkt vor ihrer Nase Zelte und Wohnwagen stehen.«

»Noch besser«, meinte Anni begeistert. Ich drehte meinen Kopf zu Anni. Was war daran noch besser? Waren die hier alle nicht mehr ganz bei Trost?

»Dann verkaufst du den Platz. Wir helfen dir gern bei den Verhandlungen«, sagte sie verschwörerisch. »Und von dem Geld kaufst du dir das beste Appartement. Vorne, mit Meerblick. Wir kommen dann an den Wochenenden rum und packen den Wagen voller Champagner!«

Ich sah wieder zu Josi, die gar nicht antwortete, und stupste sie mit der Nase an.

»Was hast du denn?«, fragte Sarah besorgt und strich sich eine ihrer langen, hellen Haarsträhnen aus dem Gesicht. »Ist irgendwas?«

Josi sah in ihr Glas, das sie in der rechten Hand hielt, und wirkte alles andere als anwesend oder begeistert. Ich sah in ihr Sommersprossengesicht und wartete auf eine Reaktion.

»Mein Onkel ist gestorben. Ich weiß nicht, woran, und ob er vielleicht sogar umgebracht wurde, und … ich habe nicht vor, den Platz zu verkaufen. Also, jedenfalls nicht jetzt. Vielleicht irgendwann mal. Aber nicht jetzt.«

»Oh, sorry«, murmelte Sarah kleinlaut und legte das flache schwarze Ding neben sich auf die weiße Liege.

»Hab ich das eben richtig verstanden? Hast du von Mord gesprochen?«, fragte Anni völlig fassungslos und stellte ihr Glas weg.

Ich hüpfte mit einem Satz neben Josi. Von diesem ständigen Hochgucken bekam ich Nackenstarre. Josi legte ihre

Hand um mich und fing an, mich hinter den Ohren zu kraulen, während sie weitererzählte. Die perfekte Kombi!

»Kann sein. Ich weiß es nicht. Ich hab zwar in der Dienststelle angerufen, aber es war Wochenende, und da konnte mir keiner weiterhelfen. Hätte ich mir auch vorher denken können. Na ja, außerdem bezweifle ich eh, dass mir überhaupt irgendjemand von denen am Telefon etwas sagt. Vermutlich muss ich mich ins Auto setzen und hinfahren oder mailen. Da kann ja sonst Gott weiß wer anrufen … Verstehe ich, dass die keine Fakten rausrücken. Aber neugierig bin ich natürlich schon, nachdem mir Conny – das ist die Wohnwagennachbarin von Fritz – erzählt hat, dass es gar nicht feststeht, was er nun hatte. Die Polizei hat anscheinend sogar eine Weile den Wagen mit Absperrband sichergestellt. Keine Ahnung, warum. Nicht einmal meine Mutter wusste was. Und Fritz' Exfrau hat den Hörer aufgeknallt, als ich angerufen habe. War ja zu erwarten. Ich könnte allerdings mal Georg fragen, fällt mir gerade ein. Vielleicht sagen sie ihm etwas. Hm …. Warum bin ich da nicht früher drauf gekommen?«

Georg war Josis ehemaliger Tango-Partner und mein persönlicher Star. Denn er war Kriminalhauptkommissar! Wie sehr hatte ich mir gewünscht, die beiden wären ein Paar. Nicht nur beim Tango. Ich meine im echten Leben. Allein der Gedanke, ich, Henri Hartmann, würde ihn zur Arbeit begleiten dürfen. Aus mir hätte wirklich etwas werden können. Das wäre DIE Chance gewesen zu beweisen, was in mir steckt. Aber nein. Daraus wurde ja leider, leider nichts. Mir wird heute noch ganz schwer ums Herz, wenn ich nur daran denke!

Georg mochte Josi irgendwann so sehr, dass sie aufhören musste, mit ihm zu tanzen. Begriffen habe ich es bis heute nicht, aber das war jedenfalls die offizielle Erklärung, als Bernd fragte, warum sie dienstags nicht mehr zum Tango gehen würde. Ich habe nach dieser Sache mit Georg lange darüber nachgedacht, warum man sich nicht mehr mit jemandem trifft, den man mag und der einen auch sehr, sehr mag. Gut, über dieses Tango kann man streiten. Beine umeinander wickeln, als wolle man sich gegenseitig ein Bein stellen, und aneinander reiben, auch ohne den Verdacht auf Flöhe! Bernd fand das auch nicht gut. Deshalb ist Josi froh gewesen, als sie Georg hatte, der mit ihr zum Tango ging. Umso merkwürdiger, dass sie dann plötzlich nicht mehr wollte. Fand ich.

»Wow!«, riss Anni mich aus meinen Gedanken. »Und *da* hast du übernachtet? Auf dem Platz?«, fragte sie ungläubig.

Josi grinste. »Tja, die Wette hättest du wirklich verloren. Ich übrigens auch. Dass ich in einem Campingwagen schlafe!« Sie lachte laut auf und schüttelte den Kopf. »Das letzte Mal ist mindestens 30 Jahre her. Ich kann es selbst kaum fassen.«

»Ich meine ehrlich gesagt gar nicht die Tatsache, dass du in so einer Kiste geschlafen hast. Gut, dieses Bild krieg ich wirklich nicht in den Kopf. Aber davon abgesehen hast du dich in größte Gefahr begeben! Was, wenn du die Nächste bist?«

Ich sah zu Josi hoch, die aufgehört hatte, mich zu kraulen. »Daran habe ich gar nicht gedacht«, überlegte sie laut und kraulte nach ein paar Sekunden doch weiter. Wobei ich das kaum wahrnahm. Meine ganze Aufmerksamkeit galt dem, was Anni gesagt hatte.

»Du hast nicht dran gedacht? Du hast ein Prädikatsexamen gemacht, aber daran hast du nicht gedacht?!«

»Warum sollte jemand Josi umbringen? Kein Mensch kennt sie dort. Wer sollte also etwas gegen sie haben? Das macht doch keinen Sinn«, meinte Sarah.

»Muss Mord Sinn machen?«, fragte Anni mit hochgezogenen Augenbrauen.

Ich ließ die Frage nachklingen. *Muss Mord Sinn machen?* Hm. Was, wenn es kein Motiv gab? Wenn es einfach ein Irrer war, der Langeweile hatte oder einfach Lust, jemanden umzubringen? Und was, wenn derjenige immer noch Langeweile hatte. Oder Lust. Mir wurde übel.

»Ich muss mal eben die Hunde füttern. Danach können wir gern weiter Detektiv spielen«, sagte Josi und stand auf. »Na komm, Henri.«

Ich hatte gerade alles andere als Hunger. Was würde passieren, wenn wir den Irren nicht fänden? Wenn er wirklich weitermordete? Wir mussten ihn stoppen! Ich sprang auf, hüpfte von der Liege und rannte Josi hinterher. Allerdings nicht zum Futternapf, sondern zur Reisetasche, die immer noch unausgepackt neben der Fahrstuhltür stand. Mit einem gekonnten Satz sprang ich hoch und bellte: »Wir müssen sofort zurück! Umgehend! Wir dürfen keine Zeit verlieren!« Was nicht den gewünschten Effekt hatte. Das Einzige, was ich damit auslöste, war eine verwirrt guckende Josi und das Ende von Wilmas Tiefschlaf.

»Hä? Was ist los?«, fragte sie schlaftrunken.

»Kommt ihr Süßen, es gibt Hammi-Hammi«, rief Josi, und damit hatte sich auch die letzte Müdigkeit aus Wilmas Gesicht schlagartig verzogen. Einen Augenblick später hörte ich sie schmatzen. Na super. Wenn das so weiterging, musste ich mir ein neues Ermittlerteam zusammenstellen. Anni wäre auf alle Fälle erste Wahl! Sie hatte einen Spürsinn, von dem hier manch einer nur träumen konnte. Apropos träumen. Viktor lag immer noch in unserem Bett und schlief. Was war denn mit dem los?

Ich sah ihn ein, zwei, drei Sekunden an, dann traf mich die Erkenntnis wie ein Schwert mitten ins Herz! Ich sprang von der Reisetasche, machte fünf, sechs, für meine Verhältnisse wirklich weite Sprünge und landete direkt auf Viktor. Der, anders als erwartet, hysterisch und sehr lebendig aufsprang.

»Haben dich alle guten Geister verlassen?«, kläffte er.

»Geht's dir gut?«, wollte ich mit leicht schräg gelegtem Kopf wissen.

»Bis eben gerade hätte ich die Frage noch mit einem klaren Ja beantworten können, aber jetzt neige ich zu einem deutlichen Nein. Denn mir ist gerade ein 10-Kilo-Kerl ohne Vorwarnung auf den Bauch gesprungen. Tickst du nicht mehr ganz?!«

»Na, was ist denn bei euch los?«, wollte Josi wissen, die jetzt mit in die Hüften gestemmten Händen neben unserem Hundebett stand. »Es ist angerichtet. Warum zankt ihr? Es ist für alle was da!«

Ich machte eine unschuldige Miene und ging, nur um der Situation zu entkommen, zum Futternapf. Fressen für den Frieden.

Viktor kam mir hinterher.

»Sorry, ich hatte Angst um dich. Wirklich! Ich … Ich wollte dir überhaupt nicht wehtun, ich …«, fing ich an.

Aber Viktor war immer noch sauer und unterbrach mich, bevor ich überhaupt zum Zuge kam. »Hast du aber!«

»Was ist denn los?!«, wollte Wilma wie immer wissen, die Schnauze tief im Futternapf.

»Nichts!«, schoss es Viktor und mir parallel aus dem Maul.

»Viktor! Heini!«, sagte Josi, die eigentlich schon wieder auf dem Weg zur Dachterrasse gewesen war, jetzt aber stehen blieb und sich zu uns umdrehte, in einem bossigen Ton. »Nun ist aber gut!«

»Ich dachte, du wärst tot!«, erklärte ich Viktor und hoffte auf ein wenig Verständnis.

Pustekuchen. »Tot? Warum sollte ich tot sein?«

»Na, weil du so … dagelegen hast, obwohl Josi die Dose schon aufgemacht hat. Und Anni hatte gerade die richtige Frage gestellt. Deshalb …«

»Die da wäre?«

Ich setzte mich auf und machte eine ernste Miene, um dem Ganzen den passenden Rahmen zu geben. Dann holte ich tief Luft. »Muss Mord einen Sinn haben?«, fragte ich in einem Ton, der hoffentlich dem des ernsten Nachrichtensprechers mit dem dunklen Anzug und der Hornbrille ähnelte.

»Wenn ich an deinen Angriff von eben denke, ist meine Antwort: nein.«

»Ich wollte dich nicht umbringen! Ich dachte, du wärst tot.«

»Ach. Und seit wann springt man auf Leichen rum?«

»Ich war in Panik und wollte dich reanimieren, falls es noch eine Chance gab, das machen die in den Filmen auch immer so und …«, stotterte ich.

»Die hüpfen auf Toten rum? Ist mir noch gar nicht aufgefallen. Was ist denn jetzt mit Anni und ihrer Frage?«

»Anni brachte mich auf die Idee, dass es vielleicht gar kein Motiv gibt! Dass es ein Mord aus … Mordlust war. Und wenn dem so ist, könnte es ja sein, dass der Mörder immer noch Lust hat. Das wiederum hieße dann, dass es verdammt gefährlich ist auf dem Campingplatz. Für alle. Mordsgefährlich sozusagen.«

»Okay, soweit kann ich dir folgen, aber warum sollte ich dann tot sein? Das musst du mir bitte noch erklären.«

»Mir auch«, mampfte Wilma und dieses Mal sah sie sogar kurz hoch. Es war ja auch fast nichts mehr im Fressnapf.

»Ganz einfach: Weil man dich auch umgebracht hatte. Weil es ein Mörder ohne Motiv ist. Weil er einfach mordet, der Mörder. Und es ihm egal ist, wen er ermordet. Mensch oder Mops. Hauptsache tot«, sprudelte es aus mir heraus. Mein Hundeherz raste.

»Henri, du weißt, ich mag dich. Und du weißt: Mehr als mir manchmal lieb ist. Aber was um alles in der Wurst ist in deinem kleinen Kopf gerade los? Wieso sollte ich hier tot rumliegen, wenn mich ein Mörder in Prerow vor drei Stunden umgebracht hat?«

»Hm …« Ich überlegte.

Leider so lange, dass ich nicht merkte, wie Wilma schließlich alles auffraß: Viktors und meine silbernen Schalen blitzten, als hätte Josi sie gerade aus dem Geschirrspüler geholt.

»Die alles entscheidende Frage ist doch vielmehr: Wenn es Mord war, was war dann die Tatwaffe?«, sagte Viktor und sah runter in seine Schüssel.

Ich seufzte. Ich hatte mich voller Freude über den Fall so

in die Arbeit gestürzt, dass ich die Frage nach der Tatwaffe völlig außer Acht gelassen hatte. Verdammter Katzendreck!

»So ein Mist«, schimpfte auch Viktor neben mir.

»Ja, das kannst du laut bellen. Wieso hab ich mir nicht schon früher Gedanken darüber gemacht?«

»Ich meine nicht die Tatwaffe. Ich meine mein Abendessen – das nicht vorhandene.« Viktor sah bedrohlich griesgrämig aus.

»Es ist vorhanden. Nur nicht in deiner Schüssel«, sagte ich und ging seinem Abendessen hinterher auf die Terrasse. Vielleicht erkannte Josi ja die Lage und gab uns noch etwas zu futtern. Es war schließlich kein Staatsgeheimnis, dass Wilma schneller fressen als denken konnte und sich gern mal über anderer Möpse Futterschalen hermachte.

Zurück auf der Sonnenliege, neben Josis Schoß, kam ich nicht weiter zum Grübeln, denn hier ging es inzwischen richtig zur Sache! Ich vergaß sogar, Josi meinen knurrenden Magen an die Ohren zu drücken.

»Das verstehe ich ja, dass man nach einer Flasche …«, wollte Anni gerade wieder loslegen.

Doch Josi fiel ihr mit einer abwehrenden Handbewegung ins Wort: »Nein! Sag es nicht! Mir wird schon beim Gedanken daran wieder schlecht! Ich glaube, der Konter-Prosecco war doch keine so gute Idee.«

»Also, dass man dann nicht mehr Auto fahren kann, aber warum hast du denn nicht früher daran gedacht? Du bist doch sonst immer die Erste, die mahnend den Finger hebt und das Auto stehen lässt«, fuhr Anni fort.

Alle sahen gespannt zu Josi. Außer Viktor. Der war zwar inzwischen auch eingetroffen, blickte aber beleidigt zum Hafen runter. Was man übrigens wunderbar machen konnte, auch, wenn man nur 20 Zentimeter groß war, denn unsere Dachterrasse war mit einer Glasfront umrandet. So hatte man einen prima Blick. Wenn man wollte.

Ich wollte nicht. Ich wollte wissen, was Josi zu ihrer Verteidigung zu sagen hatte. »Es war einfach so … so …«, fing sie an.

»So was?!«, fragte Sarah, entknotete ihre schmalen Beine und schlug sie andersherum wieder übereinander.

»So nett!«

»Nett?!«, wiederholte Sarah entsetzt.

»Ja, nett. Und irgendwie auch schön. Auf eine ganz eigene Art und Weise«, fing Josi an zu schwärmen und erntete dafür verwirrte Blicke. Zumindest von Sarah und Anni.

Ich hingegen wusste, wovon sie sprach. »Verdammt schön! Das könnt ihr mir glauben!«, bellte ich. Was aber wieder falsch verstanden wurde.

»Hat er immer noch Hunger?«, fragte Sarah.

»Ja!«, kläffte Viktor, ohne seinen Kopf zu drehen. »Und wie!«

»Nein«, entgegnete Josi und sah mich fragend an. »Ich hab sie ja gerade gefüttert.«

»Vielleicht müssen sie mal?«, fragte Anni besorgt und sah den leicht verhungert dreinschauenden Viktor an. »Der sieht ja aus wie ein begossener Pudel.«

»Nein«, knurrte ich. »Erstens: Sie müssen nicht. Sie müssen nur wissen, wie es weitergeht. Zweitens: nach wie vor Mops! Nicht Pudel!«

»Hmm«, machte jetzt Josi. »Eigentlich waren sie den ganzen Tag draußen unterwegs.«

»Und wie ist es nun dazu gekommen, dass du einen Campingplatz *nett* findest? Das würde mich doch brennend interessieren. Haben die dir heimlich irgendwas in den Drink gemischt?«

Mit einem Satz stand ich auf allen vieren neben Josi. In den Drink gemischt! Heimlich! Oh Gott!

Josi drehte den Kopf Richtung Loft. Dann sah sie zu mir. »Es hat nicht geklingelt, Henri.«

»Doch!«, bellte ich. »In meinem Kopf! Was, wenn sie dir etwas ins Getränk gemischt haben?!«

»Dann wäre sie doch jetzt schon hin«, meinte Viktor total gelassen. »Bleib mal cool.«

»Cool? Hallo? Es geht hier um die Rudelführerin! Da bleib ich ganz sicher nicht cool!«

»Vielleicht sollten wir doch eine kleine Runde machen«, warf Josi ein. »Komm, Henri, leg dich noch mal kurz hin. Wir gehen gleich raus.«

Mensch und Mops. Das passt einfach nicht, dachte ich beleidigt. Jedenfalls nicht in Notsituationen wie dieser.

»Ich kann euch jedenfalls beruhigen, ich werde jetzt sicher nicht zur Outdoor-Expertin«, sagte Josi lächelnd und trank den letzten Schluck aus ihrem Glas. »Aber das hatte echt was!«

Sarah und Anni sahen sich mit Sorgenfalten auf der Stirn an. Dann sagte Sarah: »Ich meine, es gibt ja inzwischen alle möglichen Sachen, die man machen kann, um wieder zu sich zu kommen, und seine Mitte zu finden. Kürzlich habe ich so einen Artikel gelesen über eine Gruppe von Leuten in Führungspositionen, die alle zusammen nachts auf Bäumen übernachtet haben. Oder denkt mal an diesen Kurs, über den was in der neuen Happinez stand. Da kann man in Iglus übernachten. Das soll einen ganz intensiv an das Leben im Mutterleib …«

»Sarah, bitte!«, unterbrach Josi.

»Ja, aber wer weiß? Vielleicht ist das ja *die* Geschäftsidee! Wir machen einen Kurs für …«, holte Sarah erneut aus.

»Süße, ich lade keine Manager in meinen Campingwagen ein. Aber vielleicht hast du ein bisschen recht. In Bezug auf mein Leben nach dem Mutterleib zumindest. Ich hätte es selbst nie für möglich gehalten, dass dort solche Gefühle in mir hochkommen. Vielleicht liegt es wirklich daran, dass ich als Kind so oft dort war. Keine Ahnung. Man wird ja leicht nostalgisch, wenn man sich an seine Kindertage erinnert.« Sie streichelte mich. »Jedenfalls liegt der Platz wirklich direkt an einer Düne und dahinter ist ein kilometerlanger Strand und glasklares Wasser. Ein Traum! Das müsst ihr euch ansehen!«

»Wie ein Strand und glasklares Wasser aussehen, wissen wir, Hase. Aber warum bist du so lange auf diesem Platz geblieben? Hast du nicht eben was von Honecker an der Wand, Plastiktischdecken, Musikbox und einer Pumptoilette im Campingwagen erzählt?«

»Ja, das war wirklich schlimm! Die war nämlich plötzlich defekt. Also, am nächsten Morgen. Die Spülung funktionierte nicht mehr und …«

»Stopp!«, unterbrach sie Anni und hielt sich die freie Hand, die kein Glas hielt, ans Ohr. »Keine Details! Bitte keine Details!« Dann strich sie sich über ihren Zopf und setzte sich noch ein Stück aufrechter hin, als sie eh schon saß. *Wie eine Schaufensterpuppe,* dachte ich, während ich sie ansah.

Josi lachte. »Alles halb so wild.«

»Nein, trotzdem nicht. Ich werde das Bild sonst den ganzen Tag nicht mehr los.«

»Abgesehen von dieser einen Sache war es einfach mal was anderes. Es war fast ein bisschen abenteuerlich. Ich fühlte mich wieder so … jung«, sagte sie und hatte plötzlich ein Lächeln, das ich noch nie bei ihr gesehen hatte. Dabei sah sie verträumt Richtung Hafen und schloss für ein paar Sekunden sogar die Augen. Dann atmete sie tief ein und machte die Augen wieder auf.

»Midlife«, murmelte Anni kaum hörbar und griff erneut in die kleine Glasschale.

»Also, wenn du mal Lust hast auf was anderes, hätte ich eine Idee. Ich habe da einen Typen kennengelernt, der mich mit in einen … du weißt schon … *Klub* nehmen will. Der nimmt bestimmt auch uns beide mit!«, meinte Sarah und zwinkerte Josi zu. »Na? Lust?«

Josi winkte lachend mit der Hand ab. »Nein, danke. So ein Abenteuer brauche ich gerade nicht.«

»Und du, Anni?«, fragte Sarah.

»Sorry, aber ich glaube, da schlaf ich lieber auf einem Campingplatz, bevor ich mich von einem Typen mit Faschingsmaske verführen lasse«, grinste Anni.

»Das ist überhaupt *die* Idee«, rief Josi. »Wir fahren alle zusammen zum Wilden Eck! Wir können eine Grillparty schmeißen. Wir machen uns einfach ein schönes Wochenende.« Sie strahlte.

»Super Idee!«, bestätigte ich lauthals.

»Es geht ja gleich los, Henri«, sagte Josi und fing wieder an, mich zu streicheln. Diesmal war es aber eher ein liebloses Ablenkungsstreicheln.

»Schönes Wochenende?!«, fragte Sarah in einem Tonfall, als hätte Josi vorgeschlagen, für einen guten Zweck Müll einzusammeln, während Anni aussah, als bereue sie zutiefst, was sie gerade gesagt hatte.

»Grillparty?«, fragte sie nur.

Sarah zog die Augenbrauen misstrauisch hoch und schlug ihre Beine wieder anders herum übereinander. »Also, ganz ehrlich. Solange nicht feststeht, was mit deinem Onkel passiert ist, bin ich nicht so sicher, ob ich das möchte. Von ein paar anderen Faktoren ganz abgesehen.«

»War doch nur so eine Idee«, sagte Josi. »Ich werde morgen erst mal Georg anrufen, vielleicht kriegt der was für mich raus. Und dann muss ich noch zum Notar. Schauen wir mal. So, Jungs, jetzt seid ihr dran!«

11

Aus »schauen wir mal« wurde am nächsten Vormittag bei Josi im Büro nur ein »hören wir mal«. Das erleichterte die ganze Sache nicht unbedingt. Denn auch wir hörten nur, was Josi am Telefon sagte, und nicht das, was Georg ihr erzählte. Ein kleiner Ausflug zu den Kollegen vom Morddezernat im Osten wäre mir lieber gewesen. Vorortrecherche ist der Schlüssel zum Erfolg. Das hat mal ein Kripobeamter im Fernsehen zu seinem Kollegen gesagt.

Natürlich konnten wir erahnen, was Josi am Telefon gesagt bekam. Aber ein Fingerdruck auf das Zeichen auf dem Display, mit dem man die Leute dann immer so gut hört, als säßen sie direkt vor einem, hätte mich sehr glücklich gemacht. Aber den Gefallen tat sie mir nicht. Dabei machte sie das regelmäßig bei Telefonaten mit Klienten, wenn sie nebenbei etwas anderes sehr Wichtiges machen musste wie zum Beispiel Kaffee trinken. Es blieb also bei einer Art einseitiger Berichterstattung.

Nachdem wir alle drei bereits eine gefühlte Stunde nebeneinander an Josis Füßen gesessen und mit unseren kaum vorhandenen Hälsen unsere Köpfe Richtung Josis Kopf gereckt hatten, während Josi sich nach Georgs Job und seinen Tangofortschritten erkundigte, kam endlich die Erlösung.

Überraschenderweise sagte sie nämlich: »Danke, bis gleich«, und legte auf. Um dann ein paar Minuten später den Hörer erneut in die Hand zu nehmen, denn es klingelte. »Ach, das ging ja schnell«, sagte sie. Dann kam eine ganze Weile nichts. Zumindest nicht von Josi. Abgesehen von dem üblichen »Aha«, »Ach« und »Hmm«.

Aber dann! »Es war also kein Mord?«

Aufgeregt schaute ich nach rechts zu Viktor, dann nach links zu Wilma, die sich inzwischen hingelegt und die Augen geschlossen hatte.

Gut. Sollte sie doch den aktuellen Ermittlungsstand, der eventuell eine Wende im Fall Fritz nach sich zog, verschlafen.

»Okay«, sagte jetzt Josi. »Also, wenn ich das kurz zusammenfassen darf: Es gab einen Verdachtsmoment, der sich aber nicht bestätigt hat. Daher auch das Absperrband. Und weil bei der Obduktion dieser Herzfehler entdeckt wurde, geht man von Herzversagen aus. Okay, verstanden. Keine Anzeichen auf Fremdeinwirkung. Deshalb ist vielleicht auch nichts bei mir angekommen. Hätte mich auch gewundert, wenn es sich um Mord gehandelt hätte und ich es nicht erfahren hätte. Tja, dann vielen Dank für Deine Hilfe.« Einen Augenblick hatte sie das Telefon noch in der Hand, dann sagte sie: »Alles klar, können wir gern mal wieder machen. Ja, ich melde mich. Danke. Dir auch. Mach's gut, Georg! Tschüss!«

Während Josi einen nachdenklichen Eindruck machte, war ich völlig aufgelöst: Mein erster Fall hatte sich gerade in Luft aufgelöst! Durch ein einziges Telefonat. Gut, zwei Telefonate.

Wilma machte auch Luft. Hörbar. Und leider nicht geruchsneutral.

»Wichtige Ermittlungen verschlafen ist das eine, aber dann auch noch rumzupupsen, ist doch wirklich einer zu viel!«, motzte ich und verließ den Raum.

Hinter mir hörte ich noch, wie Josi streng »Wilma!« sagte, von ihrem Bürostuhl aufstand und das große Fenster öffnete, durch das man den Lärm hörte, der aus der Fußgängerzone hochkroch.

Ich hasse übrigens die laute Fußgängerzone mit all ihren Menschen. Auch, wenn sie mir eigentlich leidtun, die da unten. Sie gehen immer so dicht an dicht gedrängt. Nichts gegen das Leben im Rudel, aber weder ist da ein Leitwolf zu erkennen noch jemand, der mit ihnen Jagen spielt. Trotzdem laufen sie alle in diesem enormen Tempo. Ein paarmal hab ich mich umgedreht und geschaut. Aber ich konnte niemanden erkennen, der sie verfolgt. Außer all den anderen, die genauso rennen.

Bei der Vorstellung musste ich sofort wieder an die Idylle auf dem Campingplatz denken. Herr im Hundehimmel, war das schön gewesen! Aber so schnell würden wir da wohl nicht wieder hinkommen. Mit hängendem Kopf lief ich zu Frau Wäldchen, die schon mit einem Leckerli wedelte. Missmutig ließ ich mich neben ihren Füßen auf den Boden plumpsen. Ein Mord, der würde mich aufheitern. Aber doch kein Keks!

Frau Wäldchen verstand sofort, dass ich irgendwie nicht gut drauf war. Sie hob mich hoch, setzte mich auf ihren warmen, weichen Schoß und kraulte mich. Immerhin etwas.

Die nächsten Wochen sollten an meiner Stimmung nichts ändern. Alles war wie früher, vorm Wilden Eck. Wir verbrachten die Tage im Büro oder im Loft, wenn Josi Termine hatte, zu denen sie uns nicht mitnehmen konnte.

Wie vorgestern. Da musste sie wegen des Campingplatzes weg. Irgendwas unterschreiben. Ich wurde hellhörig.

Danach erzählte sie Sarah und Anni am Telefon, dass sie nun also Campingplatzbesitzerin war. Anschließend trank sie dann mit sich selbst ein Gläschen Sekt auf der Dachterrasse. Sie hatte tatsächlich »Na, dann herzlichen Glückwunsch, Frau Hartmann!« gesagt und sich selbst zugeprostet.

An solchen Tagen, an denen wir nicht mitkonnten, kam Jonas. Der ging dann mit uns an die Straßenecke oder warf ein Stöckchen. Das boykottierten wir aber kollektiv.

An einem dieser trostlosen, tödlich langweiligen Tage fragte ich mich, wer eigentlich auf die geistreiche Idee gekommen war zu behaupten, früher sei alles besser gewesen. Das konnte man nämlich wirklich nur behaupten, wenn man das Wilde Eck nicht kannte! Wenn man nicht wusste, was Freiheit bedeutet. Keine Leinen, keine Straßen, keine Autos, keine Innenstadtmenschen und ihre Behinderungen, kein Fahrstuhl, der einen von duftenden Hundedamen trennt. Wer einmal dort war, der wusste mit absoluter Sicherheit: Früher war nichts besser!

Jetzt war aber wieder früher, und ich fand es schlimm. Kein Mord, keine Ermittlung, kein Wildes Eck. Ich wollte nicht mehr leben.

Bis ich eines Tages, es muss irgendwann im August gewesen sein, Josi beobachtete, wie sie es sich auf dem Sofa gemütlich machte und ihr Handy ansah. Das ist an sich erst einmal nichts Auffälliges. Aber sie hielt es in der Hand und tat nichts. Sie starrte nur darauf. Die Dachterrassentür stand offen, sodass Luft hereinwehte, und ein Blatt, das auf dem Couchtisch vor Josi gelegen hatte, auf den Boden wehte. Aber Josi tat nichts. Sie sah noch nicht einmal hin. Es war schon seit Tagen windig. Dabei war immer noch nachweislich Sommer. »Hamburger Sommer«, wie Josi immer sagte, wenn es mal wieder nach Herbst aussah, obwohl eigentlich Sommer war.

Wir waren gerade fertig mit unserem Abendmenü. Wilma leckte wie immer noch mal und noch mal die Schüssel aus, in der schon lange nichts mehr war. Viktor lag bereits in unserem Bett und schnarchte. Ich lief zu Josi. Ich musste einfach wissen, was sie da machte. Beziehungsweise eben nicht machte. Mit einem Satz war ich auf dem Sofa und setzte mich neben sie. Und da sah ich es: Sie schaute sich Fotos vom Campingplatz an!

»Ach, das war doch irgendwie schön, oder Henri?«

»Ja!«, bellte ich begeistert und stupste ihren Arm an, den sie sofort um mich legte, um mich zu streicheln. Sie roch wieder so schön nach diesem kleinen Fläschchen, das sie immer in der Handtasche mit sich trug. Das war voll mit Sommerwiese. Wie auch immer sie das hinbekam. Wenn man die Augen schloss, konnte man wirklich meinen, man läge irgendwo draußen im grünen Gras.

Aber jetzt war keine Zeit die Augen zuzumachen, denn Josi wollte mir etwas zeigen. »Schau mal, da bist du mit Viktor am Strand. Und hier …« Sie wischte mit dem Finger über ihr Telefon. »Da liegst du unter der Hollywoodschaukel. Witzig, oder? Dass wir mal so etwas machen würden?« Gedankenverloren wischte sie noch ein paarmal über ihr Handy, so wie sie es sonst auf den Regalen, dem Küchentresen und den Spiegeln tat, um zu kontrollieren, ob Mercedes auch gründlich war.

»Und hier, guck mal. Der Strand. Ist das nicht wunderschön?«

»Klar ist das wunderschön! Was glaubst du, warum ich hier seit Tagen den Kopf hängen lasse? Weil ich *da hin* will!«, kläffte ich und patschte mit meiner Pfote aufs Bild. Wenn sie das nicht verstand, dann wusste ich auch nicht mehr weiter. Als ich meine Pfote wieder weggenommen hatte, sah ich, was ich getan hatte: Es war wieder ein anderes Foto auf dem Handy. Eines von Honecker und Backfisch. Man sah sie nur von hinten, aber ich erkannte die beiden sofort. Sie gingen gerade auf das Wilde Eck zu. Da fiel es mir siedend heiß ein: das Telefon! Wir hatten das Telefon unter Connys Wagen versteckt und es dann völlig vergessen. So ein Mist. Fritz wurde ja – leider – nicht umgebracht, einen Mord mussten wir also nicht mehr aufklären, so sehr es auch schmerzte. Aber warum die beiden das Telefon so dringend brauchten und die ganze Zeit so ein Geheimnis daraus gemacht hatten, das würde mich immer noch interessieren. Es gab nur eine Möglichkeit: Wir mussten zum Wilden Eck! Ich sprang vom Sofa, rannte ins Schlafzimmer und machte mit einer geschickten Pfotenbewegung die nur leicht angelehnte Schranktür auf. Ich zerrte mit den Zähnen die Reisetasche aus dem untersten Fach und zog sie hinter mir her ins Wohnzimmer.

»Willst du ausziehen?«, hörte ich Wilma fragen. Sehen

konnte ich sie nicht, denn die Tasche war mindestens dreimal so hoch wie Wilma, schwarz und, wie sich nun herausstellte, extrem unhandlich. Egal. Wo ein Mops ist, ist ein Weg.

Ich zog also dieses Ungetüm hinter mir her, als ginge es um Leben und Tod.

»Huch, was hast du denn vor, Henri?«, wollte nun auch Josi wissen. Ich ließ die Tasche vor ihren Füßen los. Puh, war das anstrengend!

Hechelnd sah ich zu ihr hoch. »Wir müssen zum Campingplatz! Bitte! Es ist wichtig. Glaub mir!«, bellte ich und stupste die Tasche an.

Josi sah erst mich an, dann die Tasche und zuletzt ihr Handy. Ich sprang auf ihren Schoß, schnappte nach dem Handy, wofür ich ein »Hey, was machst du da?!« erntete, sprang wieder runter und ließ es vollgesabbert in die Tasche fallen. Das musste sie jetzt einfach verstehen. Mehr ging nicht.

»Sag mal, möchtest du mir gerade sagen, ich soll die Sachen packen?!«

»Jepp!«, bestätigte ich und sah sie, immer noch enorm aus der Puste, erwartungsvoll an.

Bei Menschen ist mir selten richtig klar, in welchem Zustand sie sich gerade befinden. Die können freundlich aussehen, lieb und nett mit anderen reden, obwohl sie eigentlich gerade fuchsteufelswild sind. Sie können müde sein und legen sich trotzdem nicht schlafen. Sie können topfit sein und legten sich trotzdem plötzlich hin. Meistens dann zu zweit, bei geschlossener Schlafzimmertür. Genauso gut können sie stundenlang rumsitzen und in die Luft starren.

Rein optisch gibt das nichts her. Sie sitzen und gucken. Kein Angst-Duft oder Stressgeruch. Keine Anzeichen von Müdigkeit oder Hunger. Dann plötzlich springen sie auf und verkünden: »Wir machen jetzt das, dann das, dann fahr ich da und da hin, und im Anschluss gehen wir da hin und machen das.«

Genau so war es jetzt auch. Josi sah aus, als würde sie nichts tun. Dann stand sie auf und ging zum Regal. Sie nahm ihr schlaues Buch, das alles wusste, was sie nicht mehr wusste, obwohl sie es irgendwann mal reingeschrieben hatte, blätterte darin rum, kam zu mir, bückte sich und griff nach dem Handy.

»Hallo Frau Wäldchen. Schön, dass ich Sie noch erreiche!«, sagte sie und blickte dabei zu mir runter, als wäre ich es, mit dem sie telefonierte. »Sagen Sie mal, morgen, also Donnerstag, und auch Freitag, da waren doch kaum Termine, oder? Ja, ich weiß, der Typ mit dem Hang zu älteren Damen … zu mehreren älteren Damen, genau, ja, das stimmt. Und was war da sonst noch?« Stille. »Ach Gott, *die* kommt übermorgen? Das hab ich ja total verdrängt. Ja, richtig. Aber das kann ich ja auch an einem anderen Tag machen.« Stille. »Seien Sie doch bitte so gut und sagen Sie alle Termine ab. Nein, mir geht es gut. Nein, es ist wirklich nichts Schlimmes passiert. Ganz im Gegenteil. Ich fahre an die Ostsee!«

Ich drehte durch! Ich hüpfte, sprang, drehte mich um mich selbst, ging auf meinen Hinterpfoten aufrecht wie ein Zirkuspferd und bellte dabei so laut, dass Viktor schlagartig aufhörte zu schnarchen.

»Jippieh!!! Wir fahren zum Wilden Eck!! Jippieh!«, freute ich mich.

»Ist ja gut, Henri, ist ja gut«, versuchte Josi mich zu beruhigen.

Zwecklos. Ich war außer mir!

Statt ebenfalls ein Tänzchen zu veranstalten, nahm Josi ihr Telefon wieder ans Ohr, schaute aber weiter amüsiert zu mir runter. »Na, passt es gerade oder bist du noch im Büro?«, fragte sie das Telefon. »Ich hab mir gerade überlegt, dass ich mal auf Fritz', ich meine, auf meinem Campingplatz nach dem Rechten sehe. Und wenn ich eh da bin, könnten wir uns doch den Spaß erlauben und eine kleine Grillparty machen. Wie früher. Eine St.-Peter-Ording-Revival-Party sozusagen.«

St. Peter-Ording war ein ganz verruchter Ort irgendwo an der wilden Küste. Josi hatte da früher, als sie, Sarah und Anni mit der Schule fertig waren, eine Grillparty veranstaltet, von der die drei heute noch redeten. Anni war am nächsten Morgen nackt in einem Strandkorb aufgewacht und hatte nicht mehr gewusst, wie sie da hingekommen war. Josi hatte zu viel von einer Sache getrunken und sich das ununterbrochen durch den Kopf gehen lassen, und Sarah hatte ein blaues Auge gehabt, weil sie freihändig Fahrrad gefahren war. Von so etwas bekam man anscheinend eine andere Augenfarbe.

Jetzt strahlte Josi übers ganze Gesicht. »Ach komm, das wird bestimmt lustig. Mal was anderes als die Sylter Schickeria! Die haben da auch einen ganz schönen, größeren Grillplatz direkt in den Dünen. Das ist fast wie bei der Sansibar. Ich fahr heute Abend schon mal rüber. Hab mir morgen und übermorgen freigeschaufelt. Wird dringend Zeit, dass ich mehr von dem mache, was mir Spaß macht!« Stille. »Ja, der Tag in Berlin, klar! Das tolle Kleid und die Jacke … Ja, das hat mir auch Spaß gemacht, mit dir zu shoppen. So meine ich das nicht. Ich meine den anderen Spaß. Den echten. Du wirst schon sehen. Kommt einfach Freitagabend. Ihr könnt ja abends wieder zurückfahren, oder ich schau mal nach einem Hotel in der Nähe«, sagte sie und musste im gleichen Augenblick loslachen. »Ja, ja, ich weiß, da ist keins. Ich wollte nur testen, ob du zugehört hast.« Sie bückte sich und streichelte mir über den Rücken. »Super! Dann fragst du Sarah? Toll! Ich freu mich! Das wird der Knaller!«

Wie recht sie haben sollte.

Vieles war anders als bei unserer ersten Ankunft im Wilden Eck. Zum einen schien nicht die Sonne. Wobei das nicht nur etwas mit dem Regen zu tun hatte. Der verwandelte den Campingplatz zwar gerade in ein Feuchtbiotop, war aber nicht der einzige Grund – eher die Tatsache, dass es extrem spät geworden war. Gefühlt kurz vor Mitternacht. Wir konnten kaum etwas erkennen, seit wir aus dem Wagen gesprungen waren und das Schild samt Laterne am Eingang des Platzes hinter uns gelassen hatten.

»So ein Mist!«, hörte ich Josi ein paar Mopslängen vor uns schimpfen. Den Geräuschen nach zu urteilen musste sie mit ihren neuen hellen Turnschuhen in eine der unzähligen Pfützen gelaufen sein. »Das gibt's doch nicht! So ein … Scheiß!«

Josi hatte recht: Es gab hier eindeutig zu wenig Licht und zu viel Wasser! Nicht nur von unten. Man wusste wirklich nicht, wo man beim nächsten Schritt mit der Pfote reintrat.

Immerhin schien vereinzelt ein wenig dämmriges Licht aus den Campingwagen rechts und links des Weges. Zwei Leute in Bademänteln kamen uns mit Handtüchern und kleinen Beuteln unter den Armen entgegen, ansonsten war der Platz menschenleer. Warum die beiden den Weg in das Flachdachhaus auf sich nahmen, um sich unter Duschen zu stellen, wo es doch eh regnete, verstand ich nicht. Hin und wieder hörte man Stimmen, in erster Linie aus Richtung Klubraum und auch aus den Duschräumen.

»Warum gibt es hier denn keine Laternen, verdammt noch mal?!«, schnaufte Josi, während sie sich mit ihren zwei großen Taschen abrackerte, die anscheinend schwer waren. Kein Wunder. Sie hatte ja auch den halben Haushalt eingepackt, als würde sie umziehen.

Bei Conny brannte noch ein ganz schwaches Licht, aber Josi klopfte nicht bei ihr. Die Tür war nämlich zu. Dafür kramte sie aus ihrer großen Tasche, die sie sich um den Hals gehängt hatte, jetzt den Schlüssel für Fritz' Wagen.

»Es ist ja schon ein bisschen wie nach Hause kommen«, meinte Wilma, die bis dahin keinen Pieps gesagt hatte. Dabei war ihr Fell klitschnass. Das allein war eigentlich schon Grund genug zu meckern. Wasser von oben war ihr ein Graus. Wasser von unten erst recht. Und davon hatte sie auf den letzten hundert Metern allerhand abbekommen. Man konnte beinahe von einer mehrfachen Flussdurchquerung sprechen. Zumindest, wenn man ein Mops war.

Endlich ging die Tür auf. Besser wurde es allerdings nicht. Ganz im Gegenteil. Wir standen unter einem hereinbrechenden Wasserfall. Josi bekam davon zwar kaum etwas ab, sie war schließlich größer als 20 Zentimeter, schrie dafür aber am lautesten von uns allen. »Oh Gott! Was ist das denn?!«

Nach ein paar Sekunden war der Wasserfall vorbei.

»Wasser«, erklärte Wilma und schüttelte sich.

»So ein Mist. Wo kommt das denn her?«

»Von oben«, antwortete Wilma, woraufhin sie von unserem Senior böse Blicke erntete. »Ja, ist doch so. Oder etwa nicht?«, meinte sie eingeschnappt.

»Dass das von oben kam, haben wir alle mitbekommen, du Trantüte! Josi wollte wissen, warum das Wasser im Wohnwagen ist«, erklärte Viktor leicht gereizt. Er war schließlich auch komplett nass.

Nur ich hatte es rechtzeitig geschafft, einen Satz zur Seite zu machen und hatte daher lediglich nasse Pfoten vom Weg hierher. Wobei mich das nicht so störte wie meine beiden WG-Mitbewohner.

Möpse waren wohl einfach keine Draufgänger. Halbe Möpse schon eher. Vielleicht war es gar nicht so blöd, dass ich ein halber Mops war. Der Gedanke an meine Mutter, die Dänische Hofhündin, meine Herkunft, ja, meine Heimat, hatte mich immer wieder in der letzten Zeit beschäftigt. Aber jetzt, in diesem Moment, begann ich, die Vorteile zu sehen. Wer hatte schließlich den Einbrecher dingfest gemacht? Na? Ja, ich weiß, es war gar kein Einbrecher. Aber was, wenn es doch einer gewesen wäre?

»Aber wenn sie wissen will, warum Wasser im Wohnwagen ist, warum fragt sie das dann nicht?«, riss Wilma mich aus meinen Gedanken.

Viktor schüttelte sich, stieg in den Wohnwagen und sagte: »Weil sie ein Mensch ist.«

»Versteh ich nicht.«

»Dass sie ein Mensch ist?!«, fragte er jetzt völlig entsetzt. »Das wird ja immer schlimmer!«

»Nein. Warum ...«, setzte Wilma an.

Aber da setzte Josi der ganzen Diskussion ein Ende. »Und ihr hört jetzt auf, euch so anzugiften. Was ist los? Mir reicht es, dass der ganze Wagen nass ist, da müsst ihr euch doch nicht auch noch ankläffen. Vor allem nicht um diese Uhrzeit. Wenn ihr so weitermacht, werden die uns hier nie mögen.«

Stille.

Kopfschüttelnd betrachtete Josi den Wagen. »Mann, Mann, Mann. Das ist ja eine schöne Bescherung! Der ganze Boden ...«

»Na, das nenn ich mal eine Überraschung! Ihr seid wieder da!« Plötzlich stand Conny in einem pinkfarbenen Bademantel und mit einer Taschenlampe bewaffnet hinter uns. Sie bückte sich und streichelte Wilma über das nasse Fell. »Da habt ihr aber eine ganz schöne Ladung von oben abbekommen, ihr Armen!«, meinte sie und richtete sich wieder auf.

»Von oben und von unten«, erklärte Josi und kam aus dem Wagen, um Conny zu begrüßen. »Ich hab wohl letztes Mal vergessen, die Dachluke zu schließen. Als ich eben die Tür aufgemacht habe, kam mir ein Sturzbach entgegen.«

»Dir?!«, bellte Viktor. »Uns!«

Josi sah mahnend zu Viktor runter.

»Oh je«, sagte Conny mit mitleidigem Blick, machte einen Schritt vor und spähte in den Wagen. »Aber es ist ja Gott sei Dank nur die Luke hier direkt vorm Eingang gewesen. Und nicht die andere. Sonst wäre die ganze Sitzecke hin. Morgen soll es wieder schön werden und dann lässt du einfach die Tür auf. Das trocknet bestimmt ganz schnell. Soll ich dir irgendwie helfen? Brauchst du was?«

»Nein, danke. Ich guck mal, was alles nass ist, und morgen stell ich die Sachen in die Sonne. Den Teppich werde ich wohl komplett rausreißen müssen. Na ja, es gibt Schlimmeres.«

»Ich mach uns morgen früh einen leckeren Kaffee und beim Rausreißen kann dir Backfisch helfen«, bot Conny mit einem aufmunternden Lächeln an.

»Das klingt gut! Aber ob Backfisch noch mal einen Schritt in den Wagen macht, bin ich mir nicht sicher.« Josi sah erneut zu uns runter.

»Hallo?! Geht das schon wieder los? Ich habe mein Leben aufs Spiel gesetzt um dich zu beschützen!«, beschwerte ich mich lautstark.

»Heini! Schluss jetzt!«

Am nächsten Morgen schien tatsächlich die Sonne. Sie weckte uns höchstpersönlich. Alle drei auf einen Schlag. Wir lagen nämlich alle zusammen auf Fritz' Bett. Das hatte Josi abends noch abgezogen und ihre eigene hellgraue Seiden-Bettwäsche drübergezogen. Unterm Bett schlafen wie beim letzten Mal ging zum Glück nicht, da war es ja nass. Und es roch. Feucht, gammelig, unschön.

Die Sonne schien uns direkt auf die Pfoten. Wir reckten und streckten uns und sprangen aus dem Bett. Okay, *ich* sprang aus dem Bett. Dann Josi, die mir freundlicherweise die Tür öffnete, und dann etwas zeitverzögert die anderen beiden.

Ich streckte meine Nase raus und holte tief Luft. Herrlich! Kiefern waren einfach meine Lieblingsbäume. Es war angenehm warm. Außerdem wehte Luft vom Meer über die Düne zwischen den Bäumen hindurch zu uns. Irgendwo am Strand motzten Möwen rum.

Ich drehte mich zu Conny um, die schon in ihrer Hollywoodschaukel saß und vor sich hin quietschte. Sie blätterte in irgendeiner Zeitschrift mit bunten Bildern. Ich sah zur anderen Seite, wo ich jetzt bei Tageslicht den Weg erkannte, der gestern Nacht nur zu erahnen gewesen war. Er stand immer noch unter Wasser. Allerdings sah es gar nicht so schlimm aus, wie es sich im Dunkeln angefühlt hatte.

Eine Frau in Gummistiefeln, grünem T-Shirt und sehr kurzer Hose, die ein bisschen aussah wie eine Unterhose, nur eben aus Jeans, watete durch die Pfützen. »Moin!«, grüßte sie Conny, die mit »Moin!« antwortete und winkte.

Aha. Geht doch, dachte ich. Grüßen war hier also doch nichts Unbekanntes. Ich sah an ihr vorbei auf die andere Seite des Weges, wo der Wagen der älteren Dame stand, die beim letzten Mal so blöd geguckt hatte. Die Tür war offen. Zu sehen war sie aber nicht. Links daneben, bei dem Wagen des Behaarten und der Nacktschürze sah es hingegen anders aus. Die beiden waren gerade dabei, ihren Vorplatz zu markieren. Im menschlichen Sinne.

Menschen zeigen, wo ihr Revier ist, durch konkretes Positionieren von Gegenständen, die ihnen gehören. Das habe ich schon oft beobachtet. Zum Beispiel am Pool von diesem einen Hotel, wo wir mal waren. Da legten die Menschen ihre Handtücher auf die Liegen und gingen wieder. Völlig bekloppt, dachte ich erst. Schließlich hatten sie sich ja nicht draufgelegt, sondern waren wieder weggegangen. Nicht in den Pool zum Schwimmen, nein, richtig weggegangen waren sie. Das fand ich schon etwas merkwürdig. Bis Viktor mir diese Form des Markierens erklärte. Wir gingen ja auch weg, wenn wir einen Baum markiert hatten.

Genau das passierte auch hier gerade. Die beiden rückten ihre Gartenmöbel hin und her, putzten den kleinen, bunten Mann mit der roten Zipfelmütze, der an dem Weg zu ihrem Wagen stand, reparierten eine Stelle in dem niedrigen Zaun, der genau anzeigte, wo ihr Revier begann und wo es endete.

Während er reparierte, goss sie die Blumen. Allerdings ohne Nacktschürze. Heute trug sie richtige Kleidung. Im Gegensatz zu ihrem Mann, der mir irgendwie leidtat. Denn er hatte anscheinend nur dieses eine weiße Unterhemd. Und rasiert hatte er sich auch immer noch nicht. Bernd hatte das jeden Tag gemacht. Auch vorne. Also, ich meine unterm Hals, da, wo die Frauen ihre Milchdrüsen haben. Da war Bernd immer ganz glatt. Kein einziges Haar hatte er da. Ich hatte ihn mal heimlich beobachtet. Er hatte sich den ganzen Oberkörper mit Sprüh-Sahne eingeschmiert. Und dann hatte er so ein silbernes Ding zum Rasieren genommen und damit ein Muster auf seinen sahnigen Oberkörper gemalt, bis fast die ganze Sahne weg war. Gar nicht schlecht, dachte ich noch. Doch plötzlich hatte er einen Lappen genommen und alles weggewischt. Das ganze Gemälde. Innerhalb von Sekunden – futsch. Rasieren hin oder her. Er war halt ein Banause. Da hatte Josi schon recht.

»Henri, mach mal Platz«, hörte ich Josi hinter mir sagen. Ich ging ein paar Schritte beiseite und sah, wie sie mit irgendwelchen Sachen unterm Arm aus dem Wagen kam. Im Pyjama! Das wäre in Hamburg unvorstellbar gewesen. Davon abgesehen, dass sie da ja auch mitten auf der Straße gestanden hätte, wäre sie noch nicht einmal so auf die Dachterrasse gegangen. Sie war einfach eine andere, wenn sie hier war. Jedenfalls legte sie die Sachen, die in erster Linie wie ein Haufen aus Papieren und Zeitschriften aussah, auf den Gartentisch.

In der Sekunde machte es »Boom!« in meinem Kopf. Dieser Geruch, dieser moderige Geruch! Das war es, was ich gerochen hatte, als ich die Kiste unter Fritz' Bett entdeckt hatte. Diese Blätter, die Josi auf den Tisch gelegt hatte, mussten in der Kiste gewesen sein. Es roch wie auf dem Dachboden unserer alten Wohnung.

»Guten Morgen«, rief in dem Moment Conny und stand quietschend auf. »Du bist ja schon fleißig. Willst du nicht erst mal einen Kaffee zum Aufwachen?«

»Oh ja, gerne. Das ist lieb. Ich zieh mir nur schnell was über. Das Zeug riecht so feucht und gammelig, das musste ich mal eben rausschmeißen. Hast du eigentlich Urlaub? Ich hab gar nicht mit dir gerechnet, mitten in der Woche. Was ist denn mit deinem … Studio?«

»Ich habe mir selbst Betriebsferien gegeben. Nur drei Tage, aber besser als nichts«, erklärte Conny. »Ich setz uns einen schönen Kaffee auf, okay?«

»Das klingt gut! Ich komm gleich«, sagte Josi, lächelte Conny an und verschwand wieder im Wagen.

Der Papierhaufen war nicht das Einzige, das Josi und Conny nach einem ausgiebigen Frühstück aus Fritz' Wagen holten und davor deponierten. Nach und nach stapelte sich immer mehr Kram um uns. Auch der Teppich war irgendwann nur noch eine große Rolle, die im Sand vor dem Wagen lag. Ganz ohne den Einsatz von Backfisch. Conny war »patent« und »handwerklich begabt«, wie Josi immer wieder lobend erwähnte. Außerdem konnte sie nicht nur Fingernägel schön lang machen, sondern auch schön kurz. Sie hatte sich bei ihrem Einsatz nämlich ein paar ihrer glitzernden Nägel abgebrochen.

»Na, da muss ich wohl mal wieder ran, was?«, sagte sie.

»Oh, das tut mir leid. Kann ich dir ... die irgendwie ersetzen?!«, wollte Josi wissen.

»Ach was. Ich sitz doch an der Quelle«, meinte Conny lachend. »Das wird schon wieder.«

Josi bedankte sich erneut und schlug vor, Conny mal zum Essen einzuladen. Wobei ich mich fragte, ob das wirklich eine gute Idee war. Sie konnte nämlich nicht kochen. Das hatte Bernd zumindest immer gesagt. Deshalb war der Kühlschrank bei uns in Hamburg grundsätzlich leer, bis auf Milch für Kaffee und ein paar Magerjoghurts. Bernd und Josi gingen regelmäßig essen, statt zu kochen. Sollte sich das jetzt auch ändern? Ich war gespannt.

Nachdem Conny wieder in ihrer Kuschelkugel verschwunden war, setzte Josi sich auf den Klappstuhl von Onkel Fritz und fing an, in den alten Papieren zu kramen. Inzwischen trug sie Shorts und eine kurzärmlige, beige Bluse. Josi und Papierkram bedeutete für uns nichts anderes als: Langeweile. Das kannten wir nur zu gut.

Also machte ich einen wie ich fand überaus klugen Vorschlag. »Lass uns eine Runde drehen und schauen, ob es etwas Neues gibt.«

»Warum?«, wollte Viktor wissen, dem ich ansah, dass er sich jetzt lieber hinlegen würde. »Fritz wurde nicht umgebracht. Das hast du doch gehört. Was willst du also hier rumschnüffeln?«

Während er die Augen schon geschlossen hatte, sah Wilma mich an, als hätte sie die Frage gestellt. Also antwortete ich ihr: »Weil immer noch zu klären ist, wer einen Nutzen davon hat, dass Fritz Hartmann tot ist. Mord hin oder her. Und warum wollen Honecker und Backfisch das Telefon unbedingt wiederfinden?«

»Und wie willst du das alles rauskriegen?«

»Ganz einfach. Schritt für Schritt.«

»Aha«, machte Viktor mit geschlossenen Augen.

»Schritt eins: Wir nehmen das Handy und legen es in einem Moment, wo uns niemand beobachtet, im Klubraum auf den Tresen.« Ich überlegte, wie ich da rankommen sollte. »Oder daneben. So als wäre es jemandem runtergefallen.«

»Und dann?«

»Schritt zwei: Wir machen mit etwas Glück eine unbeobachtete Beobachtung!«, erklärte ich freudestrahlend.

»Eine was?!«, erkundigte Viktor sich, ließ aber nach wie vor die Augen zu.

»Wir beobachten unbeobachtet, was passiert.«

»Auf die Lauer legen«, meinte Wilma.

»Exakt!«, bestätigte ich.

Viktor holte extra laut und tief Luft, damit auch wirklich alle mitbekamen, dass er von Sinn und Zweck der Aktion nicht überzeugt war. Dann stand er im Schneckentempo auf, was eher nach körperlicher Qual als nach Freude am Ermitteln aussah.

»Du kannst ja auch dableiben. Dann kommt eben Wilma mit, und du übernimmst hier den Posten«, meinte ich leicht genervt. Sein Getue war wirklich überflüssig.

»Ich? Klar!«, rief Wilma und sprang plötzlich auf wie ein junger Welpe.

Ich sah irritiert zu Wilma, dann zu Viktor, der sich wie ein nasser Sack wieder fallen ließ. Bitte, dann eben so.

Wilma entwickelte sich binnen weniger Meter zu einer Nervensäge. Ich hätte es wissen müssen. Nichts gegen gute Fragen, die uns weiterbrachten, aber das hier war eher ein Fall für die Hollywoodschaukel. Frauen reden einfach zu viel. Oder im falschen Moment. Denn der Schwerpunkt dieses Ausfluges lag auf einer unbeobachteten Beobachtung. Und so wie sie quasselte, sah ich da schwarz. Man hörte uns sicher bis zum Bäcker. Mindestens. Außerdem konnte ich ihr gar nicht antworten, weil ich das Handy in der Schnauze trug. Also war es umso dümmer, mir nonstop Fragen zu stellen.

»Und wenn keiner kommt und das Handy findet? Es ist ja nicht unbedingt die Uhrzeit, wo die Leute in eine Kneipe gehen oder tanzen wollen.«

Ich ließ das Handy in den hellen Sand fallen. »Das ist erstens keine Kneipe, sondern ein Restaurant, und außerdem ist es fast Mittag und da gehen die Leute selbstverständlich ins Wilde Eck, um sich Pommes oder leckere Wurst zu bestellen.« Ich nahm das Handy wieder hoch.

»Und wenn nicht?«

Plumps. Das Handy lag wieder im Sand. »Wilma!«

»Ich meine ja nur.«

»Ich auch!«

Dann war erst einmal Ruhe.

Die Tür des Wilden Ecks stand offen. Von innen strömte der Geruch nach Bier und altem Fett zu uns nach draußen. Wir standen hinter einer Kiefer und verschafften uns einen Überblick über die aktuelle Lage. Es war still. Die Plätze vor dem Gebäude waren leer. Kein Zweibeiner weit und breit.

Ich ließ das Handy noch einmal fallen. »Ich geh jetzt da rein und positioniere das Handy. Wenn sich jemand nähert oder du den Eindruck hast, es wird gleich jemand ins Gebäude gehen, bellst du zweimal. Verstanden?«

»Ich glaub schon.«

»Und ansonsten tust du so, als wärst du Luft! Okay?«

»Luft?«

»Du sollst dich hier verstecken und keinen Ton von dir geben. Keinen. Klar?«

»Und wenn ich … pieseln muss?«

»Dann piesel halt. Herrgott.« Kopfschüttelnd hob ich das Handy wieder auf und machte mich auf den Weg. Ich hatte Wichtigeres zu tun, als mir über die Blase meiner Mitbewohnerin den Kopf zu zerbrechen.

Im Restaurant war es dunkel. Fast jedenfalls. Das Gebäude hatte eh schon kleine Fenster, und durch diese komischen Gardinen wurde es auch nicht unbedingt heller. Außerdem standen direkt neben dem Haus mehrere hohe Bäume, sodass es fast immer im Schatten lag.

Ich sah mich um. Es war niemand zu sehen. Allerdings hörte ich aus der Küche, deren Tür sich direkt hinterm Tresen befand, leise ein Radio und irgendwer klapperte mit Geschirr. Ich machte ein paar Schritte auf den Tresen zu, sah mich vorsichtshalber noch mal um, dann legte ich das Handy leise ab und verkroch mich unter einem der Tische in unmittelbarer Nähe des Tresens. Die glänzende Plastiktischdecke reichte ein ganzes Stück über die Tischkante, sodass ich mich wunderbar verstecken konnte. So dunkel, wie es hier unterm Tisch war, würde mich keiner sehen.

Außer vielleicht einem Pudel.

Es war die honigfarbene Pudeldame, die ich bei unserem ersten Besuch kurz gesehen hatte. Den umwerfenden Duft hatte ich natürlich schon wahrgenommen, bevor ich ihre süßen, gelockten Beinchen entdeckte, die plötzlich vor mir standen. Im nächsten Moment duckte sie sich zu mir runter. »Na, heute so ganz ohne Testosteron-Kollegen unterwegs?«

»Ähm, ja. Ich hatte irgendwie Lust … Also ich meine … äh … Interesse, mal allein eine Runde zu drehen«, antwortete ich verlegen.

»Eine Runde unter dem Tisch«, stellte sie fest.

»Ja, ich … dachte, das ist doch der … optimale Platz um … zu schauen, was es heute in der Küche gibt.«

Sie drehte ihren Kopf Richtung Tresen, auf den ich von hier aus blickte. Die Küchentür konnte man natürlich nicht sehen. Die befand sich ja dahinter.

»Aha«, machte sie nur und sah mich skeptisch an. »Und was machst du da nun wirklich?«

Wäre es möglich gewesen, dass ich rot anlaufe, hätte ich jetzt in etwa die Farbe Bordeaux erreicht. »Ich bin … Also ich …«, stotterte ich, als sich plötzlich Schritte näherten und ich über mir eine Stimme hörte, die mir bekannt vorkam. Und dieser Geruch … Das konnte doch nur … die Alte sein!

»Da bist du ja, Süße. Was machst du denn hier? Na, komm«, sagte sie und sah zu uns runter.

»Dann noch viel Spaß«, meinte die honigfarbene Schönheit, blickte mir tief in die Augen und verschwand.

Ich kroch ein Stück aus meinem Versteck, um zu überprüfen, ob ich mit meiner Ferndiagnose richtiglag. Jepp! Doch bevor ich mich weiter über diese Konstellation wundern konnte, wurde mit Schwung die Küchentür geöffnet und Honecker kam mit weißer Schürze und komischem Schlapphut raus. Puh, stank der. Dagegen roch die Alte ja wie eine Blumenwiese im Frühling. Eine durchsichtige Wolke aus Schweiß, Fett und ranzigen Frikadellen umhüllte mich. Wo war ich hier nur gelandet? Ich legte mir meine Vorderpfoten über meine Nase.

Honecker nahm eines der großen Gläser aus dem offenen Holzregal, machte eine Flasche auf und goss sich etwas davon ein. Dann trank er das volle Glas in einem Zug aus, rülpste, stellte es vor sich hin und wischte sich mit dem Ärmel seines Hemdes über die schweißnasse Stirn. Er griff nach einer Zeitung, die auf dem Tresen lag, und steuerte direkt auf meinen Tisch zu. Ich hielt den Atem an. Doch bevor er sich setzen konnte, stieß er mit dem Fuß gegen das Handy. Bingo!

»Was liegt denn hier rum?«, fragte er irritiert und bückte sich. Ich kroch ein Stück weiter zurück unter den Tisch. Jetzt bloß nicht entdeckt werden!

»Das gibt es doch nicht! Wie kommt das denn hierher?!«, rief er, zog sich einen der hohen Stühle, die am Tresen standen, ran und setzte sich. Dann drückte er auf dem Handy rum. »Ist doch nicht zu fassen! Da suche ich wochenlang dieses dumme Ding und dann liegt das hier plötzlich vor meinen Füßen!« Er griff in seine Hose, zog ein weiteres Handy raus und hielt es sich ans Ohr. »Backfisch! Du glaubst nicht, was ich gerade in den Händen halte! Nein, damit bin ich schon fertig. Es ist klein, hart und. ..« Stille. »Sehr witzig! Nein, es ist kein Körperteil von mir. Es ist *dein* Handy!« Stille. »Unterm Tresen. Also davor, meine ich. Ich bin drüber gestolpert. Dann komm doch rum, wenn du es mir nicht glaubst! Wirst schon sehen.« Dann steckte er sein Handy kopfschüttelnd wieder weg und betrachtete das von Backfisch. »Mein lieber Scholli, wo kommst du nur plötzlich her?«

Die Spannung stieg. Mein Herz raste. Wie würde Backfisch reagieren? Und warum war das Ding, verdammte Katzenkacke noch mal, so wichtig? Ich hätte platzen können vor Neugierde.

Ein paar Minuten später kam Backfisch. Endlich!

»Zeig«, sagte er nur, als er in den Raum trat. Eine freundliche Begrüßung war hier also doch noch nicht so weit verbreitet. Na ja, wenigstens die Frauen des Platzes hatten es drauf. Immerhin.

»Hier!«, antwortete Honecker grinsend und streckte Backfisch das Handy entgegen.

»Gibt's doch nicht!«

»Sach ich ja!«

»Wie kann das angehen?«

»Gar nicht«, meinte Honecker und verschränkte seine Arme vor der Brust.

»Wie? Gar nicht? Das ist doch meins. Ich bin doch nicht blöd.«

»Klar ist das deins, du Dödel. Aber es kann nicht angehen, dass es hier einfach wie aus dem Nichts auftaucht. Inge wischt hier jeden Morgen einmal durch. Nass. Und da wäre ihr das Ding doch aufgefallen.«

»Und was schließt du daraus? Dass es wasserdicht ist?«

»Oh Mann, Backfisch! Mach mich nicht wahnsinnig! Ich schließe daraus, dass es eine Verschwörung gibt! Irgendjemand muss das hier hingelegt haben. Oder es verloren haben. Das wiederum wäre dann Dummheit – zu unseren Gunsten. Aber außer dir fällt mir keiner ein, der so … dusselig wäre.«

»Was soll das jetzt?«

»Na, wer hat das Handy denn verloren? Du oder ich?«

Backfisch schwieg und sah betroffen zu Boden. Ich rutschte ein Stück weiter zurück.

»Da keine Erpresserbriefe vorliegen, muss es ein Versehen sein, dass es hier liegt. Oder hast du anonyme Post bekommen?«

»Anonym?«

»Ohne Absender. Erpressung. Hat jemand von dir Geld gefordert? Ich meine, uns wäre ja klar, wer das sein könnte, aber …«

»Lass mich mal überlegen. Ja, also die Mahnung wegen der Waschmaschine kam gestern, aber sonst …«

»Oh Gott, Junge. Was hat deine Mutter dir nur in die Milch gerührt?«

»Warum?«

»Gib mal das Handy her.« Backfisch drückte ihm das

Handy in die Hand. »Oh, der Akku ist fast leer. Na, für den Moment dürfte es noch reichen. So, nun zeig mir mal, wo die Fotos sind. Du hast nämlich doch einen Sicherheitscode.«

»Ach, das meintest du. Klar. Das ist die Eins, eins, eins, eins«, verkündete Backfisch freudestrahlend.

»Noch lauter. Dann weiß der Nächste, der es findet, auch gleich Bescheid.« Honecker tippte mit seinem dicken Finger erst an die eigene Stirn, danach auf das Handy. Nicht auf das eigene. Auf das andere. »Du hast die ja alle noch hier auf dem Ding. Ich dachte, du hättest die an mich weitergeschickt und dann die schlimmsten gelöscht?« Backfisch sah wieder mit schuldbewusster Miene zu Boden, während Honecker anfing, schallend zu lachen und sich auf den Oberschenkel zu hauen. »Auf der Schaukel! Ich glaub das nicht! Dass das seine Alte nicht gemerkt hat. Steht ein paar Meter weiter am Lagerfeuer und kriegt es nicht mit, wie ihr Mann unsere Conny vernascht. Wahnsinn. Da hat er sie ja sozusagen richtig schön verschaukelt.«

Conny? Vernascht? Oh Gott. Die Arme! Hat man ihr gar nicht angesehen.

»Und hier am Balancierbalken. Alter Schwede! Wozu so ein Kinderspielplatz doch alles taugt. Kannste mal sehen. Erfinderisch muss man sein. Da hat sich das doch noch rentiert, dass Fritz den damals hat bauen lassen. Ist ja sonst keiner drauf rumgeturnt. Guck mal, die waren so mit sich beschäftigt, dass sie noch nicht mal gemerkt haben, dass du geblitzt hast!«

»Geblitzt? Das hab ich gar nicht gemerkt.«

»Tja, da warst du nicht der Einzige. Sei froh. Sonst hätte

Ole dich eine Rübe kürzer gemacht. Das kannste aber glauben. Du bist echt mutig, das muss man dir lassen. Mann oh Mann! Da einfach hinterherzuschleichen und Bilder zu machen. Als ginge es darum, jemanden von der Mafia auszuspionieren«, meinte Honecker. »Eins muss man dir lassen: Was du machst, machst du ordentlich!«

Jetzt huschte ein leichtes Grinsen über Backfischs Gesicht. Er machte seinen Rücken ein Stück gerader und erklärte: »War ja auch nicht das erste Mal.«

»Bitte? Du hast die schon öfter mal … fotografiert?«

»Nein, nicht die. Die anderen«, sagte Backfisch und jetzt war es kein leichtes Grinsen mehr, sondern ein Strahlen.

»Die anderen?! Welche anderen denn?«

»Na, zum Beispiel …«, fing er gerade an.

Genau in dem Moment marschierte Wilma rein. »Henri! Henriiii! Lebst du noch?!«

»Was macht der Köter denn hier?«, fragte Backfisch entsetzt. Ich musste ihm recht geben. Er sagte genau das, was ich dachte.

»Natürlich lebe ich noch. Warum sollte ich nicht? Spricht irgendetwas dagegen?«, fragte ich unwirsch und kroch aus meinem Versteck. Jetzt war eh alles aufgeflogen.

»Huch, da ist ja noch einer«, sagte Honecker, nicht weniger überrascht.

»Ich habe zweimal gebellt, wie du es gesagt hast. Und als«, sie drehte sich zu Backfisch, »der da reinging, habe ich sofort Bescheid gegeben. Aber du bist nicht rausgekommen. Also habe ich eins und eins zusammengezählt und bin zu dem Schluss gekommen, dass deine Tarnung aufgeflogen ist.«

»Ist sie auch. Weil du reingekommen bist und hier rumbellst!«

»Aber ich dachte doch, die hätten ...«, sie sah zu Honeckers dreckverschmierter Schürze hoch, »Currywurst aus dir gemacht!«

»Vielleicht klingt das jetzt komisch, aber ich glaube Ole hat recht«, meinte Backfisch und sah zu uns runter.

»Womit?«, wollte Honecker wissen und ging zu der Dose mit den leckeren Sachen. Der Bruno-Gedenk-Dose.

»Na, dass die uns irgendwie ... belauschen.«

Honecker hatte etwas aus der Dose genommen und bückte sich jetzt. »Nun mach aber mal einen Punkt. Hunde, die uns belauschen. Hast du 'nen Sonnenstich? Erzähl das bloß keinem, sonst sperren die dich noch weg!«, sagte er und gab uns jeweils einen Hundekeks. »Habt ihr das gehört? Er hat Angst, dass ihr uns belauscht! Lustig, oder?«, flüsterte Honecker uns zu.

»Allerdings«, bellte ich.

»Guck«, meinte Backfisch, der zusammengezuckt war. »Sag ich doch! Die verstehen uns!«

Honecker kraulte mir den Rücken, dann stand er schnaufend wieder auf. »Ich bin zwar auch davon überzeugt, dass die beiden hier unten zusammen mehr verstehen als du allein, aber es sind dennoch nur Hunde.«

»Möpse«, korrigierte Backfisch.

»Sag ich doch.«

»Na, ihr zwei Supernasen. Was habt ihr Spannendes ermittelt?«, fragte Viktor.

»Das Handy heißt Scholli«, sagte Wilma, der ich auf dem

Rückweg berichtet hatte, was alles passiert war – bevor sie die Ermittlung mutwillig unterbrochen hatte.

»Wieso hat das Handy einen Namen?«, fragte Viktor und räkelte sich, dann stand er träge auf. Irgendwie machte er nicht gerade den Eindruck, als hätte er die Stellung gehalten.

»Es hat keinen Namen, Honecker hat nur …«, wollte ich gerade erzählen, als ich sah, dass mit Josi etwas nicht stimmte. Sie saß immer noch auf dem Gartenstuhl von Onkel Fritz. Vor ihr auf dem Tisch war der Stapel Papiere inzwischen geschrumpft. Oder sagen wir mal, er hatte sich in die Breite gezogen. Die Blätter und Zeitschriften lagen jetzt auf der ganzen Tischplatte verteilt. Nicht so ordentlich wie sonst bei Josi, eher das Gegenteil. Ein paar lagen auch auf ihrem Schoß, eins hatte sie in ihrer Hand. Und dann gab es noch einen weiteren Haufen Papier. Allerdings nicht glattes, sondern zerknülltes, weißes Papier. Taschentücher. Ich trappelte ein paar Schritte vor, um Josi besser sehen zu können, die gerade die Nase hochzog und sich mit der Handfläche eine Träne aus dem Gesicht wischte.

»Was ist denn mit Josi los?!«, wollte ich von Viktor wissen, obwohl ich schon ahnte, wie seine Antwort ausfallen würde.

»Wieso? Was soll mit ihr sein?«

»Schau doch mal! Sie weint«, sagte ich nur kurz und kümmerte mich dann höchstpersönlich um unsere Rudelführerin. Das war besser, als hier weiter den Betreuer zweier lahmer Enten zu spielen. Verdammte Hundewurst. Es ging ihr schlecht! Und keiner merkte es.

Ich setzte mich an ihre Füße und schaute zu ihr hoch. Sie

sah so aus wie zu der Zeit, als das mit Bernd gewesen war. Vielleicht sogar noch schlimmer. Komplett erschüttert, geschockt. Was war nur passiert? Ich fiepte ein bisschen, damit sie mich überhaupt wahrnahm, denn sie sah irgendwie durch mich hindurch. Noch einmal lauter gefiept – dann endlich blickte sie mich an. »Ach Henri. Na, mein Süßer.«

»Na du«, erwiderte ich und sprang mit einem Satz auf ihren Schoß, von dem sie in letzter Sekunde die Blätter nahm, die dort gelegen hatten. Nur das eine, das sie in der Hand hielt, das ließ sie nicht los.

»Was würde ich nur ohne euch machen?«, fragte sie und kraulte mich hinter den Ohren. Das war natürlich sehr angenehm, aber lieber wäre es mir gewesen, sie hätte mir direkt *in* die Ohren geflüstert, was sie bedrückte. Denn wie sagten die Menschen immer so schön: Geteiltes Leid ist halbes Leid. Und bei uns dreien – ich sah kurz zu den lahmen Enten runter – wäre es sogar noch weniger. Ich setzte mich ganz gerade hin und sah sie auffordernd an. »Nun komm schon. Rück raus mit der Sprache! Was bedrückt dich?«, bellte ich und legte den Kopf schräg. Das fanden Menschen »herzerwärmend« und »niedlich« und das wiederum half manchmal.

In diesem Fall bewirkte es einen erneuten Weinanfall. Josis Schoß wackelte wie bei einem Erdbeben. Das hatte ich mal im Fernsehen gesehen. So ungefähr stellte ich es mir vor. Alles ruckelte. Ich dachte schon, ich würde jeden Moment runterfallen.

Sie nahm ein neues Taschentuch aus der Packung vom Tisch und schnaubte laut. Dann holte sie tief Luft, legte das zerknüllte Papier zu den anderen auf den weißen Haufen und sah mich wieder an. »Mein Vater«, begann sie und hielt das leicht gelbliche, offenbar sehr alte Papier hoch. »Papa … ist nicht mein Papa«, brachte sie mit Not heraus, dann weinte sie wieder los.

Ich überlegte kurz. Wenn ihr Papa nicht ihr Papa war, wer war er dann? Ein Betrüger? Ein Halunke? Hm, das hätte ich nie gedacht. Er machte immer so einen netten Eindruck. Eigentlich.

Josi legte das leicht müffelnde Papier auf den Tisch, nahm einen ebenso angegilbten Briefumschlag und zog ein Schwarz-Weiß-Foto heraus. »Guck mal, das bin ich.« Gemeinsam betrachteten wir das Foto. Sie musste erst ein paar Jahre alt gewesen sein. Bei Menschen konnte ich das ganz schlecht einschätzen. Jedenfalls war sie noch nicht stubenrein. Sie trug auf dem Bild eine Plastiktüte am Po. Und man erkannte Hände, die sie festhielten, denn Josi schaukelte.

Ich sah das Bild an, kniff die Augen zusammen und versuchte mich zu konzentrieren. Ich kannte die Schaukel. Natürlich! Das war hier. Da hinten, hinter dem Grillplatz. Da, wo die arme Conny vernascht worden war.

»Und das hier, das bin ich auch«, sagte Josi und zog ein weiteres Foto aus einem anderen Briefumschlag. Auf diesem Bild war sie schon ein paar Jahre älter. Sie fuhr Fahrrad. Allerdings nicht hier. Es war eine Straße, auf der sie fuhr. Und hier gab es ja bekanntlich nur Sand. Zumindest auf dem Campingplatz.

Dann zog Josi noch ein Foto aus einem Umschlag. Und noch eins. Und noch eins. Und sie weinte ununterbrochen. Als wäre die Person auf den Bildern verstorben. Dabei saß ich doch auf ihr. Und sie fühlte sich von den Erdbeben abgesehen, ganz normal und lebendig an.

Dann legte sie alles wieder zurück auf den Tisch, sah geradeaus, irgendwohin, zog die Nase hoch und meinte: »Fritz. Fritz ist mein Vater.« Sie fing erneut an zu weinen. »War mein Vater.« Dann begann das Erdbeben von Neuem.

Ich sah sie irritiert an. Dann drehte ich mich zu Wilma und Viktor runter, die sich inzwischen an ihre Füße gesetzt hatten. Einer rechts, eine links. In den Momenten, wenn es wirklich darauf ankam, hielten wir eben zusammen. Lahme Enten hin oder her. Die hatten schließlich auch ein Herz.

»Habt ihr das gehört? Fritz ist ihr Vater«, sagte ich.

»Wie kommt sie denn auf die Idee?«, bellte Viktor.

»Keine Ahnung«, meinte ich nur und sah wieder zu Josi.

»Aber wieso weint sie?«, fragte Wilma. »Das ist doch nicht so schlimm. Bei mir war es auch lange nicht klar, welcher Hund meine Mutter …«

»Das ist aber bei Menschen etwas anderes«, unterbrach ich sie. »Die bauen eine besondere Beziehung zu ihren Eltern auf. Auch zum Vater.«

Ich blickte wieder zu Josi. Und plötzlich wusste ich, warum sie so weinte. Es musste genau so sein wie in dem Moment, als Viktor mir gesagt hatte, dass ich nur ein halber Mops sei. Da war ich auch völlig fertig gewesen. Mein ganzes bisheriges Leben, alles was ich darüber gedacht und angenommen hatte, war nur Illusion gewesen. Ich sah zu Josi hoch und stupste mit der Nase ihren Arm an. »Ich weiß genau, wie du dich fühlst«, bellte ich. »Es ist schrecklich für dich, aber glaub mir, egal ob du nur eine halbe Hartmann bist oder was auch immer …«

Sie unterbrach mich. »Erst Bernd, der mich nach Strich und Faden verarscht hat. Der mir jahrelang erzählt hat, wie sehr er mich liebt, und hintenrum junge Frauen vernascht, die seine Töchter sein könnten.«

Vernascht, klingelte es bei mir im Kopf. *Vernascht heißt besteigen! Ole hat Conny bestiegen! Und das hat Backfisch …*

»Und dann ist plötzlich mein Vater nicht mehr mein Vater. Dafür ist mein Onkel mein Vater. Nichts ist, wie es scheint!« Josi holte tief Luft. »Warum hat Mama mir das denn nicht gesagt? Warum hat sie nicht ein einziges Mal etwas gesagt? Dann hätte ich doch zu Fritz … dann hätte ich eine ganz andere Beziehung zu Fritz gehabt. Haben können. Dann hätte ich ihn vielleicht öfter besucht oder … er mich?« Josi streichelte mich und sah dabei auf den Haufen Papiere. »Alle haben mich veräppelt. Mein Leben lang!«

»Aber wir«, kläffte jetzt Wilma, »wir haben dich nie verarscht. Nur geliebt. Richtig doll!«

»Alles in Ordnung?«, hörte ich jetzt Conny hinter mir fragen, die mit zwei vollen Plastiktüten vor ihrer Eingangstür stand.

»Na ja, geht so. Danke«, murmelte Josi und strich mir über den Rücken.

»Kann ich irgendwas für dich tun?«

»Ja, du kannst mir die Welt erklären«, sagte Josi und rang sich ein Lächeln ab.

»Hm«, machte Conny und erkannte wohl in diesem Moment den Ernst der Lage. Sie stellte ihre Tüten ab. Wilma und Viktor standen auf und liefen ihr entgegen. Sie streichelte die beiden kurz und kam dann zu uns rüber.

»So schlimm?«, fragte sie mit besorgtem Blick.

»Schlimmer«, flüsterte Josi und schaute zu mir runter.

Conny sah auf den Tisch, die Blätter, Fotos und Taschentücher, dann wieder zu Josi. »Ist es wegen Fritz?«

»Ja. Das kann man wohl sagen.«

»Das ist nicht leicht. Versteh ich. Aber denk immer daran: Die Zeit heilt alle Wunden.«

»Ja. Sie ist aber auch unerbitterlich. Sie lässt einem keine Chance mehr, etwas zu fragen, wenn sie vorbei ist.«

Conny legte Josi die Hand auf die Schulter. »Ich bin für dich da, wenn du mich brauchst. Okay? Wenn du magst, back ich uns nachher einen schönen Pflaumenkuchen. Hab gerade frische vom Laden geholt.«

»Das ist lieb von dir, aber mir ist gerade eher nach einem Schnaps. Oder zwei.«

»Das ist auch kein Problem, davon hab ich noch was im Schrank. Und oben im Klubraum gibt es auch jede Menge. Aber geh mal lieber eine Runde am Strand lang. Das hilft auch manchmal. Schnaps können wir danach immer noch trinken, wenn es nicht besser geworden ist.«

»Danke. Das ist eine gute Idee. Ich glaube, ich muss jetzt erst mal telefonieren«, meinte Josi und gab mir ein Zeichen aufzustehen.

Die Sonne schien zwar wieder, aber am Strand war trotzdem nicht sonderlich viel los. Kein Wunder nach dem Regenfall gestern. Dabei hatten die Pfützen inzwischen einen Rückzieher gemacht, und es war überall einigermaßen trocken.

Strandkörbe gab es nicht, dafür aber große, bunte Handtücher und Decken, auf denen die Zweibeiner lagen. Überall roch es nach diesem Zeug, mit dem sich immer alle einschmieren, sobald die Sonne scheint. Warum auch immer. Ich war nur froh, dass Josi das bisher noch nie bei uns gemacht hatte. Es reichte mir, dass sie uns in regelmäßigen Abständen in die Wanne stopfte und mit diesem ekelhaften Zeug einseifte, das sie dann, dem heiligen Hundehimmel sei Dank, anschließend wieder abspülte.

Kinder sprangen schreiend ins Meer oder warfen sich Bälle zu. Und tatsächlich entdeckte ich auch den einen oder anderen Vierbeiner. Nur nicht meine honigfarbene Locke.

Wilma watschelte unmotiviert hinter Josi her, die barfuß durch den Sand ging und telefonierte. Ich sah auf das wackelnde Hinterteil. Wilmas Hinterteil natürlich. Dabei stellte ich schon nach ein paar Metern fest, was für eine einschläfernde Wirkung so ein Po haben konnte – oder sagen wir mal, Wilmas Po. Hinter mir ging Viktor. Alle hübsch in einer Reihe.

»Aber das hättet ihr mir doch sagen müssen. Warum habt ihr denn nie mit mir gesprochen?!«, hörte ich Josi ins Telefon schimpfen. Sie war stehen geblieben und sah aufs Meer. Wilma hatte das natürlich nicht gleich gemerkt und war gegen ihr Bein gelaufen. Josi sah kurz zu ihr runter und sagte: »Ich fühle mich, als hätte man mir den Boden unter den Füßen weggerissen!«

»Also, so schlimm war das ja nun auch nicht. Sie übertreibt maßlos! Ich hab sie doch nur aus Versehen angeschubst. Boden unter den Füßen weggerissen, also wirklich!«, beschwerte Wilma sich und wackelte eingeschnappt weiter. Ich setzte mich in den Sand neben Josi – was sich anfühlte, als würde ich mich auf eine ... wie heißen die Dinger noch ... als würde ich mich auf eine Wärmflasche setzen, so warm war das. Josi hatte so eine mal im Bett gehabt, als es ihr nicht gut ging. Die hatte sie sich auf den Bauch gelegt. Kurze Zeit später hatte sie sich schon wieder besser gefühlt. Wer weiß, überlegte ich. Vielleicht half das ja auch an den Füßen. Warm genug war der Sand auf alle Fälle. Deshalb hatte Conny wohl auch gesagt, so eine Runde am Strand täte Josi sicher gut.

»Geschont? Wovor willst du mich bitte schön geschont haben, Mama? Vor der Wahrheit? Ihr habt mich angelogen. Nichts anderes als angelogen! Das hat mit Wahrheit nicht viel gemeinsam«, schrie Josi, sah sich um und ging weiter. Vermutlich weil sich so viele von diesen halb nackten, eingeschmierten Leuten zu uns umgedreht hatten. Sogar die Kinder hatten aufgehört, sich den Ball zuzuwerfen, und starrten uns jetzt aus großen Augen an. Der Sand zeigte irgendwie noch keine Wirkung. Vielleicht brauchte es einfach noch ein bisschen.

Wir machten einen überdurchschnittlich langen Spaziergang am Strand. Aber es war ja auch eine überdurchschnittlich beschissene Situation. Josis Stimme bekam zwar im Laufe der Zeit, die sie telefonierte, eine mehr und mehr normale Tonlage – das musste die Wirkung des warmen Sandes sein –, ansonsten machte sie allerdings keinen normalen Eindruck. Und das sollte sich im Laufe der nächsten Tage auch nicht ändern. Dieser Platz hatte eben etwas Magisches.

Als wir wieder an Fritz' Campingwagen angekommen waren, musste ich mir nicht mehr nur um Josi Sorgen machen. Wilma und Viktor schafften es gerade noch bis zum Wassernapf. Als der nahezu leer getrunken war, ließen sie sich mit raushängenden Zungen an Ort und Stelle fallen. Plumps. Einfach so. Schön sah das nicht aus.

Josi war im Wagen verschwunden, kramte irgendwas hin und her und murmelte dabei etwas von »äußere Ordnung, wenn schon innen nichts mehr ist, wie es war« oder so. Ganz verstanden hatte ich es nicht. Ich nutzte den Moment, um einen kleinen Rundgang über den Platz zu machen. Josi war jetzt ja eh abgelenkt, und es sah so aus, als könnte ich sie mal kurz alleine lassen. Diese kleine süße Pudeldame ging mir einfach nicht mehr aus dem Kopf.

Ich hielt meine Nase in die Luft. Qualm, Rauch, Feuer. Alles roch ich. Nur keine Pudeldame. Der Qualmgestank durchzog die Luft dermaßen, dass es im Grunde gar nicht möglich war, irgendetwas anderes zu riechen. Ich marschierte los und entdeckte zwei Wagen hinter Nacktschürze und dem Behaarten den Grund für den störenden Geruch: Hier wurde etwas über dem Feuer gedreht. Wurst, wenn ich es richtig erkennen konnte. Warum die Menschen aber auch immer alles übers Feuer halten mussten. So eine kalte Wurst schmeckte doch hervorragend! Es qualmte, als würde der Wald brennen. Dem heiligen Hundevater sei Dank bekam ich davon nicht allzu viel ab, denn es wehte ein leichter Wind vom Meer. Der Qualm zog also einen halben Meter über mich hinweg. Ich machte ein paar schnellere Schritte, um der Feuerhölle zügig zu entkommen, und lief den Weg Richtung Klubraum. Dann blieb ich abrupt stehen.

Sie stand wie aus dem Nichts vor mir. »Na, du entwickelst

dich ja zum Einzelgänger. Wo ist denn der Rest vom Mops-Rudel?«, fragte sie und sah mich schon wieder mit diesem Blick an, der keine Fragen offen ließ.

»Die schlafen«, antwortete ich und ärgerte mich im gleichen Moment. Ich hätte ja auch gleich mal klarstellen können, dass ich der Leithund war und damit sowieso ein Einzelgänger und Kämpfer und … so was in der Art. Aber dazu kam ich nicht mehr, denn zu diesem Zeitpunkt hatte sich ihre kleine Nase schon so nah in meine Richtung bewegt, dass ich nicht einmal mehr sicher war, was ein Leithund überhaupt war. Ich wusste nur noch, dass ich ein Rüde war und sie … meine Traumhündin. Und eines möchte ich an dieser Stelle noch sagen: Ihr Po hatte keine einschläfernde Wirkung auf mich. Ganz im Gegenteil.

Was dann kam, will ich hier nicht weiter erörtern. Es dient nicht der Sachlage. Nur so viel: Die Magie des Platzes hatte spätestens jetzt auch mich voll erwischt.

Ich fühlte mich wie neugeboren, als ich eine Weile später wieder bei den anderen ankam. Die sahen allesamt nicht wirklich neugeboren aus, aber immerhin war Josis Stimmung besser. Und sie hatte einen Plan. »Okay, ihr bringt das dann alles wie besprochen mit, und ich organisiere jemanden, der den großen Grill anschmeißt«, hörte ich sie ins Telefon sagen. Menschen und Feuer – da gab es irgendeine ganz tiefe Verbundenheit.

»Hauptsache nicht den von da drüben«, meinte ich. »Der kann das nämlich nicht!«

»Ja, hast ja recht«, sagte Josi und sah zu mir runter. »Es gibt sicher Schlimmeres. Und natürlich geht das Leben weiter. Aber ein Schock war es schon. Vor allem die Art und Weise, *wie* ich es rausbekommen habe.« Sie bückte sich und streichelte mir über den Rücken. Puh! Dann hatte sie wirklich nichts von meiner kleinen Extra-Runde mitbekommen. »Ja, das mache ich. Und wenn ihr den Weg nicht findet, dann ruft einfach kurz an. Nein, ich steck den Kopf nicht in den Sand. Kennst mich doch. Also dann bis morgen. Ich freue mich auf euch. Tschüss!«

»Was hat sie denn vor?«, fragte ich Viktor, der im Gegensatz zu Wilma die Augen wieder offen hatte.

»Grillparty. Mit Sarah und Anni und Conny und was weiß ich wem«, murmelte er.

Ich wollte gerade fragen, ob es eigentlich schon Futter gegeben hatte, denn mir knurrte jetzt doch hörbar der Magen, da stand plötzlich dieser Typ vor uns. Ich hatte ihn schon gerochen, bevor ich ihn sah. Von Kiefernwald und Grillwürstchen war nichts mehr wahrzunehmen, seitdem er sich genähert hatte. Der Geruch erinnerte ein wenig an Bernd, war aber viel stärker. Aufdringlich irgendwie.

»Entschuldigen Sie die Störung. Mein Name ist Phillip von der Wiese«, sagte der Mann im dunklen Anzug, der sicher nach allem aussah, aber nicht nach Wiese. Dann reichte er Josi eine kleine Papierkarte. »Sie sind Josephine Hartmann, nehme ich an.«

Josi erhob sich aus dem Gartenstuhl, in den sie sich gerade erst gesetzt hatte, nahm Hand und Papier des Mannes entgegen und bestätigte, was wir bereits wussten. »Ja, das bin ich. Was kann ich für Sie tun?«, fragte sie sichtlich irritiert.

»Ich komme im Auftrag der Firma ›Zukunft Bauen‹. Sicher haben Sie mitbekommen, dass wir hier«, er drehte sich ein Stück um und zeigte in die Richtung des Eingangs zum Campingplatz, »bauen werden. Es ist uns ein großes Anliegen, Sie zu einem persönlichen Gespräch einzuladen, um über die Gesamtlage und die Möglichkeiten einer Zusammenarbeit zu sprechen.«

»Wir sprechen doch gerade miteinander«, sagte Josi und setzte sich wieder.

Der Mann lächelte verlegen und nahm seinen kleinen, flachen schwarzen Koffer, den er bei sich trug, in die andere Hand. »Ja, das ist schon richtig, aber wir würden gern in einem anderen … Rahmen mit Ihnen ein Gespräch führen«, erklärte er und blickte dabei auf die umstehenden Wohnwagen.

»Ach, ich finde es hier eigentlich ganz schön. Wollen Sie sich nicht setzen?«

Der Mann sah erst auf uns, dann auf den leeren Gartenstuhl, der vor ihm stand, rückte ihn ein Stück vom Tisch ab und nahm Platz. »Ich, also die Firma …«, setzte er an.

Josi unterbrach ihn. »Sie möchten den Platz kaufen, damit Interessenten und spätere Käufer einen schöneren Blick aufs Meer haben. Denn so ein Campingplatz ist ja nicht unbedingt eine Augenweide, und wenn der ganze Schrott hier weg wäre«, sie machte eine ausladende Handbewegung »könnten Sie ihre Appartements natürlich sehr viel besser und vor allem teurer verkaufen.«

»Schrott?!«, kläffte Wilma und sprang auf, als hätte man ihr eine Nadel in den Po gepikst.

»Genau«, sagte der Typ, stockte dann aber und erklärte: »Also, so meinte ich das natürlich nicht … Ich…«

»Sie müssen mir nichts vormachen. Sie wollen, dass das hier alles verschwindet.«

»Na ja, so würde ich das jetzt nicht sagen«, stotterte er und zupfte sich an der grauen Krawatte rum, als säße sie nicht richtig. Ich fand den Knoten aber tadellos.

»Dann schießen Sie mal los«, meinte Josi.

Kaum hatte sie das gesagt, lief Wilma hektisch hin und her und bellte: »Nein. Nicht schießen!« Ich schüttelte nur den Kopf und wendete mich wieder den wichtigen Dingen zu.

»Sagen Sie doch mal. Was ist Ihnen, also Ihrer Firma denn der Platz hier wert«, fragte Josi und kreuzte die Arme vor der Brust.

»Das können wir sehr gern in Ruhe …«

»Wir haben Ruhe. Absolute Ruhe. Also?«

Er zupfte wieder an der Krawatte rum und sagte schließlich: »Es war zwar eigentlich anders angedacht, aber …«

»Nun sagen Sie schon.«

Er holte Luft, drehte sich kurz nach links und rechts, als wolle er sichergehen, dass niemand hinter ihm stand, und sagte dann sehr leise: »Eine halbe Million.«

Stille.

Ich blickte zu Josi, um zu sehen, ob sie es überhaupt gehört hatte. Menschen haben nämlich keinesfalls so ein gutes Gehör wie wir. Aber Josi hatte es gehört. Sie hatte ihre Augenbrauen extrem weit hochgezogen und den Mund leicht geöffnet. Ich hörte, wie sie sehr lange durch den Mund einatmete, dann die Luft anhielt und sehr viel später wieder ausatmete. »Eine halbe Million«, sagte sie.

»Eine halbe Million«, wiederholte der Mann.

Dann passierte lange nichts. Es machte fast den Eindruck, als wäre das Gespräch damit beendet.

»Nein, danke«, sagte Josi plötzlich, als ich schon gar nicht mehr mit einer Reaktion gerechnet hatte.

Der Mann von der Wiese sah sie an, als hätte sie ihn aufgefordert, sich nackt auszuziehen und auf dem Tisch zu tanzen. So etwas machten Menschen nur, nachdem sie ganz viele von diesen kleinen Gläsern getrunken hatten. Das wusste ich von Sarah.

»Wir räumen Ihnen natürlich gern noch Bedenkzeit ein. Das ist selbstverständlich in Ihrer Lage. Sie können gerne …«

»Nein. Danke. Ich möchte nicht«, erklärte Josi und stand auf. »Wissen Sie, ich finde nämlich, dass es in letzter Zeit zu viele Dinge gab, die nicht so sind, wie sie waren oder zu sein schienen. Und damit ist genau jetzt Schluss! In dieser Sekunde. Ich habe diesen Campingplatz geerbt, und ich werde ihn behalten. Das scheint nicht nur so zu sein, das ist so. Und wissen Sie was? Ich finde diesen ganzen Schrott hier …« Sie stand wieder auf, breitetet die Arme aus und drehte sich erst zu der einen Seite, dann zu der anderen. »… total toll! Das ist der schönste Flecken Erde, den ich mir vorstellen kann. Und ich werde sicher noch einiges mit dem Platz machen, darauf können Sie sich verlassen! Aber eines werde ich niemals tun.« Josis Stimme war lauter geworden. Durch Zufall nahm ich aus dem Augenwinkel wahr, dass alle umliegenden Nachbarn – Nacktschürze, ihr Mann, die ältere Dame, Conny neben uns und sogar Malbuch Macho und seine Püppi – in ihren Bewegungen innehielten und auf das lauschten, was Josi sagte.

»Verkaufen!«

Ich sah zu Josi hoch, die sich mit einem Lächeln, das ihr ganzes sommersprossiges Gesicht erfüllte, wieder setzte.

»Nun gut. Sie haben ja meine Karte. Denken Sie gerne noch mal darüber nach«, sagte der Mann und hielt Josi die Hand hin. »Auf Wiedersehen, Frau Hartmann. Und denken Sie daran: Unser Angebot steht!«

12

Ich hätte Sarah fast nicht wiedererkannt. Beide nicht. Sarah und Anni. Sie rochen wie immer. Und die Lippen waren nach wie vor rot. Aber ansonsten sahen beide ganz anders aus als sonst. Irgendwie … verkleidet, fand ich. Statt dieser zarten Stoffe und der hohen Schuhe, die immer so einen Krach machten, wenn sie damit über den Loftboden gingen, trugen sie Turnschuhe mit Glitzer dran, Jeans und weiche Fleece-Jacken in Blau und Weiß.

Die Sonne war hinter der bunten Lichterkette, die zwischen zwei Kiefern sanft hin und her schaukelte, fast untergegangen. Eine leicht frische Brise wehte über die Düne. Dort, wo der Sandweg zum Strand führte, standen rechts und links Fackeln. Das Feuer in der Mitte des Platzes, um das die Bänke standen, loderte bereits meterhoch. Honecker warf noch ein paar Stücke Holz nach, und einzelne Funken flogen in den Himmel und erloschen. Dann ging er zum Grill. Der stand etwas abseits bei den anderen Tischen, auf denen es Teller, Gläser, Besteck, Servietten und Brot gab. Es duftete herrlich nach Fleisch!

Die Alte saß hinter einem der Tische mit einem ganzen Haufen Stöcke. Ich sah interessiert zu ihr hoch, konnte aber nicht erkennen, was sie mit den Stöcken vorhatte. Ich war jedenfalls nicht interessiert, falls das so eine Art Hundeanimations-Show werden sollte.

Ich sah mich um. Es wurde immer voller. Es waren scheinbar wirklich alle Camper gekommen. Josi hatte nämlich jeden, der ihr über den Weg gelaufen war, zur Grillparty eingeladen. In Windeseile hatte es sich herumgesprochen. Nicht nur das mit den Würstchen und den Steaks. Auch das mit dem Platz.

Einer nach dem anderen kamen sie zu uns an den Wagen und fragten, was sie mitbringen könnten zur Grillparty. Der Erste war Honecker. Wie ein kleiner Junge stand er in seiner Latzhose vor Josi und sah sich verlegen um. Dann bedankte er sich. Eigentlich war es eher eine Entschuldigung. Für seine Art und dass er sie nicht so richtig freundlich begrüßt hatte, als sie das erste Mal hergekommen war. Es war nur eben so, dass sie hier alle ja nicht gewusst hatten, wie es weitergehen würde. Und gerade er, wo er so viel Herzblut in den Klubraum gesteckt hatte und das Wilde Eck doch sein Leben war. Und dann hatte er in seiner Hosentasche gewühlt und schließlich was rausgezogen. Eine Kette. »Die hat der Fritz immer getragen. Irgendwann hat er sie mal oben bei mir am Tresen abgenommen, weil sie ihn gestört hat, als wir was montiert haben, und dann hat er sie vergessen. Eigentlich wollte ich sie ihm danach wiedergeben, aber … Na ja. Ich dachte jedenfalls, vielleicht freust du dich und möchtest sie tragen. Oder zumindest haben.«

Josi nahm die Kette entgegen und hielt sie in den Händen. Nach einer Weile sagte sie: »Danke. Du kannst dir gar nicht vorstellen, was mir das bedeutet«, und umarmte Honecker, der ganz große Augen machte und erst gar nicht wusste, was er tun sollte. Aber dann hat er sie auch umarmt. Beide haben da ein paar Sekunden so gestanden. Bis Honecker sie wieder losgelassen hat. Und da hab ich es gesehen: Josi hatte Tränen in den Augen. Aber sie sah ansonsten ganz und gar nicht traurig aus. Eher ganz und gar glücklich.

Jedenfalls waren alle, die jetzt zum Grillplatz kamen, total freundlich, grüßten, reichten Josi ihre Hände, manche sogar Hände mit Blumen oder Kuchen. Und sie alle hatten was gemeinsam: Sie sahen total happy aus.

Mit so einer Reaktion hatte sie nicht gerechnet, sagte Josi zu Conny, als gerade ein paar Minuten keiner da war. Sie hatte damit gerechnet, dass sie mit Anni, Sarah und ihr, Conny, allein ums Feuer stehen würde. Sie, die sonst auf Beach-Partys gingen, auf denen Häppchen gereicht wurden und es vielleicht einen schicken Feuerkorb gab, aber sicher kein Lagerfeuer mit Grillwurst. Als sie davon sprach, musste sie selbst schmunzeln.

»Du bist eine Heldin, Josi! Du bist unsere Retterin. Die Retterin des Wilden Eck. Natürlich kommen alle. Was denkst du denn?«, sagte Conny und legte den Arm um Josis Schulter.

»Eine halbe Million?!«, fragte Sarah jetzt in einer Lautstärke, dass sich alle umdrehten, die in einem Umkreis von fünf Doggenlängen mit uns gemeinsam ein paar Stunden später um das Lagerfeuer standen.

»Ja. 500 000 Euro«, sagte Josi ganz ruhig und zuckte mit den Schultern.

»Bist du krank?! Hast du einen bösartigen Tumor, nicht mehr lange zu leben und willst noch schnell eine gute Tat vollbringen, indem du den Menschen hier nicht ihren … Traum von Freizeit nimmst? Oder was ist los? Ich meine, dass du plötzlich unter die Camper gehst …« Sie drehte sich zu Conny. »Sorry, nicht falsch verstehen, aber Josi bestand bisher bei ihren Unterkünften immer auf fünf Sternen. Mindestens.« Dann sah sie wieder zu Josi.

»Das ist das eine, aber dass du eine halbe Million ausschlägst, ganz ehrlich, das macht mir Angst«, sagte Anni mit einem Gesichtsausdruck, den ich bei ihr bisher noch nicht gesehen hatte. Es hatte etwas Verwirrtes, Ungläubiges und auch Besorgtes an sich. »Weißt du eigentlich, was man mit einer halben Million Euro alles anstellen kann?!«

»Ja. Ich denke schon«, sagte Josi gelassen und wirkte dabei nicht sonderlich krank.

»Allein die ganzen schönen Schuhe. Die Reisen. St. Barth, Florida, Thailand. Oh mein Gott, Josi. Wach auf! Was ist mit dir los? Hast du die Nummer von diesem Typen noch?«

Conny sah Sarah mit hochgezogenen Augenbrauen an.

»Was ist denn ein Tumor?«, wollte Wilma wissen, die ihre Suche nach Würstchenresten anscheinend soeben beendet hatte.

»Sicher nichts zu essen«, murmelte ich.

»Ich hab doch alles. Ein großes Loft, ein schönes Auto, beziehungsweise zwei, eine eigene Kanzlei. Und? Bin ich deshalb glücklicher als andere?« Josi blickte sich in der Runde um. Conny sah auf ihre neuen Fingernägel, Sarah in ihr Glas, Anni ins Lagerfeuer. Keine sagte etwas. »Seht ihr. Und warum sollte mich noch mehr Geld glücklicher machen? Ich glaube, die Rechnung geht nicht auf. Also bleibt alles so, wie es ist. Ich werde hier ein paar Sachen ändern, umgestalten, erneuern, und das Wilde Eck wird mein persönliches kleines Paradies. Ich hab überlegt, am Strand eine kleine Bar aufzumachen mit schönen Strandkörben und Hängematten oder so. Und vielleicht da hinter der Düne ein schwedisches Saunahaus. Dann haben die neuen Appartementbesitzer wenigstens was zum Gucken«, sagte sie mit einem verschmitzten Grinsen. »Und das – das wird mich glücklich machen.« Josi hob ihr Glas.

Alle anderen taten es ihr nach.

»Du bist echt immer wieder für eine Überraschung gut, meine Liebe!«, meinte Sarah kopfschüttelnd. »Hättest du mir das vor ein paar Monaten erzählt, ich hätte hundert Euro dagegen gewettet. Nein, tausend. Mindestens.«

»Josi, die Campingplatz-Besitzerin. Ich glaub's echt nicht! Du verrücktes Huhn«, sagte Anni und trank einen Schluck aus ihrem Glas.

»Du bist echt klasse, Josi, weißt du das? Wir hatten alle so eine Angst um unseren Platz. Um das alles hier. Es ist schließlich unsere … Heimat. Ich könnte mir ein Leben ohne das Wilde Eck gar nicht vorstellen. Überhaupt nicht denkbar. Du bist was ganz Besonderes, Frau Hartmann«, meinte Conny lachend und hatte plötzlich glänzende Augen. Das war mir vorher gar nicht aufgefallen.

Apropos auffallen. Ich entdeckte in dem Moment die süße Locke. Sie stand bei ihrem Frauchen, der Alten von Ole, die jetzt Teig um die Stöcke wickelte und an die Leute verteilte, die dann das Stöckchen ins Feuer hielten. Oder darüber. Die sollte mal Wurst statt Teig drum machen, dachte ich. Da würde sich vermutlich sogar Wilma schneller als eine

Nacktschnecke fortbewegen. Na ja, immerhin wusste ich jetzt, dass die Stöcke nicht für uns bestimmt waren. Sehr schön.

Locke blickte kurz zu ihrem Frauchen hoch, das sehr beschäftigt war, mit den Stöcken und dem Teig und ihrem Tuch, was sie sich umgehängt hatte und was ununterbrochen von ihrer runden Schulter nach vorne fiel, wo es scheinbar sehr störte. Locke nutzte den Moment und kam zu mir gelaufen – was Wilma misstrauisch beobachtete.

»Na?«, fragte sie und schmiegte sich an mich.

»Na?«, erwiderte ich und schnupperte an ihr. Hmm, ein Traum!

»Spricht eigentlich etwas gegen einen kleinen Ausflug?«, fragte sie und sah mir tief in die Augen.

»Nein, das ist eine schöne Idee!«, sagte Wilma und fing an, mit ihrem nicht vorhandenen Schwanz zu wackeln, woraufhin sich ihre gesamte hintere Körperhälfte in Bewegung setzte.

»Da gebe ich dir ausnahmsweise sogar recht«, sagte ich zu Wilma. »Es spricht nichts dagegen, dass wir einen kleinen Spaziergang *zu zweit* machen.«

»Fein!«, freute sie sich und setzte auch ihre andere Körperhälfte in Bewegung.

»Locke und ich.«

»Wie?«, fragte Wilma und blieb abrupt stehen.

»Du musst doch die Stellung halten. Gerade jetzt, wo hier so viel los ist«, erklärte ich.

»Aber es gibt doch gar keinen Mord«, sagte Wilma.

»Was für ein Mord?!«, wollte Locke jetzt berechtigterweise wissen.

»Das erkläre ich dir gleich«, sagte ich mit bemüht ruhiger Stimme.

»Wilma. Fritz hin oder her. Hundertprozentig wissen wir es nicht. Oder?«

Wilma schüttelte den Kopf.

»Also. Schön aufpassen und mir dann später Bericht erstatten. Okay?«

Wilma ließ sich schnaubend wieder fallen. Dann verschwanden Locke und ich unter ihren bösen Blicken Richtung Campingplatz.

Als wir uns, sagen wir mal, eine Weile später wieder auf den Weg zum Lagerfeuer machten, hatte sich aus dem gemütlichen Grillabend eine Party entwickelt, mit deren Ausmaß ich nicht gerechnet hatte. Es war richtig voll. Irgendwer hatte so eine schwarze Kiste mitgebracht, aus der jetzt laute Musik kam. Nicht Klassik, so wie bei uns zu Hause, oder diese Weibermusik, die Bernd nicht mochte, sondern ganz andere Musik. Eher kräftig, würde ich sagen. Es war genau so, wie ich es mir immer vorgestellt hatte, wenn Sarah und Anni von den alten Zeiten sprachen. Diese Bezeichnung war übrigens völlig verwirrend. Denn in den alten Zeiten waren die drei noch jung gewesen. Wie auch immer. Jetzt benahmen sie sich jedenfalls wie Teenager. Sie lachten lauthals, waren extrem albern und rauchten Zigaretten, die noch schlimmer stanken als die, die Josi sonst hin und wieder mal hatte. Wobei ich mich korrigieren muss. Es machte zwar den Eindruck, als wären es mehrere Zigaretten, in Wahrheit war es aber nur eine, wie ich bei näherem Betrachten feststellte. Und es war ein ganz und gar anderer Duft. Viel intensiver irgendwie. Das Ding machte auch mehr Qualm. Aber das war ja kein Wunder. Denn es war so groß, dass man es offenbar teilen musste.

Josi reichte das stinkende Zeug gerade an Conny weiter. »Wo hast du das denn aufgegabelt?«, hustete sie.

»Ach, ich hab da so meine Quellen«, sagte Conny nur, zog an der Zigarette und reichte sie an Sarah weiter. Richtig nett, fand ich. Wilma oder Viktor würden nie mit mir einen Knochen teilen.

»Wieso bist du eigentlich so sicher, dass das stimmt, was da in den Briefen steht?«, fragte Anni und nahm einen Schluck aus einer grünen Flasche.

Plötzlich waren alle still. Zumindest Conny und Anni. Nur Sarah hüstelte noch ein bisschen. Vielleicht hatte sie sich bei Josi angesteckt.

»Weil es die Handschrift meiner Mutter ist. Außerdem habe ich Mama vorhin angerufen«, sagte Josi nach einer Weile und war plötzlich gar nicht mehr so albern. Eher ernst. »Tja, was soll ich euch sagen? Meine Mutter, die Superchristin, hatte eine Affäre mit Fritz. Mit seinem Bruder, also Papa, der ja nun plötzlich nicht mehr Papa ist, war sie zu dem Zeitpunkt einfach nur befreundet. Die drei haben damals ganz viel zusammen unternommen. Als Mama dann feststellte, dass sie schwanger war, und es Fritz erzählte, machte der einen kompletten Rückzieher.« Josi sah ins Feuer und machte eine Pause. Dann fuhr sie fort. »Er war immer schon ein Einzelgänger, der seine Freiheit liebte. Verbrachte seine Zeit lieber am Meer, angelte oder baute irgendwas im Wald, als sich um Bausparverträge oder Windeln zu kümmern. Er wollte nie Kinder.« Josi sah gedankenverloren ins Feuer.

»Wie du«, sagte Sarah. »Ich meine die Sache mit den Kindern. Bei den Bausparverträgen warst du ja damals die Erste«, ergänzte sie und zauberte damit ein kurzes Lächeln in Josis Gesicht.

Josi zog ihre Strickjacke zusammen und meinte: »Ja, kann sein. Auf alle Fälle war Mama völlig am Boden zerstört und dachte schon darüber nach, mich …«

»Abzutreiben«, beendete Conny den Satz.

»Ja«, sagte Josi leise und blickte weiter geradeaus ins Feuer.

»Und dann kam dein Vater, der nicht dein Vater ist, und hat sich um sie, also um euch gekümmert?«, fragte Anni.

»Genau. Ich scheine das irgendwie anzuziehen. Männer, die nicht das sind, was sie zu sein scheinen.«

»Aber das ist doch total toll von ihm. Also von deinem Vater. Er war für dich, also für deine Mutter und für dich da. Sonst würde es dich vielleicht gar nicht geben!« Conny legte ihren Arm um Josi und streichelte ihr ein paarmal über den Rücken. Anni und Sarah blickten sich kurz an, dann schauten sie wieder zu Josi.

»So kann man das auch sehen«, murmelte Josi nur.

»Gott, ist das bei den Menschen kompliziert!«, murrte Wilma. »Steigst du noch durch?«

Anni räusperte sich und strich sich mit den Fingern durchs Haar. »Ähm, kleiner Themenwechsel. Mädels! Guckt doch mal. Wer ist das denn da?«, fragte sie und zeigte mit dem Kinn Richtung Düne – auf der ein Mann stand. Mehr konnte ich von hier nicht erkennen. Es war einfach schon zu dunkel. Das flackernde Licht des Lagerfeuers zeigte nur seine Silhouette. Er hatte dunkle Haare. Soviel stand fest. Langsam kam er näher, die Hände in den Hosentaschen. Kurze Hose, das konnte ich jetzt sehen. Ein dunkler Pulli. Und irgendwas unterm Arm. Vermutlich eine Jacke. Das machten die Menschen manchmal so, wenn sie sich nicht sicher waren, was sie als Fellersatz anziehen sollten.

»Alter Schwede«, raunte Sarah. Alle reckten die teils kurzen Hälse. Alle.

Sogar Wilma. »Guck, sag ich doch. Das ist nicht mehr Deutschland. Das hier ist Schweden«, meinte sie. Wozu ich natürlich nichts sagte. Was auch? Ein Mops, wenn auch ein halber, muss eben erkennen, was er ändern kann, was nicht, und das eine vom anderen unterscheiden.

»Guten Abend«, sagte der Schwede und blieb vor den rauchenden Frauen stehen, die plötzlich die Zigarette versteckten. Kann man verstehen. Ich biete auch nicht jedem Dahergelaufenen etwas von meiner Pastete oder Leberwurst an.

»Das ist doch der Typ, der bei Trude war, als wir kleine Knackis gekauft haben«, stellte ich nun erstaunt fest.

»Ich hab das Feuer gesehen und dachte mir … ich schaue mal, was da los ist«, erklärte der Typ etwas lauter als nötig.

Anni sprang mit einem Satz auf, zupfte an ihrer Fleecejacke rum, streckte die Hand aus und sagte: »Anni Meinhard, guten Abend. Wir … wir …«

»Wir feiern das Leben«, erklärte Sarah und sah zu Anni und dem Fremden auf.

»Ja, genau. Das Leben. Mit all seinen kleinen und großen Überraschungen«, sagte Josi, sah dabei aber weiter ins Feuer.

»Wo ist eigentlich Viktor?«, fragte ich Wilma, die mittlerweile unter der Holzbank lag und jetzt tat, als würde sie schlafen, denn ich hörte kein Schnarchen. Sie war einfach nur eingeschnappt, weil ich eben nicht geantwortet hatte oder alleine weggegangen war. Ohne sie. »Wilma! Ich weiß, dass du nicht schläfst. Wo ist Viktor?«

»Bin ich Hellseherin?«, murmelte sie mit geschlossenen Augen.

»Nee, nicht wirklich«, antwortete ich und machte mich auf den Weg. So viele Würstchenreste konnte es hier gar nicht geben. Und selbst wenn. Irgendwann musste er doch mal satt sein. Ich marschierte einmal um das große Lagerfeuer rum, das inzwischen eine enorme Hitze ausstrahlte. Wie die Mädels es so lange auf der Bank aushielten, war mir ein Rätsel.

Linksrum, Richtung Düne, kam als Erstes Honeckers Tisch. Klapptisch, um genau zu sein. Darauf befand sich eine große runde Holzkiste, an der lustigerweise ein Wasserhahn befestigt war. Noch lustiger war, dass gar kein Wasser rauskam. Es war Schaum. Wie in der Badewanne.

Backfisch war damit beschäftigt, alte Gläser in grüne Plastikkisten einzuräumen, die neben dem Tisch standen. Er sah mich nur kurz an, runzelte die Stirn und machte dann weiter.

Ein paar Tapser weiter entdeckte ich Locke. Sie lag unter dem Tisch der Alten, die sich inzwischen auf einen Campingstuhl gesetzt hatte. Vor sich die große Schüssel, in der vermutlich Teig war. Fast hätte ich sie nicht gesehen. Aber ihr Duft verriet sie dann doch. Locke, meine ich. Sie hatte sich die Pfoten auf ihre Schlappohren gelegt. Recht hatte sie. Das hielt echt kein Hund aus, diese Lautstärke. Neben der Schüssel lagen immer noch diese langen Stöcke, die über die Tischplatte hinausragten. Einer davon war unter den Tisch gefallen, neben die Tasche von der Alten. Ich sah Locke kurz an und bewies erneut, dass ich ein echter Gentleman war. Ich lief hin, nahm den Stock ins Maul und kratzte mit der Pfote an ihrem Bein. Also, nicht an Lockes, sondern an dem ihres Frauchens.

»Na, mein Kleiner. Was möchtest du?«, fragte sie. Als sie jedoch sah, was ich im Maul trug, griff sie nach dem Stock und sagte: »Aus. Gib her!«

»Nichts anderes hatte ich vor«, bellte ich zurück. Was war denn mit der los?

Oles Frau sah sich nervös um. Dann nahm sie den Stock und legte ihn – nein, nicht zu den anderen auf den Tisch – hinter ihren Stuhl. Warum auch immer. Vielleicht war es ja ihr Lieblingsstöckchen, das nicht im Feuer verbrannt werden sollte. Konnte man verstehen. Aber deshalb musste man doch nicht gleich so forsch werden.

»Sag mal, hast du Viktor gesehen?«, fragte ich meine Herzdame, die ihre Pfoten bei meinem Anblick kurz von den Ohren genommen hatte.

»Nein. Schon lange nicht mehr. Ich hatte nur Augen für dich«, erklärte sie verträumt und legte ihren Kopf wieder ins hohe Gras, ohne den Blick von mir zu lassen.

Das schmeichelte mir natürlich sehr, brachte mich aber keinen Zentimeter weiter. Also machte ich mich weiter auf die Suche. Irgendwo musste er ja stecken.

Ein paar Meter neben dem Stöckchen-Stand der Alten standen Ole und ein paar Männer, tranken Bier und unterhielten sich lauthals.

»Was hast du gesagt?!«, schrie gerade einer den anderen an, als ich vorbeiging.

»Ich meinte, dass es doch nicht besser hätte kommen können und …«

Warum machten die Menschen die Musik so laut, dass sie sich nicht mehr verstanden? *Ich werde nie schlau aus denen*, dachte ich und marschierte weiter.

Von Viktor fehlte jede Spur. Ich lief vorbei an der Familie mit den Kindern, die sich gegenseitig jagten, obwohl keiner ein Stück Wurst in der Hand hielt, Macho und Püppi, die roch wie Frau Wäldchen, wenn sie vom Friseur kam, und einem Haufen Leute, die ich nicht kannte. Vielleicht war es aber auch einfach schon zu dunkel.

Bevor der Weg zum Campingplatz begann, gab es noch einen weiteren Tisch mit Würstchen und anderen Dingen, die extrem gut rochen. Wer war der Typ, der da stand und eine Packung nach der anderen aufriss? Honeckers Küchenhilfe? Kannte ich nicht. Genauso wenig wie den Schweden von der Düne, der jetzt neben Josi am Feuer saß.

Endlich entdeckte ich Viktor. Er lag auf dem Schoß der älteren Dame, die bei uns gegenüber ihren Platz hatte. Kein Wunder, dass ich ihn nicht gleich gesehen hatte.

»Ich suche dich die ganze Zeit! Was machst du da?«

»Ich genieße. Aufmerksamkeit und Einfühlungsvermögen gepaart mit einer Spur professioneller Massagetechnik. Allesamt seit geraumer Zeit Fremdwörter für unsere Rudelführerin«, knurrte Viktor mit vorwurfsvollem Blick Richtung Josi.

Ich drehte mich zu ihr um. Der Schwede unterhielt sich mit ihr und sah Josi so an, wie Bernd es früher getan hatte. Ganz früher. *Dem werde ich gleich zeigen, wer hier der Leitmops ist,* dachte ich und drehte mich wieder zu Viktor.

»Na, mein Süßer, möchtest du auch noch auf meinen Schoß?«, wurde ich von Viktors Physiotherapeutin gefragt.

»Ach, danke. Ich will auch gar nicht lange stören«, sagte ich und etwas leiser mit einem Augenzwinkern zu Viktor: »Ich stehe nämlich eher auf jüngere Damen.« Dann trottete ich wieder ab.

Ich wollte nicht als Spielverderber dastehen, aber ehrlich gesagt, diese ganze Party war irgendwie nichts für mich. Gut, der Teil mit Locke gefiel mir natürlich ausgesprochen gut. Aber auf den Rest hätte ich verzichten können. Es war zu laut, es war zu voll. Und dann diese Zweibeiner: schnüffelten und balzten und buhlten und machten und taten, statt einfach mal Klartext zu reden.

Nun ja. Es fing mit einer recht normalen Tanzeinlage an. Sarah hatte Josi aufgefordert zu beweisen, dass sie Tango tanzen konnte und keine stocksteife Hamburgerin sei, sondern eine ausgesprochen temperamentvolle. Auch wenn es nicht auf den ersten Blick erkennbar sei. Daraufhin war Josi erst etwas sauer geworden, dann hatte sie sich auf die Bank gestellt, auf der alle Platz gemacht hatten, und ihren Körper so verdreht, dass ich irgendwann das Gefühl hatte, ich bekäme jeden Moment einen Knoten im Hirn. Oder zumindest irgendwo hinter den Augen. Der Schwede hatte ihr kurze Zeit später irgendwas ins Ohr geschrien, weil es ja immer noch so laut war, aber ich hatte es trotzdem nicht verstanden. Er hatte irgendwas von Tango in Argentinien und Reise oder so gesagt. Jedenfalls hatte Josi einen sehr glücklichen Eindruck gemacht, als sie sich daraufhin an dem Schweden festgehalten hatte, die beiden gemeinsam vom Baumstamm gehüpft waren und sich miteinander verrenkten. Sarah hatte dann auch irgendwann damit angefangen, und nach und nach waren es immer mehr Leute geworden.

Ich war platt vom Tag und machte mal kurz die Augen zu. Sollten die doch machen, was sie wollten. Waren ja alle schon erwachsen. Dachte ich. Doch als ich die Augen wieder öffnete, marschierten alle hintereinander in einer Reihe, die Hände auf den Schultern der Person vor sich, an mir vorbei und sangen gemeinsam: »Hier fliegen gleich die Löcher aus dem Käse, denn nun geht sie los, unsere Polonäse …« Für mich sah das nicht nach geht los, sondern nach mittendrin aus. Oder nach Ende. Ich mochte nicht mehr.

»Ich geh. Kommst du mit?«, fragte ich Wilma. Doch die schien jetzt wirklich zu schlafen. Wie auch immer sie das anstellte. Sie schnarchte.

Also lief ich ein paar Meter weiter, wo ich vermutlich die einzigen beiden Wesen vorfand, die noch auf einem Stuhl saßen. Viktor und seine First Lady.

»Kommst du auch mit?«

»Wohin?«

»Ins Bett.«

»Oh, hast du genug von jungen Damen und stehst jetzt auf reifere Herren, oder was?«, fragte Viktor reichlich amüsiert.

»Ach, macht doch, was ihr wollt. Ich pack mich jetzt hin. Und zwar nicht hier.«

»Nun warte schon. Ich komme ja«, kläffte Viktor und sprang von dem Schoß der Gegenüber-Nachbarin, der ich jetzt erst ansah, dass ihre Augen geschlossen waren. Dann war ich ja doch nicht der Einzige, der solche Veranstaltungen einschläfernd fand.

Als wir noch einmal an Josi und den anderen vorbeigingen, sah ich nur noch, wie Sarah ein Tablett in der Hand hielt und an alle diese kleinen Gläser verteilte. Conny hielt einen von den Stöcken mit Teig in der Hand und biss gerade davon ab. Der Schwede und Josi prosteten sich zu, und Anni trank aus einer großen Flasche. Anscheinend gab es keine Gläser mehr.

Ich war hundemüde. Wir marschierten den dunklen Weg zurück zum Platz. Zu dritt. Wilma hatte anscheinend gespürt, dass wir uns vom Acker machten. Anders war es nicht zu erklären, dass sie plötzlich hinter uns herwackelte.

Dann ist ja alles gut, dachte ich noch.

Wie sehr ich mich irren sollte, stellten wir am nächsten Morgen fest.

13

»Premiere«, murmelte Viktor, stand auf und reckte sich. Nicht etwa auf der bequemen Sitzecke in Fritz' Wagen oder der kuscheligen Decke unterm Bett. Nein. *Vor* dem Wagen auf einem der Gartenstühle. Um es auf den Punkt zu bringen: draußen!

»Prem… was?«, fragte Wilma, die offenbar als Erste aufgewacht war. Wenn man überhaupt von Schlaf reden konnte. Denn die Party war weitergegangen. Leider. Vor und im Wagen. Wir wurden unfreiwillig Zeugen mutiger Gesangsproben, akrobatischer Verrenkungen und wahrer Verwandlungen. Anni und Sarah entpuppten sich als regelrechte Stimmungskanonen. Das hier übertraf Sankt-Peter-Ording bei Weitem, behauptete zumindest Josi. Der Campingwagen wackelte irgendwann so sehr, dass ich hätte schwören können, er würde jeden Moment einfach losrollen oder der Boden durchbrechen. Ohne uns. Wir flüchteten nach draußen.

Und kaum war die Party endlich vorbei und Josi und der Schwede allein, war den beiden plötzlich so heiß, dass sie in Windeseile alle Klamotten von sich rissen. Ich habe natürlich sofort kombiniert und kam zu dem Ergebnis, dass es sich hier um einen Wettkampf handelte. Es wollte nämlich jeder der Erste sein. Von einem plötzlichen Temperaturanstieg hatte ich allerdings rein gar nichts mitbekommen. Nur von einem Temperaturabstieg. Josi schloss nämlich plötzlich die Tür. Vor unserer Nase! Ich erinnere kurz: Wir saßen draußen, sie drinnen.

Eine Weile hörten wir ihrem Wettkampf noch zu, dann wurde es uns zu blöd, und wir gaben die Hoffnung auf, dass die Tür sich noch einmal öffnen würde. Wir waren einfach viel zu müde. Alle drei. Wir ergaben uns unserem Schicksal und legten uns auf die Gartenstühle. Immerhin lagen die Polster noch drauf.

»Premiere«, wiederholte Viktor und reckte sich. »Das Wort stammt aus dem Französischen. Première heißt *erste.* In diesem Fall das erste Mal, dass wir obdachlos sind.«

»Obdachlos?«

»Ohne Dach über dem Kopf«, erklärte ich.

Wilma sah zum Himmel. »Stimmt.«

In dem Moment hörte ich die Hollywoodschaukel leicht quietschen und drehte instinktiv meinen Kopf. Irgendetwas war komisch. Nicht, dass die Hollywoodschaukel sonst nicht quietschte – es war etwas anderes. Ich hielt meine Nase in den leichten Wind und überlegte angestrengt. Was war anders? Ich sah mich um. Es war kein Mensch zu sehen. Sie lagen anscheinend alle noch in ihren Wohnwagen und schliefen. Schön warm eingekuschelt auf weichen Matratzen.

In der Sekunde entdeckte ich, was anders war. Conny saß auf ihrer Hollywoodschaukel! Ich sah die Schaukel zwar nur von schräg hinten, aber ihre Beine konnte ich von hier aus sehr gut erkennen. *Was für eine Freude,* dachte ich noch und sprang auf, um zu ihr rüberzulaufen. Sicher trank sie schon ihren ersten Kaffee oder machte sich die Nägel neu, weil beim Tanzen wieder einer abgebrochen war. Tanzen war schließlich harte Arbeit. So hatte es jedenfalls gestern Abend ausgesehen.

Wilma und Viktor folgten mir. Vielleicht hatten auch sie die Hoffnung auf einen leckeren Hundekeks. Oder etwas Wärme.

Conny saß mit offenen Augen auf ihrer Hollywoodschaukel und stierte in den Himmel. Ich stupste sie mit meiner Nase an, nachdem sie uns nicht wie sonst freudestrahlend begrüßte. Dabei waren ihre Augen nachweislich geöffnet. Sie war kalt und irgendwie hart. Außerdem stand ihr roter Mund merkwürdig offen. Im Mundwinkel hing Spucke. Das passte gar nicht zu ihr.

Ich sah erst Viktor rechts neben mir an, dann Wilma, die links neben mir saß. Wir waren uns einig. Für all das konnte es nur eine Erklärung geben: Conny war tot.

Die Erkenntnis lag wie eine zu schnell verdrückte, fettige Wurst in meinem Magen. Ich war wie gelähmt.

»Tot?!«, jaulte Wilma, nachdem ich meine ersten Untersuchungsergebnisse offengelegt hatte.

Viktor ging einen Schritt zurück und sprang dann auf die Schaukel, die jetzt richtig laut quietschte.

»Komm da runter«, schimpfte ich. »Du zerstörst alle Spuren! Das ist ein Tatort!« Himmel noch mal!

Viktor sah Conny noch einmal ganz genau an, schnüffelte an ihr und sprang schließlich wieder zu uns runter. »Ja und nein«, meinte er, ohne den Blick von ihr zu lassen.

»Was? Ja und nein?«, fragte ich und sah ebenfalls weiterhin zu Conny. Ich konnte es einfach nicht glauben, dass sie wirklich tot war.

»Ja, sie ist tot …«

»Oh nein! Conny! Conny wach auf. Bitte, wach wieder auf!«, fing Wilma plötzlich hysterisch an zu bellen und sprang wie eine Verrückte hin und her.

»Nein, es ist nicht der Tatort. Drittens: Wie kommst du auf Mord?«

»Wieso soll das hier nicht der Tatort sein?«

»Erstens, wir haben hier draußen leider Gottes geschlafen, und ich bin mir sicher, dass du mir recht gibst, wenn ich sage: Wir hätten es mitbekommen, wenn jemand drei Meter neben uns ermordet worden wäre. Außerdem gibt es überhaupt keine Spuren von Fremdeinwirkungen.«

»Hm.« Ob es mir nun passte oder nicht, er hatte recht. Zumindest war seine Frage berechtigt. »Man kann sie natürlich auch woanders ermordet und dann hierhergebracht haben.«

»Und warum sollte das jemand tun? Weißt du, was so ein ausgewachsener Mensch wiegt?«

»Viel«, schluchzte Wilma. »Und erst die Last, die auf meinem Herzen liegt! Wisst ihr, wie schwer *die* ist?«

»Frauen!«, murmelte Viktor.

»Bist du denn gar nicht traurig?«, beschwerte sich Wilma.

»Natürlich. Aber wir müssen einen klaren Kopf bewahren. Rumheulen bringt uns jetzt keinen Schritt weiter«, erklärte Viktor.

»Ich will auch keinen Schritt weiter«, jaulte Wilma und warf sich theatralisch auf Connys Füße.

Natürlich war auch ich zutiefst traurig und von der Tatsache, dass Conny wirklich total tot war, komplett geschockt. Ich mochte es nur nicht so zeigen wie Wilma und riss mich zusammen. Außerdem war Weinen Weiberkram.

Das zeigte sich erst recht, als Josi, vermutlich geweckt von unserem Gebell und Wilmas Gekläffe, plötzlich die Tür des Wohnwagens öffnete und uns rief. »Wilma, Heini, Viktor. Was macht ihr denn da? Lasst die arme Conny doch mal in Ruhe. In dieser Herrgottsfrühe«, sagte sie, gähnte und sah auf ihre Armbanduhr. »Kurz nach zwölf?! Oh Gott.« Dann hielt sie sich die Hand vor die Augen, als würde die Sonne scheinen. Tat sie aber nicht. »Oh, mein Kopf!« Mit diesen Worten verschwand sie wieder im Wageninnern.

»Sie ist tot. Mausetot«, klagte Wilma, woraufhin Josi wieder rauskam.

»Wilma! Jetzt ist aber gut. Mir platzt gleich der Schädel. Hör auf mit dem Gekläffe. Aus jetzt!«

»Ja, aus und vorbei!«, bellte Wilma weiter.

Viktor und ich sahen dem Drama mit weit aufgerissenen Augen hilflos zu.

»Conny, es tut mir leid, dass die Hunde dich so …«, fing Josi an, nachdem sie in ihrem hellen Morgenmantel aus dem Wagen gekommen und auf uns zugegangen war. Dann blieb sie abrupt vor uns beziehungsweise der armen, kalten Conny stehen und schrie. Sehr laut. Und sehr lange.

Irgendwie taten sie mir in dem Moment beide leid. Conny und Josi.

Der Nächste, der aus dem Wagen gerannt kam, war der Schwede. Er hatte sich seine Sachen von gestern Abend angezogen, wuschelte sich durch die dunklen Haare und machte noch im Gehen die Hose zu. Er blieb vor Conny stehen, betrachtete sie einen Moment, fasste sie etwas zögerlich kurz an und berührte dann Josi – etwas länger. Er nahm sie in den Arm und versuchte sie zu beruhigen, denn sie weinte, war plötzlich ganz blass und sagte immer wieder das Gleiche: »Das kann doch nicht sein … Das kann doch nicht sein …«

In dem Moment kam Püppi im rosa Jogginganzug und einer Jeansjacke, die sie sich vorne zuhielt, über den Sandweg gehüpft, kurz hinter ihr der Behaarte, tatsächlich in Jeans und grünem Pulli. Dann Viktors neue First Lady und irgendwann auch Honecker, Backfisch und ein paar Leute, die ich zwar schon mal irgendwo hier gesehen hatte, die ich aber nicht weiter kannte. Sie alle hatten etwas gemeinsam. Sie sahen schrecklich aus. Und sie rochen nicht gut. Zumindest ein paar von ihnen. Von Namensnennungen möchte ich absehen. Gerade jetzt, wo die Stimmung endlich gut war. Eigentlich. Würde Conny nicht so tot in den grauen Himmel gucken.

Nun standen sie in einem Halbkreis um Conny und sahen sie an. Der eine oder andere hatte Conny noch angefasst, weil er es nicht glauben konnte. Hatte vorsichtig an ihr gerüttelt, es dann aber sofort gelassen, nachdem sie sich plötzlich in Bewegung gesetzt hatte. Sie war einfach – plumps – zur Seite gefallen.

Daraufhin hatte es einen erneuten Aufschrei gegeben. Aber seitdem war es einigermaßen ruhig. Die meisten sprachen auf einmal ganz leise. Als wollten sie Conny nicht wecken. Dabei war die doch tot. Manch einer wischte sich Tränen mit dem Ärmel weg, andere hielten sich in den Armen oder einfach die Hand vor den Mund. Warum auch immer.

Honecker war der Einzige, der etwas anderes tat. Er rief die Polizei an.

»Die Polizei?«, fragte Oles Alte, die inzwischen auch da war.

»Na, ein Rettungswagen bringt wohl nicht mehr viel. Wen sollten wir also sonst anrufen? Oder findest du vielleicht, dass es normal ist, dass eine gesunde, junge ...« Er hielt inne.

»35-Jährige«, sagte Backfisch.

»35-jährige Frau plötzlich tot auf der Sonnenliege liegt?«

»Hollywoodschaukel«, verbesserte Backfisch.

»Dann eben Hollywoodschaukel. Scheiß der Hund drauf. Das ist doch völlig wurscht.«

»Jetzt? Wo sie da noch liegt?!«, fragte Wilma entsetzt. »Das kann man doch nicht machen.«

»Sie ist tot«, fuhr Honecker fort. »Conny ist tot! Fritz ist tot! Das werden mir langsam zu viele Tote hier«, sagte er, wischte sich mit einem Stofftaschentuch übers Gesicht und stopfte es dann wieder in die Seitentaschen seiner blauen Latzhose.

»Jetzt hast du deinen Mord«, meinte Viktor, der sich genau wie Wilma neben mich gesetzt hatte.

»Danke. Darauf hätte ich verzichten können. Eine andere Tote wäre mir lieber gewesen«, sagte ich und sah voller Trauer zu unserer Wohnwagennachbarin. Ich hatte mich gerade an sie gewöhnt. An sie und ihre leckeren Hundekekse, ihre bunten Fingernägel und ... ach, einfach an alles. An Conny eben.

»Aha. Welche denn?«, fragte Wilma.

»Eine, die ich nicht kenne. Ich bin ja jetzt persönlich involviert. Das ist nie gut bei Ermittlungen. Man ist …«

»Befangen«, erklärte Viktor.

»Genau. Ich bin … Also ich meine, wir sind befangen«, erklärte ich und sah von Conny weg. Ich musste mich zusammenreißen. Einen klaren Kopf behalten. Nachdenken. Das würde keine leichte Aufgabe werden – so viel stand fest.

Wir saßen also in einer Reihe, ein paar Mopsschritte von dem Menschenauflauf entfernt, und beobachteten das Geschehen.

»Achtet auf alles. Auf jede Kleinigkeit«, raunte ich Wilma und Viktor zu, ohne meinen Blick von den Zweibeinern zu lassen. »Wenn euch etwas komisch vorkommt, etwas merkwürdig ist, sagt es mir umgehend. Die kleinste Kleinigkeit könnte von großer Bedeutung sein!«, wies ich mein Team an. So wie es mein Lieblingskommissar im Fernsehen immer tat.

»Willst du damit sagen, dass du jetzt jeden Einzelnen von denen da«, Viktor zeigte mit seiner kaum vorhandenen Nase in Richtung Zweibeiner, »verdächtigst?«

»Natürlich. Zumindest erst einmal. Guter Punkt übrigens. Wer ist alles nicht da?«

Wir sahen eine Weile die Zweibeiner an.

»Locke«, sagte Viktor.

»Sehr witzig. Ich meine es ernst. Wer fehlt?«

»Die Nacktschürze, Macho, Ole, Sarah und Anni«, sagte Wilma, bevor ich überhaupt anfangen konnte nachzudenken.

Viktor und ich sahen sie verblüfft an.

»Es fehlen natürlich noch mehr, aber das sind die aus dem engeren Umfeld«, ergänzte sie.

»Wilma!«, platzte es aus Viktor heraus. »Geht doch!«

Sarah und Anni konnten wir von unserer Liste gleich wieder streichen, denn die waren nachts noch mit dem Taxi in irgendein Hotel gefahren. Connys Angebot, bei ihr mit im Wagen zu schlafen, hatten sie dankend abgelehnt. Wie dumm, hatte ich noch gedacht. Die wussten eben nicht, was wirklich gut war. Wie gut, dachte ich inzwischen, denn wer weiß? Vielleicht hätten wir sonst drei Tote in der Hollywoodschaukel sitzen. Auch nicht schön.

»Ist das denn jetzt die Liste der Verdächtigen?«, wollte Wilma wissen.

»Nein. Das ist die Wer-ist-nicht-da-Liste«, erklärte ich.

»Wer nicht da ist, kann auch keinen umbringen. Warum ist das so wichtig?«

»Weil man jemanden umbringen und dann verschwinden kann.«

»Man kann aber auch jemanden umbringen, verschwinden, wiederkommen und so tun, als wäre man total überrascht, dass es einen Toten gibt«, meinte Viktor.

»Es gibt tausend Möglichkeiten. Und wir müssen von diesen tausend die eine herausfinden, die es ist.«

»Na denn«, sagte Viktor.

»Erstens. Wer hat etwas davon, dass Conny kalt ist. Ähm, ich meine tot. Zweitens. Wer war …«, wollte ich gerade ausholen, als ich aus dem Augenwinkel den Wagen der Kollegen entdeckte. Grün, nicht blau wie bei uns in Hamburg. Zwei Männer und eine Frau in Uniform stiegen aus.

»Petersen, guten Tag. Es soll hier eine leblose Person geben, wurde uns gemeldet«, sagte der Polizist, der von dem anderen Mann in Uniform durch seine Körperrundungen leicht zu unterscheiden war. Oder sagen wir mal: die eine Rundung, vorne. Wäre er nicht ein Mann, ich hätte getippt er wäre trächtig. Kurz vor Wurf.

»Ja hier«, sagte der Schwede, der den dreien etwas entgegengegangen war, und zeigte in unsere Richtung.

Wilma fing wieder an zu schluchzen.

Josi sah an sich herab und rief dann: »Ach Gott, ich hab ja noch gar nicht die Hunde gefüttert. Kommt, Wilma, Viktor, Henri!«, Sie hatte schon wieder so etwas von diesen Figuren auf den Feldern. Ihre Haare hatten heute jedenfalls noch keine Bürste gesehen. Und den Morgenmantel sollte sie auch mal gegen etwas anderes eintauschen. Sie sah, von ihrem völlig verweinten Gesicht und den verquollenen Augen abgesehen, irgendwie hilfebedürftig aus. Ich hatte den starken Verdacht, dass ihr das in dem Moment, als die Polizisten kamen, selbst aufgefallen war. Jedenfalls verschwand sie eine Sekunde später im Wagen.

»Jetzt? Oh Mann, einen schlechteren Zeitpunkt hätte sie nicht wählen können«, beschwerte ich mich, obwohl ich natürlich zugeben musste, dass mir schon recht lauthals der Magen knurrte.

»Warum? Ich finde, es gibt keinen besseren«, sagte Wilma und trottete sofort los. Viktor hinterher.

»Hallo?! Ich habe doch gerade erklärt, wir müssen auf jede Kleinigkeit …«, rief ich ihnen nach. Magenknurren hin oder her.

»Ohne Fressen kein Fall«, sagte Viktor, ohne sich umzudrehen.

Auf die eigenen Kollegen war auch kein Verlass mehr. Egal. Dann widmete ich mich eben allein den wirklich wichtigen Dingen. Dem Tatort!

Petersen stützte seine Hände rechts und links in die Seiten und beugte sich über Conny, die ja sozusagen in stabiler Seitenlage lag. Ich glaube, so nennt man das. Sie sah jedenfalls nicht mehr in den Himmel, sondern – ich folgte ihrem Blick und legte meinen Kopf leicht schräg – Petersen auf den Reißverschluss. Irgendwie hatte ihr Blick etwas Verzweifeltes. War ja auch kein Wunder. In der Lage.

Schließlich fasste Petersen Conny an den Hals und an den Arm, dann wischte er eine Haarsträhne aus dem Gesicht. Aus seinem. Er hatte einen Friseurtermin dringend nötig. »Ich würde schätzen, mindestens neun Stunden. Aber das soll der Doc klären. Gehen Sie alle ein paar Meter zurück, wenn ich bitten dürfte. Franzi, hol du mal das Absperrband aus dem Wagen und die anderen Sachen. Manni, gib du mal durch …«, sagte Petersen und drehte sich zu allen um, die immer noch dastanden und Conny ansahen, als wäre sie ein Gespenst.

Manni nahm sein Handy, das mindestens so groß war wie sein Unterarm und dazu noch einen langen schwarzen Stiel hatte, aus der Halterung. Wahnsinn, dachte ich. Die waren uns hier einfach um Längen voraus. Während er damit vermutlich den Gerichtsmediziner anrief oder um Verstärkung bat, fragte Petersen, wer sie denn als Erster entdeckt hatte. Die Conny.

»Ich!«, sagten Josi und ich zeitgleich. Sie kam hinter mir

aus dem Campingwagen und ging auf Petersen zu. In langer, dunkler Hose und einem dieser extrem weichen, grauen Wollpullover, von denen sie in jeder denkbaren Farbe einen im Schrank liegen hatte. Ihre Haare waren zwischenzeitlich gebürstet und zu einem Zopf zusammengebunden worden. Nicht bürotauglich, aber auf alle Fälle ein Erscheinungsbild, das ihr eher entsprach. Ich sah wieder zu Petersen, der »Aha« gesagt hatte und »Sie sind Frau …?«

»Hartmann«, sagte Frau Hartmann.

Weiter ließ ich sie nicht ausholen, denn eines musste jetzt dringend mal richtiggestellt werden. »Das stimmt nicht! Also, das mit dem Auffinden der Leiche. Ähm, Sorry. Conny. Ich war es. Also, um ganz genau zu sein, Wilma. Dann Viktor und ich. Aber wir drei sind sozusagen eins, also ein Team. Mein Name ist übrigens Henri. Wenn Sie mögen können wir uns auch duzen. So unter Kollegen.«

»Wem gehört denn der Hund hier?«, wollte Petersen wissen, der jetzt einen Stift und einen Notizblock in der Hand hielt und zu mir runter sah.

»Mir«, antwortete Josi.

»Könnten sie ihn vielleicht mal … Nicht falsch verstehen, aber …«

»Natürlich. Entschuldigung. Heini, komm. Komm her!«

Heini! Hallo? Ich sah von Petersen zu Josi. Was war denn hier los? Hatte ich irgendetwas verpasst?

»Ich dachte, Sie wollen den Fall klären! Und das geht ja bekanntlich nur durch eine genaue Befragung aller Anwesenden. Da dürften wir uns doch wohl einig sein. Außerdem waren wir, wie gesagt, die Ersten am Tatort. Wobei mein Kollege Viktor schon zu Recht eingeräumt hat …«

»Heini! Komm jetzt«, hörte ich Josi hinter mir erneut rufen.

»Was soll ich denn? Ich habe *keinen* Hunger, verdammt noch mal. Ich arbeite!«, beschwerte ich mich. Doch in dem Moment spürte ich ihre Hand unter meinem Bauch. Ich wuchs innerhalb von Sekunden von Mops- auf Menschengröße. So konnte ich dem ollen Petersen tatsächlich mal tief in die Augen schauen. Das war nicht nur wegen des Größenunterschiedes vorher nicht gegangen, sondern auch wegen seiner bereits erwähnten Rundungen. Vorne.

»Ich bring ihn nur kurz rein, dann stehe ich Ihnen gleich wieder zur Verfügung«, erklärte Josi und trug mich weg.

»Loslassen! Runterlassen! Auf der Stelle! So eine Frech…«, schimpfte ich lautstark, doch dann war ich schon im Wagen und die Tür zu. Verschlossen. Von außen.

Ich hörte noch dumpf, wie sie sagte: »Sorry. Ich weiß auch nicht, was die heute haben!«

Was die heute haben? Die haben heute einen Mord aufzuklären!

Wilma und Viktor fraßen. Das wusste ich, ohne mich umzudrehen. Man hörte es. Leider. Wie konnte sie mich hier nur einfach wegsperren? Was fiel ihr ein? So etwas aber auch. Behinderung eines ermittelnden Beamten in einem Mordfall war das. Frechheit. Okay, ich war noch nicht verbeamtet. Aber ich war – bis gerade eben – auf dem besten Weg dorthin. Meine Karriere hatte sie mir versaut. Jawohl!

»Reg dich nicht so auf. Lass die doch erst mal machen und dann …«, meinte Viktor mampfend.

»Ich reg mich aber auf! Wie soll ich denn den Fall lösen,

wenn ich bei den Vernehmungen nicht anwesend bin. Hast du eine Idee?«

»Überleg doch mal. Was könnten die da draußen schon Wichtiges von sich geben? Meinst du, von denen gibt einer an, wie er heißt, wo er wohnt und dass er der Mörder ist? Die werden alle sagen, sie haben geschlafen und sind dann aufgewacht und was weiß ich was. Was Menschen halt so erzählen. Auf alle Fälle wird es nichts sein, das von Bedeutung ist. Glaub mir.«

Ich spürte einen ganz leichten Luftzug an meinem Kopf, drehte mich in Richtung Bett und hatte eine Idee. Ich ging zwei, drei Schritte rückwärts, nahm Anlauf und mit einem Satz war ich oben. Wie das hier roch! Und wie es aussah! Ich meine, mir war das natürlich völlig schnuppe. Meinetwegen könnte es in unserer ganzen Wohnung aussehen wie bei den Wühlmäusen. Aber es passte so ganz und gar nicht zu Josi. Also zu der Hamburg-Josi. Die Seidenbettwäsche war völlig zerwühlt. Als hätte sie etwas gesucht. Außerdem roch es nach allem Möglichen. Eine unglaubliche Bandbreite. Und in der Sekunde durchfuhr mich ein Geistesblitz. Beziehungsweise ein Nasenblitz! Dieser Geruch! Ich hatte ihn schon einmal wahrgenommen, als wir das erste Mal hier im Wagen gewesen waren. Das war … Das war … Moment, ich würde gleich drauf kommen. Ja! Der Schwede! Den Geruch musste der Schwede hier hinterlassen haben. Denn es war exakt im Bettlaken und in den Decken. Und da hatten sich nachweislich nur zwei Menschen heute Nacht aufgehalten und gemeinsam irgendetwas gesucht. Zumindest ging ich aktuell davon aus, dass die beiden nur zu zweit gewesen waren. Es war ein ganz intensiver Geruch. Es roch fast ein bisschen wie diese Gewürze, die Josi manchmal kaufte. Nur ein bisschen mehr nach … Ach, es fiel mir einfach nicht ein. Auf alle Fälle musste es etwas von diesem Zeug sein, mit dem die Menschen sich manchmal einsprühten. Bernd hatte auch so etwas. Das roch mehr nach Strand oder Schwimmbad.

»Und dann habe ich«, hörte ich Josi in dem Moment durch das geöffnete Fenster sagen und hüpfte ein paar Schritte auf die Scheibe zu, »gesehen, dass etwas nicht stimmt. Die Hunde haben die ganze Zeit gebellt und sind nicht von ihrer Seite gewichen, obwohl ich sie gerufen hatte. Und dann bin ich um die Hollywoodschaukel rumgegangen und …« Ich sah wie Josi sich die Hände vors Gesicht legte und lauthals anfing zu weinen. Der Schwede nahm sie in den Arm.

Er musste im Wagen gewesen sein. Vor uns. Als Fritz noch lebte.

»Er war schon einmal hier!«

»Wer?«, fragte Viktor.

»Der Schwede«, antwortete ich.

»Wie kommst du darauf?«

»Er hat unfreiwillig Spuren hinterlassen. Durchsichtige Spuren.«

»Du sprichst in Rätseln. Geht es etwas konkreter?«

Ich drehte mich zu den beiden um und sah vom Rand der Matratze zu ihnen runter. »Er benutzt so ein Zeug, mit dem er sich einsprüht und das …«

»Parfüm. Deodorant. Oder meinst du Bodylotion?«

Ich sah Viktor verblüfft an. »Das hast du aber nicht aus der Tagesschau.«

»Nein, das war eine andere Sendung«, grinste er zu mir hoch.

»Was ich sagen wollte: Er benutzt so ein … was auch immer, das ich zuvor noch nie gerochen habe. Kommt mal hoch und steckt eure Nase hier an dieser Stelle in das Bettlaken.«

Wilma machte ein Gesicht, als hätte ich sie gebeten, drei Wochen zu fasten.

Und als ich schon dachte, Viktor hätte es langsam auch noch mit den Ohren, sprang er wie ein Junghund plötzlich aufs Bett und saß neben mir. »Wo?«

Ich sah ihn erstaunt an. »Hier«, sagte ich und wies mit meiner Nase auf die Stelle, die ich meinte.

»Hui. Ist intensiv. Warum ist mir das nicht da unten aufgefallen?«

»Weil das, wie du ja selbst merkst, aktuell nicht der einzige Geruch ist.«

In dieser Sekunde ging die Tür auf und Josi und der Schwede kamen herein.

»Leg dich doch noch mal einen Augenblick hin und ich geh kurz los und hol uns einen Kaffee. Okay?«, fragte der Schwede. Verdächtig akzentfrei.

»Ich kann mich doch jetzt nicht hinlegen. Wie stellst du dir das vor?«

Ich sah nach rechts und links auf die Matratze. Wo sie recht hatte, hatte sie recht. Hier müsste wirklich dringend mal aufgeräumt werden. Platz wäre noch. Ein wenig. Wenn wir rückten.

»Und einen ordentlichen Kaffee gibt's hier nicht. Den Weg kannst du dir sparen. Eine der Sachen, die ich ändern wollte. Ich hab meinen Kaffee immer von … Conny bekommen«, sagte sie, ließ sich aufs Bett plumpsen – wir konnten gerade noch zur Seite springen – und fing wieder an zu weinen.

Der Schwede sah ratlos zu ihr runter.

»Du!«, bellte ich ihn an, »Wer bist du eigentlich? Was hast du zu verbergen? Mir musst du nichts vormachen. Hast du Fritz umgebracht? Los. Sag es! Du warst schon hier, bevor wir hier waren, und hast den Wagen markiert. Glaub mal nicht, dass wir so bescheuert sind, wie wir aussehen! Ich krieg dich. Und dann kannst du …«

»Wieso sehe ich bescheuert aus?«, fragte Wilma empört.

»Heini! Was ist denn heute in dich gefahren? So kenne ich dich ja gar nicht!«

»Apropos nicht kennen. Warum mussten wir denn heute draußen schlafen? Weil ihr hier was gesucht habt oder was?! Oder hat *er* vielleicht etwas gesucht, während *du* geschlafen hast? Beweismaterial zum Beispiel?«

»Jetzt beruhig dich mal«, sagte Viktor. »Woher willst du wissen, dass der da was mit dem Tod von Fritz zu tun hat? Es gibt sicher mehr Zweibeiner als ihn, die diesen Duft benutzen. Es gibt Geschäfte, die verkaufen das Zeug tonnenweise.«

»Echt?«, wollte Wilma wissen.

»Echt«, bestätigte Viktor.

»Meinetwegen. Aber ich traue ihm nicht. Irgendetwas verheimlicht er. Er hatte gestern schon so eine Spur von Aufregungsabsonderung im Pullover.«

Es klopfte. Josi stand auf und öffnete die Tür. Ich lugte um die Ecke.

Petersen stand vor dem Wagen. »Frau Hartmann, wären

Sie so freundlich und würden uns bitte noch zwei, drei Fragen beantworten?«

»Ja, natürlich«, sagte Josi und ging zu ihm raus.

Im Laufe des Nachmittags war allerhand los. Dagegen war jeder Krimi im Fernsehen pure Langeweile.

Wir saßen – artig, schließlich wollten wir auf keinen Fall wieder in den Wagen geschickt werden – alle nebeneinander auf den Gartenstühlen vor Fritz' Wohnwagen und beobachteten gespannt, was sich dort abspielte: Erst kamen noch zwei Polizeiwagen, dann ein Notarzt, der feststellte, was wir schon lange wussten: Es war nicht auszuschließen, dass es keine natürliche Todesursache war. Ach! Dann kamen die Männer in den weißen Anzügen, fotografierten, stellten Nummern auf, gossen hier und da weiße Soße auf den Boden und schließlich wurden Conny sogar noch die Fingernägel sauber gemacht. Echt. Einer von den weißen Anzugtypen beugte sich zu ihr runter und kratzte mit so einem kleinen Teil unter ihren Nägeln rum.

»Guck. Wie aufmerksam. Jetzt machen sie Conny sogar noch hübsch«, hatte Wilma gesagt und wieder angefangen zu flennen.

Und dann waren zwei ganz schicke Typen in schwarzen Anzügen und weißen Hemden gekommen und hatten Conny in eine Tüte mit Reißverschluss gelegt. Wobei das leichter klingt, als es war. Denn sie hatte immer noch diese komische Haltung. Diese stabile Seitenlage. Etwas zu stabil für die Tüte, in die sie sollte. Da haben die Männer ein bisschen gedrückt, und dann ging es auf einmal doch ganz leicht. Zumindest sah es so aus.

Bis zu diesem Moment hatte Josi sich eigentlich einigermaßen beruhigt. Aber als die Frischhaltetüte mit Conny zugemacht wurde, fing alles wieder von vorne an. Josi war untröstlich. Zumindest in diesem Punkt war ich über die Anwesenheit des Schweden dankbar. Er tröstete wirklich professionell. Das hätten wir nicht besser machen können. Und weil wir es eben nicht machen mussten, konnten wir uns den wichtigen Dingen widmen. Dem Ermitteln.

»Was ist denn hier los?«, fragte in einem Moment, in dem ich mit meinen Gedanken völlig woanders war, plötzlich Locke neben mir.

Ich erzählte ihr, was los war. Beziehungsweise mit wem nichts mehr los war.

Sie sah sich um und sagte dann völlig erschüttert: »Was? Sie ist tot? Sie hat doch gerade noch gelebt.«

»Das ist immer so, wenn man stirbt. Dann hat man vorher noch gelebt«, erklärte Wilma sichtlich erfreut, dass sie mal was sagen konnte, von dem sie annahm, es wäre hochintellektuell.

»Dann müssen sich Ole und Steffi ja nicht mehr streiten.«

»Wer ist Steffi?«, fragte ich überrascht.

»Mein Frauchen.«

»Ach so. Aber wieso muss die Alte sich dann nicht mehr mit Ole streiten?«, wollte ich wissen. »Das verstehe ich nicht.«

»Haben sie sich gestritten, weil Conny lebte?«, fragte Wilma jetzt, inzwischen weniger intellektuell dreinschauend.

»So kann man das nicht sagen. Aber bei uns war in letzter Zeit die Hölle los. Es gibt zwar keine Toten, zumindest noch nicht, aber Ole und Steffi zanken sich seit Wochen ununterbrochen. Fürchterlich. Mir schlägt so etwas immer aufs Gemüt«, erklärte sie und sah dabei sehr bemitleidenswert aus.

Ich sprang vom Stuhl und stupste sie an. »Schau mal, wir«, ich deutete mit meiner Nase zu Wilma, dann zu Viktor, »sind auch Scheidungshunde. Das klingt schlimm, aber ich sage dir: Es gibt Schlimmeres.«

»Zum Beispiel keine Wurst«, murmelte Wilma.

»Aber sag mal, warum müssen sie sich denn jetzt nicht mehr streiten?«, hakte ich nach.

»Weil Conny jetzt ja nicht mehr da ist«, sagte Locke und sah dem langen Wagen nach, in den die schicken Männer die Tüte mit Conny geschoben hatten.

Ich drehte mich zu Viktor. »Das hat was mit der Sache mit dem Handy zu tun. Ich spür das«, sagte ich und wartete auf seine Reaktion.

Die blieb aus. Dafür fragte Locke: »Was für ein Handy?!«

»Honecker und Backfisch haben …«, fing ich gerade an, als sie mich unterbrach.

»Wer?!«

»Na, der Typ aus dem Wilden Eck und sein Freund.«

»Der nach Fisch riecht«, ergänzte Wilma und leckte sich über die Pfote.

»Und ein paar anderen Sachen«, meinte jetzt Viktor.

»Ach, die«, sagte Locke und setzte sich. »Was ist mit denen?«

»Wir haben gehört, wie sie sich darüber unterhalten haben, dass Ole und Conny schaukeln waren«, antwortete ich und erntete von Viktor vorwurfsvolle Blicke. Warum auch immer.

»Aha, dann stimmt es also doch«, sagte Locke.

Bevor ich nachhaken konnte, stand Josi plötzlich vor uns, wischte sich eine Träne aus dem Gesicht, zog die Nase hoch und meinte: »Na, du Hübsche, was machst du denn hier?«

Sie hatte halt Geschmack, meine Rudelführerin. Ich setzte mich stolz aufrecht hin. War schließlich mein Fang. Viktor sah mich zweifelnd von der Seite an. »Sag nichts«, raunte ich gerade so laut, dass seine senilen Ohren es hören konnten.

»Tiffi! Tiffiiiii!«, hörten wir es in dem Moment rufen. »Na, komm!«, forderte die Alte, die nicht die Alte hieß, Locke auf, die nicht Locke hieß.

Die wiederum sah mich an, mit diesem gewissen Blick, strich noch einmal mit ihrem unfassbar weichen Fell an mir vorbei und verschwand.

»Sag mal! Was plauderst du denn hier unsere Betriebsgeheimnisse aus?«, motzte Viktor mich vom Gartenstuhl runter an.

»Warum? Es hat uns weitergebracht. Mein Plaudern. Und außerdem bist du sowieso aus einem ganz anderen Grund sauer«, sagte ich gelassen und grinste nach oben. »Oder?«

»Pff!«, machte Viktor nur und drehte sich weg.

»Hört mal. Wenn es bei Steffi und Ole Stress gab und sie sich öfter gestritten haben, weil Ole mit Conny heimlich schaukeln war, dann wäre das doch ein …«

» … Motiv«, beendete Viktor meinen Satz.

»Genau«, sagte ich.

»Aber sie saß doch gestern am Tisch und hat dieses Zeug um die Stöcker gewickelt«, warf Wilma ein.

»Ja, aber kannst du bezeugen, dass sie den ganzen Abend da saß? Was hat sie danach gemacht?«, fragte ich.

»Das wirst *du* leicht rauskriegen können. Du sitzt ja sozusagen ganz nah an der Quelle«, meinte Viktor.

»Oder in«, hörte ich Wilma dreckig lachen.

»Hallo? Geht's noch?«, beschwerte ich mich. »Wir müssen jetzt genau zuhören, wer was zu Protokoll gibt. Dazu würde ich vorschlagen, dass wir uns trennen.«

»Trennen?!«, schrie Wilma und sprang auf.

»Räumlich trennen, aufteilen, meine ich.«

»Ach so«, sagte sie und legte sich wieder hin.

»Dann müssen wir natürlich herausfinden, was die Obduktion ergeben hat«, fuhr ich fort, »was sicher eine Weile dauert und dann …«

»Eine Stunde. Höchstens zwei, länger nicht.«

Ich sah Wilma fragend an. »Was?«

»Na, bis wir das Ergebnis der Obduktion haben.«

»Wie kommst du denn darauf?«

»Im *Tatort* haben sie das Ergebnis immer bis zum Ende vorliegen.«

»Wilma. Das ist ein Film. Dies hier ist die …«

»Realität«, ergänzte Viktor.

»Ja, genau. Und da dauert es leider etwas länger. Davon gehe ich zumindest aus.«

»Hm«, machte Wilma und zog eine Schnute.

»Also, was ich sagen wollte«, setzte ich erneut an, »wenn Todeszeitpunkt und Mordwaffe feststehen und wir die Ergebnisse unserer Ermittlungen vorliegen haben …«

»Dann zählen wir eins und eins zusammen«, unterbrach mich Wilma.

»Genau«, bestätigte ich.

»Na denn«, meinte Viktor, sprang vom Stuhl runter und setzte sich neben mich. Ich sah ihn erstaunt an. Damit hatte ich nicht gerechnet.

»Wilma. Du auch. Trauern kannst du später«, sagte er, ohne zu ihr hochzusehen.

»Einer für alle. Alle für eine!«, sagte sie und sprang vom Stuhl. Obwohl sie nachweislich das Temperament einer Nacktschnecke besaß, war sie doch immer mal wieder für eine Überraschung gut. »Für Conny würde ich alles tun. Da verzichte ich sogar auf mein Schläfchen«, erklärte sie erhobenen Hauptes. »Wollen wir?«

»Ja, ähm … Also, am besten bleibt einer hier, einer guckt mal, wo die Verhöre durchgeführt werden, die sind hier sicher irgendwo in der Nähe, und einer macht ein paar Runden und behält sozusagen den Überblick. Vorschläge, Wünsche, Anregungen?«

Wilma sah Viktor an, Viktor sah mich an. »Nö.«

»Etwas, wo ich nichts falsch machen kann, wo es warm ist und es etwas zu essen gibt und …«, fing Wilma an, ihre Wunschliste aufzuzählen.

»Das Leben ist keine Wurstfabrik. Außerdem hast du doch eben gesagt, für Conny würdest du alles tun.«

»Stimmt!«

»Also. Ich würde vorschlagen: Viktor, du schaust mal, was die Befragten so sagen, Wilma, du bleibst hier und passt *gut* auf, was passiert, und ich mache die Gesamtüberblicksrunde. Wenn die Leute hier anfangen, abzuräumen …«

»Aber das Meiste«, unterbrach mich Wilma. »Also, ich

meine, das Schlimmste, also … Conny wurde doch schon abgeräumt.«

»… oder sich die Versammlung auflöst, treffen wir uns wieder an der Basis, okay?«, beendete ich meine Anweisungen.

»Wo ist das?«, wollte Wilma wissen.

»Hier. Du bist die Basis.«

»Ich? Wirklich?«

»Ja, du«, bestätigte ich und sah, wie Wilma plötzlich um mindestens einen Zentimeter wuchs. Was, wenn man es auf ihre Gesamtgröße anrechnete, viel war.

»Alles klar?«, fragte ich noch einmal in die Runde.

»Jo«, nickte Viktor und marschierte los. Ohne weitere Kommentare. Vielleicht lag es daran, dass wir alle der Meinung waren, den Mord an Conny aufzuklären, wäre Ehrensache. Sozusagen. Sie war schließlich eine von uns. Also nicht von uns Möpsen, aber von uns hier auf dem Platz.

»Jo«, sagte jetzt auch Wilma. Sie wackelte Richtung Hollywoodschaukel, wo immer noch die Männer des Kriminaldauerdienstes standen, ihre Kleckereien auf dem Boden betrachteten und diskutierten.

Na, dann wollen wir mal, dachte ich mir und lief einfach drauflos. Im Grunde völlig planlos, aber das ließ ich mir natürlich nicht anmerken.

»Ich könnte mir ein Leben ohne das Wilde Eck gar nicht vorstellen, hat sie gestern Abend noch gesagt. Und ich, ich kann mir ein Leben ohne sie hier nicht vorstellen«, hörte ich Josi sagen, die zusammen mit dem Schweden bei Petersen stand, der sich das anscheinend aufschrieb. Zumindest hielt er Block und Stift in der Hand. Der Schwede streichelte Josi über den Rücken. Ich war mir einfach nicht sicher, was ich von dem halten sollte. Eigentlich machte er ja wirklich einen netten Eindruck, aber irgendwie ... Hm. Keine Ahnung. Irgendwas war mit dem. Das sagte mir mein leerer Bauch. *Kein Fressen, kein Fall,* fiel mir in dem Moment ein, und ich machte noch mal einen kleinen unplanmäßigen Abstecher in den Wohnwagen. Wobei ich ja eh keinen Plan hatte.

Natürlich hatten die beiden Presswürste mir nichts übrig gelassen, aber ich wusste, wo die Tüte stand. Im Schrank unter der Spüle. Ich öffnete die Tür mit meiner Pfote und zerrte die Tüte raus. Plötzlich war es dunkel. Zack. Irgendetwas war von oben auf mich herabgefallen. Es roch nach Lagerfeuerqualm und nach ... dem Schweden! Ich kroch unter dem Stoff hervor. Dunkelbraunes Wildleder. Es war die Jacke, die er gestern Abend unterm Arm gehalten hatte, als er zum Lagerfeuer kam. Ich zog sie zur Seite, um endlich an mein Futter zu kommen, als ich bemerkte, dass etwas aus der Tasche gefallen war. Eine helle Karte. Es war ein Zeichen darauf, ein kleines gemaltes Haus oben rechts in der Ecke. Darunter ein Name und ein paar Nummern.

Was auch immer. Ich hatte Hunger. Gott sei Dank hatte Josi nicht dieses blöde Gummiband um die Tüte gewickelt, freute ich mich und schubste die Tüte so lange an, bis etwas von dem Trockenfutter rausrollte. Pastete wäre mir lieber gewesen, aber das Leben als Kommissar hatte eben auch Schattenseiten.

Gestärkt und zugegeben plötzlich etwas müde, marschierte ich erneut los. Die Lage hatte sich etwas entspannt. Zumindest vor unserem Wohnwagen. Abgesehen von Josi, die jetzt immerhin einen dampfenden Becher in der Hand hielt. Ihre rotblonden Haare fielen in Strähnen rechts und links über ihre Schultern. Trostlos sah sie aus. So unfrisiert.

Die Männer in den weißen Anzügen räumten ihre Sachen ein. Wilma war tatsächlich noch nicht eingenickt, saß auf ihrem runden Po und beobachtete das Treiben. Josi, der Schwede und einer von den Polizisten, die später dazugekommen waren, sprachen vor dem Flatterband miteinander. Um die Hollywoodschaukel und Connys ganzen Vorplatz flatterte nämlich jetzt ein Plastikband, auf dem POLIZEI stand.

»Bis die Todesursache geklärt ist … Wir werden Sie informieren … nahe Verwandte oder Angehörige …«, hörte ich den Polizisten zu Josi sagen, als gerade eine kleine Böe über uns hinwegfegte.

Der Behaarte, seine Frau, die keine Nacktschürze trug, und die First Lady standen auf der anderen Seite des Sandweges und beobachteten, was passierte. *Schaulustige,* schoss es mir in dem Moment durch den Kopf. Genau! So nannte man die. Aber richtig lustig sahen sie ehrlich gesagt nicht aus. Sie standen da wie ein Haufen Zweibeiner, der auf den Bus wartet.

Aber es kam kein Bus. Dafür ein Auto, das wohl nicht wusste, dass es oben am Tor einen Parkplatz gab. Es hielt mit etwas Abstand von unserem Platz hinter all den anderen Fahrzeugen, die sich hier inzwischen versammelt hatten. Die Türen öffneten sich, und heraus traten Sarah und Anni, die aussahen, als hätten sie den Polonaisetanz noch bis gerade eben fortgeführt. Sarahs sonst gerader Pony stand ab, als hätte sie auf dem Bauch geschlafen und das Gesicht die ganze Nacht ins Kissen gedrückt. Anni wühlte in ihrer Umhängetasche und zog eine dunkelbraune, viel zu große Sonnenbrille raus, die sie sich auf die Nase setzte. Dabei schien die Sonne immer noch nicht.

Sie kamen näher und hielten sich die Hände vor den Mund. Vielleicht hatten sie sich die Zähne noch nicht geputzt. Bernd hatte so immer getestet, ob er ins Bad gehen musste, um erst die Zähne zu putzen, bevor er Josi küsste. Wobei Sarah und Anni Josi vermutlich nicht küssen wollten. Oder doch?

Nein. Sie trösteten. Ganz klar zu erkennen durch in den Arm Nehmen, über den Kopf Streichen, Kopfschütteln, aufmerksames Zuhören und regelmäßiges Nicken. Doch dann kam leider noch ein völlig überflüssiges Überreden, nach Hause zu fahren, dazu, das nicht eingeplant war.

»Ich verstehe das einfach nicht«, hörte ich Josi sagen. »Warum sollte jemand Conny umbringen? Sie ist so ... Sie war so nett, so lieb und ... Das macht doch alles keinen Sinn!«

Mein Reden! Es macht keinen Sinn. »Und deshalb *müssen* wir hierbleiben«, erklärte ich lauthals.

Anni, Sarah, der Schwede und Josi sahen zu mir runter.

»Ach, Mensch, mein Süßer. Komm mal her. Ich hab mich noch gar nicht richtig um euch gekümmert durch die ganze Aufregung.« Josi bückte sich zu mir runter und hob mich hoch. *Perfekt,* dachte ich. So bekam ich wenigstens alles mit.

»Steht es denn fest, dass sie ermordet wurde?«, wollte Anni wissen.

»Bis das Gegenteil bewiesen ist, geht man erst mal davon aus«, erklärte der Schwede, der seinen Arm um Josi gelegt hatte.

»Oh Gott! Das ist ja schrecklich!«, sagte Sarah und sah sich um. »Du kannst auf keinen Fall hierbleiben. Du musst hier sofort weg!«

»Ich kann hier nicht weg. Wie stellst du dir das vor? Mir gehört der Platz. Ich kann die Leute hier nicht alleine lassen und einfach abhauen.« Josi kraulte gedankenverloren mein Fell. »Der Kapitän ist der Letzte, der das Schiff verlässt«, erklärte sie und sah Anni und Sarah an, die wenig überzeugt wirkten. »Okay, der Vergleich hinkt. Aber was würdet ihr denn tun an meiner Stelle?«

»Fahren«, erklärte Sarah, während Anni zustimmend nickte.

Josi sah in Richtung von Connys Wagen und schüttelte den Kopf. »Was ist das nur für ein Jahr? Jedes Mal, wenn ich denke, das wird schon wieder, positiv denken, zack, passiert die nächste Katastrophe. Was mach ich nur falsch?!«

Sarah kam ein Stück näher und fasste Josi am Arm. Sie hörte auf mich, zu streicheln. »Du machst überhaupt nichts falsch. Du kannst weder etwas dafür, dass …« Sie sah zum Schweden, dann wieder zu Josi. »Für das, was Anfang des Jahres passiert ist, noch, dass dein Onkel gestorben ist, der, na ja, eigentlich dein Vater war, noch kannst du etwas dafür, dass Conny tot ist.« Sie streichelte Josi noch einmal über den Unterarm, dann zog sie ihre Hand wieder zurück.

Josi holte tief Luft. »Ich habe diesen Platz geerbt und damit auch die Verantwortung. Ich kann hier nicht einfach weg. Nicht jetzt.«

Das sahen Anni und Sarah anders. Sie redeten gleichzeitig auf Josi ein.

Hilfe! Wie konnte ich verhindern, dass wir den Platz verließen? Ich musste sofort Viktor finden. Er hatte meistens eine gute Idee. Ich zappelte auf Josis Arm rum, bis sie mich absetzte. Einen Moment wartete ich noch, bis Josi abgelenkt war, dann lief ich zum Sandweg und nahm seine Fährte auf. Das Gute an älteren Herren ist: Sie nehmen selbst weniger wahr, hinterlassen dafür aber umso stärkere Gerüche. Mit der Nase am Boden folgte ich der Spur unseres Seniors, die mich direkt ins Wilde Eck führte. Dem Herrn im Hundehimmel sei Dank war die Tür nur angelehnt. Somit konnte ich mich reinschmuggeln.

Es war wie immer drinnen dunkler als draußen. An den Tischen saßen die Camper mit jeweils einem Polizisten, der sich fleißig irgendetwas notierte. Honecker stand hinterm Tresen und schien etwas einzuschenken. Dem Geruch nach würde ich auf Kaffee tippen. Insgesamt ging es recht still zu, dafür dass hier so viele Leute waren.

Zu meinem Entsetzen stellte ich fest, dass Viktor es sich unter dem ersten Tisch vorne links bequem gemacht hatte. Zu bequem. Er schlief!

»Wie sacht man so schön: Man soll keine schlafenden Hunde wecken. Richtig?«, fragte Macho, der mit Püppi direkt daneben saß und einen ziemlich nervösen Eindruck machte. Etwas zu nervös, wie ich fand. Außerdem sonderte er ganz eindeutig Stoffe ab, die auf Aufregung schließen ließen. Der Sache musste ich unbedingt nachgehen! Vielleicht war Ole ja nicht der Einzige, der mit Conny schaukeln war.

Vorher musste ich aber noch etwas anderes tun. »Schlafende Hunde sollte man *sofort* wecken! Vor allem, wenn sie mitten in einer Mord-Ermittlung stecken«, brüllte ich Viktor mit einer Pfote Abstand direkt ins Ohr.

»Bist du völlig wahnsinnig?!«, bellte er zurück und schoss in derselben Sekunde hoch.

»Nein. Bin ich nicht. Ich passe nur auf, dass das Team nicht alle wichtigen Details verpennt, die hier gerade besprochen werden«, sagte ich vorwurfsvoll und machte dabei mit dem Kopf eine Bewegung in Richtung der Tische.

»Ich habe mich schlafend gestellt, du Depp!«

Ups.

»Wenn das so ist, sorry«, sagte ich kleinlaut. »Das kann doch keiner ahnen …«

»Was machst du überhaupt hier? Ich dachte, du bist der Super-Total-Überblicker?«

»Ja, bin ich auch. Eigentlich. Aber dann kamen Anni und Sarah, und jetzt überreden sie Josi, zurück nach Hamburg zu fahren, weil es hier viel zu gefährlich ist für sie und was weiß ich was.«

»Mist!«

»Sag ich ja!«

»Und jetzt?«

»Das wollte ich dich gerade fragen!«

Viktor machte einen angestrengten Gesichtsausdruck. Was bei all den Falten in seinem Gesicht nicht wirklich anstrengend war.

»Würden Sie die Person wiedererkennen?«, hörte ich in dem Moment über mir den Polizisten fragen. Welche Person? Ich machte ein paar Schritte zurück und sah hoch. Ich erkannte sie sofort wieder. Das war Püppi. Aber wen meinte der Kollege?

»Ich weiß nicht. Es war ja dunkel. Und außerdem waren wir auch … beschäftigt, und ich … ich hatte nur mal durch Zufall gerade aus dem Fenster geguckt. Kurz«, erklärte Püppi mit Unschuldsmiene.

»Aha«, machte der Polizist und schrieb wieder was auf seinen Notizblock. »Haben Sie die Person, die sich dem Wagen der Toten genähert hat, auch gesehen?«

»Ich? Nee, ich war auch beschäftigt und hab da nicht hingeguckt. Ich hab ganz woanders hingeguckt«, sagte Macho, griff nach Püppis Hand und zwinkerte ihr zu.

»Die beiden verheimlichen uns etwas«, sagte ich zu Viktor.

»Mag sein. Ich gehe davon aus, dass uns in diesem Raum jeder irgendetwas verheimlicht. Der eine meint, er wäre total gut mit Conny befreundet, obwohl ich ihn bisher nicht bei ihr gesehen habe. Aber das heißt ja auch nichts. Schließlich kennen wir hier ja auch nicht jeden. Jedenfalls behauptete dann noch einer, er hätte sie gar nicht gekannt, obwohl ich ihn da mal gesehen habe, da bin ich echt sicher. Und zu guter Letzt meinte noch einer, sie hätte sich umgebracht. Aus Liebeskummer. Pffff«, machte Viktor und schüttelte den Kopf.

»Liebeskummer?«

»Liebeskummer bezeichnet die unerfüllbare oder zurückgewiesene Liebe und umfasst sowohl körperliche als auch seelische Symptome, die sich in Form von …«

»Viktor! Ich bin zwar nur ein halber Mops, aber ich habe nicht ein halbes Hirn! Ich weiß, was Liebeskummer ist. Himmel noch mal. Ich wollte nur zum Ausdruck bringen, dass mir Liebeskummer, egal in welcher Form, bei Conny nicht aufgefallen ist. Dir etwa?«

Viktor machte ein nachdenkliches Gesicht. Dann schüttelte er verneinend den Kopf.

»Okay, dann kann das ja schon mal ausgeschlossen werden. Bleibt also nur ein plötzlicher, natürlicher Tod, an den ich, ehrlich gesagt, nicht glaube. Und: Mord.«

Viktor nickte. Mit Nachdruck.

»So. Und nun? Was machen wir denn jetzt? Wir müssen irgendetwas unternehmen, damit Josi nicht abreist!«

»Hat sie denn gesagt, dass sie das will?«

»Nein, aber die reden so auf sie ein, dass …«

»Cool bleiben. Abwarten. Unauffällig weiterleben«, sagte Viktor und machte mit dem Kopf eine Bewegung Richtung Tür. »Geh mal zum Auto und schau, ob da irgendwo in der Nähe ein spitzer Gegenstand liegt. Den nimmst du und legst ihn vor einen der Räder. Wenn sie dann losfährt, geht die Luft aus dem Rad, und wir können nicht weg.«

»Woher hast du *das* denn?!«, wollte ich entsetzt wissen. Und mich selbst wegen meiner Mops-Mafia-Idee kritisieren. Wenn das mal keine kriminelle Energie war.

Viktor tat geheimnisvoll, machte die Augen zu und legte sich wieder hin. Meinetwegen. Hauptsache, er schlief nicht wirklich ein.

Auf dem Sandweg fand ich alles Mögliche. Die Dinger, die auf den Bierflaschen sind, eine glitzernd rosa Haarspange, ein Stück Plastik, im Gebüsch eine schwarze Socke und auf der anderen Seite eine von diesen Klammern für die Wäsche. Aber nichts, womit ich den Reifen hätte platt machen können. Und an den Besteckkasten im Wohnwagen kam ich nicht dran.

»Henriiii! Viiiiktooooor!« Unsere Rudelführerin stand

ein paar Meter vom Auto entfernt, die Hände in die Seiten gestemmt, und sah mich an, als wollte ich ihr gerade die Reifen aufstechen. »Henri! Das gibt es doch nicht. Was um alles in der Welt machst du da? Ich rufe euch schon die ganze Zeit! Was denkst du dir dabei, schon wieder abzuhauen?!«

»Ich?!« Ich drehte mich um und sah hinter mich. Da war nur leider nichts, was mir hätte weiterhelfen können, außer der schwarzen Socke. Sie roch übrigens nicht gut.

Josi schimpfte und schimpfte und schimpfte. Es tat mir richtig leid. Sie war fix und fertig. »Meine direkte Wohnwagennachbarin ist plötzlich tot, eventuell ermordet. Ein paar Meter von mir entfernt. Mein Kopf platzt gleich, und meine Hunde machen, was sie wollen. Was ist nur los?« Sie schüttelte den Kopf und lief weiter.

Wenn ich ihr nur sagen könnte, was ich gerade vorhatte. Also natürlich nicht das mit den Reifen, sondern das mit dem Mordfall. Dass wir den Mörder finden wollten, und dass man in solchen Fällen eben manchmal Opfer bringen musste.

Nach ein paar Metern hatte sie sich wieder etwas beruhigt. »Wir fahren ja gleich nach Hause. Ich muss aber noch meine Sachen packen und was essen, eine Tablette einwerfen und dann geht's los. Und nur weil ich heute etwas beschäftigt war, heißt das noch lange nicht, dass du hier rumstreunern kannst und ich dich ständig suchen muss. Ich hab echt andere Sorgen.«

In dem Moment nahm ich hinter ihr eine Bewegung wahr. Viktor. Er wollte sich doch tatsächlich unerkannt hinter ihr Richtung Wohnwagen davonschleichen.

Es gelang ihm, vor uns zurück am Tatort zu sein. Beziehungsweise daneben, an unserem Wagen. Der Tatort war so gut wie leer. Das Flatterband flatterte vor Connys Wagen, aber von den ganzen Polizisten war nichts mehr zu sehen. Von Sarah und Anni übrigens auch nicht. Totenstille sozusagen.

Viktor hatte sich einfach wieder auf den Gartenstuhl gesetzt und sah aus, als hätte er nie etwas anderes getan als dort rumzuliegen. Er musste direkt hinter Josi vom Sandweg runter und dann querfeldein gegangen sein. Was, wenn der Mörder das auch so gemacht hatte, überlegte ich. Und ihn deshalb keiner gesehen hatte? Obwohl, da war ja anscheinend irgendwer, den Püppi beobachtet hatte. Aber wer war so dumm und brachte Conny auf ihrer Hollywoodschaukel um? Dort, wo ihn jeder sehen konnte, keine zwanzig Mopslängen vom Sandweg entfernt. Und alle, die auf der Grillparty und später bei uns waren, sie alle waren doch an Connys Wohnwagen vorbeigegangen. Klar, sie hatte ja auch mitgefeiert. Doch als sie dann rübergegangen war, warum hatte sie sich auf die Schaukel gesetzt und war nicht direkt ins Bett gegangen? Hatte sie sich noch mit jemandem unterhalten? Oder geschaukelt?

»Henri?!« Josi stand vorm Wagen und sah mich irritiert an. Zu Recht. Ich war nämlich in Gedanken einfach weitergegangen und stand fast am Ende des Sandweges. Ich drehte um und lief zurück.

Die ganze Aufregung am Vormittag war wohl Schuld daran, dass ich mir noch gar keine Gedanken darüber gemacht hatte, was Conny eigentlich in der Hollywoodschaukel gemacht hatte. Vielleicht hatte sie ja auch noch jemanden kennengelernt. Aber wen? Sie kannte hier im Grunde jeden. Abgesehen vom Schweden waren nur Leute vom Campingplatz da gewesen.

Wilma und Viktor saßen wie Wachhunde auf dem kleinen Tritt vor der Wohnwagentür, durch die Josi verschwunden war.

»Der Schwede! Alle Wege führen zum Schweden. Immer wieder. Ich spüre so etwas«, sagte ich.

Die beiden sahen mit großen Augen zu mir runter. Okay, die haben sie immer. Aber jetzt eben noch viel größer.

»Aha«, machte Viktor. »Und warum jetzt schon wieder?«

»Weil … weil Conny in der Hollywoodschaukel saß und ich mich gefragt habe, warum sie das getan hat.«

Viktor machte wieder: »Aha.«

»Weil's schön ist«, sagte Wilma, stand auf und ging zum Sandweg. Zum Pieschern. Weil's nötig war. So sah es zumindest von hier aus aus.

»Ja, klar«, sagte ich zu Viktor gewandt. »Aber doch nicht mitten in der Nacht. Allein. Da geht man ins Bett. Als Mensch, meine ich.«

»Hm«, machte Viktor mit unverändertem Gesichtsausdruck.

»Ich glaube, sie hat sich noch unterhalten. Vielleicht mit jemandem, den sie gerade kennengelernt hat. Und da …«

»Hast du an den Schweden gedacht?«, sagte Viktor jetzt.

»Ja.«

»Henri. Jetzt überleg doch mal. Der Schwede war die ganze Zeit bei Josi. Und Conny ist irgendwann, genau wie alle anderen auch, nach Hause gegangen. Warum sollte der Schwede, der total läufig auf Josi ist, sich mit Conny in die Hollywoodschaukel setzen? Das macht doch keinen Sinn.«

»Ja, mag sein. Aber macht Mord Sinn? Da wären wir wieder bei unserer Ausgangsfrage.«

»Ja, an der zum Fall Fritz.«

»Mord-Muster sind übertragbar.«

»Dann sprichst du hier aber von ein und demselben Mörder«, sagte Viktor, jetzt etwas mehr an der Unterhaltung interessiert.

»Aber Fritz …«, sagte Wilma, die gerade zurückgekommen war.

»Wurde nicht ermordet«, fügte Viktor hinzu.

»Denken wir. Aber wissen wir es? Was, wenn …«

»Der Mörder hier noch rumläuft?«, fragte Wilma ängstlich und sah sich um.

»Können wir es ausschließen?« Ich sah die beiden fragend an. »Na?«

»Nein, können wir nicht, aber dann fehlen jetzt bereits zwei Motive«, sagte Viktor. »Oder keins.«

»Oder wir sehen das große Ganze nicht!«, erklärte ich.

Josi hatte das Problem auch. Nur anders. Sie sah das kleine Ganze nicht. »Wieso ist der denn jetzt weg? Das gibt's doch nicht. Ich weiß genau, dass ich ihn hierhergelegt habe. Was ist das nur für ein Tag?!«, hörten wir sie im Wohnwagen fluchen, während sie etwas suchte. Der Schwede half dabei. Was auch immer sie suchten. Vielleicht war es das Gleiche wie das, was sie letzte Nacht im Bett gesucht hatten.

»Ich guck eben draußen. Er ist bestimmt irgendwo«, schlug der Schwede vor und sah zu uns runter. »Na, ihr kleinen Kerle, darf ich mal vorbei?«

»Kerle? Hallo? Ich bin eine Dame!«, schimpfte Wilma, während Viktor vom Tritt hüpfte.

»Danke«, sagte der Schwede und ging an Wilma vorbei.

»Irgendwie hat er was«, meinte Wilma und sah ihm hinterher.

»Sag ich ja!«, bestätigte ich.

»Nein. Nicht so. Ich meine er hat etwas Anziehendes«, sagte sie, legte ihren Kopf schief und beobachtete, wie der Schwede sich bückte und unter Gartentisch und Stühle blickte. Dann machte er sich wieder gerade und kam zu uns zurück. »Habt *ihr* den Autoschlüssel vielleicht gesehen?«

Ich sah Viktor an, dann Wilma, dann wieder zum Schweden. »Der Autoschlüssel ist weg?!«, fragte ich.

»Er muss hier irgendwo sein. Josi ist sich ganz sicher, dass sie ihn neben die Spüle da oben gelegt hat«, sagte er, holte tief Luft und kratzte sich an seinen dunklen Bartstoppeln. Die waren mir gestern Abend gar nicht so aufgefallen. »Oh Mann, so was. Na ja. Dann fahre ich euch einfach nach Hause. Das kriegen wir schon hin. Obwohl. Moment.« Er kramte in seiner Jeans und holte ein Handy aus der Tasche. »Heute Abend muss ich ja … Oh Mist, das schaffe ich auf keinen Fall. So etwas Blödes. Wie konnte ich das vergessen?«

»Das kann doch nicht sein, verdammt noch mal!«, hörte ich Josi schimpfen. Ich hüpfte den Tritt hoch in den Wagen. Sie nahm gerade ihre große Handtasche und kippte sie auf dem Tisch aus. Alles Mögliche fiel heraus, kullerte über die kleine, braune Tischplatte und auf den Boden. Nur nicht das, was sie suchte.

Josi setzte sich auf die Bank der Sitzecke, nahm ihr Haargummi und zog daran, bis der Zopf kein Zopf mehr war. Dann stellte sie ihre Ellenbogen auf der Tischplatte ab und benutzte sie als Stützen für ihren Kopf, der heute anscheinend sehr schwer war. Ihre langen Haare fielen wie ein Vorhang vor ihr Gesicht, hinter dem sie tief Luft holte. Es klang sehr verzweifelt.

»Ich mag es gar nicht sagen, aber draußen ist er auch nicht«, sagte über mir der Schwede. »Und ich sehe gerade, dass ich morgen ganz früh einen Termin auf Sylt habe. Ich muss auf alle Fälle heute Abend schon hin, sonst schaffe ich das nicht. Sonst hätte ich dich, also euch, nach Hamburg gefahren. Das tut mir total leid!«

»Woher weiß er, dass wir in Hamburg leben?«, fragte ich erstaunt, während ich wieder rausging.

»Vermutlich hat Josi es ihm erzählt«, murmelte Wilma, während sie weiter den Schweden im Türrahmen des Wohnwagens anstarrte. Mit einem Ausdruck in den Augen, den ich nur von Locke kannte.

»Es wäre uns wohl aufgefallen, wenn sich jemand mit Conny in der Hollywoodschaukel unterhalten hätte. Oder sie dort kaltgemacht hätte«, warf Viktor ein, ausnahmsweise als Einziger auf die Ermittlungen fokussiert statt auf den Schweden. »Wir waren doch schließlich auch hier draußen. Oder etwa nicht?«

»Ja, schon«, gab ich zu. »Aber ich für meinen Teil habe die Augen ziemlich schnell zugemacht, nachdem wir uns auf die Gartenstühle gelegt hatten. Konnte ja keiner ahnen, dass es besser gewesen wäre, wach zu bleiben, um zu beobachten, wer was wann macht, mit wem redet …«

»Und wer wen umbringt«, fügte Wilma hinzu.

»Und warum«, meinte Viktor.

»Ja. Warum. Da wären wir wieder«, sagte ich.

»Bei der Ausgangsfrage«, sagten Wilma und Viktor gleichzeitig.

»Ja.«

»Ähm, 'tschuldigung. Darf ich mal kurz stören?«, hörten wir in dem Moment Honecker hinter uns fragen.

Viktor und Wilma machten einen Schritt beiseite, damit er besser durchkam. »Ich weiß, das ist jetzt etwas unpassend, aber bevor Sie ... äh ... du gleich abhaust, wollte ich mal kurz fragen, was mit den Sachen am Grillplatz ist. Sollen Backfisch und ich das übernehmen? Ist kein Problem«, sagte er.

»Das wird wohl so schnell nichts mit dem Abhauen«, sagte Josi nur.

»Ähm, warum? Ist was passiert? Also ich meine, noch etwas?«

»Ja. Ich komm hier nicht weg. Mein Autoschlüssel hat sich in Luft aufgelöst.«

»Hm«, machte Honecker und schien angestrengt nachzudenken.

Einen Moment lang sagte keiner was. Dann meinte Honecker: »Nimm doch den Wagen von Fritz. Der steht ja eh nur rum.«

Josi sah Honecker mit großen Augen an. »Fritz' Wagen?«

»Ja, seine Rennpappe. Die steht hinten, da bei den Tannen, an der Seite von der Anmeldung.«

»Rennpappe?!«, fragte ich enttäuscht, als wir vor dem kleinen, hellblauen eckigen Auto standen.

»Bitte schön«, sagte Honecker und reichte Conny freudestrahlend die Schlüssel, die er zuvor aus der Anmeldung geholt hatte, wo sie immer an einem Holzbrett hingen, wie er erklärte. »Ich weiß noch, wie wir damals unseren bekommen haben. Mann, haben wir lange auf den gewartet. Und heute … na ja.«

Josi holte schon wieder tief Luft. Diesmal noch länger und ausgiebiger als sonst. »Na denn«, sagte sie nur und fing plötzlich an zu lächeln. »Eine Premiere jagt hier anscheinend die nächste. Dann fahren wir also Trabbi.«

Wir marschierten alle wieder zurück zum Wohnwagen. Bis auf Honecker, der sich Backfisch schnappen wollte, um sich mit ihm zusammen um den Platz zu kümmern. Vorher bedankte er sich bei Josi »für alles!« und nahm sie in den Arm. Wer hätte das gedacht, dass es mal so weit kommen würde.

Josi packte die Sachen zusammen, der Schwede trug sie zur Rennpappe, und wir sahen uns den Tatort ein letztes Mal in Ruhe an. Den vor der Tür. Vielleicht hatte ich ja doch was übersehen.

Das Absperrband flatterte im Wind. Die Tür von Connys Wagen war geschlossen. Jemand hatte einen Aufkleber an die Stelle geklebt, wo der Griff war.

»Es ist so traurig«, flüsterte Wilma neben mir.

»Ja. Wir müssen jetzt aber trotzdem versuchen, uns zu konzentrieren. Jede Minute zählt. Guck genau hin, ob dir irgendetwas auffällt. Gibt es etwas, das anders riecht, das anders aussieht, etwas, das jetzt da ist und vorher nicht da war.«

»Dieses komische Plastikband«, meinte Wilma und sah hoch.

»Ich meine nicht das, was die Kollegen von der Polizei hinterlassen haben, sondern etwas von Conny oder etwas, das …«

»Der Stock«, unterbrach sie mich.

»Wilma. Ich meine es ernst! Was passt nicht her? Was ist total untypisch für Conny?«

»Na, der Stock da. Conny hat nie mit Stöckchen gespielt.«

Ich blickte in die Richtung, in die Wilma sah. Tatsächlich. Da lag ein längerer Stock neben der Hollywoodschaukel. So einer, wie sie gestern Abend ins Feuer gehalten wurden.

»Okay, was fällt dir sonst noch auf? Vielleicht etwas, das bedeutender ist als ein Stock?«

»Du glaubst doch nicht im Ernst, dass der Kriminaldauerdienst etwas übersehen hat. Das sind Profis«, sagte Viktor.

Der Kriminaldauerdienst. Natürlich. Wie konnte ich nur die ganze Zeit Polizei sagen? Herr im Hundehimmel. Wie peinlich. Gut, dass es nur meine beiden Mitermittler gehört hatten.

»Klar sind das Profis. Aber wir sind es auch. Und wir sind ganz klar im Vorteil.«

»Aha«, machte Viktor mal wieder skeptisch.

»Erstens: Wir können besser riechen, Fährten aufnehmen und Dinge aufspüren als Zweibeiner.«

Viktor sagte nichts. Immerhin.

»Zweitens: Wir kennen die Gewohnheiten sowie das nähere Umfeld der Toten.«

»Conny«, verbesserte mich Wilma.

»Ja, Entschuldigung. Das nähere Umfeld von Conny.« Ich machte eine kleine Gedenkpause. »Drittens: Wir haben den klaren Vorteil, dass wir als verdeckte Ermittler arbeiten können.«

»Da hast du recht«, sagte Viktor.

»Na siehst du.«

Leider brachten uns diese Vorteile nicht weiter. Bis auf den langen Stock gab es nichts, das uns aufgefallen war.

»Wir hätten früher anfangen müssen«, bemerkte Wilma zu meinem Erstaunen.

»Mag sein. Aber das war kaum möglich. Erst haben wir die Tote … also ich meine Conny entdeckt, dann kam der halbe Campingplatz angelaufen und dann die Kollegen vom Kriminaldauerdienst. Und dann wurde hier itzi-bitzi alles abgesperrt. Außerdem mussten wir noch bei den Befragungen zuhören.«

»Stimmt. Das hätte ich fast … Was hat das denn eigentlich ergeben, Viktor?«

»Nicht viel. Püppi will jemanden gesehen haben vor Connys Wagen, kann aber keine genauere Personenbeschreibung abgeben. Honecker meint, er habe – nachdem er von Josi weggegangen sei – mit Backfisch noch ein paar Naturaufnahmen gemacht. Und als sie vom Grillplatz zurückgekommen sind, weit nach Mitternacht, hätte Conny nicht auf der Schaukel gesessen. Da waren sie sich ganz sicher.«

»Naturaufnahmen?!«, fragte Wilma.

»Ich fresse Katzenfutter, wenn die Naturaufnahmen gemacht haben! Die haben hundertprozentig wieder irgendwen beobachtet.«

»Beim Schaukeln?«, fragte Wilma.

»Ja«, sagte ich und sah Viktor auffordernd an. »Fragt sich nur, wen.«

»Wen sie geschaukelt haben?« Wilma sah mich zweifelnd von der Seite an.

»Nein. Wen sie fotografiert haben. Sonst noch was, Viktor?«

»Ole meinte, er wäre den ganzen Abend mit seiner Frau zusammen gewesen.«

»Das ist Quatsch!«, unterbrach ich ihn. »Die hat erst diese Stöcke mit Teig umwickelt, und dann ist sie ...« Ich überlegte angestrengt. Jetzt bloß nichts durcheinanderbringen. »Dann ist sie irgendwo gewesen. Jedenfalls nicht bei Josi im Wagen. Da waren nur sie, Anni, Sarah, der Schwede, Ole, Honecker, Backfisch und natürlich Conny. Oder?«

Wilma sah gen Himmel und machte den Eindruck, als dächte sie angestrengt nach. Sicher war ich aber nicht.

»Nachdem sie mit ihrer Polonaise vom Grillplatz hierhergewackelt sind, ja. Dann waren sie erst vor dem Wagen.« Viktor zeigte mit seiner platten Nase rüber zu unserem Vorplatz. »Dann drinnen, im Wagen, und dann sind sie nach und nach alle wieder abgehauen. Bis auf Josi und den Schweden. Aber wer wann gegangen ist, keine Ahnung. Da hab ich schon von«, er sah Wilma an, »Leberwurst geträumt.«

»Ole war auf alle Fälle ohne die Alte da«, meinte Wilma plötzlich. »Das weiß ich ganz genau.«

Wir sahen Wilma überrascht an.

»Na, der hat doch noch mit Conny ein bisschen Polonaise gemacht«, erklärte sie völlig gelassen, als ginge es hier um die Frage Trocken- oder Nassfutter.

»Was?!«, platzte es zeitgleich aus Viktor und mir.

»Da.« Wilma zeigte zur Hollywoodschaukel.

»Du wusstest das die ganze Zeit und hast nichts gesagt?«, fragte ich in einem Ton, der darauf schließen ließ, dass ich nicht unbedingt die beste Laune hatte.

»Wieso? War das denn wichtig?!«

»Natürlich ist es wichtig, mit wem Conny ihre letzten Stunden verbracht hat! Warum legen wir uns denn hier auf die Lauer und versuchen herauszukriegen, wer was wann gemacht hat? Um uns ein Bild davon machen zu können, was passiert ist!«

»Aber es ist doch nichts passiert. Er hat sie nicht umgebracht. Das hätte ich gesehen. Und das hätte ich euch auch gesagt.«

»Na, *das* will ich auch hoffen«, motzte jetzt Viktor.

»Er war total lieb zu ihr. Hat ihr übers Haar gestreichelt, sie geküsst. Ganz süüüß! Das war bestimmt nicht tödlich.«

»Warum hast du uns das nicht gleich gesagt?!«

»Aber es hätte nichts geändert«, entgegnete Wilma. »Sie ist tot.«

»Fakt ist, Ole hat gelogen. Und die Frage lautet: warum?« Ich sah Wilma auffordernd an. Keine Reaktion. Was hatte ich erwartet?

»Frag doch mal Locke. Die weiß bestimmt, wo ihre Rudelführerin war«, schlug Viktor vor.

»Stimmt«, gab ich ihm recht. Warum war ich nicht schon längst selbst auf die Idee gekommen?

»Kommt! Wir wollen los!«, rief Josi in dieser Sekunde hinter uns aus der geöffneten Wohnwagentür.

»So ein Mist!« Entweder traf ich Locke noch auf dem

Weg zum Auto. Oder ich hatte eine weitere Lücke in meinen erbärmlich mickrigen Ermittlungsergebnissen.

Zehn Minuten später saßen wir in dem kleinen Auto und fuhren Richtung Hamburg. Mit Lücke. Und ohne den Schweden. Von dem hatte Josi sich noch viel zu lange verabschiedet. In der Zeit hätte ich Locke zehnmal fragen können, wer wann nach Hause gekommen war letzte Nacht.

Eines wurde mir schnell klar: Wer auch immer diese Kiste erfunden hatte, war nie selbst damit gefahren. Das Ding war laut, klapperte, stank und besaß noch nicht einmal ein Radio. Von der Sitzpolsterung ganz zu schweigen. Die Rückfahrt nach Hamburg war, um es kurz zu machen, ein Abenteuer. Was mich besonders wunderte: Während uns so ziemlich alles überholte, was Räder hatte – bis auf die eine Familie mit den Fahrrädern –, winkten uns die Leute am Straßenrand zu. Sie lachten und freuten sich. Einer machte den Daumen hoch, so als ob wir besonders schnell oder gut fahren würden, was nachweislich nicht der Fall war. Das fing kurz hinterm Campingplatz an und ging fast bis Hamburg so.

»Die gucken alle so fröhlich, weil sie froh sind, dass wir wieder fahren«, meinte Wilma.

Was ich nicht glaubte. So nett, wie sie am Ende alle waren.

In Hamburg freuten sich die Leute dann nicht mehr ganz so extrem. Sie waren eher erstaunt. Auf alle Fälle wurden wir überall angeglotzt. Egal ob an der Tankstelle oder in unserer Tiefgarage.

Zu Hause erwartete uns gähnende Langeweile. Und ein Haufen Post. Aber der war für Josi. Vom Hafen hörte man das Tuten eines Schiffes und den üblichen Straßenlärm. Ich sah mich um. Es war alles so riesig. Riesig und ungemütlich. Wie eine Halle wirkte das Loft auf einmal auf mich. Unbewohnt. Leblos.

»Na kommt, jetzt gibt es erst mal was zu futtern, ihr Süßen«, riss Josi mich aus meinen Gedanken.

Während wir zwei Minuten später um unsere Futternäpfe standen und Wilma schmatzte, als würde sie das erste Mal seit Wochen feste Nahrung bekommen, saß Josi am Tresen neben uns und öffnete die Briefumschläge. Wilma leckte sich das Maul und schmatzte dabei weiter, obwohl es nachweislich nichts mehr zu fressen gab. Grässlich. Dann watschelte sie zu unserem Hundebett und hatte die Augen schneller zu, als ich gucken konnte.

»Wo hat die nur diese …«, fing ich an.

»… innere Ruhe her?«, ergänzte Viktor.

»So kann man es auch nennen.« Ich verzog das Gesicht. »Wie kann sie jetzt schlafen, wo wir nicht wissen, wer Connys Mörder ist? Mich macht das ganz wahnsinnig, dass wir nicht mehr auf dem Campingplatz sind. Wie soll ich hier irgendetwas rauskriegen, verdammt noch mal?«

Viktor sah mich gelassen an. »Aktuell können wir nichts tun. Außer zuhören und kombinieren. Sicher wird Josi irgendeine Nachricht bekommen, sobald feststeht, woran Conny gestorben ist. Und das wird uns dann bei der Suche nach dem Mörder weiterhelfen.«

»Das reicht mir nicht. Ich muss zurück. Jetzt.«

»Und wie soll das gehen?«

»Keine Ahnung«, gab ich kleinlaut zu und setzte mich hin.

»Du hast mir doch mal was von den Menschen und der Liebe erzählt, Henri. Das war doch bei denen irgendwie anders«, mischte sich plötzlich Wilma ein, die von den Schlafenden auferstanden war. Oder gar nicht geschlafen hatte?!

»Ähm, ja. Wie kommst du jetzt darauf?«

»Also«, fing sie an und setzte sich auf. »Ich habe mir gerade überlegt, wenn es bei den Menschen so ist, dass sie immer nur einen Menschen lieben, und nicht so wie wir … also … nicht mit unterschiedlichen Menschen …«

»Schaukeln gehen«, half ich ihr weiter.

»Ja, genau. Dann verstehe ich nicht, dass Ole mit Conny schaukeln war und nicht mit der Alten«, sagte Wilma mit leicht schräg gelegtem Kopf.

Viktor und ich sahen uns an.

»Und wenn das so ist, dann …«

»Dann kann es sein, dass die Alte das nicht lustig fand«, sagte Viktor nachdenklich.

»Genau«, meinte Wilma.

Das Telefon klingelte »Hartmann«, meldete sich Josi. »Hei, ja, wir sind wieder hier. Na, willst du dich davon überzeugen, ob ich auch wirklich zurückgefahren bin?« Stille. »Hast ja recht. Ja, jetzt erst. Mein Autoschlüssel war verschwunden. Keine Ahnung, wo der ist. Ich hoffe nur, dass ihn nicht irgendjemand findet und mit meinem Wagen wegfährt. Wir sind mit dem Trabbi von Fritz zurückgefahren.« Stille. »Doch! Ich mach keine Scherze«, sagte Josi, lachte und ließ sich aufs Sofa plumpsen. Wir saßen mit einigen Mops-Längen Abstand nebeneinander in einer Reihe und hörten gespannt zu. »Da weiß man jedenfalls, was man für ein tolles Auto hat. Aber ich muss zugeben, dass es irgendwie Spaß gemacht hat. Es war ein bisschen wie früher, als ich diesen alten VW-Käfer hatte. Weißt du noch, wie der geknattert hat?« Josi lachte wieder. »Florian?«, fragte Josi.

»Florian?«, fragte eine Sekunde später Wilma.

»Ja, da hast du recht. Er ist echt toll ... Vielleicht auch zu toll ...«, sagte Josi und sah dabei aus dem großen Fenster in den Himmel.

»Der Schwede«, erklärte Viktor, ohne den Blick von Josi zu nehmen.

»Ah, klingt irgendwie gar nicht schwedisch«, murmelte Wilma, die von Schweden überhaupt keine Ahnung hatte, abgesehen von den Krimis, die wir gesehen hatten.

»Nein, ich bin nicht pessimistisch und ja: Ich denke positiv. Es war wunderschön. Also zumindest das, was ich noch davon weiß. Den letzten Wein hätte ich mir echt schenken können. Gott hatte ich einen Kater heute Morgen!«

Wilma, Viktor und ich sahen uns mit weit aufgerissenen Augen an.

»Sie hat einen Kater?!«, fragte Wilma.

»Psst«, machte Viktor und deutete mit seinem Kopf in Josis Richtung. »Wir müssen ab jetzt gut zuhören. Eine andere Chance haben wir nicht.«

»Es ging mir noch nie so beschissen und so gut zur gleichen Zeit. Dass Conny tot ist, kann ich immer noch nicht glauben, und dass ich so einen tollen Mann kennengelernt habe, irgendwie auch nicht. Ich weiß gar nicht, wann ich zuletzt Schmetterlinge im Bauch hatte.«

»Schmetterlinge? Sind die lecker?«, fragte Wilma, die eigentlich satt sein sollte.

»Ruhe!«, zischte Viktor sie von der Seite an.

»Ja, stimmt. Ich genieß es jetzt erst mal, sofern man unter diesen Umständen davon sprechen kann, und dann schauen wir, wie es weitergeht. Schön. Das freut mich für dich! Dann viel Spaß und melde dich einfach, wenn du in der Nähe bist. Klar, mach ich. Sobald ich was höre, rufe ich an oder maile dir. Danke, dir auch. Tschüss!« Josi legte das Telefon auf den Couchtisch und sah uns lächelnd an. »Na, was machen wir Hübschen jetzt? Kleine Runde zum Hafen gefällig? Ich brauche dringend frische Luft. Was meint ihr?«

Wie auf Knopfdruck sprangen wir auf und liefen zur Fahrstuhltür. Sogar Wilma. Frische Luft klang gut. Auch wenn mir die Luft beim Wilden Eck besser gefallen hätte.

14

Nichts gegen die selbst gebackenen Hundeleckerlis, die uns Frau Wäldchen in den folgenden Tagen heimlich zusteckte – es waren definitiv mehr als sonst. Im Grunde schon zu viele. Nicht für Wilma, aber für mich. Ich ließ sie irgendwann einfach liegen. Aber genau das machte Frau Wäldchen misstrauisch. Ich glaube, sie machte sich ernsthaft Sorgen um uns. Dabei hatte ich gar nichts gegen ihre Kekse. Auch nichts gegen unseren wirklich bemühten Hundesitter Jonas. Auch nichts gegen den Elbstrand. Aber das Wilde Eck fehlte mir, mit seinen schönen Kiefern, dem breiten Sandstrand, dem leinenlosen Leben und der süßen Locke. Und der Ermittlung.

Ein Tag nach dem anderen verging und nichts passierte. Jedes Mal, wenn das Telefon klingelte, zuckten wir zusammen, sprangen auf und liefen zu Josi, um uns nebeneinander vor sie zu setzen, in der Hoffnung, es wäre einer der Kripo-Kollegen oder Georg, der Josi sagen würde, was mit Conny passiert war. Dann hätten wir zumindest darüber nachdenken können, wer dahintersteckte. Aber so? Zum Nichtstun verdammt! Einmal hat Josi uns tatsächlich nach einem Telefonat angesehen und gefragt, was wir plötzlich für ein Problem mit dem Klingelton hätten. Sie rief danach sogar Jonas an. »Ich weiß nicht, was es ist, aber es ist schon sehr auffällig. Du musst mal darauf achten, wenn dein Handy klingelt. Sie kommen sofort angelaufen. Alle drei. Und dann schauen sie mich an, als würde es etwas geben. Ich hab das Gefühl, sie verbinden mit dem Klingeln irgendetwas. Vielleicht hast du eine Idee«, hatte sie gesagt und uns dabei die ganze Zeit angesehen, als würden wir nicht richtig ticken. Unfassbar!

Und dann kam der Abend, an dem der Schwede plötzlich in der Fahrstuhltür stand. Mit rosa Rosen vorm Gesicht.

»Wow! Du wohnst aber schön«, sagte er, nachdem er Josi sehr lange seinen Mund ins Gesicht gedrückt hatte. Während Josi mit den Rosen Richtung Küchenecke verschwand, schaute der Schwede sich um. Natürlich nicht ohne mich: Ich ging die ganze Zeit keine Mopslänge entfernt hinter ihm her. »Das ist ja ein Wahnsinns-Blick!«, rief er, als er auf der Dachterrasse stand.

»Ja, ich bin auch echt happy, dass ich hier wohne. Wenn man einmal so einen Blick hatte, dann will man nie wieder anders wohnen.«

»Das glaube ich dir. Das ist echt ein Traum«, sagte er. Dann entdeckte er mich. »Na, du kleiner Mann. Ich hab gar nichts für dich.« Er bückte sich und streichelte mir über den Rücken.

»Von dir würde ich eh nichts nehmen«, schnaubte ich und musste feststellen, dass er leider sehr gekonnt massierte.

»Florian?«, rief Josi. »Was magst du denn trinken?«

»Ach, was du gerade da hast«, sagte er und kraulte mich

fachmännisch hinter den Ohren. Großer Gott, war der gut! Hoffentlich hörte er nie wieder auf.

»Martini?«

»Ja, gern«, sagte der Mann mit den Zauberhänden und hörte leider doch auf. Langsam verstand ich, was Josi an ihm fand. Wer weiß, was der noch alles konnte?

»Seit wann magst du den denn?«, fragte Viktor, setzte sich neben mich und sah zu Florian hoch, bevor der wieder reinging.

»Hab ich gesagt, dass ich ihn mag?!«

»Du hast geschnurrt wie eine Katze!«

»Aus Versehen«, sagte ich und ließ Viktor auf der Dachterrasse zurück. Ich wollte schließlich nichts verpassen.

Josi und der Schwede standen am Küchentresen und drückten sich schon wieder den Mund ins Gesicht. Wenn das so weiterging, wurde das wohl eher nicht so der erfolgreiche Abend für mich. Wer knutscht, der kann nicht reden.

Der Schwede hatte Spuren hinterlassen. Sichtbare. Es zeigte sich gleich in den ersten Tagen, nachdem Josi ihm über den Weg gelaufen war. Beziehungsweise er ihr. Die schlimme Phase war endgültig vorbei. Von Connys Tod abgesehen machte Josi einen richtig glücklichen Eindruck. Sie lachte, streichelte uns, kaufte Leberwurst und machte Spaziergänge an der Alster und am Elbstrand. Sie war wieder wie früher.

Sicher lag das an der plötzlichen, fast schon regelmäßigen Anwesenheit des Schwedens. Ob ich nun wollte oder nicht, er tat nicht nur meinem Rücken gut, sondern auch

Josis samt Rest. Natürlich war er in meinen Augen noch nicht völlig verdachtsfrei, schließlich hatte ich seinen Geruch bei Fritz im Wagen gewittert. Aber vielleicht war es wirklich so, wie Viktor sagte: dass es Läden gab, die haufenweise Fläschchen mit den exakt identischen Gerüchen verkauften. Meiner Meinung nach gehörten diese Leute hinter Gitter. Was fiel denen ein? Wie sollte man eine Fährte aufnehmen, wenn alle möglichen Menschen gleich rochen? Ich behielt den Schweden einfach im Auge. Massagetechnik hin oder her.

Es ging Josi jedenfalls gut. Sie nahm ihr Futter wieder regelmäßig zu sich, rauchte weniger und wenn sie sich freute, dann sah es aus, als würden ihre Sommersprossen um ihre Augen hüpfen.

Doch dann wurde die Sache plötzlich ernst. Sehr ernst. Denn es kam der Anruf. Wir hatten nach ein paar Tagen aufgegeben, bei jedem Klingeln aufzuspringen. Vor allem nach dem Anruf bei Jonas. Also waren wir artig liegen geblieben und hatten getan, als würde es uns nicht im Geringsten interessieren, wenn das Handy die bekannten Töne von sich gab.

Es war Freitagmorgen, zwei Wochen nach dem letzten Wochenende im Wilden Eck. Josi kam aus dem Bad, in dem sie gerade erst verschwunden war, und griff nach ihrem Handy auf dem Küchentresen.

»Hartmann, guten Morgen«, sagte sie etwas abgehetzt. Stille. »Oh nein. Dann steht es fest? Sie … Sie wurde vergiftet? Oh Gott!« Josi hielt sich die Hand vor den Mund und setzte sich auf einen der hohen Stühle. »Aber warum sollte jemand das tun? Sie hat niemandem etwas getan. Das kann doch nicht sein.« Stille. »Ja, vielen Dank, Georg. Dass ist echt lieb von dir, dass du mir noch einmal weitergeholfen hast. Du hast was bei mir gut! Ja, da hast du recht. Ich hoffe auch, dass das jetzt vorläufig der letzte Todesfall war.« Stille. »Nee, keine Angst, ich pass schon auf mich auf. Außerdem habe ich meine kleinen Leibwächter.« Sie sah zu uns runter. »Danke, das wünsche ich dir auch! Mach es gut.« Sie legte auf. »Vergiftet«, murmelte sie und sah geradeaus, durch alles hindurch, was sich da befand. »Könnt ihr euch das vorstellen?«, fragte sie schließlich und sah zu uns runter. Ohne hüpfende Sommersprossen.

»Ja«, antwortete ich umgehend. »Allerdings. Und ich habe auch schon einen Verdacht, wer das war.«

»Wer denn?«, fragte Wilma von links.

»Wer wohl«, murmelte Viktor rechts.

»Lockes Frauchen«, sagte ich.

»Die Alte«, brummte Viktor.

»Wie fies«, fügte Wilma hinzu.

»Ja«, gaben Viktor und ich ihr im Kanon recht.

»Die Frage ist nur: Wie weisen wir ihr das nach?«, warf Viktor ein.

»Und was ist«, überlegte ich laut, »wenn Fritz auch …«

»… vergiftet worden ist?«, beendete Wilma meinen Satz.

»Fritz ist nachweislich nicht erschossen worden. Er ist nicht erwürgt oder erhängt worden oder was auch immer.«

»Aber sie haben doch gesagt, dass …«, fing Wilma an und drehte sich dabei schon wieder nach ihrem Fressnapf um.

»Das heißt doch nichts. Vielleicht haben sie einfach nicht gründlich genug geguckt. Er war schließlich ein älterer Mensch. Da geht man schnell mal von normalem Sterben aus. Keine Ahnung«, erklärte ich und sah Viktor an. Hätte ich es gekonnt, ich hätte mit den Achseln gezuckt.

»Wieso guckst du mich jetzt so an? Willst du damit etwas sagen?«, fragte er schnippisch.

»Ich meine ja nur. Wenn da so eine junge Frau liegt, die noch gar nicht das Alter zum Einfach-so-Sterben hat, dann gucken die natürlich etwas genauer. Es kann doch sein, dass sie bei Fritz nicht so genau waren. Zumindest sollten wir diese Möglichkeit nicht außer Acht lassen.«

»Aber bei Fritz hat man keine verdächtigen Hinweise auf …«, fing Wilma an.

»Fremdeinwirken«, meinte Viktor.

»Genau. Auf Fremd…dingensda gefunden«, sagte sie.

»Stimmt. Also muss es etwas gewesen sein, das so unauffällig war, dass es zuerst keinerlei Verdacht gab.«

Eine Zeit lang waren wir alle drei still und überlegten.

»Struktur«, sagte ich schließlich, mehr zu mir selbst als zu den anderen.

»Als Mordwaffe?«, murmelte Wilma.

»Nein, ich meine, ich … also wir, wir brauchen mehr Struktur. Im Team und so.«

»Struktur hin oder her. Ist es nicht bei Gift so, dass es sofort wirkt und man grün-weißen Schaum vorm Maul hat?«, warf Viktor ein.

»Fragen Sie Ihren Arzt oder Apotheker«, sagte Wilma.

Viktor und ich sahen sie mit noch größeren Augen an, als wir eh schon hatten.

»Das sagen die doch immer in der Werbung«, meinte sie, leckte sich über die Pfote und verschwand Richtung Dachterrasse.

»Na super. Und jetzt?«, wollte Viktor wissen.

»Was? Und jetzt? Ich kann wohl kaum zur Apotheke gehen und die fragen, welches Gift keinen grün-weißen Schaum verursacht und auf den ersten Blick keinen Verdacht aufkommen lässt. Wie stellst du dir das vor?«, entgegnete ich etwas pampig. Wobei er natürlich gar nichts dafür konnte, dass ich ein Hund war und kein Mensch. Es war eher meine Verzweiflung. Sackgasse. Ende. Aus. Wie sollte ich das rauskriegen? Ich hatte ja nicht Pharmazie studiert. Ich hatte *gar nicht* studiert. Leider. Und wie sollte ich die Alte überführen? Wäre die Tatwaffe eine Waffe gewesen, dann sähe das hier jetzt ganz anders aus. Die hätten wir mit etwas Glück finden und Josi vor die Füße legen können. Den Mörder gleich dazu. Aber Gift?

Josi sah jetzt wieder aus wie kurz nach Bernds Auszug. Traurig und verzweifelt.

»Ich kann sie verstehen. Da hatte sie sich gerade in das Wilde Eck verguckt, hat Zukunftspläne, will etwas aus dem Campingplatz machen, eine Sauna, eine Strand-Bar bauen, und da wird ihre Nachbarin umgebracht«, meinte ich, während ich zu unserer Rudelführerin hochsah.

»Conny war doch nicht nur irgendeine Nachbarin«, empörte sich Wilma.

»Ja, natürlich. Entschuldigung. Aber rein von der Sachlage her«, versuchte ich es.

»Von der Sachlage her?!«, motzte Wilma. »Pf! Männer. Gefühlskalte …«

»Aus! Was habt ihr denn? Ruhe jetzt. Geht in euer Körbchen. Es geht ja gleich los.«

»Ts«, machte Wilma und wackelte in unser Bett, das

mit einem Körbchen nun wirklich nicht viel gemein hatte.

»Gift«, wiederholte Viktor und sah dabei an die Decke. »Abgesehen vom Warum frage ich mich: wie?«

»Na, zu essen gab es doch reichlich an dem Abend«, warf ich ein, »und zu trinken!«

»Ja, aber das haben doch alle gegessen und getrunken. Wenn es dort passiert sein sollte, an dem Grillabend, beim Lagerfeuer, dann müsste der Mörder es irgendwie so gemacht haben, dass nur Connys Essen vergiftet war und alles andere nicht. Das wiederum dürfte bei all den Anwesenden schwer gewesen sein. Es muss schon vorher präpariert gewesen sein. Vor Ort etwas zu vergiften, unter den Augen all der Menschen – viel zu auffällig. Zu gefährlich.«

»Das kann man wohl sagen. Fragt sich nur für wen«, grübelte ich. »Was hat sie denn gegessen und getrunken? Hast du das mitbekommen?«

»Nö«, murmelte Viktor und sah immer noch nach oben.

»Warum starrst du denn die ganze Zeit an die Decke?«

»Das hat Conny auch getan.«

»Ja, und?«

»Ich wollte mich in ihre Lage versetzen. Vielleicht hilft das.«

»Wobei? Bei Nackenschmerzen?«

»Sehr witzig.« Viktor sah mich an. »Wir müssen rauskriegen, welches Gift es war. Und am besten noch, wie sie es zu sich genommen hat. Wenn wir das wissen, wissen wir auch, wer es war.«

»Das steht für mich schon fest«, sagte ich und dachte dabei an die Alte. »Hätte ich ihr übrigens gar nicht so zugetraut, muss ich sagen.«

»Vorsichtig, Henri. Keine voreiligen Verurteilungen. Solange wir nichts beweisen können, sind das reine Spekulationen!«, warnte Viktor. »Den Schweden fandst du anfangs auch höchst verdächtig. Inzwischen lässt du dir von ihm den Nacken massieren. Und jetzt erzähl mir bitte nicht, dass du das nur aus ermittlungstechnischen Gründen über dich ergehen lässt. Ich sehe genau, wie du jedes Mal wegnickst. Und wie eine Katze schnurrst!« Viktor lachte laut auf und machte mich nach. »Schnurrrrrr.«

»Sehr lustig. Lieber Schnurren als Sabbern. Wenn du morgens aufwachst, ist unter dir eine Pfütze!«

»Geht das schon wieder los«, hörte ich Josi aus dem Bad rufen.

»So kommen wir nicht weiter«, sagte Viktor und sah mich an. »Wir sollten professioneller vorgehen.«

»Ja. Sorry.«

»Schon gut. Was schlägst du vor?«

»Wir müssen zum Wilden Eck. Es führt kein Weg daran vorbei«, sagte ich und holte tief Luft, denn ich wusste, wie unwahrscheinlich es war, dass Josi schon bald wieder hinfuhr. Jetzt, wo klar war, dass dort ein Mörder rumlief.

»Und wie soll das gehen?«, fragte Viktor.

Die Frage war berechtigt. Ich legte mich hin, Schnauze auf den Pfoten, und grübelte.

»Das gibt es doch nicht! Wie kommt der denn da rein?!«, hörten wir Josi in der Sekunde im Bad sagen. Viktor und ich sahen uns fragend an. Eine Sekunde später kam Josi kopfschüttelnd aus dem Bad und wedelte mit dem Autoschlüssel vor ihrer Nase hin und her. Mit dem Cabriolet-Schlüssel, um genau zu sein. »Er war in meinem Kosmetik-Koffer! In der Seitentasche. Das kann überhaupt nicht sein. War ich denn so … neben der Spur, dass ich ihn da reingesteckt habe? Unfassbar. Vielleicht sollte ich doch mal mit diesen Ginko-Tabletten anfangen. Das wird ja immer schlimmer.« Sie legte den Schlüssel auf den Tresen, zog ihre hochhackigen Schuhe an, nahm Aktentasche samt aller anstehenden Scheidungen und meinte: »Na, dann können wir endlich unseren Wagen abholen!«

»Was hast du eben gefragt? Wie das gehen soll? Ich würde sagen: mit dem Auto«, grinste ich Viktor an.

»Rennpappe.«

»Jepp.«

»Ich meinte auch nicht den Hin-, sondern den Rückweg.«

»Sag ich ja. Mit dem Auto.«

15

»Ich hatte mich schon richtig an das Geruckel gewöhnt«, meinte Josi lächelnd und zwinkerte Honecker zu, als wir nach einem weiteren anstrengenden Reisetag endlich abends am Wilden Eck ankamen.

Es war immer noch lauwarm. Josi setzte sich mit Honecker an einen der leeren Tische vor dem Klubraum. So konnten wir uns ein wenig umschauen. Hätte sie sich reingesetzt, wäre unser Plan nicht aufgegangen.

»Ist inzwischen irgendetwas Aufregendes passiert?«

Honecker schob seine Unterlippe ein ziemliches Stück vor. Das konnte ich prima sehen, denn ich saß auf seinem Schoß, wo es sehr viel bequemer war als bei Josi.

Ich war natürlich der Einzige, der mit den beiden am Baumstammtisch saß. Wir hatten meine Forderung nach mehr Struktur sofort umgesetzt. Auch wenn nicht jeder von der Idee total begeistert war. Viktor und Wilma waren als Streifen-Möpse eingeteilt, ich übernahm die Vor-Ort-Recherche.

»Na ja«, sagte Honecker und streichelte mir dabei mit festem Griff über den Rücken, »im Grunde nicht. Als ihr weg wart, haben wir uns hier abends noch mal hingesetzt und gequatscht. Über die Conny. Ein paar haben bei ihr vorm Wagen Blumen hingelegt und Kerzen angemacht. Wirst du ja nachher sehen. Wir sind alle total geschockt. Echt. Das mit Fritz war schon der Hammer. Wobei der ja auch schon, wenn ich das mal so sagen darf, ein gewisses Alter hatte. Aber Conny? Nee. Das hat mich komplett umgehauen. Und nicht nur mich!« Honecker hörte auf zu streicheln, um nach seinem Bierglas greifen zu können, und nahm einen so großen Schluck, dass das Glas danach leer war. Dann rülpste er. »'tschuldigung«, sagte er und streichelte mich weiter. »Weiß man denn inzwischen, was mit Conny …?«

Ich machte einen langen Hals, sofern das eben ging, und sah zu Josi rüber, die auf der anderen Seite saß.

»Ja. Heute Vormittag.«

»Und?«

Josi sah auf ihren Schoß – wo keiner saß. Die anderen beiden waren ja wie gesagt auf Streife. »Sie ist anscheinend vergiftet worden.« Josi schluckte irgendetwas runter. Man hörte es genau. Dabei hatte sie noch keinen Schluck von dem Glas Saft vor sich genommen. »Ein Bekannter von mir hat einen guten Draht zu dem Rechtsmediziner, der die Obduktion durchgeführt hat. Conny hatte vermutlich erst Herzrhythmusstörungen, fühlte sich nicht gut, dachte eventuell, es käme von den Drinks, setzte sich auf die Hollywoodschaukel und ist dann gestorben. Irgendwie so.«

Ich stellte mir die arme Conny vor, wie es ihr immer schlechter ging, bis sie dann einsam und allein, direkt neben uns … Schrecklich.

»Dein Maul steht offen«, hörte ich Viktor unter mir sagen.

Ich machte mein Maul zu und sah zu ihm runter.

»Aber wie, also ich meine, wie hat sie sich denn vergiftet? Wo war das Gift drin? Allen anderen geht es doch gut«, sagte Honecker sichtlich schockiert. »Noch.«

»Tja, das wüsste ich auch gern. Aber das muss die Kriminalpolizei ermitteln«, sagte Josi.

»Dann muss irgendjemand Conny das Gift heimlich ins Futter gemischt haben. Oder ins Getränk? Vermutlich …«, holte ich gerade aus. Weiter kam ich jedoch nicht in meinen Überlegungen, denn die Ereignisse überschlugen sich. Wortwörtlich. Eine hechelnde Wilma mit raushängender Zunge kam angerannt, bremste zu spät, machte eine Rolle und landete bäuchlings vor unseren Pfoten.

Viktor und ich sahen erst Wilma, dann uns, dann wieder Wilma an.

»Sie … Sie … Sie …«, japste Wilma.

»Ja?«, fragten wir wie aus einem Maul.

»Sie haben sich getrennt«, prustete Wilma in einem Rutsch raus, rappelte sich auf und setzte sich völlig außer Atem auf ihren dicken Po.

»Noch mal von vorne. Wer hat sich getrennt«, hakte ich überflüssigerweise nach.

»Na, Püppi und Macho wird sie wohl kaum gemeint haben.«

»Ja ja, ist schon klar. Und woher weißt du das?«

»Erst will ich eine Wurst. Vorher sage ich nichts.«

Viktor und ich sahen uns wieder an.

»Du oder ich?«, fragte ich ihn.

»Du.«

»Warum?«

»Darum.«

»Aha«, sagte ich und marschierte Richtung Küche.

Mit einem kleinen Stück Salami, das vor dem Mülleimer gelegen hatte, kam ich kurze Zeit später wieder raus.

»Was hat Locke noch gesagt?«, wollte ich dann von der schmatzenden Wilma wissen und ärgerte mich im gleichen Moment, dass ich nicht selbst gegangen war. Aber vermutlich hätte ich mich dann nicht auf die Ermittlung konzentrieren können und völlig vergessen, was ich eigentlich wollte.

Wilma kaute genüsslich weiter, als wäre es der Anfang eines Vier-Gänge-Menüs.

»Puh«, stöhnte ich. Das konnte wohl noch etwas dauern. Ich sah Viktor an. »Was hast du eigentlich während der Streife rausbekommen?«

»Nichts. Leider.«

»Hmm.« Ich sah wieder zu Wilma, die sich mit der Zunge genüsslich übers Maul leckte. Immer und immer wieder. Nonstop.

»Und?«, hakte ich noch einmal nervös nach.

»Ole ist ausgezogen. Er hat, nachdem … nachdem wir Conny gefunden haben, seine Sachen gepackt und ist ausgezogen. In einen MWW. Irgendwo da hinten.« Wilma drehte den Kopf in Richtung Eingangstor.

»MWW?«, fragten Viktor und ich gleichzeitig.

»Mietwohnwagen«, erklärte Wilma und leckte sich jetzt auch noch die Pfoten. »Es gibt anscheinend ein paar Wohnwagen, die man tageweise anmieten kann, wenn man selbst keinen hat und nicht zelten möchte. Wenn ich das richtig verstanden habe. Locke war so aufgelöst, und außerdem war da plötzlich auch noch so ein komischer Typ, der da rumschlich, und da war ich abgelenkt und hab …«

»Bitte? Was denn für ein Typ?«, wollte ich wissen.

»Keine Ahnung.«

»Du musst doch wissen, wie der ausgesehen hat«, sagte ich leicht gereizt.

»Das konnte ich nicht erkennen, weil der so einen dunklen Pullover mit Kapuze anhatte. Frag doch Locke, wenn du mir nicht glaubst. Nix hat man da gesehen. Gar nix.«

»Und was hat dieser komische Typ nun so Komisches getan?«, fragte Viktor.

»Er ist da so komisch rumgeschlichen, als wenn er etwas suchen würde. Und dann war er plötzlich weg.«

»Aha«, machte Viktor.

Einen Augenblick waren wir alle still.

»Und was habt *ihr* rausbekommen?«

Viktor fasste kurz den aktuellen Ermittlungsstand zusammen.

»Aber Conny war doch kein Vogel«, sagte Wilma entsetzt.

»Wie?«, fragte Viktor.

»Na, sie hat keine Blätter und Blumen gegessen … oder doch?«

»Das isst nicht einmal ein dummer Vogel. Die sind allesamt hochgiftig«, erklärte ich.

»Mir ist schlecht«, murmelte Wilma.

»Hypochonder«, meinte Viktor.

»Wie?«

»Nix.«

»Also. Lasst uns gemeinsam nachdenken. Wie kann Conny sich vergiftet haben?«

»Du meinst wohl: Wie *wurde* sie vergiftet!«, empörte sich Viktor. »Das ist ein großer Unterschied!«

»Du weißt, wie ich es meine. Also. Was ist passiert? Wir waren im Grunde fast die ganze Zeit anwesend. Nicht immer alle zusammen, aber jeder hat doch etwas mitbekommen an dem Abend.«

»Was ist bloß mit den Hunden los«, fragte Josi und beugte sich leicht vor, um zu Wilma und Viktor runtersehen zu können. »Immer wenn wir hier sind, sind sie total aufgedreht. So kenne ich sie gar nicht.« Sie rief Wilma zu sich, indem sie sich selbst mit der Hand sanft gegen das Bein klatschte. »Komm mal her, Süße. Ist doch gut«, sagte sie und streichelte Wilma, die sich auf Josis Füße gesetzt und sofort die Augen geschlossen hatte. Dabei wollten wir doch gerade gemeinsam rekonstruieren, was passiert war!

»Ach ja, und dann war wieder dieser Typ hier. Der im Anzug, von der Baufirma. Er hat nach dir gefragt. Ich hab gesagt, er soll verschwinden. Der fehlte mir hier gerade noch – nach der ganzen Aufregung.« Honecker wartete auf eine Reaktion. Dann meinte er etwas verunsichert: »Es ist nämlich so, dass die Leute hier immer noch etwas verunsichert sind. Du hast zwar gesagt, dass du nicht verkaufen willst, aber solange dieser Kerl hier rumrennt, kehrt keine Ruhe ein. Nicht falsch verstehen, aber sie kennen dich halt noch nicht lang genug, um wirklich sichergehen zu können. Ich meine, so ganz unter uns, es ist ja auch verdammt viel Kohle. War doch richtig, dass ich ihn weggeschickt habe, oder?«

Josi, die die ganze Zeit auf die Tischplatte gestarrt hatte, sah jetzt zu Honecker auf. »Ja, klar. Natürlich! Sorry, ich hab gerade geträumt. War ein anstrengender Tag heute. Und dann die Fahrt … Alles gut. Ich habe ihm doch bereits gesagt, dass ich nicht verkaufen möchte.« Jetzt nahm sie einen Schluck von dem Saft. »Ganz schön hartnäckig.«

Ich wollte gerade eigenhändig dafür sorgen, dass Wilma ihre Froschaugen wieder öffnete, damit wir uns gemeinsam in die Erinnerungen an den folgenschweren Grillabend stürzen konnten, als über mir Honecker etwas sagte, das mich hellhörig werden ließ. Es war im Grunde eine Wende im Fall Fritz Hartmann. Und leider auch im Fall Josi Hartmann. Das wusste ich nur in diesem Augenblick noch nicht.

»Und was ich noch sagen wollte. Also an dem Abend, als wir alle hier so schön gefeiert haben ... Also, ich wollte das da nicht sagen, weil die Stimmung war ja so gut. Eigentlich. Aber Ihr neuer Bekannter, dieser ...«

»Florian?«, fragte Josi, rückte ein Stück näher an den Tisch ran und machte einen sehr geraden Rücken.

»Ja, genau. Der hat an dem Abend gesagt, er wäre durch Zufall den Weg langgekommen, hätte das Feuer gesehen und sich gedacht, er guckt mal, was hier los ist. Ich hab das gehört, als ich gerade ...«

»Schon gut. Was wolltest du eigentlich sagen?«, hakte Josi neugierig nach.

»Also, der war jedenfalls nicht zum ersten Mal da. Der war schon einmal hier. Als Fritz noch lebte. Da bin ich mir ziemlich sicher. Da war er bei ihm und hat mit Fritz geredet.«

Josi sah Honecker mit hochgezogenen Augenbrauen an.

»Was habe ich gesagt? Na? Was habe ich euch gesagt?!«, bellte ich los und sprang mit einem Satz von Honeckers Schoß. »Er war schon einmal hier! Hab ich es doch gewusst. Verdammte Katzenkacke. Ich wusste es!«

»Henri. Beruhig dich!«, schimpfte Josi von oben runter. »Irgendwie sind die drei hier anders als in Hamburg«, seufzte sie.

»In Hamburg werden auch nicht ständig Leute umgebracht!«, motzte ich.

»Bist du sicher? Ich meine, wegen Fritz?«, fragte Josi Honecker nun ungläubig.

»Ja, 99 Prozent. Ich kann mir zwar Zahlen und solche Sachen nicht merken, da hab ich das nicht so mit. Aber bei Gesichtern kann mir keiner was vormachen. Wenn ich einmal einen gesehen habe, vergesse ich den nicht mehr«, erklärte Honecker und klopfte dabei mit seinem Finger gegen seinen Kopf. »Alles gespeichert«, sagte er, nicht ohne Stolz.

»Okay, Florian war schon mal hier. Aber das heißt doch nichts«, warf Viktor ein und bremste mich damit in meiner Euphorie.

»Wie? Das heißt nichts? Das heißt: Ich hatte recht. Das heißt das.«

»Ja. Und?«

Alte Männer werden komisch, dachte ich und versuchte es auf die ruhige Tour. »In Ordnung. Also. Warum war er hier? Was wollte er? Warum hat er davon nichts erzählt? Lasst uns kurz zusammenfassen. Conny ist an einem Gift gestorben. Dieser Typ im Hosenanzug war noch einmal hier. Ole und seine Alte haben sich getrennt. Florian kannte Fritz. Und hat es verheimlicht. War noch was?«, fragte ich die Runde. Also, nicht Wilma. Ich meine *in* die Runde.

»Was noch? Reicht das nicht?«, fragte Viktor.

Wir schwiegen. Alle drei.

»Was, wenn gar nicht Conny, sondern Josi vergiftet werden sollte«, schoss es mir durch den Kopf.

»Weil sie nicht verkaufen will?«, hakte Viktor nach.

»Genau.«

»Und Conny hat versehentlich den Drink oder die Wurst oder was auch immer zu sich genommen«, kombinierte Viktor.

»Die eigentlich für Josi bestimmt war.«

»Und Fritz?«

»Wer weiß? Vielleicht der gleiche Grund?«, fragte ich zögernd.

»Zweimal der gleiche Fehler? Ich weiß nicht«, sagte Viktor und sah auf den Boden, wo nichts war außer Sand.

»Stimmt. Das ist mindestens einmal zu viel. Es sei denn der Mörder ist mordsmäßig dumm.«

Wilma und ich nickten zustimmend.

»Dumme Mörder. Soll's geben«, fügte ich hinzu.

»Ich muss mal kurz … Entschuldigung. Ich muss mal kurz telefonieren«, sagte Josi, leichenblass im Gesicht, stand auf, kramte Geld aus ihrer Tasche und legte es neben das halb volle Glas Saft. Dann gab sie uns ein Zeichen, ihr zu folgen, und marschierte Richtung Strand.

»Hätte ich das nicht sagen sollen?«, rief Honecker uns hinterher, der am Tisch sitzen geblieben war.

»Nein, nein, schon gut! Ich muss nur mal kurz … Ich komme nachher noch mal vorbei«, rief Josi und ging weiter. Wir hinterher.

Vom Klubraum aus führte ein schmaler Weg zwischen zwei Wohnwagen entlang zur Düne.

»Er war schon mal hier! Und nicht nur das. Er war bei Fritz! Er kannte ihn. Warum hat er mir das nicht gesagt?!«, platzte es aus Josi kurze Zeit später heraus. Sie hielt sich das Handy ans Ohr und rannte über die Düne an den Strand, als wäre jemand hinter ihr her. Ich meine, abgesehen von uns. »Doch, Sarah! Wenn ich es dir doch sage! Honecker ist sich total sicher!« Stille. »Warum ich hier bin? Weil ich den Autoschlüssel wiedergefunden habe. Ich kann das Cabrio hier doch nicht die nächsten Jahre stehen lassen, bis man Connys Mörder überführt hat. Es ist ja auch mein Campingplatz, und ich muss mich eh noch um allerlei Dinge kümmern.« Stille. »Ja, ich weiß. Ich bin vorsichtig. Aber jetzt sag mir lieber mal, was Florian für einen Grund haben könnte, mir nicht zu erzählen, dass er schon mal hier war, als Fritz noch gelebt hat. Dass er ihn vielleicht sogar näher kennt. Ich meine, kannte.« Stille. »Nee, hab ich nicht gefragt. Da haben wir gar nicht drüber gesprochen bisher. Ich glaube, ich habe ihm gesagt, dass ich als Anwältin arbeite, als er abends bei mir war. Er hatte die ganzen Akten gesehen, und da hab ich es erwähnt, aber irgendwie habe ich ihn gar nicht gefragt, was er genau macht. Keine Ahnung, warum. Er hatte etwas von Bürojob oder so gesagt, da hab ich nicht weiter nachgehakt. Fand ich in dem Moment nicht so wichtig.« Josi setzte sich auf einen der großen Steine am Strand und schaute aufs Meer. Ich hockte mich ganz nah an ihre Seite, um möglichst viel mitzubekommen von dem, was sie sagte. Wilma schnupperte im Sand rum. Vermutlich witterte sie Wurstreste. Oder Kekskrümel. Viktor wackelte derweil durchs Wasser, das in ruhigen, flachen Wellen auf den hellen Sandstrand gespült wurde. Irgendwo weiter hinten ging ein Rudel Menschen mit langen Stöcken spazieren. Links von uns wurden zwei Jogger immer kleiner.

»Du willst mir jetzt aber nicht weismachen, dass du die Namen deiner Lover noch am gleichen Abend googelst, oder?« Stille. »Unterm Tisch? Und das merken die nicht, während du dich mit ihnen unterhältst?« Stille. »Auf dem Klo? Das machst du nicht im Ernst! Wie auch immer. Ich hab's nicht gemacht. Aber mir fällt gerade ein: Ich habe diese Karte von ihm gefunden, die muss er verloren haben, als er bei mir im Wagen war. Eine Visitenkarte, glaube ich. Da stand sein Name und etwas von Architektur oder Bau drauf. Warte mal, es könnte sein, dass ich sie dabeihabe.« Josi bückte sich nach ihrer Tasche, hob sie hoch und fing an, darin zu wühlen. »Hier. Florian von Trautheim … », sagte sie und sah auf die kleine Karte, die sie in den Händen hielt. »Ja, mach das. Googel ruhig. Jetzt will ich es auch wissen. Dass ich da nicht vorher drauf gekommen bin …« Längere Stille. »WAS?! Sag, dass das nicht wahr ist!« Stille. »*Zukunft Bauen!* Ich fasse es nicht! Das kann doch nicht sein. Aber … Aber vielleicht heißt das ja gar nichts.« Stille. »Er ist der Firmenchef?!« Josi sprang mit einem Satz hoch; ihre Tasche fiel zu Boden. Dann stemmte sie ihre freie Hand in die Seite und marschierte direkt aufs Meer zu. Mit Klamotten und Handy am Ohr. Kurz vor dem Wasser und Viktor, der sie erschrocken ansah, kam sie abrupt zum Stehen. »Er, er … er will nur meinen Campingplatz! Er will gar nicht mich! Wie kann man nur so … scheiße sein?! Und ich hab mich in ihn verliebt! Ist das nicht lustig? Ich hab mich tatsächlich in ihn verguckt! Und er? Er flüstert mir tolle Sachen ins Ohr und glaubt, er kann meinen Platz kriegen, wenn er mit mir ins Bett geht, oder was?! Und ich bin so blöd und denke …« Josi fing prustend an zu lachen. Wilma hatte ihre Suche nach Essensresten unterbrochen und kam zu mir, genau wie Viktor.

»Die Wahrheit ist hart«, sagte Viktor und setzte sich neben mich.

»Megaknallhart«, bestätigte Wilma.

»Und auch ein bisschen fies«, ergänzte Viktor.

»Jepp«, fand auch ich. »Aber: Was habe ich gesagt?!«

»Ja, ja«, hörte ich es gleichzeitig von rechts und links.

»Und ich dachte, jetzt kommt alles wieder in die Bahnen, das Leben normalisiert sich und dann das!« Josi war zu uns zurückgekommen, mit nassen Schuhen, und setzte sich wieder auf einen der großen Steine. Wir sahen zu ihr hoch.

»Warum ist sie jetzt so traurig«, setzte Wilma an.

»Weil Florian so getan hat, als würde er sie lieben, aber eigentlich will er nur den Campingplatz und nicht sie«, erläuterte Viktor, ohne den Blick von Josi zu nehmen.

Man sah Wilma an, dass sie grübelte. »Ich verstehe die Menschen einfach nicht. Warum ... Also ich meine, warum sagt er das denn nicht gleich?«

»Gute Frage. Und warum sagt er nicht, dass er schon einmal hier war?«, warf ich ein.

»Mir ist das zu kompliziert. Das versteht doch kein Hund. Die Menschen sagen etwas, wollen aber eigentlich etwas anderes, was sie aber nicht sagen. Schlimm ist das.« Wilma schüttelte den Kopf. »Da blickt doch keiner durch!«

»Ich kann dir sagen, was ich mache. Ich rufe ihn an und sage ihm, was ich von ihm halte. Das mache ich!«, brüllte jetzt Josi, die mit dem Lachen aufgehört hatte. »Nein, ich beruhige mich überhaupt nicht. Was denkt der denn?! Ja, danke. Mach ich. Ich versuche es zumindest. Bis nachher.

Ja. Tschüss!« Josi stopfte ihr Handy in die Hosentasche und sah aufs Meer, steif wie eine Statue. Das Einzige, was sich an ihr bewegte, war ihr Haar, das im leichten Wind hin und her wehte.

Hinter uns ging ein älteres Ehepaar Hand in Hand durch den Sand.

Wilma sah mich fragend an.

Ich versuchte ein Schulterzucken. »Die Abwesenheit der Liebe.«

»Schon wieder?«, stöhnte Wilma.

»Jo«, machte Viktor.

So ging das noch eine ganze, endlos erscheinende Weile. Wir starrten Josi an. Josi starrte das Meer an. Als wir schon dachten, wir würden den Rest unseres Lebens dort sitzen bleiben, zog sie ihr Handy wieder aus der Hosentasche und tippte darauf rum. »Tja, es stimmt also wirklich«, murmelte sie. »Geschäftsführung und Inhaber Florian von Trautheim. Er wollte nicht mich, sondern nur an meinen Campingplatz rankommen. Deshalb war er auch bei Fritz! Honecker hatte recht. Florian war vermutlich hier, um Fritz den Platz abzukaufen.« Fassungslos schüttelte sie den Kopf. »Na, warte, Herr von Trautheim. Du hast vielleicht gedacht, ich bin so dumm und fall auf dich rein. Aber da hast du dich gewaltig getäuscht! Unsere gemeinsame Zukunft kannst du ab jetzt *abbauen.* Das schwör ich dir! Und alles andere auch.«

Sie stand auf, gab uns ein Zeichen und lief durch den weichen, hellen Sand zurück zum Campingplatz.

»Ich hätte mich schon viel früher mit dem ganzen Papierkram beschäftigen müssen. Vielleicht stoße ich ja auf noch mehr interessante Informationen von Herrn von Trautheim«, meinte Josi, als sie ein paar Minuten später in der Anmeldung stand und auf den Lichtschalter drückte.

Es war ein kleiner Raum mit bräunlich geblümter Tapete, ein paar alten Holzregalen, in denen alle möglichen Ordner und Papierablagen lagen, und einem Schreibtisch, der genau gegenüber der grauen Eingangstür stand. Rechts vom Schreibtisch an der Wand war ein kleines Fenster, das sich anscheinend zur Seite schieben ließ. Ich hatte es schon beim Vorbeigehen mehrmals gesehen. Es war verschlossen.

Ein unfassbar muffiger Geruch war uns entgegengekommen, als Josi die Tür geöffnet hatte, der eigentlich zum sofortigen Umkehren animierte. Aber was nahm man nicht alles in Kauf? Jetzt, wo die Sache richtig in Fahrt kam.

»Dann wollen wir mal«, sagte Josi, krempelte die Ärmel ihrer gestreiften Bluse hoch, ging auf den Schreibtisch zu und setzte sich.

»Und nun?«, fragte Wilma neben mir, irgendwelche Krümel in den Barthaaren.

»Abwarten«, murmelte ich und hoffte auf neue Ermittlungsergebnisse.

Leider gab es nichts, das uns in irgendeiner Weise weitergebracht hätte. Josi wühlte und suchte, legte Papiere zu Haufen zusammen und wieder auseinander. Blätterte Ordner durch und stellte sie wieder weg. Öffnete Schubladen und Fächer und hielt plötzlich inne. Sie hatte einen Bilderrahmen entdeckt, der irgendwo ganz hinten in der untersten Schublade gelegen haben musste. Langsam stand sie auf, sah auf das Foto und sagte lange nichts. Dann wischte sie sich mit der Handfläche eine Träne weg, pustete über das

Bild, sodass eine kleine Staubwolke in den Raum stieg, und stellte den Rahmen auf den Schreibtisch. Ich nahm Anlauf und, schwupps, saß ich auf dem schweren, braunen Plastik-Bürostuhl von Onkel Fritz.

»Es ist ein Schwarz-Weiß-Foto von Fritz und Josis Mutter. Es muss schon lange her sein. Von früher, als sie noch jung waren«, gab ich nach unten durch, wo Viktor und Wilma auf Informationen warteten.

»Aha«, machte Viktor nur.

»Und warum weint sie jetzt?«, wollte Wilma wissen.

»Ach, Wilma. Das ist wegen ihres Vaters.«

»Weil der nicht mit auf dem Foto ist?«

»Nein. Ist er ja. Ach, das verstehst du nicht«, sagte ich und sah zu Josi rüber.

Die ließ ihren Blick durch den Raum schweifen. »Okay, dann lasst uns mal essen gehen. Ich glaube, hier finden wir heute nichts Aufregendes mehr.« Sie machte das Licht wieder aus und schloss die Tür von außen ab.

Nach einem Schnitzel »Camper Art« für uns, das es nur gab, weil Josi das Futter vergessen hatte, und einem Salat à la Honecker für Josi verabschiedeten wir uns leider wieder. Josi stand immer noch unter Schock.

Das sagte sie zumindest zu Sarah, die sie während der Rückfahrt anrief. »Ich hab Montag noch einen wichtigen Termin in der Kanzlei, aber dann werde ich mal schauen, dass ich Struktur in den Laden bringe. Da muss einfach mal einer aufräumen. Und das bin wohl ich. Wenn ich schon keine Ordnung und Normalität in mein Leben bekomme, dann wenigstens in meinen Campingplatz«, meinte sie und sah dabei alles andere als fröhlich aus.

»Das heißt im Klartext, dass wir schon bald wieder beim Wilden Eck sind, Jungs«, sagte ich total begeistert zu den anderen beiden und erntete böse Blicke. »Und Mädels«, fügte ich schnell hinzu.

Wie drei Wärmflaschen packten wir uns zu Hause auf dem Sofa auf Josi. In der Hoffnung, dass es half. Ihr Zustand war – sagen wir mal – instabil, nachdem Florian eine Nachricht auf ihr Handy geschickt hatte. Was auch immer da gestanden hatte. Josis Zustand schwankte seitdem stark zwischen Entsetzen, hysterischem Lachen, Weinen und Wut. In einem Moment der erneuten Starre hüpften wir auf ihren Schoß. Und Tatsache! Es half. Zumindest bildete ich es mir ein. Langsam beruhigte sie sich. Sie streichelte uns zwar wie ferngesteuert, aber darüber konnte ich entspannt hinwegsehen.

Worüber ich nicht hinwegsehen konnte, waren die drei Regencapes, die sie uns zwei Tage später, am Montagmorgen, anzog. Wann auch immer sie die Dinger gekauft hatte, ich wäre am liebsten von der Dachterrasse gesprungen. Mit oder ohne Regencape. Mein Leben als Mops war eben voller Überraschungen. Schöner und unschöner. Wilma hatte einen rosafarbenen mit der Aufschrift »Wer? Ich?« und Viktor einen in Beige mit braunen und roten Quer- und Längsstreifen. Das Muster erinnerte mich stark an ein Tuch von Josephine. Und ich? Ich hatte einen braunen. Einfach nur braun. Ohne Aufschrift oder Streifen. Warum das schlimm war? Weil ich aussah wie ein Kuhfladen auf vier Beinen.

Zumindest meinte Viktor das, der sich vor Lachen gar

nicht mehr einkriegte. »Immerhin riechst du nicht so«, sagte er.

»Sehr witzig«, sagte ich und marschierte Richtung Fahrstuhltür.

»Gott seht ihr süüüüüß aus! Ich dreh durch. Wie putzig!«, freute sich Frau Wäldchen, klatschte in die Hände und bückte sich zu uns runter.

»Ausziehen! Auf der Stelle!«, forderte ich wütend und sah zu ihr hoch. Wobei ich nicht Frau Wäldchen meinte, die heute passend zum Fliederduft ein lila Kostüm trug, das sie gerne anlassen durfte, sondern unsere Regencapes. Und siehe da! Mein Wunsch wurde umgesetzt. Immerhin. Frau Wäldchen nahm uns die Regenmäntel ab und hängte sie über den Schirmständer.

Der Himmel über Hamburg war grau. Und er blieb grau. Es regnete und regnete und wollte gar nicht mehr aufhören. Meine Stimmung glich langsam der von Josi. Da halfen auch die Kekse von Frau Wäldchen nicht. Die Tage vergingen in der Kanzlei nachweislich langsamer als überall sonst auf der Welt. Vor allem bei Regen. Josi hatte wichtige Termine, verschwand stundenweise, Wilma tat, als würde sie Winterschlaf halten (dabei war noch nicht einmal Herbst), und Viktor bekam zunehmend Alterserscheinungen. Er benahm sich mehr und mehr wie ein alter Herr. Alles in allem konnte man nur auf Besserung hoffen. Beim Wetter und auch beim Rest.

Da wurde die Langeweile kurzfristig unterbrochen. Es war Mittwochmittag. Frau Wäldchen öffnete gerade einem Mandanten die Tür, als Josis Handy klingelte.

»Hartmann, guten Tag.« Josi stand von ihrem Drehstuhl auf und ging im Zimmer auf und ab. Das tat sie nur, wenn sie nervös war. »Sie lassen wohl auch nicht locker, was?«, hörte ich sie sagen und spitzte die Ohren. »Eine Million?«, sagte Josi in einem Ton, als hätte sie nicht richtig verstanden. Dann fing sie an zu lachen. Nein, zu prusten. »Sagen Sie Ihrem Chef einen schönen Gruß von mir. Er hat sich getäuscht. Ich bin nicht so dumm, wie er eventuell angenommen hat. Er kann sein Angebot gerne verdoppeln oder verdreifachen, ich werde NICHT VERKAUFEN! Haben Sie das endlich verstanden? Das Wilde Eck ist UN-VER-KÄUFLICH! Und wenn ich Sie oder Ihren Chef noch einmal auf meinem Campingplatz sehe, gibt es eine Anzeige wegen Hausfriedensbruchs! Und wenn Sie nicht aufhören, mich zu nerven, wird da noch eine Nötigung draus.« Sie holte Luft. »Und noch etwas: Sagen Sie Ihrem Boss, sooooo eine Granate war er dann doch nicht im Bett, dass ich gleich mein Hab und Gut verkaufe! Da habe ich schon ganz andere Raketen am Start gehabt!« Dann schmiss sie ihr Handy auf den Schreibtisch, ging zum Fenster und riss es auf.

Wir hatten die Luft angehalten. Alle. Auch Frau Wäldchen, die immer noch die schwere, alte Holztür der Kanzlei in der Hand hielt, durch die ein Mann in grauem Anzug und mit Regenschirm gekommen war. Jetzt atmeten wir alle hörbar wieder aus.

»So. Der Nächste, bitte«, sagte Josi und drehte sich zu uns um.

16

Der Klubraum war gerammelt voll. Alle waren gekommen. Jeder Stuhl, jeder Barhocker, jedes Plätzchen war besetzt. Von Menschen, die wir kannten, und solchen, die ich noch nie gesehen hatte. Das halbe Dorf schien da zu sein.

Nachdem der Typ mit dem Anzug Josi vor zwei Tagen angerufen und sein Angebot erhöht hatte, hatte sie Honecker gebeten, einen Aushang zu machen. *Versammlung im Klubraum. Freitag, 18 Uhr.* »Bevor dieser Kerl weiterhin auf meinem Platz rumläuft und die Leute kirre macht, kläre ich das jetzt endgültig«, hatte Josi zu Honecker am Telefon gesagt.

Wilma, Viktor und ich saßen auf einer Bank, genau gegenüber vom Tresen, an dem Josi jetzt lehnte. Wir konnten sie nicht richtig sehen, aber zumindest erahnen, wo sie in etwa war. Man erkannte ihren weiß-blau-gestreiften Pullover mit den goldenen Knöpfen auf den Schultern zwischen all den anderen Jacken und Hemden. Die Leute standen dicht an dicht, hielten Gläser in den Händen und redeten alle laut durcheinander. Und wie es stank! Rauch, Schweiß, Duftzeugs aus Fläschchen, Sandalen mit schmutzigen Socken. Wir mittendrin.

Jetzt ertönte ein helles Klirren. Schlagartig wurde es still im Wilden Eck. Nur vereinzelt hörte man noch jemanden etwas flüstern.

»Ruhe!«, befahl Honecker. Danach war sozusagen Totenstille.

Josi stellte sich auf einen Stuhl, sodass wir sie jetzt auch sehen konnten.

»Hallo zusammen!«, fing sie an. »Wie ich erfahren habe, gibt es immer noch Ungewissheit in Bezug auf die Zukunft des Platzes. Das liegt vielleicht zum einen daran, dass ich meine Pläne bisher nicht offiziell verkündet habe, was mir leidtut. Ich dachte, es hätte sich bei der Grillparty rumgesprochen. Zum anderen liegt es aber mit großer Wahrscheinlichkeit auch an der ungebetenen Anwesenheit eines Mitarbeiters der Firma Zukunft Bauen, die diesen Platz, unseren Campingplatz, gern käuflich erwerben möchte, wie ihr alle wisst. Deshalb liegt es mir am Herzen, euch heute Abend zu sagen, egal was andere euch erzählen: Dieser Platz wird *nicht verkauft!* Dieser Platz bleibt, wie er ist!«

Die Leute fingen an zu klatschen, stießen mit ihren Gläsern so doll an, dass wir eine Bierdusche abbekamen. Alle freuten sich in einer Lautstärke, wie wir sie zuletzt Silvester erlebt hatten. Ich schüttelte mich. Puh. Wie ich roch. Hopfen-Hund.

»Ruhe!«, rief Honecker erneut und klopfte mit seiner Hand gegen den Holzpfosten am Tresen. Backfisch, der daneben saß, zuckte leicht zusammen.

Josi versuchte noch einmal, gegen das Stimmengewirr anzureden: »Ganz richtig war das jetzt nicht, sorry. Der Platz wird nicht so bleiben, wie er ist. Es wird neue Duschen geben, das hatte Fritz ja auch schon geplant. Dann wird der Klubraum renoviert. Ich glaube, da sind wir uns einig.« Sie sah zu Honecker, der zufrieden nickte und sich mit der Hand durch sein zotteliges Haar fuhr. »Und hinten beim Grillplatz plane ich eine Strandbar, vielleicht auch eine Strandsauna. Es wird also ein paar Veränderungen geben, aber mit Sicherheit keinen Meerblick für Millionäre! Nur für waschechte Camper!«

Wieder brach das Stimmengewirr über uns herein; die Leute lagen sich in den Armen, lachten, freuten sich und waren vor allem eins: erleichtert.

Viktor sprang von der Bank und lief Richtung Tür, die gerade offen stand, weil irgendjemand rein- oder rausgegangen war. Vermutlich war es ihm einfach zu laut. Oder er brauchte dringend eine Pinkelpause.

Gerade als ich dachte, jetzt könnte Honecker mal wieder »Ruhe« brüllen, denn der Lärm war wirklich kaum auszuhalten, da machte es »WUMM!« Und zwar so laut, dass das Stimmengewirr der Leute im Vergleich dazu ein Flüstern war.

Der Knall schoss in meine Ohren und legte sie für mehrere Sekunden völlig lahm. Ich hörte nichts mehr. Es war, als hätte jemand den Ton auf lautlos gestellt. Wie beim Fernseher. Dann piepte es. Im Ohr. Ich sah mich um. Die Leute rannten durcheinander, ein paar liefen aus dem Klubraum. Josi stand jetzt nicht mehr auf dem Stuhl, sondern daneben und hielt sich die Ohren zu. Sie bewegte den Mund, aber ich konnte nichts verstehen. Dann zeigte Honecker Richtung Fenster und rannte raus. Wilma jaulte, was sich anhörte, als wäre sie am anderen Ende des Campingplatzes. Dabei saß sie neben mir. Von Viktor keine Spur. Ich hüpfte von der Bank und lief auch raus. Langsam kamen die Geräusche zurück und das Piepsen wurde leiser.

Was war das nur gewesen? Ich lief den Leuten hinterher, die alle in eine Richtung rannten. Zu unserem Wohnwagen. Oder dem, was davon übrig war. Er lag in schwarz verkohlten Einzelteilen überall verteilt. Nicht nur auf unserem Platz. Auch bei Conny, auf dem Sandweg, der anderen Seite, überall. Bis zu Püppi und Macho waren die Teile geflogen. Hier und da brannte etwas. Wie in einem dieser Kriegsfilme, die Bernd mal gesehen hatte. Es qualmte fürchterlich, und alle liefen durcheinander. Ein heilloses Durcheinander.

Unser schöner Campingwagen! Weg. In die Luft geflogen. Wo sollten wir denn jetzt schlafen? Wir waren zwar inzwischen Outdoor-Möpse nach dieser Partynacht im Freien, aber das konnte doch kein Dauerzustand werden. Und Josi würde ganz sicher nicht unter freiem Himmel schlafen.

Das Nächste, was ich hörte, waren Sirenen. Polizei, Feuerwehr, Rettungswagen. Das hier war mehr als nur ein Krimi, es waren mindestens zwei. Oder einer mit Überlänge.

Da bemerkte ich eine Bewegung. Zwischen roten Plastikkerzen, vertrockneten Blumen und kleinen Teddys, die vor Connys Wagen standen, entdeckte ich: Viktor! Er kam völlig rußverschmiert unter ihrem Wohnwagen rausgekrochen. Um seinen Hals hatte sich eine Blumengirlande gelegt, die er jetzt hinter sich herzog, ohne es zu merken. Schwarz-Rot-Gold. An seinem linken Auge war es nur rot. Eine rote, blutige Schramme.

»Viktor!«, schrie Josi, rannte an mir vorbei und stürzte sich auf unseren Senior. »Oh mein Gott, Süßer. Lass dich mal ansehen! Hast du dich verletzt?« Sie hob Viktor hoch, lief ein paar Schritte auf die andere Seite, setzte sich mit ihm bei Püppi auf einen der weißen Plastikstühle und fing an, ihn von allen Seiten zu begutachten. Ich lief hinterher.

Püppi holte ein nasses Tuch aus dem Wagen und hielt es Josi hin, die damit Viktor vorsichtig über die Wunde wischte.

»Soll ich einen Arzt rufen?«, fragte Püppi sichtlich besorgt.

»Ich glaube, es sieht schlimmer aus, als es ist. Danke!« Josi gab den nassen Lappen zurück und streichelte Viktor.

»Alter! Wenn ich den krieg! Aus dem mach ich Hackfleisch!«, motzte Macho, der sich zwischen Feuerwehrwagen, Polizisten, Schläuchen und geschockten Campern zu uns durchgewühlt hatte.

»Was haben die hier nur immer alle mit Hack?«, fragte Wilma, die wie aus dem Nichts plötzlich neben mir saß. Oder ich hatte sie einfach nicht kommen hören.

»Du bist ja auch da. Oh Mann, geht es euch denn gut, meine Schätze? Mensch, was ist hier bloß los?!«, fragte Josi mit Tränen in den Augen. Sie sah völlig geschockt zu uns runter, bückte sich und streichelte uns mit zitternden Händen. Dann blickte sie wieder auf die andere Seite. Dahin, wo unser Wohnwagen gestanden hatte.

Eine ganze Weile saßen wir einfach nur da. Völlig benommen. Eine gefühlte Ewigkeit sahen wir dem Treiben vor unserer Nase zu. Mir war flau im Magen. Das Piepen im Ohr wurde irgendwann leiser. Alles andere dafür wieder langsam lauter.

»Der Typ mit dem Kapuzenpulli war wieder da. Dieses Mal habe ich ihn auch gesehen. Er hatte die Mütze ganz weit über den Kopf gezogen und ging so komisch. So geduckt. Ich wollte eigentlich nur weg von dem ganzen Lärm im Klubraum. Wenn ich das geahnt hätte, dass es hier noch lauter wird als dort! Himmel, war das ein Knall«, sagte Viktor und leckte sich dabei das Fell ab, was im Grunde sinnlos war. Er war ein klarer Fall für die Badewanne. Ob er wollte oder nicht. Von seinem beigebraunen Fell war kaum noch etwas zu erkennen. Er sah aus wie der Schornsteinfeger, der manchmal bei uns vorbeischaute.

»Und? Was hat der Kapuzenmann gemacht?«, wollte ich wissen.

»Er hat sich erst umgeschaut und ist dann zu unserem«, Viktor drehte sich zu den qualmenden Resten, »Wohnwagen.«

»Ja? Und dann?«

»Keine Ahnung. Er ist dahinter verschwunden und hat irgendetwas gemacht. Ich dachte, der will bei uns einbrechen, und ich laufe mal lieber hinterher und guck, aber dann hat es auch schon diesen grässlichen Knall gegeben. Und als ich die Augen wieder aufgemacht habe, lag ich da drunter.« Viktor zeigte mit seiner platten schwarzen Nase zu Connys Wagen.

»Wer kann das denn nur gewesen sein?«, fragte ich und sah mich dabei um.

»Na, der Mann mit der Kapuze!«, erklärte Wilma.

»Ach nee! Und wer ist der Mann mit der Kapuze? Hat der auch einen Namen? Das wäre hilfreich.«

»Hmm«, machte Wilma und legte sich auf den Boden vor Josis Füße, die gerade von Püppi einen Tee gereicht bekam.

»Danke, ich kann gerade gar nichts trinken. Ich …«

»Frau Hartmann?«, fragte in dem Moment eine Polizistin, die auf uns zukam.

»Ja, das bin ich«, sagte Josi, stellte den Becher weg und stand auf.

»Guten Abend. Wie geht es Ihnen? Sind Sie verletzt?«

»Nein, ich habe nichts. Ich war im Klubraum. Gott sei Dank! Wenn wir …« Sie sah zu uns runter. »Wenn wir im Wohnwagen gewesen wären, würden wir jetzt wohl nicht mehr leben.«

Die Polizistin machte ein bedrücktes Gesicht. Wie aktuell alle. Mehr oder weniger. Nur Wilma sah nicht sonderlich bedrückt aus. Eher zufrieden. Sie wurde nämlich von Püppi mit aufgerollten Wurstscheiben verwöhnt.

»Können Sie mir etwas zum Tathergang sagen? Haben Sie etwas beobachtet oder …«, fing die Polizistin an. Mein Einsatz!

»Ja! Also nicht ich, aber Viktor, der alte Gauner. Er war gerade dabei …«

»Henri! Aus! Mach Sitz!«, hörte ich es von oben. Von wem wohl. So etwas Ärgerliches!

Trotzdem, ich musste es einfach loswerden. »Es war der Mann mit der Kapuze! Ein Phantombild können wir übrigens leider nicht liefern. Er war zu gut getarnt. So. Das war's auch schon.«

»Tja, in den Wagen sperren kann sie dich jetzt jedenfalls nicht mehr«, stellte Viktor fest.

»Ja, leider.«

»Leider?« Viktor sah mich irritiert an.

»Na, ich meine natürlich den Campingwagen. Dass er nicht mehr da ist«, erklärte ich.

»Ich habe wirklich überhaupt nichts mitbekommen. Ich war wie gesagt nicht hier, und die anderen waren ja auch alle im Klubraum.« Josi sah zu dem Menschenauflauf, der sich auf dem Weg versammelt hatte. »Ich verstehe das nicht. Wie konnte das denn passieren?«, fragte sie, wischte mit der Hand übers Gesicht und hinterließ dabei eine schwarze Rußspur quer über die Stirn.

»Die Brandursachenermittler und die Kollegen vom Kriminaldauerdienst werden sicher noch eine Weile brauchen, bis das endgültige Ermittlungsergebnis vorliegt, aber bisher sieht es danach aus, als wäre die Gasflasche manipuliert worden. Eventuell wurde die Verschraubung gelöst. Das wird gerade untersucht. Außerdem wurden Hinweise auf Brandbeschleuniger gefunden. Aber das werden sie sich noch genau ansehen. Man muss also im Moment davon ausgehen, dass es sich hier um einen gezielten Anschlag handelt. Tut mir sehr leid.«

»Ach nee!« Ich sah die Polizistin an, die anscheinend neu war auf dem Gebiet. Wieso erzählte die uns Sachen, die wir wussten? Mir wären Sachen, die ich nicht wusste, lieber!

»Gibt es jemanden, der Ihnen Böses will, der Sie nicht mag, der Ihnen Ärger macht oder Sie bedroht?«

»Ach, wenn es danach geht – da kann ich Ihnen einen ganzen Aktenschrank voller Personen nennen.«

»Wie darf ich das verstehen?«

»Ich bin Anwältin, Schwerpunkt Familienrecht. Nicht unbedingt ein Beruf, bei dem man sich nur Freunde macht.«

»Ah, ach so. Fällt Ihnen eine bestimmte Person ein, die so weit gehen würde, einen Mordanschlag auf Sie zu verüben?«

»Mord?«, fragte Josi, als wisse sie nicht, was das ist.

»Gott sei Dank! Da bist du ja!« Jetzt wurde es interessant: Florian drängte sich zwischen den Leuten, die auf dem Sandweg standen, durch und kam auf uns zu. »Ich dachte schon ... Wie geht es dir denn? Hast du dich verletzt? Ich bin erst vorhin von meiner Dienstreise zurückgekommen ... Hat doch etwas länger gedauert. Ich habe versucht, dich zu erreichen, und weil du nicht in deiner Wohnung warst und nicht ans Handy gegangen bist, dachte ich mir, dass du sicher hier bist und ...«

»DU WAGST DICH NOCH HIERHER?!«, schrie Josi, als sie Florian entdeckte. »Den da!« Sie drehte sich zu der Polizistin und zeigte dabei mit dem Finger auf Florian. »Den können Sie gleich abführen. Er ist ein Lügner, ein Betrüger, und vermutlich hat er auch meinen Wohnwagen in die Luft gesprengt! Dachtest du, *so* bekommst du mein Grundstück?! Am besten, Sie nehmen ihn gleich fest!«

»Aber das ist doch Florian!«, protestierte Wilma.

»Kannst du mit Sicherheit sagen, dass er nicht der Kapuzenmann ist?«, fragte ich.

»Dann hat er sich aber neue Schuhe angezogen«, meinte Viktor und sah auf Florians Schuhe, die blitzeblank glänzten.

»Warum?«, hakte ich nach.

»Der Kapuzenmann hatte schwarze Turnschuhe mit roten Bändern. Das ist mir gleich aufgefallen«, erklärte Viktor.

»Bitte?! Was ist denn jetzt los?! Wie kommst du denn darauf, dass ich deinen Wohnwagen anstecke?« Florian sah Josi fassungslos an.

»In die Luft gesprengt! Das ist ein Unterschied! Das war

ein Mordversuch! Viktor wäre beinahe in tausend Stücke zerfetzt worden! Weißt du eigentlich, was du dafür kriegst?«

»Wieso bekommt er etwas dafür?«, wollte Wilma wissen, aber ich ignorierte sie.

»Und alles nur, um an meinen Platz zu kommen. Bist du eigentlich völlig krank?!« Josi war nicht mehr blass; ihre Gesichtsfarbe tendierte jetzt eindeutig zu rot.

Rot! In dieser Sekunde hatte ich einen Geistesblitz. Bernd hatte Schuhe mit roten Schnürsenkeln!

»Überleg noch mal ganz genau, ob dir der Mann mit der Kapuze vielleicht doch bekannt vorkam!«, forderte ich Viktor auf.

»Bekannt?«

»Ja. Versuch, dich genau zu erinnern. Wie groß war er? Wie roch er? Gab es einen Moment, wo du dachtest, du kennst ihn irgendwoher?«

»Nein. Woher denn auch? Worauf willst du hinaus?«

»Ach, mir fiel nur gerade ein, dass … na ja, dass Bernd rote Schnürsenkel hatte«, erklärte ich.

»Bernd?!«, platzte es aus Wilma und Viktor heraus.

»Ja. Diese Turnschuhe, die er nur ganz selten angezogen hat. Manchmal am Wochenende, aber nie zur Arbeit. Die mit den roten Bändern. Wisst ihr das denn nicht mehr?«

Die beiden sahen sich an, dann mich.

»Nee. Bist du sicher?«, fragte Wilma.

»Ja. Total. Es bleibt allerdings die Frage nach dem Motiv. Was hätte er davon, wenn er den Wohnwagen in die Luft sprengt? Außerdem weiß er gar nichts von dem Platz und dass Josi ihn geerbt hat. Hm.« Ich setzte mich hin und grübelte. Irgendetwas war faul an der Sache.

»Der roch nicht wie Bernd. Das glaube ich nicht«, sagte Viktor nachdenklich.

Püppi und die Polizistin standen zwischen Florian und Josi und sahen abwechselnd von einem zum anderen. Macho hatte die Hände in die Seiten gestemmt, was ziemlich bedrohlich wirkte, und hatte auf einmal ganz, ganz kleine Schlitzaugen. Sie waren fast nicht mehr zu sehen. Zumindest nicht von hier unten.

Florian hob die Hände vor die Brust, als wollte er einen Ball fangen, und schüttelte den Kopf. »Ich weiß nicht, wie du auf die verrückte Idee kommst, dass ich deinen Wohnwagen in die Luft gesprengt habe! Kannst du mir das bitte erklären? Was habe ich dir getan?«

»Ach! Und warum schickst du mir diesen nervigen ... wie heißt der noch? Ach, ist auch egal. Warum schickst du mir deinen Mitarbeiter auf den Hals, der mir auf Biegen und Brechen den Platz abkaufen will? Warum erzählst du mir nicht, dass du meinen Onkel kanntest und ihn hier auf dem Platz getroffen hast? Warum hast du so getan, als wärst du zum allerersten Mal hier, als wir uns beim Grillabend kennen gelernt haben? Na? Warum? Da bin ich jetzt aber echt gespannt!« Josi verschränkte ihre Arme vorm Oberkörper und sah Florian an, als wollte sie ihm jeden Moment an den Hals springen. Diesen Blick hatte ich bisher nur einmal bei ihr gesehen. Das war noch nicht lange her und hatte interessanterweise auch mit einem Mann zu tun. Exmann.

»Ich auch!«, sagten Wilma und Viktor zur gleichen Zeit. Wir blickten alle Florian an. Auch die Polizistin, mit hochgezogenen Augenbrauen, sowie Macho und Püppi, die nicht weniger skeptisch aussahen.

»Ja, ist ja richtig. Es tut mir leid. Ich war einmal hier und hatte ein – übrigens sehr nettes – Gespräch mit deinem Onkel. Aber als ich am Strand spazieren ging und euer Grillfest gesehen habe, wusste ich doch nicht, dass du seine Nichte bist! Woher? Und als wir später vor seinem Wohnwagen standen, also ich meine vor deinem, da mochte ich es nicht sagen, weil ich Angst hatte, du würdest denken …«

»Und das soll ich dir glauben?« Josi lachte kurz auf. »Da habe ich aber schon bessere Geschichten gehört.« Sie ließ sich wieder auf Püppis Stuhl fallen, die ihr mit der Hand über die Schulter strich.

Florian atmete tief ein. »Und was für einen Mitarbeiter soll ich geschickt haben?«

»So einen möchtegern-aristokratischen Anzugtypen, dem ich bereits mehrfach gesagt habe, dass ich nicht verkaufen will. Jetzt tu bitte nicht so, als würdest du davon nichts wissen!«, rief Josi empört.

»Phillip von der Wiese?«, fragte Florian offensichtlich überrascht – das nahm ich ihm trotz aller Skepsis ab.

»Ja, genau. Den meine ich«, bestätigte Josi, beugte sich vor, schnappte sich Viktor, setzte ihn auf ihren Schoß und streichelte ihn.

»Der ist noch einmal zu dir gefahren? Warum? Ich hatte ihm gesagt, dass Herr Hartmann, also ich meine, dein Onkel, ich meine … dein Vater … dass er nicht verkaufen will«, meinte Florian nachdenklich.

»Das solltest du wohl eher ihn fragen, warum er mich nervt, wenn du es selbst nicht weißt!«, sagte Josi und sah sich voller Sorge noch einmal Viktors Schramme an.

»Ich hatte ihn vor ein paar Monaten gebeten, Kontakt zu deinem Onkel aufzunehmen, habe das Gespräch dann aber doch selbst geführt«, erklärte Florian. »Phillip hatte keinen Auftrag von mir, deinen Onkel oder dich noch einmal zu kontaktieren.«

Die Polizistin hörte aufmerksam zu und machte sich Notizen.

»Tja, dann weißt du anscheinend nicht, was deine Mitarbeiter so während ihrer Arbeitszeit machen. Vermutlich kassiert er eine schöne Summe Geld, wenn er den Kaufvertrag unterschrieben vorlegt. Das würde mich mal interessieren, was für eine Provision er bekommt! So viel, dass man ein paar Tote dafür in Kauf nimmt?«

»Willst du damit sagen, ich hätte einen Mord in Auftrag gegeben?«

»Ich will gar nichts damit sagen, ich will nur wissen …«

»Wo finden wir denn diesen Mitarbeiter von Ihnen, Herr …«, unterbrach die Polizistin.

»Trautheim. Florian von Trautheim«, sagte Florian und erntete dafür von allen Anwesenden erstaunte Blicke.

Macho prustete los. »Das scheint ja ein ganz feiner Laden zu sein, wo Sie da arbeiten.«

»Reiner Zufall«, murmelte Florian.

»Und das da ist Rosa von Schlüpfer«, meinte Macho lachend und zeigte auf Püppi, die ihn irritiert ansah.

»Warum ist das denn jetzt Rosa von Schlüpfer?«, wollte Wilma wissen.

»Er meint das vermutlich anders«, erklärte ich kurz angebunden.

»Dass die Menschen aber auch immer alles anders meinen,

als sie es sagen. Grässlich!« Wilma wackelte kopfschüttelnd zu Josi.

»Wo erreichen wir Ihren Mitarbeiter denn, Herr von Trautheim?«

»Eigentlich müsste er im Büro sein und …«

»Eigentlich«, wiederholte Josi und schüttelte den Kopf.

»Wenn Sie so freundlich wären, mir bitte Ihre Personalien zu geben und die Ihres Mitarbeiters auch, dann werden wir dem nachgehen.«

Während Florian ihr Namen, Telefonnummern und was weiß ich noch alles diktierte, kamen immer mehr Menschen zu uns rüber und wollten sichergehen, dass es Josi gut ging. Der Sandweg wurde weiter abgesperrt, sodass die Leute, die dort gestanden hatten, sich nach rechts und links entfernen mussten. Danach hatten wir freien Blick auf das, was mal unser Campingwagen gewesen war. Wir saßen sozusagen in der ersten Reihe. Die Feuerwehr war immer noch damit beschäftigt, die qualmenden Stellen zu löschen, einer machte Fotos mit einer großen, grauen Kamera, ein anderer rollte Schläuche auseinander und zusammen, die Männer mit den weißen Anzügen waren auch schon da und sahen sich um, während die Polizisten die umstehenden Leute befragten. Es war unfassbar viel los. Im Grunde wusste ich gar nicht, wo ich zuerst hinsehen oder hinhören sollte.

»Alles futsch«, murmelte Wilma traurig.

»Du musst mir glauben«, flehte Florian Josi schräg hinter uns an, »ich habe nichts mit dem Brand zu tun!«

»Explosion«, verbesserte Josi ihn.

Viktor sprang von Josis Schoß und setzte sich neben mich, den Blick auf den Ort des Geschehens gerichtet. Ich betrachtete ihn von der Seite. Er hatte ein bisschen was von Rambo, wenn man sich die grauen Barthaare wegdachte. Natürlich nicht Teil eins. Eher Teil fünf.

»Wir müssen eine SOKO bilden. Sonst schaffen wir das nicht«, erklärte er. »Wir brauchen Verstärkung. Dieser Saubeutel entwischt mir nicht noch einmal! Das kannst du mir glauben!«

Das Thema Glauben hatte momentan Priorität. Auch eine Etage höher, bei Josi und Florian. Wer was und warum glaubte, und was das eine mit dem anderen zu tun hatte und so weiter. Aber dafür hatte ich aktuell keine Zeit. Viktor hatte mir schließlich eine Aufgabe zugeteilt: Ich musste unser Team aufstocken! Und da fiel mir nur eine Hündin ein. Locke.

»Locke?«, fragte Viktor, als hätte ich Hundeshampoo gesagt oder Agility-Training.

»Ja, natürlich. Oder hast du eine bessere Idee? Außerdem muss sie uns sowieso noch einmal in Ruhe von den Hintergründen der Trennung erzählen. Sie ist mit Sicherheit eine prima …«

»Liebhaberin?«, lachte Viktor.

»Ermittlerin!«, entgegnete ich. »Und eine verlässliche Quelle!«

»Na, dann hol sie mal an Land, deine Quelle. Je schneller wir anfangen, desto höher die Chancen, dass wir diesen Mistkerl kriegen!«, sagte er und wischte sich mit der dreckigen Pfote über sein dreckiges Gesicht.

Ich marschierte los.

»Du bist wieder da! Ich bin soooo froh, das glaubst du gar nicht!«, kläffte Locke schon von Weitem mit viel zu hoher

Stimme, lief auf mich zu und fing an, mich abzulecken. »Du lebst!«, sagte sie und strahlte mich mit ihren wunderschönen Augen an.

»Klar! Was denn sonst? Aber Viktor hat's erwischt.«

»Er ist tot?!«, fragte sie entsetzt.

»Nein, so weit ist es noch nicht. Aber es ist ein Wunder, dass er noch lebt. Er war in unmittelbarer Nähe, als unser Wagen explodierte.«

Ich erzählte Locke alles, was ich wusste. Auch wenn das, zugegeben, nicht sehr viel war.

»Und jetzt?«

»Jetzt müssen wir diesen Typen finden, der das alles verbockt hat. Auch, wenn unsere eigentliche Ermittlungsarbeit dabei erst einmal auf der Strecke bleibt. Um es kurz zu machen: Wir brauchen dich.«

»Ihr?«, fragte Locke, stupste mich mit der Nase zart an und hatte schon wieder diesen gewissen Blick, der mich fast vergessen ließ, warum ich hier war.

»Ja, wir. Die SOKO Dreckskerl«, erklärte ich. »Bist du dabei?«

Locke schaute kurz zu ihrem Frauchen hoch, das gerade in ein Gespräch vertieft war. Dann sah sie mich wieder an. »Klar. Wenn du dabei bist, bin ich es auch!«

Wir liefen zurück zu den anderen.

»Oh je«, meinte Locke, als sie Viktor sah.

»Er hat keine ansteckende Krankheit. Er ist nur dreckig«, erklärte ich. »Also, dann lasst uns mal überlegen, wie wir am besten vorgehen.«

17

Unsere Sitzung wurde mehrfach von Kollegen der Kripo unterbrochen, die Josi sprechen wollten, denn es versteht sich von selbst, dass wir lauschen mussten. Leider war es gar nicht so spannend. Außer dass noch mehr Camper den Mann mit der Kapuze gesehen hatten. Meine Aussage deckte sich also mit den anderen. Immerhin.

»Na, bei Ihnen auf dem Platz ist ja in ein paar Tagen mehr los als sonst im ganzen Jahr bei uns im Ort«, hatte einer der Beamten zu Josi gesagt und dabei komisch geguckt. Ich war mir nicht sicher, ob er das nun gut fand oder nicht.

Florian war weg. Josi hatte ihm trotz seiner Bemühungen nicht geglaubt. »Kein Wort!«, hatte sie immer wieder betont. Er hatte sogar noch diesen von der Wiese angerufen, mehrfach, aber nicht erreicht. Dann war er gegangen. Mit hängendem Kopf. Ich hatte fast ein wenig Mitleid mit ihm.

Unser Plan stand. Was wir brauchten, war nur noch der richtige Moment, um den Täter zu überführen. Und zwar zackig! Denn auch Josi hatte einen Plan: so schnell wie möglich hier weg. Sie hatte endgültig genug.

Wir konnten sie ein Stück weit verstehen. Aber es nützte nichts. Wir *mussten* bleiben. Egal wie. Eine Ermittlung von Hamburg aus wäre in etwa so sinnlos wie ein Regencape bei Sonnenschein. Also gab es nur eins: untertauchen. Während Locke zurück zu ihrem Frauchen ging, liefen wir zeitversetzt, einer nach dem anderen, damit es nicht auffiel, Richtung Anmeldung. Wir brauchten einen Ort, an dem wir unbeobachtet etwas mitbekamen.

»Ich habe Steine im Magen«, jammerte Wilma.

»Du hast sicher einiges im Magen, aber keine Steine. Das Letzte, was du zu dir genommen hast, waren Wurstscheiben. Aufgerollt«, korrigierte Viktor.

»Nein. So meine ich das nicht. Ich habe ein schlechtes Gefühl, weil wir einfach gehen. Josi wird uns gleich suchen und ganz böse und …«, jammerte sie weiter.

»Jetzt fängst du auch schon an wie die Menschen«, sagte Viktor.

»Wie wer?«

»Wie die Menschen.«

»Wie meinst du das?«

»Na, du beschwerst dich doch immer, dass die etwas sagen, aber eigentlich etwas anderes meinen. Und jetzt machst du genau das Gleiche«, erklärte er.

»Hm …«, brummte Wilma und watschelte mit ihrem dicken Po weiter.

Natürlich war die Tür verschlossen. Josi hatte sie eigenhändig zugezogen. Aber nicht abgeschlossen! Auf der Rückseite des kleinen Gebäudes stapelten sich Plastikstühle. Nach mehreren Anläufen schafften wir es, sie umzuschmeißen, als gerade niemand in Sicht war. Wir zerrten einen der ehemals vermutlich weißen Stühle vor die Tür und stiegen hinauf. Wir, damit meine ich Viktor und mich. Wilma hatte eine Fress-Panik-Attacke bekommen und wollte unbedingt in der Küche nach Futtervorräten suchen. Sie bekam immer Hunger, wenn sie Kummer hatte. Dabei umgab sie noch der Geruch von aufgerollten Wurstscheiben.

Wir schafften es nach dem achten Versuch, die Tür zu öffnen. Viktor hatte sich dafür auf mich draufgestellt. Wir zerrten den Stuhl wieder weg, schoben unsere Pfoten zwischen die Tür und öffneten sie einen Spalt – gerade so, dass wir hindurchpassten. Dann sprang ich auf Fritz' Bürostuhl und von dort auf die kleine braune Kommode unter dem schmalen Fenster. Von hier konnte man prima auf den Weg und die umliegenden Plätze sehen.

Danach war ich erst mal erledigt. Ich hoffte heimlich, Wilma würde etwas in der Küche finden. Der Job machte hungrig! Außerdem war die letzte Mahlzeit definitiv schon viel zu lange her.

Kaum hatte ich das gedacht, kam Wilma herein. Sie zerrte eine ganze Tüte Hundetrockenfutter hinter sich her.

»Wo hast du das denn her?«, fragte ich und sprang zu ihr runter.

»Von Locke. Es gibt noch mehr im Auto, weil die Alte einkaufen war. Die hat sich gerade mit einer Polizistin unterhalten und hat deshalb nichts mitbekommen. Wir haben die Tüte einfach aus dem Vorzelt gezogen und hierhergeschleppt«, erklärte Wilma stolz.

»Na, dann hoffe ich, dass dich keiner gesehen hat. Beziehungsweise gehört. So wie die knistert«, sagte Viktor.

»Locke?«

»Die Tüte!«

»Psst! Leute! Wir müssen Ruhe bewahren«, mischte ich mich ein.

In dem Moment hörten wir draußen Josi rufen. »Wilmaaaaa! Henriiiii! Viktoooooor!«

»Verdammte Katzenkacke«, murmelte Wilma.

»Durchhalten. Wenn sie uns entdeckt, geht es ab nach Hamburg. Und die SOKO Dreckskerl wird den Fall nie lösen!«, flüsterte ich.

»Und den Mörder von Conny nicht finden«, meinte Viktor.

»Und den von Fritz – falls es doch Mord war«, ergänzte ich.

Josis Stimme wurde lauter. Sie musste jetzt ganz nah an der Anmeldung stehen. Wir hielten die Luft an.

Dann hörten wir Schritte, die sich wieder entfernten. Kurz danach ertönte erneut ihr Lockruf. Diesmal aber weit entfernt.

»Puh!«, machte ich und atmete wieder normal weiter.

»Mir gefällt das nicht. Ganz und gar nicht«, jaulte Wilma.

»Mir auch nicht! Aber wir haben keine andere Chance. Sie wird den Platz nicht ohne uns verlassen. Also: durchhalten. Wenn wir Glück haben, nimmt sie sich einen dieser Miet-Wohnwagen oder ein Hotelzimmer. Auf keinen Fall wird sie zurück nach Hamburg fahren. Es nützt nichts. Wir müssen jetzt zusammenhalten«, schwor ich die Truppe ein, spürte aber selbst ein Ziehen in der Magengegend.

Nach unserem längst überfälligen Abendessen sprangen Viktor und ich auf die braune Kommode zurück, um gut getarnt hinter der Spitzengardine das Treiben auf dem Weg beobachten zu können. Wilma lag zu diesem Zeitpunkt schon schnarchend eine Etage tiefer, auf dem Bürostuhl von Fritz.

Ein Polizeiwagen nach dem anderen verließ das Wilde Eck. Dann die Feuerwehr und schließlich auch die Kripo. Langsam wurde es dunkel. Und ruhiger. Aber nur etwas: Josi suchte uns weiterhin. Lauthals. Und nicht nur sie. Püppi half ihr. Die beiden liefen plötzlich an unserem Fenster vorbei. Ich konnte mich gerade noch ducken.

»Mann, das war knapp!«, flüsterte Viktor.

»Allerdings!«, gab ich zu, als die Luft wieder rein war.

Kaum hatte ich mich von dem Schrecken erholt, knarrte die Tür! Sie öffnete sich einen Spalt, und … meine Lieblingshundedame stand im Türrahmen.

»Komm rein«, forderte ich sie auf und sprang zu ihr runter.

»Ich … also … Mir fällt das nicht leicht, weil ich Steffi ja mag, aber in letzter Zeit sind einfach zu viele Sachen passiert. Ich wollte es nicht wahrhaben, aber jetzt kann ich nicht weiter die Augen davor verschließen und so tun, als wäre nichts gewesen. Es tut mir leid, ich komme mir schlecht dabei vor, aber ich muss euch etwas sagen. Wegen eurer Ermittlung. Also, nicht diese, ich meine die andere«, sagte sie und sah betrübt zu Boden.

Viktor sprang auf Fritz' Bürostuhl und damit auf Wilma, die laut quietschte.

»Psssst!«, mahnte ich.

»Was wolltest du gerade sagen?«, hakte ich bei Locke nach.

»Also, im Grunde ist es vielleicht auch gar nicht so besonders«, stammelte sie. Sie wollte offenbar nicht so richtig rausrücken, was sie bedrückte.

»Nun sag schon. Was hast du denn?«, forderte ich sie noch einmal auf.

»Es ist nur so, dass Steffi … Also an dem Abend, als diese Grillparty war, da hat sie nachmittags mit mir einen Spaziergang gemacht.«

»Aha«, machte Viktor gelangweilt und bekam dafür von mir persönlich einen bösen Blick.

»Nicht die normale Runde«, ergänzte Locke.

»Was ist denn die normale Runde?«, wollte Viktor wissen.

»Pssst! Jetzt lass sie doch mal ausreden!«, schimpfte ich.

»Also, wir … wir sind da hinten langgegangen. Am Waldrand Richtung Bäcker und dann links rum. Das machen wir sonst nicht. Da hat Steffi jedenfalls dann einen Zweig an so einem blühenden Busch mit so ganz schmalen grünen Blättern abgebrochen. Auf dem Weg zurück hat sie die Blüten, ich glaube es waren nur ein oder zwei, abgemacht und die Blätter auch. Den Zweig hat sie hinterm Wohnwagen versteckt. Erst hab ich mich noch gewundert, was das soll, aber als wir dann abends am Grillplatz waren, da ist sie, als es schon dunkel war, noch mal weggegangen und mit diesem Zweig zurückgekommen. Ich bin mir total sicher, dass er das war. Meine Nase hat mich noch nie getäuscht. Sie hat ihn unter ihren Klappstuhl gelegt. Ich fand es so merkwürdig, dass ich den Zweig nicht mehr aus den Augen gelassen habe. Ich wollte unbedingt wissen, was sie damit vorhatte. Als ich mir das Ding noch mal etwas genauer ansehen wollte, hat sich mich sogar zurückgepfiffen. So kenne ich sie gar nicht. Sonst wirft sie ständig irgendwelche Stöckchen und diesen durfte ich nicht einmal beschnuppern!«

»Und?!«, fragten jetzt Viktor, Wilma und ich wie aus einem Maul.

»Sie hat ihn irgendwann genommen und von diesem

Zeug, diesem Teig, was drumgewickelt. Wie um die anderen auch. Allerdings hat sie diesen Zweig so lange liegen gelassen, bis …«

»Conny kam.«

Viktor und ich drehten uns zu Fritz' Bürostuhl und sahen hoch.

»Wilma!«, riefen wir erstaunt.

»Stimmt«, sagte Locke. »Conny kam zu uns an den Tisch. Das war schon recht spät. Eigentlich waren alle fertig mit dem Fressen, tanzten oder unterhielten sich. Manche waren auch schon gegangen. Na ja. Und dann hat Conny genau diesen Stock von ihr bekommen. Conny hat noch irgendetwas von Frieden oder Freundschaft gesagt. Und Steffi hat dann, als Conny mit dem Stockbrot weg war, so was gemurmelt wie ›Nicht, solange ich lebe‹.«

Wilma schnappte über uns nach Luft.

»Sie hat wohl ›Nicht, solange *du* lebst‹ gemeint!«, sagte ich. Jetzt erinnerte ich mich an den Stock, der bei der Alten unterm Tisch gelegen hatte, und auch an den, der uns bei Conny vor dem Wohnwagen aufgefallen war. Was, wenn es ein und derselbe war? Wenn es *der* Stock war? Wir mussten sofort handeln! Denn klar war: Irgendetwas stimmte nicht mit diesem Stock. Und wenn dem so war, dann mussten wir ihn umgehend finden. Falls er überhaupt noch da und nicht bei der Explosion verbrannt war.

»Viktor! Du musst, sobald kein Mensch mehr zu sehen ist, sofort raus und nach dem Stock suchen! So schwarz wie du bist, hast du die beste Tarnung!«

»Hallo? Wie stellst du dir das vor? Habe ich eine Stocksuchbildkamera am Kopf, oder was?«

»Nein, aber eine Nase im Gesicht! Zumindest den Ansatz einer Nase.«

»Bitte?!«

»Hey, ihr beiden. So kommen wir nicht weiter. Lasst uns zusammen nach dem Stock suchen. Ich bin mir sicher, ich finde ihn wieder«, warf Locke ein.

»Wenn wir alle gehen, steigt zwar die Chance, dass wir den Stock finden. Aber auch die Gefahr, entdeckt zu werden. Also schlage ich vor, dass ich gehe«, erklärte ich. Schließlich war ich der Kriminalhauptkommissar. Gefühlt zumindest.

»Alles klar!«, kam es einstimmig zurück.

Huch. Kein Protest? Na dann. Auf ins Gefecht!

Als ich endlich loskonnte, war es abgesehen von dem Licht, das rechts aus den Wohnwagen kam, stockdunkel. Immer wieder war irgendjemand an der Anmeldung vorbeigegangen.

Wilma hatte noch einen Jammeranfall bekommen und wäre fast losgelaufen, um Josi zu beruhigen, dass es uns noch gäbe und alles gut sei. Davon konnten wir sie zum Glück abhalten. Das Argument, hier liefe ein Mörder rum, der es vielleicht auch auf kleine dicke Mopsdamen abgesehen hatte, zog. Mir fiel es ja auch schwer, Josi im Ungewissen zu lassen. Aber was sollte ich tun? Zusehen, wie dieser Kapuzenmensch uns alle umbrachte? Oder Steffi noch mehr komische Stöckchen in Umlauf brachte, und der Nächste aus der Hollywoodschaukel in den Himmel stierte?

Der Geruch der verkohlten Teile von Fritz Wagen bohrte sich in meine Nase, bevor ich überhaupt in die Nähe des

Platzes kam. Ich sah mich kurz um. Kein Zweibeiner in Sicht. Also, Nase runter und los.

Nach drei Runden war ich kurz davor aufzugeben. Meine Pfoten sahen nach kürzester Zeit schlimmer aus als der Rest von Viktor. Es stank grässlich nach verbrannten Sachen, und ich fand allerhand Zeug, aber keinen Stock. Ich machte kurz neben einer Kiefer Pause, setzte mich und sah mich noch einmal in Ruhe um. Selbst der wunderbare Duft des Baumes war nur noch mit größter Mühe zu erahnen. In diesem ganzen Chaos musste irgendwo unser Beweismittel Nummer eins liegen. Nur wo? Ich stand wieder auf und ging vorsichtig zwischen all dem Schrott noch einmal zu Connys Wagen rüber, der traurig und verlassen dastand. Kein Licht. Keine Conny. Keine Kekse.

Ich schnüffelte vor dem Wagen, zwischen den Kuscheltieren, Karten und Kerzen. Und als ich schon dachte, es hätte keinen Sinn mehr – da sah ich ihn! Er lag halb unter dem Wohnwagen, links neben der verschlossenen Eingangstür. Mit einem Satz sprang ich zu dem Stock und schnüffelte ihn ab. Klar, der Rauch hatte seine Spuren hinterlassen, aber die Reste des Teiges waren eindeutig zu sehen. Es hing sogar noch ein trockenes, ganz kleines Stück oben an der Spitze.

Ich konnte mein Glück kaum fassen. Zumindest das des Fundes. Das andere Glück hatte mich kurzfristig verlassen – das Glück des Nicht-Entdecktwerdens. In meinem Eifer hatte ich die Schritte nicht gehört. Hinter mir stand Josi und rief meinen Namen. Nicht weil sie mich suchte, sondern weil sie mich gefunden hatte.

»HEINI!«

Ich zuckte zusammen. Jetzt hieß es: Hirn an und handeln. Und zwar schnell. Wohin mit dem Stock? Mitnehmen? Verstecken? Mist.

»Heini! Was machst du da? Und wo sind die anderen? Komm her. Hopp!« Josi pfiff, was sie sehr selten tat. Und obwohl ich ihr ansah, dass sie eigentlich total erleichtert war, schimpfte sie sich ihre ganze Anspannung erst einmal aus dem Leib. »Komm jetzt her! Was ist nur mit euch los? So einen Blödsinn macht ihr in Hamburg doch auch nicht! Komm!«

»Da fliegen ja auch keine Wohnwagen in die Luft!«, protestierte ich und entdeckte ein kleines Stück Plastik zwischen all den Karten und Kerzen vor Connys Eingangstür. Genau das brauchte ich jetzt! Ich durfte schließlich nicht die Spuren auf dem Stock verwischen. Und außerdem: Vielleicht war dieser mysteriöse Stock nicht nur für Zweibeiner gefährlich, sondern auch für Vierbeiner? Ich schnappte mir das Stück und zog damit den Stock unter dem Wohnwagen hervor.

Gerade als ich dachte, jetzt würde Josi gleich komplett ausflippen, wenn ich nicht sofort kam, hörte ich die Alte.

»Tiffi! TIFFIIIII!«

Steffi ging langsam den Weg in unsere Richtung, erblickte Josi und blieb stehen.

»Suchst du etwa auch deinen Hund? Meine sind seit Stunden weg. Immerhin habe ich Henri jetzt entdeckt«, sagte Josi und sah zu Steffi, die ein komisches Gesicht machte. Sie sah mich merkwürdig an.

»Ähm … ja …ich suche auch meinen Hund«, stotterte sie und ließ den Blick nicht von mir. Ich sah kurz an mir herab. Klar! Ich hatte den Stock! Ich legte ihn kurz ab, nur um noch einmal richtig zuzuschnappen, damit er mir nicht aus dem Maul fiel. Mit dem Plastik war es doch so eine Sache. Der Stock rutschte hin und her. Ermittlung unter erschwerten Bedingungen. Ich packte noch einmal richtig zu, dann rannte ich los. So schnell ich konnte.

Hinter mir hörte ich Josi schimpfen: »Henri! Stopp! Komm sofort her!« Kurz danach hörte ich hinter mir Äste knacken. Sie lief mir hinterher! So ein Mist. Aber was hatte ich erwartet? Mit Stock im Maul war ein Mops nicht schneller als ein Mensch ohne Stock. Der Speichel lief mir aus dem Maul, und in meiner Brust pochte es, als hätte ich einen tickenden Wecker verschluckt. Es war mehr als nur ein Sprint mit Hindernissen – es war der Sprint meines Lebens.

Vor der Tür zur Anmeldung bremste ich scharf und schlüpfte durch den Spalt hinein. Noch bevor ich samt Stock drinnen war, hörte ich sie hinter mir rufen. Wir waren entlarvt.

»Sag mal, was machst du …« Josi riss die Tür auf und machte Licht.

Wir saßen in einer Reihe und blickten zu ihr hoch.

»Ihr seid ja alle hier. Was macht ihr denn hier drin?« Josi war jetzt nicht mehr böse, sondern machte einen ernsthaft besorgten Eindruck. Sie ging in die Knie und beugte sich zu uns runter. Gott, sah sie schlimm aus! Das war mir eben draußen gar nicht so aufgefallen. Es war ja nahezu stockdunkel gewesen. Josis Gesicht hatte definitiv mehr Rußspuren als vorhin. Ihre Hände sahen nicht besser aus. Es machte fast den Anschein, als hätte sie in den Trümmern nach etwas gesucht.

»Mensch, wisst ihr eigentlich, was ich mir für Sorgen gemacht habe?«

Hinter ihr knarrte die Tür, und Steffi stand im Türrahmen. »Da bist du ja, Mäuschen! Was machst du hier?« Sie sah sich kopfschüttelnd um. »Und was macht die Hundefuttertüte hier?« Sie bückte sich und hob die große Plastiktüte auf.

»Vielleicht hat ihnen der Knall und die ganze Aufregung doch etwas mehr zugesetzt, als ich dachte«, meinte Josi und streichelte mich mit prüfendem Blick.

»Ja«, murmelte Steffi und sah sich weiter in dem kleinen Raum um. Mir war natürlich klar, wonach sie suchte, aber sie würde es nicht finden. Beziehungsweise ihn.

»Tiffi, komm. Lass uns gehen. Na hopp!«, forderte sie Locke auf, die mich traurig ansah und dann Steffi folgte.

»Wir kommen wieder! Halt die Augen auf! Und dann berichtest du uns alles. Okay?«

»Klar!«, hörte ich sie noch sagen, dann quatschte auch schon Steffi dazwischen und verabschiedete sich von Josi.

»Kommt gut heim!«

»Ja, danke.«

Als wir wieder zu viert waren, verkündete Josi: »Na, dann können wir ja endlich! Was ist das nur für ein Tag! Mann oh Mann. So. Und nun ab nach Hause. Ich würde mich gern frisch machen.« Sie sah an sich herab. Ihre helle Hose war grau verschmiert, die Bluse hatte einen Riss. »Vom Campen habe ich erst mal genug. Ich will jetzt ein ordentliches Bett. Und zwar möglichst bald!« Entschlossen drehte sie sich um und machte das Licht aus. »Los. Kommt!«

Wilma und Viktor sahen mich hilflos an, dann liefen sie

los. Ich machte mich so flach es ging und kroch unter die braune Kommode.

»Heini?«

Mit dem Po zuerst und dem Stock im Maul kam ich wieder unter der Kommode hervor.

»Was wird das?«, fragte Josi leicht genervt. »Seit wann interessierst du dich für Stöckchen?«

»Seit es Stöckchen gibt, die magische Kräfte besitzen. So wie dieser!«, bellte ich.

»Na, meinetwegen. Hauptsache du zerbeißt den nicht im Auto. Ich hab von Dreck erst einmal die Nase voll!«

Ich ersparte mir den Hinweis, dass es aktuell noch mehr Gründe gab, warum es im Auto gleich dreckige Sitze geben könnte. Jetzt bloß keinen zusätzlichen Ärger.

Ich schnappte nach dem Stock samt Plastik und folgte den anderen Richtung Parkplatz. Hinter mir zog Josi die Tür zu.

18

»Das ist nicht dein Ernst?!« Sarah sah Josi mit offen stehendem Mund entsetzt an.

Wir saßen ein paar Tage später abends auf der Dachterrasse.

Ich legte den Kopf leicht schräg und betrachtete Sarah.

»Wetten, sie lässt gleich das Glas fallen?« Viktor hatte sich neben mich auf die Liege fallen lassen.

Irgendwie war ich in diesem Moment, als Josi von unserem Abenteuer erzählte, richtig stolz. Schließlich war das hier nicht irgendein Krimi, von dem sie da erzählte, nein, es war *unser Leben!* Ich setzte mich aufrechter hin und genoss die detailgetreue Berichterstattung. Josi erzählte so lebendig, dass ich mir einbildete, den Ruß und Qualm riechen zu können. Ich musste sogar spontan husten.

»Alles klar?« Viktor sah mich argwöhnisch an.

»Ja, klar. Was soll sein?«

Wilma lag übrigens drinnen, in unserem Hundebett. Zum ersten Mal nicht ohne Grund. Sie passte auf unser Beweismittel auf. Den Stock. Dafür, dass sie das Hundebett nicht mehr, nur ungern und wenn überhaupt ausschließlich samt Stock und Plastikfolie verließ, bekam sie von Josi komische Blicke und von uns Lob. Denn sie machte, das muss ich zugeben, ihren Job gut. Er war wie für sie gemacht: einfach liegen bleiben.

Sarah hingegen machte den Eindruck, als würde sie gleich vom Stuhl springen. »Warum bist du denn noch mal hingefahren? Ich meine, das hätte man doch auch schriftlich machen können. Dass da etwas nicht stimmt, war doch nach Connys Tod klar. Oder nicht?«

Josi schlug ihre Beine übereinander und drehte den Kopf leicht nach rechts zum Hafen. Ein Containerschiff tutete. »Ich musste das den Leuten persönlich sagen. Und außerdem habe ich nicht damit gerechnet, dass es …«

»… einen Anschlag auf dich geben würde«, ergänzte Sarah.

»Nee! Sicher nicht! Aber du kennst mich. Ich bin pflichtbewusst und ich kümmere mich. Fritz hat mir den Campingplatz vermacht, und ich fühle mich zuständig. Es gibt doch nur noch mich. Einer musste den Leuten sagen, dass der Platz bleibt, wo er ist, und nicht verkauft wird. Die waren schon ganz huschig, weil ständig dieser von der Wiese da rumlief und ihnen sonst was erzählt hat.«

»Komischer Kerl«, meinte Sarah. »Ich muss zugeben, dass manch einer meiner Kollegen echt etwas Schmieriges an sich hat. Und wenn sie dann auch noch so klebrig sind wie dieser Typ – nervig. Eigentlich ist es eine Selbstverständlichkeit, dass man aufhört nachzuhaken, wenn man gehört hat, dass jemand nicht verkaufen will. Und das hast du ihm ja klar und deutlich gesagt. Der ruiniert den Ruf seiner Firma, wenn der das immer so macht.«

»Schmierig und klebrig! Dann muss er doch irgendwo Spuren hinterlassen haben«, hörte ich Wilma von drinnen rufen.

»Wusstest du, dass Wilma so gute Ohren hat?« Ich drehte mich zur Seite und sah Viktor verblüfft an.

»Nö. Mich würden übrigens die Spuren auf dem Stock mehr interessieren. Die, die du da vermutest«, murmelte Viktor.

»Du wirst schon sehen!«

»Na denn«, meinte er, legte seine inzwischen saubere Schnauze auf seine blitzblanken Pfoten und machte die Augen zu. Viktor roch jetzt nach Bernd, was mich leicht irritierte. Josi hatte nämlich kein Hundeshampoo mehr gehabt und einfach Bernds Duschgel aus dem Schrank geholt.

Wir mussten nach dem Wilden Eck übrigens zum Tierarzt. Alle drei. Josi war davon überzeugt, dass wir nach der Explosion traumatisiert waren. Als ganz klares Zeichen dafür nannte sie unser Verschwinden in der Anmeldung. Auch unsere Unruhe, sobald wir beim Wilden Eck waren, sprach sie an. Und Wilmas komisches Verhalten, die keinen mehr ans Körbchen ließ. Zumindest keinen, der ihr das Stöckchen wegnehmen könnte. Der Arzt hatte Josi beruhigt und gemeint, es könne sein, dass Wilma scheinschwanger sei. So etwas komme vor. Nun denn. Die Vorstellung, Wilma würde sich einbilden, der Stock sei ihr Kind und sie müsse auf ihn aufpassen, hatte mich extrem amüsiert.

»Dieses Gift, also das, woran Conny gestorben ist …«, fing Sarah an.

»Ja?« Josi schenkte erst Sarah und dann sich selbst Wasser in die großen Gläser mit den Zitronenscheiben und den inzwischen nicht mehr ganz so großen Eiswürfeln.

»Ich habe noch mal über unseren Abend nachgedacht und das Gift und wie Conny … Jedenfalls fiel mir ein Film ein, den ich vor zig Jahren mal gesehen habe. Irgendwas aus der Nachkriegszeit. Kinder, die sich selbst durchkämpfen mussten. Das eine Kind ist jedenfalls gestorben, weil es Stockbrot gegessen hat. Und zwar hatten sich alle Kinder Stöcke gesucht, und dieses eine Kind hatte einen Stock von einem Oleanderbusch genommen.«

Josi sah Sarah an und sagte nichts. Sie schien angestrengt nachzudenken.

Oleander, grübelte ich. Sagte mir nichts. Stöckchen war Stöckchen.

»Es gab doch an diesem unsäglichen Grillabend neben der fettigen Wurst auch dieses Stockbrot, und da dachte ich …«

»Viktor! Aufwachen! Es geht los!«, zischte ich, ohne den Blick von Josi zu nehmen.

»Ich hab das ja nicht angerührt – Gott sei Dank kann man da nur sagen –, aber im Nachhinein fiel mir das eben wieder ein, dass Conny das doch auch irgendwann noch gegessen hat. Ich glaube, das war kurz bevor wir zu dir gegangen sind. Jedenfalls kam mir der Gedanke, was wäre denn, wenn sie aus Versehen einen Zweig von einem Oleander hatte?«

Josi sah Sarah wie versteinert an. »Aber sie ist doch nicht losgezogen und hat sich selbst einen Stock gesucht. Die lagen dort schon.«

»Tja, dann war es entweder ein Versehen oder …«

»Kein Versehen, sondern Absicht. Und dann …«, murmelte Josi.

»Wäre es Mord«, sagte Sarah, nahm ihre Füße vom Sessel und setzte sich gerade hin.

»Was denn sonst?!«, bellte ich. Obwohl ich mir eingestehen musste, dass Sarah ein Naturtalent war. Sie war eine Top-Ermittlerin!

Josi sah mich an. »Wir waren doch eben erst spazieren. Leg dich hin, Henri!« Dann blickte sie zu Boden und schien angestrengt nachzudenken. »Aber auf dem gesamten Platz ist kein einziger Oleanderstrauch. Ich bin ganz sicher«, meinte sie nach ein paar Sekunden.

Sarah zog die Schultern hoch. »Dann wurde er eben extra besorgt. Wer war denn für den Stand zuständig? Oder besser, den Tisch?«

»Honecker. Er hat die Stöcke besorgt und …«

»So ein Blödsinn! Das hält ja kein Mops aus! Das war STEFFI!!«, bellte ich los. »Himmel noch mal! STEF-FIII!«

»Henri! Aus jetzt. Was hast du denn nur?« Josi sah mich strafend an.

»Vielleicht musst du ihn doch mal kastrieren lassen. Er ist ja echt total aufgedreht. Sind hier irgendwo läufige Hündinnen in der Nähe?«, fragte Sarah und sah sich um, als würden über ihr Hündinnen in der Luft umherschwirren! Das muss man sich mal vorstellen. Gute Ermittlerin hin oder her. Dafür hätte ich ihr am liebsten persönlich in den Po gebissen. Wenn sie nicht drauf gesessen hätte. Und wenn ich nicht ein sanftmütiger Mops wäre. Möpse tun so etwas nicht. Auch keine halben.

Da war er wieder. Der Gedanke an meine Herkunft. Mein Leben als Mops, der ich ja gar nicht war. Zumindest kein ganzer. Kein richtiger. Das musste aber auch immer dann kommen, wenn ich eh nicht so gut drauf war. Als wenn der Gedanke nur auf den richtigen Moment warten würde, um dann, zack, zuzuschlagen.

»Henri. Leg dich hin.«

»Ja ja«, murrte ich.

»Also, wo waren wir stehen geblieben?« Josi sah Sarah auffordernd an.

»Honecker.«

»Ach ja. Genau. Er hat eigentlich alles organisiert. Die Würste und das Fleisch, Getränke. Na ja, den ganzen Gastrokram eben. Die Gläser und das alles. Das hatten wir so besprochen.«

Ich sprang vom Stuhl und lief rein. Jetzt oder nie! Das war meine Chance, um für Klarheit im Fall Conny zu sorgen. Ich rannte schnurstracks zu Wilma, die mich erstaunt ansah, als ich den Stock unter ihrem Po rauszog. Natürlich nicht, ohne vorher das kleine Stück Plastik ins Maul zu nehmen, dass wir genauso gut behüteten wie Beweismittel Nummer eins. Mit dem langen Stock im Maul lief ich quer durchs Loft zurück auf die Dachterrasse und legte den Stock vorsichtig vor Josi Füßen ab. »Bitte schön!«, bellte ich freudestrahlend zu ihr hoch. »Damit kriegen wir sie!«

»Henri, bei aller Liebe. Ich werfe jetzt ganz sicher keine Stöckchen!« Josi sah kopfschüttelnd zu mir runter.

»Das will ich auch hoffen! Der ist nämlich von großer Wichtigkeit. Er ist das Beweismittel!«, kläffte ich und wartete auf ihre Kombinationsgabe.

Aber nein. Sie drehte sich wieder zu Sarah und ließ mich links liegen.

»Hallo? Wir haben seit Wochen nichts anderes gemacht als zu ermitteln, und du beachtest nicht einmal unser …«

»Henri. Komm mal her!« Josi klopfte gegen ihren Unterschenkel.

Ich war ja im Grunde schon da, ging aber artig noch einen Schritt auf sie zu, bis ich mit der Nase fast an ihr Bein stieß.

»Ja?« Ich sah erwartungsvoll zu ihr hoch.

Sie beugte sich zu mir runter, streichelte mich und meinte: »Wir gehen nachher noch mal runter. Versprochen, Süßer!« Dann nahm sie ihr Glas und trank einen Schluck.

Das war ja zum Katzenkinderkriegen! Ich sah zu Viktor hoch, der eine Schnute zog.

»Das ist der Stock, den ihr sucht! Der Stock, von dem ihr eben gesprochen habt!«

Josi sah zu mir runter und schüttelte erneut den Kopf. Dann sah sie wieder zu Sarah.

»Wer hat die Stöcke denn eigentlich besorgt? Meinst du, Honecker ist in den Wald gegangen und hat Äste von den Bäumen gebrochen? Beziehungsweise von den Büschen?« Sarah lachte. Warum auch immer.

»Nee, das glaube ich nicht. Da hat er sicher Backfisch losgeschickt.«

»Na, dann.«

»Was?«

»Ruf an und frag ihn!«

»Vielleicht sollte ich lieber den leitenden Ermittler anrufen oder diese Polizistin, die mich befragt hatte. Ich müsste irgendwo ihre Karte haben.«

»Tu doch auch mal was, Viktor!«, schimpfte ich. Vergebens. »Wir haben doch gesagt, wir müssen nur auf den richtigen Moment warten.«

»Dies ist nicht der richtige Moment«, sagte er.

»Woher willst du das denn wissen?«

»So etwas spürt man.«

»Aha«, machte ich. »Und was spürst du?«

»Nichts.«

»Wundert mich nicht«, murrte ich. »Das Beweismittel vor den Füßen! Was soll ich denn noch tun?!« Ich konnte es nicht fassen, dass das jetzt alles gewesen sein sollte.

»Was ist denn los?«, fragte Wilma plötzlich neben mir.

»Nichts«, antworteten Viktor und ich gleichzeitig.

»Hm, dann kann ich ihn ja wieder mit reinnehmen«, erklärte sie, schnappte nach Stock samt Plastikfolie und zog ihn hinter sich her.

Josi hatte abends niemanden mehr auf der zuständigen Wache in Stralsund erreicht. Zumindest niemanden, der mit dem Fall vertraut war.

Dafür klappte es jetzt umso besser.

Wir saßen in der Kanzlei kerzengerade nebeneinander und warteten auf neue Informationen. Es war Donnerstagvormittag. Frau Wäldchen war frisch frisiert in die Kanzlei gestöckelt und roch wieder nach diesem komischen Kram in den Haaren. Ich versuchte, darüber hinwegzuriechen, was mir extrem schwerfiel. Und obwohl Frau Wäldchen mehrfach extrem auffällig mit Keksen gelockt hatte, waren wir – sogar Wilma! – stur sitzen geblieben und blickten gespannt nach oben zu Josi. Sie hatte den Hörer ihres Telefons, das auf dem großen, gläsernen Schreibtisch stand, in der Hand und drehte sich wie ein kleines Kind mit dem Stuhl nervös hin und her. »Ja, Hartmann hier. Guten Morgen. Ich würde gern den zuständigen Kollegen im Fall Conny Meier sprechen. Sie … sie war meine Nachbarin auf dem Campingplatz in Prerow.« Kurze Stille. »Das Wilde Eck, genau.

Ja, das bin ich, richtig.« Längere Stille. »Hallo. Guten Tag, Josephine Hartmann hier. Ich würde gern … Ja, das weiß ich, dass Sie das nicht dürfen. Ich wollte Ihnen lediglich einen Hinweis geben. Vielleicht sind Sie ja auch schon längst weiter, und ich mach mich gleich lächerlich, aber …« Stille. »Na gut. Ich wollte jedenfalls darauf hinweisen, dass es bei dem Grillabend, aber das wissen Sie sicher bereits, Stockbrot gab, und dass es auch sein kann, dass das Gift, welches zum Tod meiner Nachbarin geführt hat, in einem Stock war. Also rein theoretisch. Ich habe gehört, dass es schon zu Todesfällen gekommen sein soll, weil Zweige vom Oleander genommen wurden. Die hochgiftig sind. Nein, so weit ich weiß, sind da keine, aber ich dachte, ich sage Ihnen einfach, dass es auch Stockbrot gab. Ich erinnere mich gerade gar nicht mehr, was ich bei der Befragung alles gesagt habe und was nicht. Vielleicht ist es auch nicht wichtig, oder Sie haben selbst ganz andere Spuren, die Sie verfolgen. Und sicher ist das auch sehr weit hergeholt, entschuldigen Sie bitte, ich wollte mich auf keinen Fall in Ihre Arbeit …« Längere Stille.

Dann hörte ich hinter mir plötzlich die Eingangstür zur Kanzlei. Vermutlich Josis Termin. Scheidung Nummer drei für diesen Tag. Ich drehte mich nicht um und wartete auf die nächste Reaktion von Josi.

Und die kam! Sie sprang vom Stuhl auf, sah mit Leichtigkeit über uns hinweg, hielt den Hörer mit einer Hand zu und rief: »Raus! Sofort!«

Wir drehten uns um. Florian stand mit einem großen Blumenstrauß neben Frau Wäldchen, die hilflos dreinschauend Schultern und Hände hob und offenbar nicht wusste, was sie tun sollte. »Er wollte Sie unbedingt sprechen!«, sagte sie entschuldigend.

Josi nahm die Hand wieder vom Hörer. »Entschuldigung. Ich war kurz abgelenkt. Was sagten Sie noch gleich? Ja, dann ist gut. Machen Sie das gern, meine Nummer haben Sie ja. Vielen Dank.« Dann legte sie den Hörer auf. »Was willst du hier?!«

»Ich möchte mit dir reden. Ich …«

»Ich aber nicht mit dir«, unterbrach Josi ihn. »Falls dir das noch nicht aufgefallen ist. Was glaubst du, wer du bist?!« Sie hatte ihre Hände in die Seiten gestemmt und sah Florian wütend an.

»Ich weiß, dass ich Fehler gemacht habe, aber ich bin weder ein Mörder noch ein Brandstifter. Bitte, glaub mir!«

Frau Wäldchen hatte ihre Augen auf maximale Größe erweitert. Sie ging ein paar Schritte rückwärts zu ihrem Schreibtisch und griff nach dem Telefon. Mit dem Hörer in der Hand fragte sie Josi: »Soll ich?«

»Soll sie was?«, wollte Wilma wissen.

»Pssst!«, zischten Viktor und ich sie von links und rechts an.

»Ich habe mit all dem, was da bei dir passiert ist und mir von Herzen leidtut, nichts zu tun!« Florian stand immer noch mit mehreren Metern Abstand von Josi entfernt im Flur und sah sie bittend an. Der Duft der extrem langstieligen weißen Blumen drang zu uns runter. Und ein Hauch seines Parfüms. Nicht blumig. Nichts von Strand und Sonne. Ganz anders als das, was wir von Bernd kannten.

»Beweis es mir«, sagte Josi, plötzlich nicht mehr aufgebracht, sondern ruhig. Fast gelassen. Sie hatte sich an ihren Schreibtisch gesetzt und die Beine übereinandergeschlagen.

Wir sahen abwechselnd von ihr zu Florian und Frau Wäldchen, die immer noch den Hörer in der Hand hielt.

»Jetzt ist er doch wieder dran, was zu sagen, oder?« Ich spürte Wilmas Blick von der Seite, antwortete aber nicht.

»Okay«, sagte Florian, als wir schon dachten, er wäre spontan verstummt. »Ich werde dir beweisen, dass ich nichts damit zu tun habe.«

»Und wie?«

Er schien zu überlegen, zumindest antwortete er nicht sofort. Er sah kurz den Strauß in seinen Händen an, dann wieder zu Josi. »Ich werde hinfahren und so lange bleiben, bis ich herausgefunden habe, was wirklich passiert ist.«

Josi sah Florian an und schüttelte ganz leicht den Kopf. Einen Moment passierte nichts. Dann sah ich es: Ein ganz leichtes, kaum wahrnehmbares Lächeln huschte über ihre Lippen. Ihr kleines Grübchen zuckte ein klitzekleines bisschen. Sie kreuzte die Arme vor der Brust. »Abgemacht.«

Florian holte tief Luft. »Abgemacht«, sagte er mit hörbarer Erleichterung. »Ich werde es dir beweisen!«, wiederholte er. Dann streckte er Frau Wäldchen die Blumen entgegen und verschwand.

»Das will ich sehen!«, murmelte Josi, als die Tür zugefallen war.

»Und wie will er das machen?«, fragte Frau Wäldchen, nachdem sie endlich etwas gefunden hatte, das für den riesigen Blumenstrauß groß genug war: Sie hatte den Papiermüll aus dem schwarzen Plastikmülleimer genommen und die weißen Blumen dort hineingesetzt. »Schön ist er ja«, meinte sie, während sie die einzelnen Stiele etwas hin und her drapierte.

»Florian?«

»Nein, also ja, auch. Ich meine den Strauß. So was von prächtig! Will der Herr von …«

»Trautheim. Passt ja sogar der Name, fällt mir gerade auf. Trautes Heim. Sagt man das nicht so?«

»Der Herr von Trautheim, wie will er das denn nun machen? Es gibt doch sicher eine SOKO …«

»Exakt! Die sitzt genau vor Ihnen«, erklärte ich ihr übers ganze Gesicht strahlend.

»Ihr Süßen. Kommt mal her. Ich hab was für euch«, lockte Frau Wäldchen.

»Frau Wäldchen! Die werden immer dicker!«, schimpfte Josi.

»Also, was ich sagen wollte. Es gibt doch sicher so was wie eine SOKO. Das kennt man doch aus dem Fernsehen. Und die werden sich bestimmt der Sache annehmen. Was will denn der Herr von Trautheim da ausrichten?«

»Tja, das wüsste ich auch gern. Lassen wir uns einfach überraschen«, sagte sie und klappte ihren Rechner auf.

19

Es war ein Anruf von Honecker gewesen, der uns Samstagmittag zurück zum Campingplatz fahren ließ. Josi hatte ihn am Telefon erst mal beruhigen müssen. Eine ganze Horde Polizisten würde das Wilde Eck durchkämmen. Sogar mit Hunden! Wir bekamen Verstärkung. Wie wundervoll.

»Lass sie einfach ihren Job machen. Ich setze mich ins Auto und fahr gleich los. Wie spät ist es? Warte mal kurz. Ah! Kurz vor zehn. Dann müsste ich gegen halb eins da sein. Ich gebe Gas«, sagte Josi, sprang, während sie telefonierte, schon vom Frühstückstisch auf und klaubte parallel ihre Sachen zusammen.

Ich sah zu Viktor und Wilma. »Countdown!«

»Was?«, fragte Wilma, die in unserem Hundebett lag, den Stock neben sich.

»Es geht los! Macht euch bereit! Und vergesst den Stock nicht! Das Finale steht kurz bevor. Ich spüre das!«

»Aha«, murmelte Viktor und legte seinen Kopf, den er, während Josi telefoniert hatte, kurz angehoben hatte, wieder ab. »Was du immer alles spürst.«

Während der Fahrt gab es einen höllischen Guss. Josi musste langsamer fahren als geplant, und so kamen wir später in Prerow an. Immerhin hatten wir trotz des gedrosselten Tempos die dicken schwarzen Wolken überholt. Es nieselte nur noch leicht, als wir aus dem Wagen hüpften. Wilma pflichtbewusst mit Stock im Maul. Wir hatten vereinbart, unser Beweismittel hinter der Anmeldung unter den gestapelten Plastikstühlen in Sicherheit zu bringen. Josi hatte es inzwischen aufgegeben, etwas zu der ständigen Präsenz des Stockes zu sagen. Sie zog nur hin und wieder noch die Augenbrauen hoch.

Honecker stand in quietschgelbem Regenmantel mit ein paar anderen Leuten ein Stück hinter der Anmeldung, als wir ankamen. Die Kapuze des Regenmantels ließ kaum etwas von seinem Gesicht frei. Fast hätte ich ihn nicht erkannt. Er uns übrigens auch nicht. Regencapes sei Dank. Josi hatte uns die Dinger noch im Auto übergezogen. Wie peinlich war das bitte schön vor den Kollegen von der Kripo? Vor allem vor denen mit den vier Beinen. Gut, Sherlock Holmes hatte auch ständig seinen Mantel an, aber das war auch sein Markenzeichen. Und er hatte Stil.

»Da bist du ja«, begrüßte Honecker Josi, die mit einem grauen Schirm in der Hand auf ihn zuging. »Seid ihr gut durchgekommen?«

»Ich hatte es mir leichter vorgestellt«, antwortete sie und machte einen großen Bogen um eine Pfütze. »Ist die Polizei noch hier?«

»Ja, ich glaube, die sind jetzt hinten bei den Dünen. Den ganzen Platz haben die abgesucht!«

»Akribisch«, erklärte eine Frau, die ich noch nie gesehen hatte, mit erhobenem Finger.

»Wenn man nur wüsste, was die suchen, dann könnte man vielleicht helfen. Aber die sagen ja nix«, meinte Backfisch, dem die Tropfen von den Haaren übers Gesicht liefen.

»Nicht in der laufenden Ermittlung«, erklärte Josi. »Aber ich kann ja mal eine Charme-Offensive starten.« Lächelnd sah sie sich nach uns um. »Kommt, wir schauen mal, wo die Herrschaften gerade stecken.«

Die Herrschaften steckten mit der Nase im Sand. Im Strandsand. Zumindest einer mit vier Beinen.

Während Viktor und Wilma Richtung Wasser liefen und Josi sich mit dem Mann am anderen Ende der Leine unterhielt, versuchte ich es mit dem Kollegen, der gerade angestrengt rumschnüffelte. Schäferhund seines Zeichens. Rüde. Mittleren Alters, schätzte ich. Auf alle Fälle nicht zu Scherzen aufgelegt.

»Na, hast du was verloren?«, stellte ich mich dumm.

»Sehr witzig!«, erwiderte er, ohne die Nase vom Boden zu heben. Er machte insgesamt einen sehr angestrengten Eindruck.

»Was sucht ihr denn?«

»Glycoside.«

»Aha«, sagte ausnahmsweise mal ich, obwohl das ja eigentlich Viktors Job war. Ich konnte natürlich unmöglich zugeben, dass ich keine Ahnung hatte, was das sein sollte. Klang jedenfalls sehr wichtig.

»Etwas, das Glycoside enthält, um genau zu sein.«

»Ja, genau sein ist eine gute Voraussetzung für eine erfolgreiche Ermittlung«, sagte ich und bekam dafür einen Blick, den ich nicht recht zu deuten wusste. Es war auf alle Fälle nichts Nettes. Aber immerhin bekam ich mal sein ganzes Gesicht zu sehen. Samt Nase. Auch wenn die voller Sand war. Herr im Hundehimmel. Das nannte ich mal eine Nase! Wahnsinn. Kein Wunder, dass er verbeamtet worden war.

»Was weißt du denn von erfolgreichen Ermittlungen?«, fragte er und betrachtete kritisch mein Regencape.

»Das ist meine … Uniform.«

»Ach«, sagte er und klang dabei nur mäßig überzeugt.

»Das trägt man so in Hamburg«, flunkerte ich. »Aber noch mal zurück zu der Ermittlung. Was ich sagen wollte: Es kommt halt nicht immer auf die Größe an. Manchmal reicht auch Grips. Ich bin übrigens Henri. Und uns, also meinem Frauchen«, ich sah kurz zu Josi hoch, die den Mann in Uniform anlächelte, als ginge es darum, einen Grinswettbewerb zu gewinnen, »gehört der Platz hier. Dementsprechend bin ich sozusagen Insider. Außerdem könnte ich mit Sicherheit – sofern Bedarf besteht – bei den Ermittlungen unterstützend zur Seite stehen.«

»Es besteht kein Bedarf«, sagte Spürnase knapp und fing wieder an hektisch zu schnüffeln. Ich senkte meine Nase auch und versuchte inmitten all des Sandes etwas Interessantes zu erriechen. Aber abgesehen von zwei leeren Bierdosen, die ein paar Schritte entfernt lagen, und einer Hündin, die hier kürzlich langgelaufen sein musste, konnte ich bei aller Liebe nichts riechen. Warum also schnüffelte der Kerl hier so gestresst herum? Fakt war, er reagierte nicht. Ich hatte also keine andere Wahl, als gleich mit der Keule rauszukommen. Das sagte Josi immer in Gesprächen mit Klienten. Die Keule war in diesem Fall der Stock.

»Vielleicht könnten wir uns ja zusammentun?«

»Wozu?«, murrte er und schnüffelte weiter, wo nichts war außer Sand.

»Um den Fall Fritz Hartmann, Conny Meier und Fall drei, die Explosion, zu klären«, sagte ich mit rausgedrückter Brust.

Und da passierte es: Er hörte auf zu schnüffeln, setzte sich auf seinen Po und sah mich mit hochgezogenen Augenbrauen an. Um genau zu sein, beherrschte er die hohe Kunst des einseitigen Augenbrauenhochziehens. Ein Schäferhund!

»Was weißt du darüber?«

»Alles«, sagte ich, was natürlich mehr als übertrieben war. Aber es galt schließlich, seine Aufmerksamkeit zu bekommen. Egal wie.

Dann erzählte ich, was alles passiert war. Von Minute zu Minute wich die Skepsis aus seinem sandigen Gesicht. Ich war gerade kurz vor Abschluss meiner Berichterstattung, als Josi Wilma und Viktor rief.

Der Schäferhund – Rüdiger – sah mich fragend an, als die beiden sich zu uns gesellten. »Und das? Das ist auch alles Uniform?«, fragte er mit Blick auf das rosa Glitzer-Regencape von Wilma.

»Exakt. Viktor«, ich sah nach links, »und Wilma«, sagte ich und zeigte mit der Schnauze nach rechts. »Meine Kollegen. Sie sind eingeweiht.«

»Alles klar«, sagte Rüdiger und spitzte wieder die ohnehin spitzen Schäferhundohren.

Gerade als ich die Fortsetzung preisgeben wollte, samt des aktuellen Ermittlungsstandes versteht sich, sagte Josi über uns: »Dann will ich Sie nicht weiter aufhalten. Wir werden uns ja sicher später noch mal sehen, wenn Sie noch länger hier sind. Vielen Dank, dass Sie sich kurz Zeit genommen haben. Und wie gesagt, ich stehe Ihnen gern zur Verfügung, wenn ich irgendwie helfen kann!« Dann sah sie zu uns runter. »Na, kommt. Wir gehen mal eine Runde.«

»Mist«, meinte ich und sah zu Viktor und Wilma. »Ich brauche noch etwas Zeit.«

»Und nun?«, fragte Wilma.

»Wir machen nachher eine Pause, das weiß ich. Vermutlich da oben an diesem …«, begann Rüdiger.

»Klubraum?«, fragte ich.

»Ja. Zumindest hat der Boss das vorhin angekündigt.«

»Henri!«, rief Josi und sah sich nach mir um.

»Alles klar. Dann später mehr. Ich bin davon überzeugt, dass wir den Fall lösen werden. Vier Nasen riechen mehr als eine«, erklärte ich und erntete dafür wieder einen spöttischen Blick. Egal. Er würde schon sehen. Ich lief los.

»Welche Nasen?«, hörte ich ihn noch hinter mir fragen, während ich Josi, Wilma und Viktor hinterherrannte, die schon unten am Wasser waren.

Welche Nasen? Diese Frage hing in meinem Ohr fest und wollte nicht verschwinden. Ich dachte an meine Mutter, der ich die Nase zu verdanken hatte. Zumindest den Ansatz einer Nase. Was sie wohl gerade machte? Und meine Geschwister? Durch die ganze Aufregung der letzten Wochen hatte ich gar nicht mehr oft an sie gedacht. Aber sobald dieser Fall abgeschlossen war, würde ich mich auf die Suche machen. Ich würde sie so gerne einmal sehen, meine Mutter. Ob sie sich noch an mich erinnerte? Mich wiedererkannte? Ob sie sich freuen würde? Ob ich sie erkennen würde? Ihren Geruch? So etwas musste doch irgendwo ganz tief verankert sein, oder? Der Geruch der eigenen Eltern. Zumindest bei uns Hunden. Bei den Menschen bezweifelte ich das. Sonst hätte Josi gespürt, dass Fritz ihr Vater war.

Nach einem quälend langen Spaziergang am Strand kamen wir endlich wieder am Wilden Eck an. Gerade rechtzeitig, denn die Pause der Kollegen war anscheinend demnächst vorbei. Sie hatten sich aufgrund des schlechten Wetters alle bei Honecker reingesetzt. Rüdiger lag unter dem Tisch seines Chefs und schien zu schlafen. Zumindest hatte er die Augen geschlossen. Ein paar Polizisten saßen noch, andere standen am Tresen und schienen Honecker Geld zu geben. Auf den Tischen standen Teller mit Essensresten. Es roch nach Fleisch mit Soße, Bratkartoffeln und ein paar anderen leckeren Dingen. Es war tierisch laut. Alle redeten durcheinander. Und mitten unter ihnen: Florian! Er saß an einem der Tische weiter rechts, am Fenster, und sprach mit einem der Polizisten. Josi sah ihn nur kurz an, dann grüßte sie in die Runde und ging Richtung Tresen zu Honecker. *Na ja,* dachte ich, *immerhin tut er, was er versprochen hat. Wer weiß, wozu es gut ist?*

»Und? Seid ihr fündig geworden auf der Suche nach diesem …«, riss ich Rüdiger unsanft aus seinem Mittagsschläfchen.

»Glycoside«, murmelte er und fügte hinzu: »Nicht wirklich.« Dann erst machte er die Augen auf und gähnte in beeindruckendem Ausmaß.

»Wie? Nicht wirklich?«, wollte ich wissen und versuchte, mir nicht anmerken zu lassen, wie beeindruckt ich war.

»Mir ist das einfach zu laut hier. Ich halte das nicht aus«, maulte Viktor und watschelte zur Eingangstür.

Ich sah ihm kurz hinterher, dann wandte ich mich wieder Rüdiger zu. »Was wolltest du mir noch Spannendes erzählen, was uns angeblich einen ...« Er sah mir auf die Pfoten. »Mopsschritt nach vorne bringt?«

»Das, was ihr sucht ...«, begann ich und bekam heftiges Herzrasen – meine ganz persönliche körperliche Reaktion auf eine bevorstehende Notlüge. »Also das, was ihr sucht. Das haben wir«, erklärte ich tollkühn und wusste, dies war entweder der Anfang einer wunderbaren Zusammenarbeit oder das Ende meines Lebens als Ermittler.

»Ach, was du nicht sagst.«

»Ich würde vorher allerdings gern noch etwas über eure Suche erfahren. Informationsaustausch sozusagen«, sagte ich und hoffte, er würde mir meine Unwissenheit nicht anmerken. Dem Hundehimmel sei Dank roch man es bei mir nicht, wenn ich schummelte. »Also?«, hakte ich frech nach und setzte mich noch etwas aufrechter, um nicht ganz so weit hochgucken zu müssen. Da bekam man ja einen steifen Nacken!

»Wie du sicher weißt, gibt es in diesen Breitengraden nur wenige Möglichkeiten des natürlichen Vorkommens«, holte Rüdiger in einem Tempo aus, das mir absolute Konzentration abverlangte. Der Typ sprach einfach so schnell, dass man genau aufpassen musste, damit man wirklich alles mitbekam. »Erstens: Maiglöckchen. Sehr unwahrscheinlich im August. Zweitens: Oleander. Nicht gesichtet. Drittens: Fingerhüte. Wenige Exemplare, aber bereits verblüht.«

»Äh, sorry, wenn ich dich unterbreche, aber du sagtest eben Oleander. Richtig?«

»Korrekt.«

»Das gibt es doch gar nicht.«

»Hier vielleicht nicht, aber in Norddeutschland ist es eine stark verbreitete Pflanze, die meistens in Kübeln gehalten wird und …«

»Natürlich gibt es Oleander. So meinte ich das nicht«, begann ich und wurde im gleichen Moment von einem plötzlich gar nicht seniorenmäßigen Bellen unterbrochen.

»Henri! Henriiii!«, hörte ich Viktor von draußen kläffen. »Henriiiii! Ich habe ihn entdeckt! Er ist hier! Komm! Schnell!«

»Wer ist hier?«, fragte Wilma und sah von Rüdiger zu mir.

»ER!«, bellte ich zurück. »Los! Kommt! Wir müssen ihn stellen!«

»Wenn ich nicht weiß, wen ich stellen soll, kann ich auch keinen stellen«, erklärte Rüdiger.

»Der Mann mit der Kapuze, mit den roten Schnürsenkeln, der unseren Wohnwagen in die Luft gesprengt hat! Komm, schnell, sonst ist er wieder weg. Dieses Mal darf er uns auf keinen Fall entwischen«, erklärte ich in einem Tempo, das dem von Rüdiger definitiv nahekam.

»Aber was will er denn hier? Der Wohnwagen ist doch schon explodiert«, meinte Wilma.

»Rüdiger, ich fleh dich an. Bitte! Vertrau mir!«

Rüdiger sah kurz zu seinem Boss hoch, der in ein Gespräch mit einer Kollegin verwickelt war. Rüdigers Leine hing locker über der Stuhllehne.

»Wenn das hier nicht zu einem Ergebnis führt, werde ich frühzeitig und unehrenhaft entlassen!«

»Wirst du nicht. Und jetzt komm!«, blaffte ich und lief los.

Draußen bellte Viktor immer noch wie wahnsinnig. In solche einer Lautstärke hatte ich ihn noch nie gehört. Er schien sich ein Stück vom Klubhaus entfernt zu haben. Zumindest sah ich ihn nicht. Ich folgte seinem Getobe und lief in Richtung Anmeldung. Rüdiger überholte mich leichtpfotig. Während ich rausrannte, hörte ich hinter mir noch Josi meinen Namen rufen, aber das musste ich jetzt knallhart ignorieren.

Und dann sahen wir ihn: Viktor. Er stand vor der Tür zur Anmeldung und bellte wie ein Wahnsinniger.

»Wo ist er?«, fragte ich aufgeregt.

»Da drin natürlich. Was denkst du, warum ich hier so einen Alarm mache?«

Die Tür öffnete sich einen Spalt. Ich sah hoch. Der Immobilienmakler! Herr von der Wiese schaute zu uns runter. »Haut ab, ihr Scheißviecher! Los. Verpisst euch!«, schimpfte er. Ich ging ein Stück zur Seite und versuchte, einen Blick auf seine Schuhe zu erhaschen. Rote Schnürsenkel! Er war es!

»Viktor! Du bist super!«, lobte ich.

»Was dachtest du denn?«, entgegnete Viktor.

»Und was ist denn jetzt mit diesem Typen?«, fragte Rüdiger.

»Er hat unseren Wohnwagen in Brand gesteckt!«

»Beweise?«, fragte Rüdiger.

Viktor und ich sahen uns hilflos an.

»Ich habe ihn gesehen, wie er rumschlich«, erklärte in dem Moment Wilma, die ich bei dem Lärm gar nicht hatte kommen hören.

»Genau«, bestätigte Viktor. »Und ich habe ihn beobachtet, wie er um unseren Wohnwagen lief, dahinter verschwand und dann … das werde ich nie vergessen …«

»Dann flog der Wohnwagen in die Luft und Viktor wäre beinahe draufgegangen!«, erklärte ich.

Rüdiger sah zur Tür, deren Spalt sich inzwischen etwas vergrößert hatte. »Hiergeblieben!«, bellte er und sprang ein Stück an der Tür hoch, die sich blitzschnell von innen schloss. Tja, es kam halt manchmal doch auf die Größe an, nicht nur auf Grips.

»Was ist denn hier los? Seid ihr jetzt völlig übergeschnappt«, hörte ich Josi hinter uns und nur eine Sekunde später den Boss: »Rüdiger!«

Rüdiger tat ungerührt, was er anscheinend gelernt hatte: Er zeigte seinen Fund an, indem er sich direkt vor die Tür legte und laut bellte. Der Boss öffnete die Tür, hinter der ein sehr ängstlich aussehender Herr von der Wiese stand. Nicht wie sonst in Anzug und Krawatte, sondern mit Kapuzenjacke, Jeans und Schuhen mit roten Schnürsenkeln.

»Was machen Sie denn hier?«, hörte ich jemanden entsetzt fragen. Florian gesellte sich zu uns.

»Ich …ich …«, stammelte der feine Herr von der Wiese auf der Suche nach einem Grund, warum er sich dort befand, wo er sich befand.

»Was machen Sie im Büro meines Onkels? Das glaube ich nicht!«, rief Josi aufgebracht. »Jetzt reicht es aber wirklich. Das ist Hausfriedensbruch! Kommen Sie da auf der Stelle raus!« Und dann zu Florian gewandt: »Da siehst du es! Er verfolgt mich!«

In dem Moment sprang Herr von der Wiese über Rüdiger hinweg und zwischen dem erstaunt dreinblickenden Boss und Florian hindurch. Florian versuchte, ihn an der offenen Kapuzenjacke festzuhalten, doch er riss sich los. Aber für ein paar Sekunden hatte man freien Blick unter sein T-Shirt. Er war verbunden! Das konnte man von hier unten hervorragend erkennen. Alle blickten sich gegenseitig kurz an, dann rannten sie hinterher. Rüdiger vorneweg, Viktor, Wilma und ich hinterher, der Boss, Florian, Josi, Honecker und all die anderen Neugierigen, die inzwischen aus dem Klubraum gekommen waren, zuletzt.

Herr von der Wiese kam nicht weit. Vielleicht hatte er irgendwelche Qualitäten, mochte sein. Rennen gehörte jedenfalls nicht dazu. Das schien er selbst auch zu merken: Er schlug einen Haken und rannte schnurstracks zum nächstgelegenen Wohnwagen, riss die Tür auf, stürmte hinein und knallte die Tür wieder hinter sich zu.

Ich hörte Locke bellen und fast im gleichen Augenblick eine Frau rufen: »Was soll das?« Die Alte. Wie praktisch. Jetzt hätte man eigentlich nur von außen verriegeln und den Wohnwagen an die Anhängerkupplung des Einsatzwagens montieren müssen, um dann direkt zum Gefängnis zu fahren! Wäre da nicht noch die bedrückende Beweisaufnahme. Bedrückend vor allem für mich. Die Taten mussten schließlich noch nachgewiesen werden.

»Ist der von der Wiese der Neue von Steffi?«, fragte Wilma hechelnd. »Also wenn das so ist, dann wird mir das irgendwie langsam zu kompliziert.«

Rüdiger sprang bellend an der Wohnwagentür hoch und kratzte mit seinen Pfoten an der Verkleidung. Der Boss schlich um den Wagen und versuchte allem Anschein nach hineinzusehen. Dann befahl er Rüdiger in scharfem Ton, Ruhe zu geben. Der verstummte sofort und setzte sich vor die Tür.

»Was werfen Sie dem Herrn denn vor, außer dass er Ihnen hinterherläuft und sich Zugang zur Anmeldung verschafft hat?«, wollte der Boss jetzt von Josi wissen.

»Brandstiftung, Körperverletzung, versuchter Mord«, zählte ich auf.

»Henri. Aus!« Josi sah mahnend zu mir runter. »Sobald wir hier sind, dreht er durch. Keine Ahnung warum. Entschuldigung. Ja, also der Herr hat mich mehrfach aufgesucht, um mir einen Kaufvertrag anzubieten. Vielleicht haben Sie das Schild da hinten gesehen, an der Straße, die zum Platz führt. Es gibt ein Bauvorhaben auf der anderen Seite des Kiefernwaldes. Und der Platz hier stört die neuen Appartementbesitzer. Oder besser gesagt: die Preisvorstellung des Bauherrn«, sagte sie mit einem Seitenblick auf Florian.

»Ich habe dir gesagt, dass ich damit nichts zu tun habe«, sagte Florian.

»Darf ich vorstellen: Florian von Trautheim. Der Inhaber der Baufirma Zukunft Bauen, die mit allen Mitteln versucht, meinen Platz zu erwerben, damit die Campingwagen nicht den schönen Blick aufs Meer zerstören.«

Wilma, Viktor und ich sahen abwechselnd von links, wo der Wohnwagen von Steffi samt Florian davor stand, nach rechts zum Boss und Josi. Meine Güte, hier war was los!

»Ich habe deinen Onkel ein einziges Mal gefragt und danach nie wieder«, warf Florian wieder zu seiner Verteidigung ein.

»Ja. Aber dein lieber Mitarbeiter hat das ja nachweislich irgendwie noch nicht ganz mitbekommen, dass du keinen Wert mehr auf den Kauf legst! Und wenn wir schon dabei sind: Weißt du inzwischen, wer meinen Wohnwagen in die Luft gesprengt hat?«

»Nein, aber ich hab eine Ahnung!«

»Deine Ahnung bringt uns nicht weiter. Fakten wären hilfreich«, sagte Josi und öffnete den Reißverschluss ihrer Jacke.

»Bei mir bitte auch«, stöhnte Bonbon Wilma in ihrem rosa Regencape.

Florian lief schnurstracks zum Wohnwagen und ging hinein.

»Oh Gott«, sagte Josi ganz leise und hielt sich die Hand vor den Mund.

Dann hörte man, wie irgendetwas im Wagen zu Bruch ging. Kurz danach kam Steffi rausgelaufen und blieb ein Stück von der Tür entfernt stehen.

»Wer sind diese Männer?!«, fragte sie und suchte Josis Blick.

Rüdiger sprang auch in den Wagen, gefolgt von seinem Boss und mehreren Kollegen. Kurz danach kamen sie alle wieder aus dem Wohnwagen raus. Mit dem lieben Herrn von der Wiese. Der Boss hielt ihm die Hand auf den Rücken.

»So. Und jetzt der Reihe nach«, forderte er Josi auf. »Ist das der Mann, der sie bedrängt hat?«

»Bedrängt nicht direkt, aber er war schon sehr aufdringlich. Auch, als ich ihn darauf hinwies, dass ich nicht verkaufen möchte, ließ er nicht locker. Kam immer wieder her. Auch als ich nicht da war. Das weiß ich von einigen Campern.«

»Und woher wollen Sie wissen, dass er Ihren Wohnwagen in die Luft gesprengt hat?«

»Da, schauen Sie selbst«, sagte Florian und hob das T-Shirt von Herrn von der Wiese hoch. Da sah man es: die frischen Brandwunden, den Verband. Es sah schlimm aus. Fast hätte er mir leidgetan. Aber nur fast.

»Das muss er sich bei dem Brandanschlag geholt haben. Vor einer Woche war das. Mein Wohnwagen ist plötzlich in die Luft geflogen. Gott sei Dank war ich nicht im Wagen. Die meisten waren mit mir drüben, weil ich ihnen gerade sagen wollte, dass ich auf keinen Fall verkaufe.« Josi zeigte mit dem Kinn in Richtung Klubraum. »Alles ist verbrannt. Meine ganzen Erinnerungen.«

»Der alte Scheiß war doch nichts wert!«, brüllte plötzlich Herr von der Wiese los. »Wenn hier überhaupt irgendetwas was wert war, dann der Platz. Aber das ist ja anscheinend nicht in Ihr hübsches Köpfchen gegangen!«

»Ich darf doch wohl bitten!«, fuhr Florian seinen Mitarbeiter an.

»Nichts wert? Sie geben es also zu! Sie Wahnsinniger! Was wäre denn gewesen, wenn ich mit meinen Hunden im Wagen gewesen wäre? Sind Sie völlig irre?«

Florian legte einen Arm um Josi, strich ihr über den Rücken und versuchte, sie zu beruhigen.

»Das waren die einzigen Erinnerungen, die ich an meinen … an meinen Vater hatte! Und *Sie* haben sie zerstört!

Wissen Sie überhaupt, was mir diese Erinnerungen wert waren? Sie haben keine Ahnung, was Sie da kaputt gemacht haben!«

»Vater?«, fragte jetzt Florian und reichte Josi ein Taschentuch. Ihr liefen Tränen übers Gesicht. Schwarze Wuttränen.

»Ja, Vater«, sagte sie und zog die Nase hoch.

»Warum haben Sie das nur gemacht?«, fragte er von der Wiese kopfschüttelnd.

»Warum?!«, brüllte von der Wiese mit knallrotem Kopf. »Weil ich seit Jahren versuche, ein erfolgreiches Objekt an Land zu ziehen. Und jedes Mal schnappt es mir irgendjemand kurz vorher weg. Zack! Aber dieses Mal wollte ICH es kriegen. ICH ganz alleine. Das war die Chance meines Lebens. Von der Provision hätte ich mein Haus auf einen Schlag abzahlen können.«

»Und Conny? Musste die auch für Ihre Provision sterben?«, wollte Josi wissen, die sich mit dem Taschentuch die Tränen wegwischte.

»Welche Conny?«

»Jetzt tun Sie doch nicht so dumm! Das nimmt Ihnen sowieso keiner mehr ab. Nach dem Geständnis!«

»Wilma, dein Einsatz! Der Stock. JETZT!«, bellte ich und tatsächlich rannte Wilma los.

»Er hat den Wagen in die Luft gejagt und aus Viktor beinahe Hackfleisch gemacht, aber er hat Conny nicht getötet«, erklärte ich Rüdiger.

»Aha. Und woher willst du das wissen?«, fragte Rüdiger mit heraushängender Zunge. Die Zunge war zehnmal so lang wie meine. Mindestens.

»Weil das die Alte ... ich meine, Steffi war«, sagte ich und starrte immer noch auf seine Zunge.

»Ist was?«, fragte Rüdiger und schoss blitzschnell seine Schnauze. Schwupps. Zunge weg.

»Nein, ähm ... Ich wollte sagen, ihr müsst es ihr nur noch nachweisen! Also Conny.«

»Ihr Möpse seid echt lustige kleine Wesen«, sagte Rüdiger in einem Tonfall, den ich nicht zu deuten wusste. Aber es gab ja weitaus Schlimmeres, als klein und lustig zu sein. Zum Beispiel groß und dumm.

»Was um alles in der Welt ist hier los, und warum platzt erst dieser Typ in meinen Wagen und dann auch noch die halbe Hundestaffel?«, wollte Steffi jetzt wissen.

»Abwarten«, murmelte ich, denn in dem Augenblick entdeckte ich Wilma. Wilma und das Beweismittel Nummer eins.

»Bitte«, sagte sie und ließ den Stock vor Rüdiger fallen, der augenblicklich anfing daran zu schnuppern.

»Oleander. Ganz eindeutig. Und ... Moment ... irgendein Teig ... und ...« Er schnüffelte hektisch weiter, dann lief er zu Steffi und schnüffelte an ihr.

Steffi zog ihre Hand in die Höhe, als hätte sie Angst, und sah sich irritiert um. »Ist das Ihr Hund?«

»Ja«, sagte der Boss.

»Dann sagen Sie ihm, dass er das lassen soll.«

»Er macht so etwas nicht ohne Grund«, erklärte der Boss gelassen. »Rüdiger. Was ist los? Hast du was gefunden? Zeig!«

Rüdiger kam zu uns zurück, packte Stock samt Plastikfolie und rannte damit zu seinem Boss. Dann lief er zu Steffi und fing an zu bellen.

»Aus. Platz, Rüdiger!«, befahl der Boss, betrachtete den Stock, griff in seine Jackeninnentasche, holte Plastikhandschuhe hervor, zog sie über und griff dann nach dem Stock.

Fein gemacht, dachte ich und freute mich über so viel professionelle Unterstützung. Besser hätte es nicht laufen können.

»Marie!«, rief der Boss, »bring den Stock bitte in den Wagen. Vielleicht haben wir gefunden, was wir gesucht haben.«

»Warum? Was ist denn damit? Das ist doch nur ein Stock«, meinte Steffi plötzlich hörbar nervös und blickte dabei zu Locke, die sich zu uns gesellt hatte. »Tiffi, meine Hündin, hat ihn angeschleppt und …«

»Frechheit! Verrat!«, fing Locke an zu kläffen. »Also so was!«

»… und in den letzten Tagen damit gespielt.«

Der Boss zog die Augenbrauen hoch und zeigte zum Stock, den seine Kollegin inzwischen in den Händen hielt, natürlich hochprofessionell mit Handschuhen. »Dieser Stock ist an einem Ende mit einem Messer spitz zurechtgeschnitten worden. Ich gehe davon aus, dass er an dem Grillabend, den es hier gab und der mit dem Ableben von Frau Meier endete, als Stock für Stockbrot eingesetzt wurde. Die angeschnitzte Seite ist, wie wir alle gesehen haben, schwarz. Sollte ihr Hund …«

»Hündin«, korrigierte ich mit Blick zu Locke.

»… ihn als Spielstock benutzt haben, werden wir sicher Bissspuren finden. Die interessieren uns allerdings nicht wirklich.«

Die Alte fummelte nervös an ihrer Strickjacke rum.

»Natürlich werden Sie auch Fingerabdrücke von mir finden. Das kann ich Ihnen jetzt schon sagen. Ich habe die Stöcke schließlich verteilt.«

Alle sahen die Alte an.

»Warum weisen Sie denn auf Ihre Fingerabdrücke hin? Ich habe doch gar nichts davon gesagt, dass die von Wichtigkeit sind.«

»Nicht?«

»Nein.«

»DU hast …?!«, hörten wir hinter uns jemanden sagen. Es war Ole.

Sieh mal an, der Tag steckt voller Überraschungen, dachte ich. Finale. Jetzt wurde es spannend!

»Du hast sie umgebracht?« Ole wirkte, als hätte er ein Gespenst gesehen. Ich folgte seinem Blick und sah wieder zur Alten. Weit und breit kein Gespenst.

»Warum hast du das getan?« Ole schüttelte den Kopf. Ganz langsam. So, als würde es ihm schwerfallen seinen Kopf zu bewegen.

»Warum? Ausgerechnet *du* fragst, warum?« Steffi stemmte ihre dicken Arme in ihre noch dickeren Hüften. Dann fing sie an zu lachen, sodass ihre Brust hoch und runter wackelte. Allerdings nicht lange. »Was glaubst du eigentlich, wie bescheuert ich bin? Meinst du im Ernst, ich habe nichts mitbekommen? Glaubst du wirklich, ich wüsste nicht wann, wo und wie oft du sie …«

»Vernascht hast!«, bellte ich, aber sie beachtete mich nicht.

»… Gevögelt hast?!«

Huch.

»Du hast völlig recht. Ich bin wirklich bescheuert. Ich hätte *dich* umbringen sollen! Ich habe gedacht, du hörst irgendwann damit auf. Mit den ganzen Lügen, deinen ständigen dummen Ausreden.« Jetzt schüttelte sie den Kopf. »Nein. Du hast nicht aufgehört. Du hast mich für dumm verkauft. Jahrelang. Immer und immer wieder!«

Epilog

Rüdigers professionellem Einsatz und der Dummheit der Alten sei Dank, die alles zugegeben hatte, konnten wir die erfolgreiche Auflösung unseres ersten Falls feiern. Wobei, eigentlich waren es ja drei Fälle. Fritz wurde nämlich doch umgebracht, das möchte ich Ihnen nicht vorenthalten. Steffi gab auch das während des Verhörs, an dem ich leider nicht teilnehmen konnte, zu. Sein Tod war ein Versehen. Das machte die Sache nicht besser, aber immerhin wussten wir jetzt, dass er ihr erstes Opfer gewesen war. Er hatte ein Stück Kuchen gegessen, das Steffi Conny vorbeigebracht hatte und das Conny Fritz dann beim gemeinsamen Kaffeetrinken angeboten hatte.

Steffi hatte irgendwann einen derartigen Hass auf Conny, dass sie ihr erst den vergifteten Kuchen und dann den Oleanderzweig samt Teig gegeben hatte. Eine Mahnung sollte das sein. Mehr nicht. Das behauptete sie zumindest. Aber wer sollte das glauben? Also Wilma, Viktor und ich jedenfalls nicht. Und der Boss bestimmt auch nicht.

Wilma hatte zu diesem Zeitpunkt übrigens die Hoffnung, die Menschen jemals zu verstehen, aufgegeben. Sie verstand nämlich nicht, warum Steffi nicht einfach Ole umgebracht hatte.

Der Stock, das sollte ich noch erklären, war hochgiftig. Glycoside, sage ich nur. Herzglycoside. Führen erst zu Unwohlsein, dann Herzrhythmusstörungen, Koma und wie im Fall von Conny zu Herzlähmung. Also zum Tod. Muss nicht sein. Kann aber, sagt Josi. Die hatte sich nämlich ausführlich mit dem Gerichtsmediziner unterhalten, der dann sogar den armen Fritz ausgebuddelt hat. Was genau Steffi allerdings in den Kuchen getan hat, das habe ich leider nicht in Erfahrung bringen können.

Josi hatte dafür gesorgt, dass eine Firma die Reste von Fritz' ausgebrannten Wohnwagen entsorgte, danach waren wir nicht mehr auf dem Platz gewesen. Leider. Denn ich vermisste ihn. Und Locke. Die war jetzt Scheidungshund und lebte bei Ole.

»Lieber bei einem testosterongesteuerten Mann als bei einer Mörderin«, hatte sie noch gesagt, bevor wir uns verabschieden mussten.

Das alles lag jetzt viele langweilige Wochen zurück. Natürlich war ich stolz, dass ich die Ermittlung zum Erfolg geführt hatte. Aber was nützte mir das? Erfolg macht nicht glücklich. Er macht einsam. Der Platz, die Freiheit, der kilometerlange Sandstrand, Locke – all das war weit weg. Viel zu weit weg.

Es war bereits Herbst, als wir endlich wieder zum Wilden Eck fuhren. Zu fünft. Florian war inzwischen fester Bestandteil unseres Rudels.

Es war Wochenende, und Florian wollte unbedingt nach Prerow an den Strand. Josi war nicht begeistert. Zumindest nicht gleich. Sie hätte es immer noch nicht richtig verarbeitet, sagte sie und frühstückte weiter. Wilma, Viktor und ich setzten uns zu ihren Füßen und blickten flehend hinauf.

»BITTE!«, bellte ich. »Bittebittebitte! Wir werden auch gaaanz, gaaanz artige Möpse sein.« Ich sah mit extra schräg gelegtem Kopf und dem treudoofsten Blick, den ich draufhatte, zu ihr hoch. »Versprochen«, schob ich schnell hinterher.

»Solange es keine Toten gibt«, ergänzte Wilma.

»Solange du nicht nervst, wird es keine Toten geben«, sagte Viktor.

»Hallo?« Wilma tat empört.

»Man muss nur Campingplatz sagen, dann werden sie schon wieder unruhig«, stellte Josi kopfschüttelnd fest, als sie über den Rand ihrer Tasse zu uns runtersah.

»Komm. Gib dir einen Ruck. Du wirst schon sehen. Es wird ein ganz besonderer Tag. Ich verspreche es dir«, meinte Florian, beugte sich zu ihr rüber und gab ihr einen Kuss.

Die Sonne schien zwischen den Kiefern durch, als wir endlich über den Sandweg zum Campingplatz gingen. Ohne Leine. Frei wie ein Mops. Ich wollte nie wieder weg.

Von links und rechts grüßten uns die Leute. Ich hielt meine Nase in die Luft und nahm einen langen herrlichen Zug. Dann sah ich mich um. Es war nicht ganz so voll wie im Sommer. Mancher Platz war leer, einige Vorzelte abgebaut. Aber die Camper, die da waren, freuten sich, uns zu sehen, so viel war klar.

»Ganz anders als beim ersten Mal. Wisst ihr noch?«, sagte Wilma. »Jetzt sind die alle plötzlich so nett.«

Ich schnüffelte rechts und links. Keine Spur von Locke. Leider.

Florian blieb plötzlich stehen. Er nahm ein Tuch aus seiner braunen Jacke und band es Josi nach einigem Bitten um die Augen.

»Sonst ist es keine Überraschung«, sagte er. Dann nahm er ihre Hand und führte sie weiter den Sandweg entlang. Wir tapsten artig hinterher. Bis zu unserem Platz.

»Wow!«, bellte Wilma, ausnahmsweise mal als Erste.

Ich starrte fassungslos auf das, was da thronte. Es war ein riesengroßer, neuer silberner Campingwagen auf einem wunderschön hergerichteten Platz. Und direkt vor diesem glänzenden Wagen stand ein ganz kleiner, beinahe kugelrunder weißer Wohnwagen. Höchstens drei Mopslängen hoch. Mit allem was ein richtiger Wohnwagen hat: Eingangstür, Fenster und sogar einer Anhängerkupplung. Und was stand über der Tür? Na? Wollen Sie mal raten?

Hier wohnen Henri, Viktor und Wilma

ENDE

Diese Geschichte ist frei erfunden. Parallelen oder Ähnlichkeiten mit lebenden Möpsen sind rein zufällig.

– Henri –

Ich danke von Herzen:
Anke Göbel vom Heyne Verlag,
Meiner Lektorin Steffi Korda,
Enno,
Jutta,
Jana,
Holger Ch., der mir Kripo-Nachhilfe gegeben hat,
Thomas P. W. und Frank Sch., die mir Feuerwehr-Nachhilfe gegeben haben.
Außerdem danke ich der sehr freundlichen und hilfsbereiten Pressestelle des LKA in Mecklenburg-Vorpommern.
Ein großer Dank geht an Frauke Scheunemann,
Maren G., die mir auf der Suche nach dem perfekten Gift zur Seite stand,
meiner Agentin, Nina Arrowsmith
und natürlich den wahren Möpsen:
Wilma, Willi, Paul und Betty, die mich auf diese Idee brachten!